TOUT, TOUT DE SUITE

Né en 1947 à Alger, Morgan Sportès arrive en France en 1963. Dans les années 1970, il devient professeur dans une Thaïlande occupée par les Américains et y écrit son premier roman, *Siam*, qui paraît en 1982. En 1990, il publie *L'Appât*, adapté en 1995 par Bertrand Tavernier, récit exhaustif de meurtres commis par trois adolescents. Ses livres sont traduits dans plus d'une quinzaine de langues.

MORGAN SPORTÈS

Tout, tout de suite

ROMAN

FAYARD

© Librairie Arthème Fayard, 2011.
ISBN : 978-2-253-16454-8 – 1re publication LGF

Quand le citoyen-écologiste prétend poser la question la plus dérangeante en demandant : Quel monde allons-nous laisser à nos enfants ?, il évite de poser cette autre question, réellement inquiétante : À quels enfants allons-nous laisser le monde ?

Jaime SEMPRUN,
L'abîme se repeuple, 1997.

Les spécialistes estiment d'ores et déjà que dans un futur proche 20 % des gens seront employés tandis que 80 % seront sans activité. On prévoit de maintenir ces inactifs à un niveau de subsistance suffisant en leur procurant un divertissement abêtissant.

Jacek KURON, octobre 2002,
cité dans *La Nouvelle Alternative*,
n° 57, août 2005.

En 2006, un citoyen français musulman d'origine ivoirienne a kidnappé et assassiné, dans des conditions particulièrement atroces, un citoyen français de confession juive. J'appelle le premier Yacef, le second Élie. L'un a 25 ans, l'autre 23. J'ai réélaboré ces faits, à travers mon imaginaire, pour en nourrir une création littéraire, une fiction. Seule leur logique m'intéressait, leur signification implicite : ce qu'ils nous disent sur l'évolution de nos sociétés. Au demeurant, qu'est-ce qu'un « fait » ? Les médias, sur cette affaire, ont produit nombre de variations romanesques : *le gang des Barbares*. Différemment sans doute, mon livre appartient au genre du roman. Appelons-le : « conte de faits ».

Il n'y a pas de faits, il n'y a que des interprétations.

NIETZSCHE, *La Volonté de puissance.*

… C'est une placette circulaire, entourée de bancs, d'arbres, de haies taillées à l'équerre. Elle se trouve à l'intersection du boulevard Desgranges, artère assez étroite qui la coupe d'ouest en est, et de la Coulée verte. La Coulée verte est un long ruban de végétation, buissons, plates-bandes, qui traverse la ville de Sceaux (92) du sud au nord. Le matin, les gens du voisinage y font leur jogging, les enfants jouent le dimanche dans ses allées gravillonnées, le soir les amoureux s'y promènent. Le quartier semble cossu… Six lampadaires, à la tombée du jour, éclairent cette placette, lui donnant des airs de scène de théâtre. Non loin de là, vers une heure du matin, la nuit du 20 au 21 janvier 2006, Ramatou K., étudiante en droit, est plongée dans son Code civil. Elle occupe un studio au troisième étage de la résidence universitaire Tocqueville. Soudain, des cris déchirent la nuit. « Des cris de femmes stridents, des hurlements, dira-t-elle plus tard à la police, ça venait de la placette. »

— Amina ! Rapplique vite, on dirait qu'on égorge quelqu'un ! lance-t-elle à sa cousine…

Amina sort des toilettes, où elle s'était isolée pour appeler son petit ami avec son portable.

Elle aussi a entendu ces cris aigus. Les deux filles se regardent toutes deux, effrayées. L'une et l'autre ont la peau sombre, les cheveux noirs, nattés. Elles sont d'origine nigérienne, étudiantes, 20 ans. Elles révisent leur partiel de droit international.

— Ouvre les rideaux, dit Amina, ça vient de la rue, c'est tout près.

Ramatou tire les rideaux jaunes du studio. Comme aux premières loges, elles peuvent voir la placette que les lampadaires éclairent à la façon de projecteurs. Des silhouettes s'y agitent, en ombres chinoises : « Il y avait là trois ou quatre types, habillés comme des jeunes, déclarera plus tard Ramatou. L'un d'eux portait un blouson noir. Ils devaient avoir dans les 20 ans. Ils se tenaient debout autour d'une fille affalée par terre, ils lui balançaient des coups de pied dans le ventre. C'était hyper-violent. La fille semblait jeune aussi, elle avait des cheveux longs, bruns, je crois… Elle criait :

— Au secours je vous en prie, à l'aide ! »

— Il faut que je trouve le numéro de la police, dit Ramatou.

Elle se précipite vers le coin cuisine, fouille les étagères… Revenant bredouille, elle dit à sa cousine :

— Fais le 18, je crois que c'est Police-secours.

Amina a toujours son petit ami au téléphone. Elle interrompt sa conversation avec lui :

— Je te rappelle, on tue quelqu'un dans la rue, faut que je prévienne la police.

Elle compose le 18. C'est sur les pompiers qu'elle tombe. Ils lui disent de faire le 17…

Un policier décroche aussitôt. Elle explique brièvement la situation. Il lui dit :

— Remettez-vous à la fenêtre et décrivez-moi ce que vous voyez !

Dans un autre immeuble, du côté opposé de la placette, monsieur Pierre M., pharmacien, entend aussi ces cris alors qu'il regarde, sur la première chaîne, l'émission « Sans aucun doute ». Il ouvre la porte-fenêtre de son balcon. Il fait très frais. Il plaque sur sa poitrine les pans de sa robe de chambre. Les cris continuent :

— Au secours, lâchez-moi, arrêtez !

Est-ce une voix d'homme ? De femme ? Des ombres s'agitent au loin. Il entend un des agresseurs hurler :

— Maintenant j'espère que t'as compris ?

Quelques coups sourds retentissent.

Les phares d'une voiture s'allument, un moteur ronfle…

Un autre témoin, Adrienne B., étudiante, marchait sur le boulevard Desgranges au même moment.

« Je revenais, avec mon petit ami, de la station de RER Robinson, dira-t-elle plus tard. On avait passé la soirée chez des copains, à Paris. Et puis il y a eu ces cris. Des cris de femme. On a vu alors, au loin, deux individus qui remontaient de la Coulée verte vers le boulevard, à hauteur de la placette. Ils transportaient une fille, l'un la tenant par les bras, l'autre par les pieds. Il devait être un peu plus de une heure du matin. On s'est demandé s'il s'agissait d'un simple chahut ou de véritables violences… On n'a pas alerté la police. »

Toujours postée à sa fenêtre de la résidence Tocqueville, flanquée de sa cousine Ramatou, Amina décrit au policier à qui elle parle dans son portable le spectacle qu'elle a sous les yeux :

— Un des types prend la fille par les pieds, un autre par les bras. Elle ne se débat plus, ne crie plus. On dirait qu'ils l'ont ligotée et bâillonnée. Ils la portent vers une voiture qui s'est arrêtée au milieu du boulevard Desgranges. Une Morris Cooper peut-être… L'un des types ouvre le coffre de la voiture. Ils jettent la fille dedans.

— À quoi ressemblent ces types ? demande le policier. Des Maghrébins, des Africains ?

— Je ne sais trop. Pas des Africains en tout cas…

Les types claquent violemment la porte du coffre, puis montent dans la voiture. Elle démarre au quart de tour, fonce dans le boulevard Desgranges, qui est en sens unique, et braque sur la gauche pour redescendre le sentier de Fontenay. Une autre voiture, plus petite, la suit. Mais au lieu de tourner vers le nord, par le sentier de Fontenay, comme la première, elle poursuit sa course tout droit, vers l'est, sur le boulevard…

Cependant d'autres témoins, cinq étudiants de la même résidence Tocqueville, qui faisaient une fête entre amis, dans un studio, ont entendu des cris similaires :

— Lâchez-moi, laissez-moi !

« C'était une femme qui hurlait, assurera plus tard l'un d'eux, Sébastien P., et ça n'avait pas l'air du tout d'une blague, le ton ne faisait aucun doute. »

Ni une ni deux, ses camarades et lui se précipitent dans le sentier de Fontenay, sur lequel ouvre la porte principale de la résidence. Tout juste pour voir la grosse voiture des agresseurs leur filer devant le nez :

« C'était un break, ça j'en suis sûr, affirmera Sébastien P., sans doute une Audi. Couleur gris métallisé. Il y avait deux types sur les sièges avant. Je ne crois pas qu'ils étaient masqués… et peut-être un troisième à l'arrière. J'ai remonté au pas de course le sentier de Fontenay. J'ai vu une autre voiture, brun clair, plus petite, filer dans la direction inverse, sur le boulevard Desgranges… »

À deux kilomètres de là, plus au nord, à Bagneux, Zoubeir, alias Zou, fait les cent pas dans le hall d'immeuble du 1 rue Maïakovski. Ça fait une heure au moins qu'il les fait, les cent pas. Il a dû en faire déjà dix mille. De temps à autre, il jette un œil à travers la porte vitrée du hall : la rue, éclairée par les lampadaires, est déserte. En face, les néons de la grande surface « SIMPLY MARKET » sont éteints. Pas un chat, pas un rat… Yacef, alias le Boss, alias Django, lui a dit d'être là avec « les autres », à minuit pile, « pour accueillir la marchandise ». À minuit pile, il était là… Le Boss, faut pas le niquer. Quand on prend un engagement avec lui, y'a intérêt à le respecter. Il est calibré ! Il a fait des coups pas possibles et deux ans de cabane, à la prison de Nanterre. C'est un Grand ! Il y a de l'argent à gagner avec lui. Il a la réputation de toujours payer et bien… Pour tuer le temps, Zou écoute son MP3 : du rap, des sketches d'Éric et Ramzy. Il est d'une taille moyenne, plus d'un mètre soixante-quinze, mais maigrichon. Ça ne se voit pas trop dans son large jogging blanc à capuchon. Il a 18 ans, les cheveux ras, un joli visage de bébé, avec une grosse bouche gourmande. Ses voisins diront de lui plus tard que c'était « un gosse adorable, vraiment mignon, serviable, mais immature ». Et « très amusant », ajouteront ses sœurs, « un vrai clown ». Ses sœurs sont des bosseuses, l'une est journaliste à Rome, l'autre fait des études de socio à la fac de Saint-Denis. Lui, question école, il a tout raté : même son BEP de peintre en bâtiment. Son père, Libanais, est correspondant d'un journal de Beyrouth ; sa mère, française, est statisticienne. Ils habitent tout près de la rue Maïakovski, rue Tolstoï, à Bagneux toujours. On ne roule pas sur l'or à la maison, mais ça va. Afin de gagner un peu d'argent, Zou livre des pizzas pour « Domino's Pizza », à Fontenay-aux-Roses : 800 euros par mois. Aujourd'hui, après avoir fait sa prière à la mosquée (avenue Albert-Petit) et ses tournées de livreur à vélomoteur, il a enfourché sa bicyclette et s'est rendu à son « poste », 1 rue Maïakovski, à minuit donc, comme le Boss l'avait ordonné.

De temps en temps, il monte dans l'escalier pour causer avec « les autres » : Kaba, alias Kabs, un grand Black de 19 ans, Guinéen, est chargé de surveiller les étages et donner l'alerte au cas où des habitants de l'immeuble sortiraient de chez eux au

16

mauvais moment ; Jean, alias Kid, un métis tuniso-franco-réunionnais, a pour mission de surveiller la rue du haut du balcon d'un appart vide, au troisième étage. Tous attendent la « livraison » de la « marchandise ». C'est dans cet appart vide qu'on doit la « poser ». Ils ne sont que trois. Un quatrième, Gérard, dit « Tête de Craie », était prévu dans le plan. Il n'est pas venu au rendez-vous. Ça, le Boss risque de pas aimer ! Eux non plus n'aiment pas ça : « Tête de Craie va quand même pas nous balancer aux keufs ? » Ils ont tenté dix fois de l'appeler sur son portable, mais personne ne répondait. De temps en temps, pour se passer les nerfs, ils fument un joint.

« Sur les une heure et quelques, une caisse, très grande, puissante, est arrivée, feux allumés, racontera Zou. Ce qui m'a surpris, c'est le bruit très fort du moteur. Ses phares ont balayé la porte vitrée du hall où j'étais posté. Elle avait de grosses jantes de voiture de sport et deux pots d'échappement sur la gauche. C'était un break, une Audi ou une BMW, gris métallisé. Elle a fait un demi-tour et s'est présentée en marche arrière, le coffre dirigé vers la porte du hall. Deux types en jogging noir, avec des cagoules noires, en sont sortis. Le conducteur est resté au volant, laissant tourner le moteur. Un autre type était à ses côtés. Les deux types qui sont sortis m'ont fait signe d'ouvrir la porte de l'immeuble. De leur côté, ils ont ouvert le coffre et… »

Ils en extraient la marchandise.

Le Boss leur a dit que, ce soir-là, il devait « attraper » un « Feuj », un commerçant juif plein de thunes. Il comptait que la famille paie la rançon dans les trois jours…

« Un des types cagoulés l'a pris par les pieds, poursuit Zou, le deuxième par les bras. L'*autre* ne se débattait pas, ils lui avaient scotché les chevilles et la bouche avec un rouleau d'adhésif Tartan. Aux poignets, ils lui avaient mis des menottes. J'ai donc ouvert la porte et crié à Kabs qu'ils arrivaient, pour qu'il mate les étages. »

Les types cagoulés pénètrent dans le hall. Ils sont grands, baraqués ; l'un d'eux, même, est une sorte de colosse. Zou ouvre la porte de l'ascenseur. Les types cagoulés y entrent avec l'otage qu'ils ont remis sur ses pieds. L'ascenseur monte. Zou grimpe les escaliers quatre par quatre jusqu'au troisième. Où il retrouve Kabs qui lui dit que tout est « OK ». L'ascenseur est lui aussi parvenu au troisième. L'un des types cagoulés connaît manifestement le chemin. Tenant l'otage par les pieds (quand l'autre le tient par les bras), il tourne à droite en sortant de l'ascenseur, descend une marche, et va au fond du couloir. Zou et Kabs suivent le convoi. Le premier type cagoulé frappe à la porte : deux coups rapprochés, puis un coup isolé. Le signal.

— C'est nous ! dit-il.

La porte s'entrouvre. Une tête d'ado couverte de boutons d'acné, nez épaté, apparaît. C'est Kid, un grand échalas au teint mat, portant une casquette blanche sur le crâne, visière tournée vers l'arrière. Il brandit un revolver…

« Kid, c'était le plus fou ! raconterait plus tard un des membres de la bande. Il avait 17 ans tout juste. On aurait dit que tout ça pour lui était un jeu. Avec ce revolver, qui venait de je ne sais où (c'était sans doute le Boss qui le lui avait prêté), il n'arrêtait pas de braquer les uns et les autres et de faire semblant de tirer. »

Kid est un violent. Un impulsif. Au collège, il a eu plusieurs embrouilles… Son père est réunionnais, sa mère tunisienne. Kid est catholique, religion du père, mais se dit musulman, religion de la mère. Pour complaire à ses grands-parents maternels, il lui arrive de faire le ramadan.

Kid ouvre grand la porte. Les deux hommes cagoulés entrent dans le couloir de l'appartement, franchissent le salon et déposent l'otage au sol dans une des deux chambres (vides comme les autres pièces) au fond. Cette chambre, située au bout de l'immeuble, n'a aucun mur mitoyen avec des appartements voisins et sa fenêtre donne sur un parking : lieu parfait pour une séquestration.

À la police, un mois après, Kid dira :

« L'*autre*, il avait le visage tout scotché. Les yeux, la bouche. Seul le nez apparaissait. Le nez saignait. Il avait dû prendre un mauvais coup… L'*autre* avait l'air dans les vapes. Y'avait une forte odeur, comme dans les hôpitaux, qui se dégageait de lui. Une odeur d'alcool [*en fait de l'éther*]. Il portait un jean bleu, un Diesel, des baskets blanches, Puma ou Converse, un blouson de cuir marron. Il tremblait. Il crevait de peur… »

Le premier homme cagoulé, celui qui a toqué à la porte, c'est le Boss. Kid l'a reconnu à sa voix, à son fond d'accent africain. L'autre cagoulé aussi a une voix d'Africain. D'ailleurs, malgré leur cagoule, on s'aperçoit qu'ils ont la peau noire. Le Boss répète à Kid (qui est son « homme de confiance ») les consignes qu'il lui a déjà données quelques heures auparavant. Il faut, de gré ou de force, obliger l'*autre* à livrer le numéro de téléphone de son père. Afin que lui, le Boss, puisse vite appeler celui-ci et négocier la remise de rançon.

— Et surtout soyez silencieux, et ne parlez pas à l'*autre*. Faut pas qu'il puisse un jour vous identifier. Compris, les petits ?... Je reviendrai dans la nuit, pour voir si tout se passe bien.

Le Boss a déjà brièvement fouillé l'*autre*, juste au moment du kidnapping, sur la placette du boulevard Desgranges, à Sceaux. Précaution élémentaire, il lui a pris son portable, en ôtant la puce et la pile. Si le portable reste branché, les bornes téléphoniques, éparpillées sur tout le territoire français, permettent de localiser les déplacements de son utilisateur. Le Boss a volé aussi le portefeuille de l'*autre*. Sur sa carte d'identité, il a pu rapidement lire un prénom : ÉLIE. Sexe : masculin. Né en 1982...

Quand le Boss, flanqué du colosse cagoulé, veut sortir de l'appart, il se rend compte que la porte en est fermée de l'intérieur. Zou apporte la clef, essaie d'ouvrir. Mais ça coince. Le Boss s'y met à son tour, s'énerve sur « cette *enlécue* de porte ». Et parvient enfin à l'ouvrir...

En bas, dans l'Audi où sont retournés les deux hommes cagoulés, une discussion très vive a lieu entre le chauffeur, le Boss, le colosse et le quatrième larron resté dans la voiture avec le chauffeur. Tous les quatre finissent par enlever leurs cagoules. Yacef, alias le Boss, a le crâne rasé et porte un fin collier de barbe, signe de son adhésion à l'islam. La couleur noire de sa barbe se confond avec celle de sa peau. Il est français, sa famille est originaire de Côte d'Ivoire. « Cerveau du gang des Barbares », c'est le titre dont la presse, bientôt, le qualifiera. Le colosse, Charles, alias Krack, est noir et français lui aussi. Sa famille est d'origine sénégalaise (« Il était carré, puissant comme un rhinocéros, vraiment impressionnant », dira plus tard un des protagonistes de l'affaire). Chrétien d'origine, il est devenu musulman au contact de ses amis. « L'islam, expliquera-t-il, m'a paru une religion plus humaine, plus juste : respect des autres, partage avec les pauvres… »

Le chauffeur, athlétique, est maghrébin. Il porte une énorme bague en or à l'annulaire et, au poignet, une lourde gourmette d'or. L'homme qui le flanque, sur le siège avant droit, est aussi maghrébin, plus mince.

— Pourquoi tu es remonté dans la voiture, *Renoi* ? demande le chauffeur à Yacef.

— *Renoi*, ajoute le colosse noir d'une voix calme, en détachant bien ses mots, pour nous le travail est terminé, on rentre à la maison, à Boboche [Bobigny]. On reviendra chercher la « marchandise » quand tu nous auras versé notre part…

Tel était le plan conçu par Yacef : les types de Bobigny enlèveraient le Feuj, ceux de Bagneux seraient ses gardiens. Ceux de Bagneux ne connaissent pas ceux de Bobigny, ni ceux de Bobigny ceux de Bagneux. La bande est bien cloisonnée…

— Faut… faut… faut… qu'on retourne à Sceaux… Sceaux sur-… le-… le-champ, rétorque Yacef qui, chaque fois qu'il est très ému, se met à bégayer. J'ai… j'ai… laissé là-bas quelque chose… J'veux pas que les flics mettent la main dessus : la bouteille d'éther. L'*autre*, ce *pédé*, il m'a mordu quand j'ai voulu lui faire sniffer l'éther… Des fois qu'il y ait des traces de mon sang sur la bouteille, les *lépou* pourraient détecter mon ADN…

Krack, le colosse, n'a que 19 ans, mais il en paraît beaucoup plus. Yacef, qui en a 25, le *respecte* comme un Grand, un aîné. C'est que les types de Bobigny sont des durs (des « gens importants », « tu peux pas imaginer ce que ces mecs ont fait », expliquera Yacef à un de ses suiveurs). Leur légende les précède… Krack est assis à l'arrière de l'Audi, dans l'ombre, calme, imposant. Sans doute doit-il ce calme à son sentiment de puissance physique. Il lance à Yacef avec une voix de basse :

— *Renoi*, je te l'ai dit, nous, notre boulot, c'était de livrer ici la marchandise. On viendra la chercher quand tu auras la rançon. Pas question qu'on retourne à Sceaux, c'est trop *chaud*.

Furieux, Yacef sort de la voiture. Claquant la portière. L'Audi démarre avec les trois autres à bord. Son puissant moteur ronfle. Destination : le 9-3 (prononcer « neuf/trois », Seine-Saint-Denis).

Yacef revient dans le hall du 1 rue Maïakovski. Il repère le vélo qu'y a laissé Zou. Il le sort dans la rue. Fait plusieurs numéros sur son portable. N'arrive à joindre personne. Il enfourche le vélo et, à fond de train, prend, dans la nuit, la rue Jean-Marin-Naudin, tourne sur la gauche dans l'avenue Henri-Ravera, qu'il redescend en direction de Sceaux. Il se sent un peu con, comme ça, à faire du vélo, lui, le *chef* ! Au passage, garée dans l'allée des Poiriers, il repère la Twingo violette de son pote Cappuccino, un des gars de la bande. Comme une trombe, il fonce à vélo sur la voiture. À l'intérieur se trouve une belle jeune fille aux cheveux bruns, avec des mèches blondes. Il tapote sur la vitre, rageusement :

— Vide de là, Zelda. Dégage.

La fille, apeurée, sort précipitamment du véhicule. Elle porte un manteau vert, un pantalon blanc moulant, de grandes bottes blanches en cuir, genre cuissardes. Elle a 18 ans tout juste et semble déguisée dans cette tenue de vamp. Sa bouche, pulpeuse, bien dessinée, est peinte d'un rouge vif, ses yeux sont maquillés. Mais ce maquillage est en déroute, car, depuis trois bons quarts d'heure, elle ne cesse de pleurer.

Yacef la pousse brutalement et se met au volant. La clef de contact est sur le tableau de bord.

— Et qu'est-ce que je dis à Gabriel ? demande Zelda d'une voix craintive.

Gabriel, c'est le prénom du propriétaire de la voiture, dont le surnom est Cappuccino.

— Qu'il se *vénère* pas. J'suis de retour dans un quart d'heure, réplique Yacef.

Il démarre. Entend soudain un bruit de ferraille broyée sous ses roues. C'est le vélo de Zou, jeté sur la chaussée, qu'il vient d'écrabouiller. Mais peu importe. Il tourne en catastrophe sur la gauche, dans l'avenue Henri-Ravera : direction Sceaux.

… Zelda va s'asseoir sur une table de ping-pong, en bas des immeubles de l'allée des Poiriers. Les pieds ballants, elle regarde devant elle un bac à sable, des balançoires multicolores, un toboggan en plastique bleu. Il fait froid, par cette nuit de janvier. Son portable sonne. Elle y lit un SMS :

« *T où ? Yacef vien 2 m'apl* » – signé : « *MAM'* ».

Zelda téléphone aussitôt à Maëlle, alias Mam'. Elle sait que Mam' n'envoie que des SMS, car elle a un forfait téléphonique au rabais.

— Mam', crie Zelda dans son appareil, explosant en sanglots, ça va pas, j'vais pas bien ! J'deviens ouf !

— T'es où ?

— Allée des Poiriers.

— J'arrive, j'suis juste à côté.

Mam', en effet, se trouve de l'autre côté de l'avenue Henri-Ravera, dans la cité du Cerisier, juste en bas de l'immeuble où habite sa mère. Elle était en train de fumer et de causer avec ses amis Marianne et Hamidou. Il est plus d'une heure du matin pourtant. Au pas de course, elle se précipite vers l'allée des Poiriers. Yacef l'a en effet appelée juste avant qu'elle n'envoie ce SMS à Zelda, il lui a dit :

— Zelda est en train de craquer, il faut que tu la gères, j'veux pas qu'elle se mette à bavasser. Elle peut faire foirer notre coup…

Maëlle, alias Mam', a 19 ans. Elle est blonde, cheveux courts, frisés, assez grande, habillée d'un jogging et de chaussures de sport : comme un garçon. Elle est plutôt hommasse d'ailleurs. Menton volontaire, nez fort. Des yeux bleus, un teint très clair. C'est une Bretonne. Une pure jambon-beurre. Elle ne plaît pas trop aux mecs, mais n'en a pas moins un copain, depuis trois ans, Aziz, alias Ziz, un gars de la cité du Cerisier, Français originaire des Comores, 18 ans, 1 m 80, musulman. Avec lui, les rapports sont houleux… Pour ses potes, qui font du *bizness* (presque tous font du *bizness*), il arrive souvent à Mam', contre un peu d'argent, de garder chez elle un petit stock de « beu » (de l'herbe), à l'insu de sa mère.

La jeune vie de Mam' est une longue dérive : initialement, sa mère, Yolande, originaire des Côtes-d'Armor, travaillait comme ouvrière près de Saint-Brieuc. Elle a eu sa fille, et deux autres enfants, d'un marin pêcheur du coin qui a refusé de l'épouser et de reconnaître ses rejetons. Il était en effet marié par ailleurs et père d'autres enfants. Après avoir acquis un diplôme d'aide-soignante, la mère s'installe à Bagneux, en 1999 : elle a trouvé un emploi à l'hôpital Cochin de Paris. Mam', cependant, demeure chez ses grands-parents, puis chez son oncle, en Bretagne. Elle suit son catéchisme, fait sa première communion et va à la messe le dimanche. Elle est sage. C'est une apparence : elle dit « être habitée par un secret gardé depuis l'enfance » dont elle refuse de parler. Quand, à 14 ans, en 2001, elle rejoint sa mère à Bagneux, elle commence à se rebeller, contre tout.

Elle vole la carte bancaire de la mère, fugue, traîne dans des squats avec des demi-clodos, boit, fume du shit… Elle n'en poursuit pas moins ses études (au début dans un collège catholique) jusqu'à la première technique STT. Inquiète, sa mère fait appel à un juge des enfants qui place Mam' dans un internat, Le Hameau de Grignon (Thiais, 94), où elle poursuivra ses études jusqu'en terminale. C'est là qu'en 2005 elle rencontre Zelda, elle-même pensionnaire de l'établissement.

Mam' a fait trois tentatives de suicide, qui lui ont valu d'être hospitalisée. La dernière il y a un mois tout juste, avec des médicaments. « J'ai pété les plombs, raconte-t-elle, je me suis engueulée avec mon petit ami, j'en avais marre de la vie, je me foutais de tout »…

Depuis cinq ou six ans, elle pratique l'islam, sous l'influence de Ziz, son copain. Elle fait ses prières et le ramadan.

« J'ai trouvé, assure-t-elle, les familles musulmanes plus ouvertes, plus accueillantes que les familles chrétiennes. Et puis, parmi mes proches, en Bretagne, il y avait des racistes. »

… Mam' arrive au pas de course allée des Poiriers. Elle voit Zelda assise, toute seule, dans la nuit, sur sa table de ping-pong. Un lampadaire éclaire vaguement la scène. Zelda a la tête basse, ses longs cheveux bruns, semés de mèches blondes, retombent devant elle, dans le vide…

— Salut Miss ! lance Maëlle.
— Mam' ! s'écrie Zelda sautant de la table…

Elle court se réfugier dans les bras de sa copine, qui l'enlace, et elle éclate en sanglots.

— Mam', c'est horrible, qu'est-ce qu'ils LUI ont fait, qu'est-ce qu'ils vont LUI faire ?

— Ça s'est mal passé ?

— Non, tout s'est déroulé comme prévu… mais c'est horrible… IL criait, criait, criait quand les autres LUI sont tombés dessus. Ils l'ont frappé. Il était gentil, mignon. IL s'appelait Élie… Moi je regardais tout ça, comme hypnotisée, comme dans un rêve…

Elle sanglote plus encore.

C'est Zelda qui, missionnée par Yacef et Mam', a été chargée de draguer Élie : une heure auparavant tout juste, elle l'avait conduit jusqu'au lieu du guet-apens, à la croisée du boulevard Desgranges et de la Coulée verte, à Sceaux. Elle lui avait dit qu'elle vivait là.

C'est Zelda que des témoins, voyant la scène de loin, prirent pour la victime. Elle n'était que l'appât.

Zelda, « c'est une bête de meuf ». Grande, élancée, mais bien en chair. Teint mat, les yeux sombres en amande, de grands sourcils arqués. Elle est belle… Son nom de famille est très long, plein de « z », de « r », de « b » et de « é », un nom de princesse persane des *Mille et Une Nuits* : elle est d'origine iranienne, d'ailleurs. Et musulmane. Elle a débarqué en France il y a sept ans à peine, en catastrophe, avec sa mère, Yasmine. Là-bas elles vivaient à Natanz, dans la province d'Ispahan. Mais leur vie à toutes deux ne ressemble pas à un conte d'Orient :

Yasmine, sa mère, fut, à 16 ans, mariée de force
(« vendue ! ») au fils d'une très riche famille locale,
beau mais handicapé mental et physique. Leur première fille, Farah, sera (à la suite de mauvais traite-
ments de la part de la belle-famille paternelle, qui
soupçonnait l'enfant d'être illégitime ?) elle aussi
handicapée. Quant à la deuxième, Zelda, la même
belle-famille décide de la marier à un quadragénaire,
alors qu'elle n'a que 10 ans. Pas question : Yasmine, la mère, a de la trempe. Elle se sépare du
mari, part pour Téhéran avec ses filles, y trouvant de
l'embauche comme infirmière, dans un hôpital. Un
ami avocat parvient, non sans difficultés, à lui obtenir le divorce. Mais Yasmine veut éviter à Zelda tout
risque d'un destin semblable au sien. En 1999, avec
ses filles, elle s'enfuit en France, où elle a des
cousins, et fait une demande d'asile. Elle décroche
un poste dans un hôpital, en Seine-Saint-Denis, et
un studio dans une cité, à Sevran (93), obtenant
bientôt la nationalité française. Mais elle tombe de
Charybde en Scylla. En Iran, Yasmine, Farah et
Zelda portaient toutes trois le voile ; en France, si
Farah est à l'abri dans un institut pour handicapés,
Zelda de son côté s'adapte (trop) vite aux mœurs
locales. Elle sort de chez elle en habits « conve-
nables », sous le contrôle de maman, mais elle a dans
son cartable une « seconde tenue » : une minijupe
qu'elle enfile dans les toilettes de l'école pour être
« comme les copines ». Comment la protéger des
cailleras des cités qui traînent partout à l'intérieur et
en dehors du collège ? D'autant qu'elle est naïve,
très expansive, avec un verbe vif. Aux garçons qui se
moquent de sa belle poitrine : « C'est des faux

nibards, tu t'mets du coton dans le soutien-gorge »,
elle rétorque : « Et toi, c'est tes couilles qui sont en
coton. » Elle a 13 ans, elle est physiquement pré-
coce, mais moralement enfantine. C'est à cet âge
qu'elle se fait piéger : chez un lycéen, elle est victime
d'un viol collectif, ses trois agresseurs étant eux aussi
mineurs. Yasmine, sa mère, porte plainte, mais, mal
au fait des usages français, elle retirera cette plainte :
Zelda, selon la police, avait eu une attitude provocatrice.

À 13 ans[1] !

La jeune fille en tire un profond ressentiment et
contre sa mère et contre les garçons en général. Elle
tombe alors, et pour de bon, de provocation en
provocation. « Attitude souvent constatée chez des
jeunes filles qui ont été violées », me confiera
Corinne X., juge d'instruction. Elle drague sur
Internet, rêve de devenir mannequin, actrice. Elle
pose pour des photographes plus ou moins bidon,
qui ne se préoccupent guère du fait qu'elle est
mineure. On a des photos d'elle, âgée de 16 ans, en
lolita, minijupe à ras le bonbon, lascivement allongée sur un canapé ; ou dans une robe hyper-
décolletée, un chapeau de paille sur la tête ; ou en
compagnie de sa copine de classe Babette M., une
grande métisse d'origine ghanéo-italienne, pour présenter un modèle de tee-shirts moulants. Tombant

----

1. « Zelda, en Iran, vivait dans un monde confiné, elle était
voilée, elle pensait que sur toute la terre on parlait la même
langue, le farsi, me dira son avocate. Arriver en France, pour
elle, c'était comme débarquer sur Mars : elle ne comprenait pas
nos codes. »

un jour sur ces photos que la fille a faites en secret, la mère s'affole. D'autant que Zelda se met à sortir en boîte. Elle ne peut la tenir. Pour l'éloigner des cailleras des cités, elle s'endette jusqu'au cou et achète un joli pavillon à Aulnay-sous-Bois, dans un quartier classe moyenne. Par ailleurs, s'adressant à un juge des enfants (« Ma fille est en danger »), elle parvient à faire placer celle-ci en 2005 dans un internat, l'institut Grignon, à Thiais, banlieue sud. C'est un établissement de luxe, situé au milieu d'un antique village, près d'un monastère du XVIIᵉ siècle, en pleine campagne. Si des rejetons de familles aisées y font leurs études, beaucoup de jeunes paumés y sont aussi placés, bénéficiant, comme Zelda, de l'aide à l'enfance. Madame Yasmine croit sa fille sauvée. Elle la perd…

À l'institut, une drôle de relation se noue en effet entre Zelda et une autre pensionnaire, Maëlle, alias Mam'. Relation faite d'amour-haine. Zelda est belle, elle le sait, et le fait trop savoir (« Elle se prenait pour le nombril du monde », disent d'elle des copines), Mam' est moins jolie. Zelda se vante de ses conquêtes, vraies ou imaginaires, de ses relations, des « castings » qu'elle doit faire et du « press-book » qu'un « grand photographe de mode » lui prépare : Mam' encaisse. Quelquefois elles s'engueulent. Mais elles se réconcilient vite. Zelda présente Mam' à sa maman. Mam' plaît. Elle semble une jeune fille sérieuse, mûre. D'autant qu'elle a été recommandée à ladite maman par les conseillers pédagogiques qui s'occupent de Zelda. Souvent ceux-ci se permettent de « gronder » madame Yasmine :

— En France, on n'est pas en Iran, il faut laisser libres les jeunes filles !

Ce sont des conseillers « progressistes ».

Mal en prend à madame Yasmine, très dépressive, de se laisser intimider. Zelda se sert de l'alibi Mam' pour justifier ses sorties.

— Ce soir, je dors chez Mam' ! téléphone-t-elle à madame Yasmine.

Elle peut ainsi découcher…

Autoritaire, Zelda exige de sa mère les 400 euros mensuels versés par l'aide à l'enfance. C'est avec ça qu'elle s'est payé son portable. Grâce au portable, elle n'est plus localisable…

C'est Mam' qui servira d'intermédiaire entre Zelda et Yacef, alias le Boss. Comme Yacef, Mam' habite (du moins le week-end) la cité du Cerisier, à Bagneux. Ils se sont croisés souvent dans la rue, mais n'ont jamais échangé que quelques mots : bonjour, bonsoir. Début avril 2005, comme Mam' va voir son éducatrice, cité des Oiseaux (un « lotissement social d'avant-garde », en préfabriqué, construit dès les années trente), elle rencontre à nouveau Yacef. Cette fois, il l'aborde franchement. Ils s'isolent dans un parking. Il a des choses importantes à lui confier : il a fait plus de deux ans de cabane déjà, à Nanterre. Depuis, c'est en vain qu'il cherche un emploi. Car il n'a pas pu obtenir qu'on efface le bulletin n° 2 de son casier judiciaire. Morale : il ne dégotte que des petits jobs minables, téléopérateur, agent de nettoyage, qu'il plaque très vite. Quand son conseiller d'insertion, à Bagneux, lui propose un stage, il rétorque :

« J'vais pas me lever à 6 heures du matin pour 300 euros par mois. » Il veut tout, tout de suite… Il a touché, certes, une allocation de « sortant de prison », mais ce sont surtout ses parents qui l'entretiennent. « Comme Yacef ne travaillait pas, j'avais peur qu'il fasse des bêtises, racontera sa mère, car il n'avait pas de sous, alors je lui en donnais. Il avait la citoyenneté française, mais, dès lors qu'il s'agissait de trouver du boulot, il n'était plus qu'un Africain. » La RATP, où il comptait s'embaucher, ne veut pas d'un délinquant…

— De toute façon, le *taf* [travail], c'est de la merde, c'est pas en *tafant* qu'on gagne du pognon ! déclare-t-il à Mam'.

Puis, prenant un air mystérieux, il ajoute :

— Du blé, j'ai le moyen d'en ramasser à la pelle et vite ! J'aurais besoin de toi pour ça…

Il ne lui explique pas tout. Mais à chaque fois qu'ils se rencontrent, toujours dans la rue (il a pris son numéro de portable, pour lui filer des rancarts, ne donnant jamais le sien), il entre un peu plus dans le détail. Mam' connaît Yacef de réputation. Il ne plaisante jamais. Elle le *respecte à mort* : c'est un Grand. Son séjour en prison lui a conféré une sorte d'aura. Pourquoi a-t-il fait de la taule ? Ça se sait dans la cité, car, dans la cité, tout se sait. La cité est un village où circule la rumeur, qui reflue, déferle, fait boule de neige. Pour départager le vrai du faux, là-dedans, ça n'est pas toujours facile, car on exagère, on ment. Yacef, du moins, a sa légende : c'est un dur, un caïd. Avec lui, on peut vraiment gagner du fric. Et il est réglo. Il paie bien. L'homme est secret, peu causant, pas liant. Capuche de jogging rabattue sur le crâne, un cache-nez lui masquant partiellement le visage, on le voit raser les murs, à Bagneux : un loup des steppes. Plusieurs choses sont sûres en tout cas. Il a participé au vol d'une Golf GTI et de plusieurs scooters, « avec violence ». *Violence*, c'est peu dire : les propriétaires des véhicules sont rageusement matraqués à coups de casque de moto et « gazés » à l'aide d'un « extincteur » (bombe lacrymogène). Lors d'une de ces agressions, Yacef, prenant la fuite, gaze la policière en uniforme qui court à ses trousses. Il se sépare rarement de sa bombe, cachée dans une « banane » Lacoste fixée à sa ceinture. Il a même gazé un chien, un soir, parce que ce cabot ne lui revenait pas…

Que la Golf GTI volée ait servi par la suite à l'exécution de trois hold-up à main armée, contre deux bars-tabac – *Le Rond-Point* et *L'Arrivée* à Montreuil et Cachan – et contre un Supermarket ATAC[1], à Bagneux, rue de Turin, ça n'a pas enrichi le copieux dossier judiciaire de Yacef. Il fut prouvé en effet qu'il avait volé la voiture, mais on ne put déterminer s'il avait participé aux hold-up. Une chance pour lui : l'agression contre le supermarché s'est conclue par deux coups de feu sur un vigile qui avait voulu s'interposer : deux balles dans le ventre. Bredouilles, les assaillants déguerpirent dans leur Golf GTI sans être identifiés.

C'était en 1999.

---

1. Par prudence sans doute, on a préféré depuis, après rachat de la firme, changer le nom Atac, trop provocateur, en Simply-Market, plus modeste.

Yacef n'avait que 19 ans.

« Dès ma plus tendre enfance, raconterait-il plus tard aux psychiatres de l'institution judiciaire, je savais que je deviendrais un bandit. » Cependant, au début, il a hésité entre la carrière de bandit et celle de « baveux » (avocat) : un avocat qui défendrait la cause des pauvres, des petits, des opprimés. Le gangstérisme de Yacef est mêlé de revendications politiques : « Des centaines de gamins meurent tous les jours en Afrique et tout le monde s'en fout ! » Seulement, avant d'être avocat, il faut faire des études. Et l'école, pour lui, comme pour ceux de sa bande, c'est dès le départ une catastrophe. Il est trop agité, perturbateur, bagarreur : redouble sa sixième, est orienté en quatrième technologie, puis dirigé vers un lycée professionnel « en installation sanitaire et thermique ». Très peu pour lui ! Il sèche les cours. Et ne décrochera aucun diplôme. « Je suis barbare, enfant des cités », ajoute-t-il pour se justifier : voué donc à la violence. « Naître et étudier dans le XVIe arrondissement ou le 93, ça n'est pas la même chose. » De plus, ce qui n'arrange pas ses affaires, il est noir ! « Il vit son origine ethnosociologique comme une fatalité », disent les psychiatres… Yacef pourtant est né à Paris, pas dans une cité, et il a passé son enfance dans un quartier populaire plutôt agréable, XIIe arrondissement. Il logeait rue Beccaria, près de la place d'Aligre. Il est vrai qu'ils vivaient à sept (cinq enfants et les parents) dans un étroit deux-pièces avec sanitaires sur le palier, rien là qui facilite l'essor intellectuel. Son père, ivoirien, 64 ans à l'époque des faits, est manœuvre depuis une trentaine d'années dans une entreprise de vitrerie ; sa mère, 54 ans, ivoirienne elle aussi, est « technicienne de surface », c'est-à-dire femme de ménage. Elle ne sait ni lire ni écrire. « On est venus en France pour mener l'aventure… et avoir une bonne vie », explique-t-elle. « Pour avoir notre pain », ajoute le mari qui, avant 1973, date de son arrivée à Paris, travaillait comme paysan dans leur village d'origine, Kani… Les parents se contentent de leur sort, pas Yacef. N'a-t-il pas la nationalité française, lui (contrairement à ses géniteurs) ? N'est-il pas chez lui en France ? « Ça fout la haine de voir sa mère torcher les chiottes. » Le sort des siens lui fait « honte ». Il veut s'arracher au « carcan » qui les emprisonne et devenir « le sujet de sa propre histoire » (disent encore les psychiatres). Il vit entre haine de soi et narcissisme. Il veut dominer les autres, les manipuler : régner. Il n'a pas le sens des limites : « Mieux vaut mourir comme un lion que de vivre comme un chien. »

En 1994, la famille s'installe à Bagneux, dans un F5 : « Il y avait de l'espace, chacun avait son petit coin, ça changeait de ce qu'on avait avant », raconte le frère aîné de Yacef. Mauvaises fréquentations obligent, Yacef aggrave son cas. Lors des matchs de foot, il pique dans les vestiaires les portables et les blousons des copains, il raye la carrosserie des bagnoles de ses ennemis. Dès l'âge de 16 ans, il est impliqué dans plusieurs larcins, un vol de walkman entre autres, avec menaces contre la victime (le complice de Yacef, un Maghrébin, avait sorti son couteau). Un jour, au tout début de sa vie à Bagneux, gamin encore, il est assis, avec son amie « Suze » (Suzanne), dans un abribus, avenue Henri-Ravera. Devant eux, à vélo, passe un keuf en tenue civile. Ce keuf l'a déjà souvent interpellé, rudoyé. Rageur, Yacef sort de l'abribus et l'apostrophe :

— Enculé de flic, putain de ta mère, sale flic de merde !

Il est aussitôt signalé à une brigade mobile et arrêté pour outrage à gardien de la paix (« J'ai dit ça pour rigoler ! » se défend-il). Ainsi, peu à peu, de coups de colère en petits délits, puis en plus gros délits, commence sa carrière de hors-la-loi.

— J'ai à te parler !

Mam', dans son portable, reconnaît tout de suite Yacef à sa voix – car il ne prononce jamais son nom au téléphone, à cause des « écoutes » : il est persuadé que les conversations téléphoniques sont continûment sous surveillance.

Nous sommes en avril 2005 toujours, un samedi. Ils se fixent rendez-vous dans une ruelle, juste derrière le « Karcher » (une station de lavage de voitures sur l'avenue Henri-Ravera). Cette laverie, que jouxtent la sandwicherie grecque Miam-Miam et le cybercafé Intercomm, est un des centres stratégiques de notre affaire. Comme les deux cabines téléphoniques situées juste en face de la laverie, de l'autre côté de la rue. C'est là qu'on se « file des rancarts », c'est de là qu'on peut téléphoner anonymement ou envoyer des mails sans laisser de trace. C'est là aussi qu'on a de fortes chances, lorsqu'on le cherche, de trouver Yacef. Il y traîne presque tous les jours. En quelque sorte, c'est son « bureau » : l'endroit où il reçoit.

Comme d'habitude, il porte un blouson à capuche Adedi (une marque lancée, sans trop de succès, par des gars de Bagneux) et un bonnet de laine. Comme d'habitude, Mam', le garçon manqué, est en jogging et chaussures de sport.

La ruelle, derrière le Karcher, est séparée de l'immense cimetière de Bagneux par un simple grillage : sur la gauche, des tombes juives ; sur la droite, des chrétiennes. Plus loin, les musulmanes. De hauts marronniers les ombragent, paisiblement. Yacef dit à Mam' :

— J'ai besoin de toi pour draguer un type qu'on veut *soulever*. Il s'agit de le faire tomber dans un guet-apens. Le kidnapping, c'est la meilleure façon de se faire du fric vite. Je vais me lancer là-dedans…

— Qu'est-ce que tu chantes ? Ça va pas ? T'es ouf ? Tu te fais du cinéma. La réalité, c'est pas comme dans les séries américaines…

— M'interromps pas. Ce type, on veut lui faire avouer des trucs et filmer ses aveux avec un caméscope. Après on le fera chanter…

— Ça sert à quoi ?

— C'est un type qui planque des choses qui peuvent rapporter du blé.

Yacef semble supposer que cette première « cible », un dénommé Raymond, donne dans un *bizness* ou un autre : sans doute compte-t-il le « serrer » pour lui extorquer de l'argent. Procédé courant dans diverses banlieues. Raymond a un patronyme bien français. C'est un Gaulois, un vrai jambon-beurre. 100 % Céfran.

— Moi, rétorque Mam', je peux pas jouer à ça. Je suis trop timide, je ne sais pas m'y prendre avec les mecs.

— Tu vois pas qui pourrait faire l'affaire ? Il faut une meuf sexy, une bombe... Il y aura une belle récompense.

Immédiatement, Mam' songe à sa « meilleure copine » : Zelda. Ne constitue-t-elle pas l'appât idéal ? Par ailleurs, elle n'a pas froid aux yeux. Et aime l'argent...

— Zelda, c'est la plus belle fille de l'institut Grignon. Je vais lui téléphoner tout de suite...

« Zelda était une fille fragile, très impressionnable, dira d'elle un de ses ex de l'institut, qui semble l'avoir vraiment aimée. Elle était sous l'influence de Mam', qui, elle-même, était sous l'influence de Yacef. Ça faisait un *train*... »

« J'étais pour eux la proie idéale, expliquera Zelda aux psychiatres, plus tard, ils cherchaient une fille à qui ils pouvaient faire avaler n'importe quoi, à qui ils pouvaient mettre la pression. »

Jeune, fragile, manipulable !

Elle sort en effet d'une tentative de suicide (ayant avalé le stock d'antidépresseurs de sa mère) à cause d'une histoire d'amour foireuse : un type, de Nantes, avec qui elle était entrée en contact sur Internet, Matthieu. Il lui avait fait de belles déclarations. Elle est allée le voir, et puis cet enfoiré s'est vanté auprès des amis de Zelda de sa bonne fortune, disant qu'il s'était moqué d'elle, qu'il avait plein d'autres copines : la honte !

Ce samedi matin, quand Mam' l'appelle, Zelda est chez sa mère, à Aulnay-sous-Bois, un petit pavillon de deux étages à toit de tuiles rouges, cerné par une haie. Mam' ne veut rien lui expliquer au téléphone (elle aussi se persuade qu'elle est continuellement sur écoutes), elle lui dit simplement :

— Un Grand a quelque chose d'intéressant à te proposer. Il y a des sous à gagner...

Zelda prend le RER et, traversant tout Paris en sous-sol, de la banlieue nord à la banlieue sud (... Drancy, La Courneuve, gare du Nord, Châtelet, Luxembourg, Denfert-Rochereau, Gentilly...), resurgit à Bagneux. La bête de meuf est habillée très sexy (« Elle était toujours hyper-décolletée », assurent ses copines). C'est en début d'après-midi qu'elle débarque au « bureau » de Yacef, devant les deux cabines téléphoniques donc, face au Karcher, avenue Henri-Ravera. Mam' est là, seule, fumant une cigarette. Quelques minutes plus tard, au volant d'une Twingo (empruntée à Rik's, de la cité des Merles), arrive Yacef. Il donne un coup de klaxon, stoppe devant les deux filles et les fait monter à bord.

Sur-le-champ, il est impressionné par la beauté de Zelda, qui s'assied à son côté, sur le siège avant, ce que note Mam' qui, sur le siège arrière, se ronge les sangs : elle est jalouse. Elle aurait eu une brève histoire avec Yacef... Celui-ci démarre et, quelques dizaines de mètres plus loin, il désigne l'immeuble de dix étages où vit Raymond, « cible » de cette première tentative de kidnapping. Zelda, selon son plan, doit aller sonner à l'interphone du type et lui demander de descendre. Il faut alors qu'elle l'enjôle (elle a tout pour ça) en lui expliquant qu'elle l'a repéré depuis longtemps et qu'il lui plaît.

— Ce type est un bouffon, il marchera, assure Yacef.

— S'il dit que c'est un bouffon, c'est un bouffon ! renchérit Mam'.

Zelda proposera alors au type, le jour même ou le lendemain, de prendre avec elle le bus 128 afin qu'il l'accompagne, non loin, à Fontenay-aux-Roses, où elle est censée habiter. Il faut aussi qu'elle obtienne son numéro de portable pour le rappeler…

Avec sa Twingo, Yacef, flanqué des deux filles, suit le chemin du 128, bordé de hauts peupliers, roulant jusqu'à la station de bus Fontenay-Houdan, où Zelda et le type devront descendre du bus. Il gare la voiture à cet endroit et, suivi de Mam' et de Zelda, marche jusqu'à la cité des Blagis, toute proche. Dans une HLM, il leur montre un local poubelles, sinistre, nauséabond, dont il a la clef. Au fond de ce local, il y a une autre porte, verrouillée elle aussi, donnant sur les caves. C'est là que Yacef, prévenu de leur arrivée par un coup de fil de Mam' (qui ferait pendant ce temps le « chouf », le guetteur), réceptionnerait la « marchandise ». C'est dans la cave, sous le local poubelles, que la marchandise en question serait séquestrée.

Zelda donne son accord. De sang-froid ? Ou vit-elle dans un film ? comme disait Mam'. À moins que Yacef ait deviné en elle la faille qui lui permet de la tenir sous son emprise ? Le lendemain matin, très tôt (elle a dormi chez la mère de Mam'), Zelda sonne à l'interphone de Raymond… C'est la mère de celui-ci qui répond :

— Raymond ? Il est encore au lit, il dort.

— Je repasserai, rétorque Zelda.

Mais elle ne repasse pas, malgré les objurgations et les menaces de Yacef. Elle en a assez, tout ça lui apparaît comme un jeu vaseux, ennuyeux : « J'avais accepté, dira-t-elle plus tard, afin de rendre service à mon amie Mam'. Mais je n'ai vraiment rien fait pour que le coup réussisse. Bien au contraire. »

Zelda (à part quelques SMS envoyés au début par Yacef, qui la kiffe en vain) n'aura plus aucun rapport avec lui pendant presque un an, jusqu'au mois de janvier 2006, où elle sera contactée pour servir à nouveau d'appât.

Lors du kidnapping d'Élie, cette fois.

Mais Yacef n'a pas renoncé à soulever Raymond. Par le biais de son agent recruteur, Mam' (à qui il a donné 150 euros), il branche une nouvelle meuf de l'institut Grignon, véritable vivier : Esther, jolie Black d'origine angolaise, fine, élancée, avec des cheveux noirs, nattés au ras du crâne et semés de mouchetures dorées. Elle a une chambre juste à côté de celles de Mam' et de Zelda, qui la briefent :

— T'inquiète, lui aurait dit Zelda pour la rassurer, ce truc, c'est moi qui devais le faire, mais je ne suis pas libre le week-end prochain. Maman veut pas que je sorte.

Afin de mieux ferrer Esther, Yacef lui a donné une avance : 100 euros. Le scénario est le même que précédemment : elle sonne à l'interphone de Raymond. Cette fois, celui-ci descend à sa rencontre, au rez-de-chaussée. C'est bien un *Patos* (Français de souche) : jeune, mal rasé, portant une longue chaîne d'or sur un pull gris déformé.

— Je te connais pas, lui dit-il.

— Mais si, on s'est rencontrés il y a un mois, en bande, à Montrouge, c'est même toi qui m'as donné ton adresse.

— Tu t'appelles comment ?

— Stéphanie ! assure Esther.

Mordant à l'hameçon, Raymond la fait monter chez lui, au quatrième étage. Il lui montre, sur ordinateur, ses photos de vacances. Elle le drague, juste une esquisse de flirt. Il lui donne son numéro de portable.

— Je te rappelle, lance Esther en s'extirpant bientôt de sa chambre.

Elle ajoute qu'elle l'emmènera à Fontenay-aux-Roses, où elle habite.

— Mes parents, en ce moment, sont absents, assure-t-elle. On sera tranquilles.

Le soir même, sur ordre de Yacef, elle rappelle Raymond, mais tombe sur un répondeur. Elle recommence le lendemain, même résultat. La semaine suivante, *idem*. Raymond n'est donc pas un « bouffon » : il aura flairé le piège.

— On laisse tomber ! dit Yacef à Esther, on a été repérés. Change ta coiffure. Vaut mieux qu'on te reconnaisse pas…

À la police, plus tard, elle dira :

« J'ai eu de la chance, quand je pense aux conséquences de tout ça, si le kidnapping avait réussi. Je

42

regrette d'avoir apporté ma pierre à cet édifice. Je n'avais pas besoin d'argent. C'est ridicule. Voilà tout. »

Avec les 100 euros de Yacef – qui eussent pu lui valoir des années de prison –, Esther s'est payé une paire de bottes.

Esther avait 15 ans.

> *Je veux tout et tout de suite, la street*
> *m'a toujours coaché*
> *J'suis toujours chaud, eh, négro, j'suis*
> *jamais fauché...*
> *Quand ma Lamborghini est sale,*
> *j'appelle Sarkozy pour un coup de Kar-*
> *cher...*
> *Mes lyrics te pètent les chicots, c'est*
> *mieux pour sucer des bites*
> *Le rap, la drogue, les courses-*
> *poursuites*
> *J'ai pas le temps pour le Smic*
> *Les Assedic, moi j'veux tout et tout*
> *de suite...*

BOOBA, *Tout et tout de suite.*

Depuis son séjour de trente mois en tout à la maison d'arrêt de Nanterre, d'où il est sorti en 2001, âgé de 21 ans, Yacef, cherchant d'un côté du boulot, organisait de l'autre une multitude de coups. Pourtant, c'est lors de ce séjour derrière les barreaux qu'il a découvert, ou redécouvert, sa religion, l'islam. Musulman de naissance, jusque-là il pratiquait peu. L'islam avec lequel il renoue est, faut-il dire, très particulier, car se conciliant fort bien avec le gangstérisme. « À sa sortie de prison, il avait changé, dira plus tard son amie Suze (une jambon-beurre). J'avais fait ma vie de mon côté, mais lui avait stagné pendant deux ans et plus. Après sa libération, il a cherché quelque temps à avoir une existence normale, mais n'y a pas réussi. J'ignore ce qu'il faisait pour subvenir à ses besoins, mais en tout cas il était tout le temps dehors à traîner… »

En fait, Yacef ne traîne pas. Dès sa mise en liberté, il se démène : il a déterré la hache de guerre. C'est à la société qu'il déclare la guerre. Il veut du fric, vite. Le nombre de ses victimes, on ne le connaît pas, car toutes n'ont pas porté plainte. La rumeur, à Bagneux, parle d'une femme mariée qu'il aurait fait chanter en la prenant en photo avec son amant. La police le soupçonne par ailleurs d'avoir trempé dans diverses affaires de racket : entre autres, contre un commerçant maghrébin de la cité voisine de la Pierre-Plate, Rachid H., vendeur de vêtements. L'homme reçoit un jour une grande enveloppe qui contient des photos d'individus cagoulés, armés apparemment d'un bazooka (ou de quelque chose qui y ressemble), et posant devant la porte de sa boutique. Une lettre, jointe à ces photos, lui réclame plusieurs milliers d'euros, impôt supposé devoir financer la cause palestinienne. Cette lettre est d'ailleurs signée FPLP (Front populaire de libération de la Palestine). À cette lettre est agrafée une « puce » téléphonique que monsieur Rachid H. doit placer dans son portable afin qu'il puisse, ultérieurement, recevoir des instructions. En guise d'avertissement, on lui brûle son paillasson. Ordre lui est intimé bientôt, par téléphone, de se rendre avec la rançon et son portable à la gare d'Arcueil. Il y recevra, lui dit-on, de nouvelles consignes. Mais il n'y a personne au rendez-vous. Sauf des policiers, que Rachid H. a averti. Les apprentis gangsters se sont-ils dégonflés ?

Bientôt, les cibles visées sont plus haut placées, c'est au « Grand Capital » qu'on s'attaque : en envoyant de semblables lettres de menaces, avec demande de rançon et photos d'hommes cagoulés en armes, à d'importants responsables des firmes Philips, Rolex, Reebok, Whirpool, Pier import, BMW, Toshiba, Lagardère, puis à des personnalités médiatiques comme Rony Brauman (Médecins sans frontières) ou Jean-François Bizot (PDG de Nova press). Aucune de ces menaces n'impressionne beaucoup leurs destinataires, qui ne réagissent pas – quoique certains aient été victimes d'un jet de cocktail Molotov chez eux, dans leur jardin. Les choses se corsent donc… Une Citroën AX sera ainsi piégée, avec à l'intérieur deux bouteilles de butane, dont l'une au robinet ouvert : un téléphone portable dûment posé sur le siège arrière, et scotché à un sachet de poudre noire, était censé déclencher une étincelle, donc l'explosion, au moment où on l'appellerait. Ça n'explose pas. Mais les apprentis terroristes anonymes ont droit à leur quart d'heure de gloire : un article dans la presse. Notons l'endroit où fut garée cette Citroën AX : à Sceaux, à l'entrecroisement de la Coulée verte et du boulevard Desgranges, là même où, deux ans plus tard, serait kidnappé Élie.

L'explosion de cette voiture piégée était supposée intimider des habitants de ce quartier cossu qu'on voulait racketter.

Ces activités criminelles, menées sous des sigles divers, FPLP, Armata Corsa ou Mafia K1 Fry, s'étendent de l'année 2002 à l'année 2006. Plusieurs importants cabinets de notaires sont menacés. On leur réclame 10 000 euros. Mais nul n'aurait payé. Huit médecins parisiens vivant dans les beaux quartiers sont aussi visés. La méthode, à l'égard de ces derniers, est haute en couleur : l'un d'eux, le docteur X., d'origine juive, reçoit un soir la visite d'un drôle de client, habillé classiquement mais dissimulant mal son accent caillera. C'est un jeune, typé gaulois, baraqué, se disant employé à la RATP. Il prétend avoir très mal au genou :

— J'peux plus bosser, ça me lance…

Sans trop se faire forcer la main, le docteur accepte de lui signer un arrêt de travail. Pour recevoir dès le lendemain un coup de téléphone lui réclamant une centaine de milliers d'euros :

— Si tu paies pas, dit une voix de caillera à l'autre bout du fil, j'te dénonce à l'ordre des médecins pour escroquerie ! Tu m'écoutes bien, pédé ? J't'accuserai de t'être fait graisser la patte pour m'accorder un certificat médical bidon !

Quelques nuits plus tard, pour préciser la menace, une grenade offensive explose devant la porte du médecin. Il est littéralement terrifié. Mais, comme ses sept collègues (qui ont reçu les uns un petit cercueil par courrier, les autres des balles de revolver dans une enveloppe), il ne cède pas et prévient la police[1].

---

1. La police a de fortes raisons de penser que Yacef a trempé dans ces affaires. Elle retrouvera en effet, plus tard, une vidéo tournée le 9/9/2004 par une caméra cachée dans un bureau de

En mai 2005, juste après l'échec du kidnapping contre Raymond, Yacef, et quatre individus, jusqu'ici non officiellement identifiés, va réussir un « coup de maître ». « On » lui a refilé une info intéressante : madame Marguerite L., richissime patronne de plusieurs épiceries de luxe parisiennes, ferait, tous les dimanches matin, en 4 × 4 bleue, la tournée de ses établissements, pour en ramasser la recette (ou une partie de celle-ci). S'arrêtant successivement devant chaque magasin, elle resterait au volant, attendant qu'un de ses employés, sortant dans la rue, lui glisse, par la vitre entrouverte, une enveloppe bien bourrée. Toutes ces enveloppes, elle les rangerait, à ses pieds, dans un grand sac de cuir rouge. En fin de tournée, aux alentours de midi, elle garerait sa 4 × 4 dans le parking du Centre Beaubourg, au second sous-sol, puis y prendrait l'ascenseur, portant à son bras le précieux sac de cuir. Arrivée en surface, elle traverserait le parvis Beaubourg pour se rendre dans une de ses boutiques, aux Halles. Boutique munie d'un coffre. C'est là qu'en toute sécurité serait déposé le contenu du sac.

— Putain, combien de thune elle doit pas ramasser

---

poste de Vitry-sur-Seine : lieu d'où ce jour-là fut envoyé du courrier destiné aux personnes rackettées. Yacef, sur cette vidéo, est reconnaissable. Le courrier en question, pour crédibiliser ses menaces, contenait l'article de presse concernant la voiture piégée du boulevard Desgranges. Par ailleurs, un des membres de la bande de Yacef avouera à un de ses comparses, qui l'a révélé à la police plus tard, avoir déposé une grenade chez un particulier, « à un endroit où il était écrit BOUM ». Un des médecins rackettés a en effet trouvé sur sa boîte aux lettres, où l'on avait écrit le sigle BOUM, une grenade…

comme ça, chaque semaine, et en espèces, petites et grosses coupures !

Ces propos, c'est devant Mam' que Yacef les profère. Il l'a convoquée en effet dans son « bureau », avenue Ravera, face à la sandwicherie Miam-Miam. Il la met au parfum :

— Mam', je veux que tu sois dans ce coup.

Deux semaines de suite, le dimanche 1er mai (Mam' s'en souvient, car, très galant, Yacef lui a offert un brin de muguet) et le dimanche 8 mai 2005, ils se postent tous deux à la terrasse d'un petit troquet des Halles, sur le parvis de Beaubourg, face à l'entrée de la boutique où Marguerite L. est censée déposer, en fin de tournée, son fabuleux sac rouge. Ces deux dimanches, ils constatent que leurs informations sont bonnes : la dame en question, avec la quasi-exactitude d'un métronome, sort de l'ascenseur du parking, sur les midi, traverse, sac au bras, le parvis Beaubourg et entre dans son magasin.

— On se la fait dimanche prochain ! conclut Yacef, qui, bon prince, offre une seconde tournée de menthe à l'eau à sa compagne.

En bons musulmans, ni l'un ni l'autre ne boivent d'alcool.

La semaine qui suit, dimanche 15 mai donc, Mam', munie d'un portable, se poste, dans la matinée, aux abords de l'entrée du parking. Dès qu'elle verra la 4 × 4 bleue y pénétrer, elle en préviendra, par bip téléphonique, Yacef – lequel se tient planqué dans l'ombre, au deuxième sous-sol du même parking, près de l'ascenseur. Un casque « intégral » de moto à la main, il attend dans l'ombre, caché derrière un pan de mur. La dame au sac rouge s'approche, elle est assez âgée, la cinquantaine finissante, cheveux gris permanentés, un tailleur strict en lainage. Vlan, il lui assène sur la nuque un coup foudroyant avec le casque de moto. Elle s'effondre au sol, hurle, lâchant le sac rouge. Il la frappe du pied, ramasse le sac, monte quatre par quatre les escaliers (dédaignant l'ascenseur, c'est plus sûr), enfile son casque et jaillit dans la rue, en pleine lumière, les yeux éblouis. Un comparse, casque « intégral » sur le crâne, l'attend tout à côté, à moto, moteur tournant. Hop, Yacef saute sur le siège arrière, ils sont déjà loin…

Le coup aurait rapporté 9 000 euros.

À Bagneux, quelques heures plus tard, Yacef retrouve Mam' dans un hall de la cité du Cerisier, face au terrain de basket où s'ébattent une dizaine de gamins, garçons et filles, renois, rebeus, noichs et patos : futurs cailleras peut-être ? Petits Yacef en herbe ? Mam' a été raccompagnée de Paris jusqu'à chez elle par un autre membre de la bande, à bord d'une Renault Clio. Elle est impatiente, inquiète.

— Ça a marché ? demande Mam'.

— Pose pas de questions, rétorque Yacef, capuche rabattue sur sa tête.

Il regarde à droite et à gauche si personne ne les observe. Et lui glisse dans la main, furtivement, plusieurs billets bleus, dix billets de 20 euros : sa part.

— La putain de ta race si tu causes, t'entends ? menace-t-il. Si tu causes, ta darone [ta mère], je la plante, t'entends, j' l'égorge, et toi aussi je te… te… te… tue. Et ton frère pareil ! Ta sœur…

Pris d'émotion, Yacef, c'est son tic, se remet à bégayer. Mais ça ne fait pas rire Mam'. L'expression haineuse qui se grave sur le visage du « Boss », d'habitude si rigolard, ça la glace. C'est ce mélange de goguenardise et de soudaine sauvagerie qui, chez lui, fait peur. Sous le masque du clown : le dément.

« Avec ces 200 euros, dira plus tard Mam' à la juge d'instruction, je me suis payé une paire de chaussures, mais des vraies chaussures. Pas des tennis. Des chaussures de fille, avec des talons. J'en avais jamais porté de ma vie. C'est à cette époque que j'ai commencé à m'habiller en fille… »

« Mam' voulait se faire une place dans la cité, dira Yacef, devant ses juges de la cour d'assises de Paris, quatre ans plus tard. Elle était prête à tout pour ça. J'en ai profité ! »

2004 on met ton rap à 4 pattes gros
Si t'as des couilles on les castre
Y'a que d'la haine au menu
Comme Bush s'en bat les couilles d'l'ONU

Code 187,
La Fierté des nôtres, 2004.

Un soir, quelques mois plus tôt – événement qu'il est intéressant de noter pour montrer avec quel talent Yacef savait trouver la faille chez les êtres fragiles pour se glisser en eux et les manipuler –, Nicole, une jolie Guadeloupéenne de 25 ans, rentre chez elle en voiture, à Bagneux. Elle travaille à Paris, pour la RATP, comme guichetière à la station de métro Montparnasse. Remontant l'avenue Henri-Ravera vers le sud, elle est quasi obligée, pour rejoindre la rue Maxime-Gorki où elle habite, de passer devant le « bureau » de Yacef : comme toujours, il est là, à « glander », près des deux cabines téléphoniques, face au Karcher. Elle baisse la vitre de sa voiture, lui fait un petit bonjour…

— Salut Nick ! répond-il.

Nick, c'est le nom qu'il lui donnait quand, adolescents, ils sortaient en bande dans les boîtes de samba des Champs-Élysées. Ils étaient bons copains autrefois, mais, depuis des années, ils ne se fréquentent plus. Aussi Yacef est-il très étonné quand Nicole arrête sa voiture à sa hauteur. Elle est pâle, mal coiffée et semble amaigrie...

— Ça va pas, Nick ?

— Non, pas du tout.

Il fait le tour de la voiture, tapote à la portière droite :

— Ouvre-moi.

Elle s'exécute.

Il s'assied à ses côtés. Elle démarre pour se garer quelques dizaines de mètres plus loin, en bas de chez elle.

— Qu'est-ce qui va pas, Nick ?

Elle éclate en sanglots, posant sa tête sur le volant. Puis tape des poings sur le tableau de bord, proche de la crise de nerfs :

— Mon mec, Kevin, cet enculé ! Il me trompe avec une pétasse. Une Martiniquaise, Julie, une fille de Fontenay-aux-Roses qui s'est fait trouer par toute sa cité ! Il l'a même mise en cloque ! Il m'a dit qu'il allait me quitter, que c'était fini entre nous... C'est un salaud, car je suis moi-même enceinte de lui ! J'en peux plus, je ne dors plus, je mange plus, depuis deux semaines j'ai perdu huit kilos ! Cette garce, tu sais quoi, Yacef ? Eh bien je souhaite qu'elle se casse la gueule dans les escaliers de chez elle pour qu'elle perde son enfant...

Il la relance sur le sujet. Nicole ne tarit pas, elle vide son sac, sa haine. Dit tout et n'importe quoi ! Elle est si émue qu'elle ne se rend pas compte que, entre-temps, Yacef a pressé le bouton d'un appareil électronique dissimulé dans la poche de son blouson Adedi.

Une dizaine de minutes plus tard, il caresse fraternellement la main droite de Nicole, agrippée au volant. C'est le geste protecteur d'un parrain maffieux.

— T'inquiète, ça va s'arranger ! dit-il.

Il sort de la voiture et s'en retourne à son « bureau » : entrant dans une des cabines téléphoniques, aux vitres de verre transparent, il fait mine de composer un numéro…

Nicole repart chez elle.

Le lendemain aux aurores, il l'appelle sur son portable. Elle est encore à son domicile, mais sa mère Justine, avec qui elle vit, a déjà rejoint son travail (à Paris, dans un bureau de poste du XIe arrondissement : elle est employée aux chèques postaux).

— Je peux passer chez toi ? J'ai du nouveau, dit-il.

— Du nouveau ? D'accord, mais dépêche-toi. Je pars bosser à Montparnasse dans une heure…

Il la rejoint au treizième étage d'une HLM de la cité Maxime-Gorki. Nicole est en train de préparer du café quand il sonne…

Prenant un air mystérieux, il lui dit de s'asseoir sur un canapé à son côté. La fixant alors dans les yeux, il ajoute, d'un ton faussement détaché :

— Ça y est, la machine est en route, j'ai trouvé les potes qu'il faut, des Yougoslaves. Ils vont la couper en morceaux et la dispatcher…

— La couper en morceaux, mais qui ? s'exclame Nicole effarée.

Yacef mime un air étonné :

— Mais Julie, bien sûr, la pute à ton copain Kevin.

Elle se lève, prise de la tête aux pieds de tressaillements nerveux. Blême...

— Mais je t'ai jamais dit ça. Je t'ai rien demandé !

Jouant la fureur, Yacef rétorque :

— Comment ça, tu m'as rien demandé ? Tu m'as peut-être pas dit que tu voulais qu'elle se casse la gueule dans les escaliers, qu'elle crève ?

— Mais c'est sous l'effet de la colère. J'en croyais pas un mot...

Calmement, il déclare :

— J'ai passé contrat avec les Yougos ! Maintenant, si tu veux que la machine s'arrête, va falloir que tu me donnes 30 000 euros ! Ces types, c'est des méchants. Ils ont mis les choses en route. Pour les stopper, faut payer...

— J'ai pas tout cet argent. D'ailleurs, je vois pas comment vous pourriez lui faire du mal, à cette fille, je ne t'ai jamais donné son nom de famille ni son adresse...

— Je suis bien renseigné. Julie de Fontenay-aux-Roses, je sais qui c'est...

— Où veux-tu que je trouve cet argent, c'est pas possible...

— T'as intérêt à le trouver et vite.

Il se lève. Sort de l'appartement, claquant la porte.

Nicole, en larmes, s'effondre sur son canapé. Un quart d'heure plus tard à peine, on sonne à nouveau. Elle ouvre. C'est Yacef, encore lui. Un effrayant sourire aux lèvres...

Nicole, qui se tient dans l'entrebâillement de la porte, ne le laisse pas entrer.

— En fait, lui dit-il avec sérénité, je peux transiger. Je n'ai besoin que de 15 000 euros. Ça te va ?

— Pas plus 15 000 que 30 000. Mon compte postal est vide. J'ai pas le sou !

— Ça se trouve, les sous ! Les Yougos, c'est des sans-domicile-fixe. Tu pourrais peut-être leur fournir une baraque pour les vacances, ta mère en a une, non ? Ils se contenteraient alors de 10 000 euros seulement...

— J'ai pas ça. Laisse-moi ! Il faut que je rejoigne mon travail à Paris.

Terrorisée, elle descend avec Yacef en ascenseur, monte dans sa voiture et démarre, le laissant seul dans la rue...

En début de soirée, Nicole, qui a revêtu son uniforme bleu de la RATP, est installée derrière le guichet vitré de la station de métro Montparnasse. Avec une collègue, elle regarde passer la foule des voyageurs. Soudain, l'un d'entre eux lui fait signe. Un Black. Il porte un blouson blanc, capuche rabattue sur le crâne, et un cache-nez qui lui couvre la moitié du visage : Yacef ! Dans son excitation, la veille, elle lui avait imprudemment indiqué son lieu de travail...

Avant de quitter le guichet pour le rejoindre, elle souffle à sa collègue :

— Tu vois ce type, s'il m'arrive quelque chose, ce sera à cause de lui.

Yacef l'entraîne dans un coin de la station. Il sort de la poche de son blouson un petit magnétophone :

— Je suis venu te faire écouter une nouvelle chanson, dit-il.

Il lui file des écouteurs, qu'elle place sur sa tête.

C'est sa propre voix qu'elle entend alors : sa voix qui profère contre sa rivale Julie des insultes et des menaces. La veille, dans la voiture, quand elle s'était confiée à lui, Yacef, en douce, l'avait enregistrée : « *J'souhaite qu'elle se casse la gueule dans l'escalier et qu'elle ait une fausse couche.* »

— C'est une preuve ! assure Yacef. Maintenant, pétasse, va falloir payer sinon ça se passera mal pour toi ! Tu me captes ?

Revenant à la charge, le lendemain, Yacef sonne à nouveau à la porte de Nicole, à 6 heures du matin, sachant, car il s'était mis aux aguets, que la mère est partie. Quand la jeune femme entrebâille la porte, il la repousse, pénétrant de force dans l'appartement.

— Dégage !

Il s'assied sur le canapé et pose sur une table basse, théâtralement, deux cartouches de revolver en cuivre.

— Tu vois ça ? Si tu paies pas, la première, elle est pour ta mère. Et la seconde, elle risque bien d'être… pour moi. Car je suis mouillé, tu comprends. Les Yougos, c'est des types effrayants. Ils veulent l'argent que je leur ai promis. S'ils ne l'ont pas, ils me descendront moi aussi…

— Mais je ne peux pas payer, répète-t-elle à bout de nerfs. Et puis je t'ai rien demandé et maintenant tu me fais chanter…

— T'as des parents, des amis. Ils peuvent pas t'avancer la somme ? 10 000 euros, c'est pas le bout du monde…

— Je peux faire un petit effort, mais si tu me promets de tout arrêter…

Elle finit de s'habiller, prend son portefeuille avec sa carte de crédit (et celle de sa mère, qu'elle sait où trouver dans l'appartement). Ils descendent ensemble rejoindre la voiture de Nicole. Ils roulent alors vers un bureau de poste, à Bagneux. Au distributeur de billets, elle retire sur son compte quelques centaines d'euros, ses dernières économies. Puis, à un autre distributeur de billets, celui de la BNP de Montrouge, elle retire une somme plus importante. Mais, cette fois, avec la carte bancaire de sa mère, dont elle connaît le code. En tout, c'est 1 500 euros qu'elle remet à Yacef. Pendant ces opérations, celui-ci reste assis sur le siège avant droit de la voiture, comme un pacha. Il empoche l'argent, le glissant dans son blouson... Puis il donne ordre à Nicole de rouler en direction d'Arcueil, par la nationale 20. Effarée, elle obéit. Il lui enjoint ensuite, sans donner d'explications, de tourner en rond, plusieurs fois, sur le parking désert du supermarché Cora. Cependant, il jette des regards sur sa droite, sur sa gauche, comme s'il cherchait quelqu'un. Ce manège la terrorise davantage. Veut-on la kidnapper, la séquestrer, la violer ? Sous la surveillance de Yacef, elle téléphone à des copines, avec son portable, essayant désespérément de leur emprunter de l'argent...

Content de l'avoir mise « en condition », Yacef se fait déposer bientôt devant la porte du Cora. En descendant de la voiture, il lance :

— Je repasse chez toi cet aprèm, t'as intérêt à avoir le reste du fric.

À 14 heures, Justine, la mère de Nicole, rentre chez elle, rue Maxime-Gorki. Elle trouve sa fille en larmes, au bord de la crise de nerfs. Nicole lui raconte tout. Une heure plus tard, c'est Yacef qui arrive…

De belle stature, bien en chair, Justine se définit comme une femme « qui ne baisse jamais les bras et qui n'a pas peur de parler haut et fort ». Quand Yacef lui explique que sa fille l'a chargé d'embaucher des tueurs pour liquider une rivale, elle trépigne (« Qu'est-ce que vous racontez ? »). Quand il ajoute qu'il faut les payer, car, dans le cas contraire, ces types se vengeraient cruellement, elle explose :

— Ma fille m'a tout expliqué, monsieur Yacef. Profitant de son malheur, de sa dépression, vous vous livrez sur elle à un ignoble chantage. Mais, avec moi, ça ne marche pas !

— Si vous payez pas, vous êtes morte !

— Des menaces, maintenant ? exulte Justine. Je vous prie de sortir immédiatement de chez moi et de ne plus jamais y revenir. Je vous interdis de causer à ma fille. Et même de la regarder. Dehors !

Yacef se lance alors dans un grand numéro. C'est Al Pacino dans *Scarface*. Il se cogne et recogne la tête contre un mur, rageusement, une fois, deux fois, dix fois. L'appartement résonne de ces coups : sourds.

— Qu'est-ce que je… je… je vais faire ? hurle-t-il, se remettant à bégayer. Qu'est-ce que je… je… je vais leur raconter, à ces… ces types (il étouffe un sanglot). Faut que je les paie, sinon ils vont me ni… niquer. Vont me flinguer.

— Sortez ! répète la mère de Nicole. Je ne veux plus vous voir.

La comédie de Yacef tombe à l'eau. Ni Nicole ni sa mère n'entendront jamais plus parler de lui. Et moins encore de ses nervis yougoslaves, réels ou imaginaires.

Cependant, Yacef ne leur rend pas les 1 500 euros. Et elles n'osent porter plainte. Il fait peur. Un fauve ! Sa réputation le protège. Par ailleurs, elles n'ont aucune preuve contre lui.

Avec cet argent, et celui qu'il raflera cinq mois plus tard à la « dame au sac rouge », propriétaire de plusieurs épiceries de luxe parisiennes, sans compter d'autres coups sans doute, restés encore secrets, Yacef, l'été 2005, va se payer des vacances en Côte d'Ivoire, sa deuxième patrie. Il est né en France, il se sent Français, mais « Français de Côte d'Ivoire ». Comme on est Français breton ou Français auvergnat. Là-bas, à Abobo, quartier chaud d'Abidjan, il rencontre Fatou, puis Mayaki, deux vendeuses de fringues. Ils font la fête. Les grands ducs ! À Mayaki, lorsqu'il repartira pour la France, il promet : « Quand je reviens, on fait un enfant ! » Pour éterniser cette promesse, il s'est fait filmer et enregistrer par un ami avec un caméscope : en train de déclarer tout ça à la jeune femme, assis près d'elle et lui tenant la main.

La Côte d'Ivoire est alors déchirée par des luttes intestines. La France y a des troupes qui, impliquées dans des échauffourées, ont tiré sur la foule et subi des pertes. La région nord, 60 % du pays, est aux mains des rebelles en guerre contre le gouvernement central, « vendu aux Occidentaux ». Yacef se serait rendu dans cette région. Un de ses oncles, affirme-t-il, y dirigerait des maquis. Il a rapporté de là-bas des photos de guérilleros en treillis, dans la brousse, ou devant des automitrailleuses, Kalachnikov sur la poitrine. Il les montre à ses potes de Bagneux, non sans fierté...

« De retour en France, fin septembre 2005, il avait vraiment changé, racontera son amie Suze. Il était speed, nerveux. Il m'a parlé de la guerre dans son pays. Il disait qu'il y avait des rebelles partout... Il était marqué par ce qu'il avait vécu. Il est devenu plus renfermé que jamais, mystérieux. »

« Je l'ai souvent croisé durant l'été 2005, raconte une autre de ses relations, Gabo, 30 ans, Guadeloupéen (un "Grand" qui a fait de la taule pour trafic de stupéfiants). Il évoquait souvent la situation en Côte d'Ivoire. Il aurait voulu agir sur place, lutter pour son pays aux côtés des rebelles. Il était déterminé dans ses idées de révolution. »

À d'autres, dont Mam', il dira qu'il voulait ramasser du fric en France pour acheter des armes et venir en aide aux maquisards ivoiriens. Vantardises ? Il évoquera la misère, les enfants mourant de faim...

Premier producteur mondial de cacao, la Côte d'Ivoire s'enfonce en effet dans le cauchemar. La moitié de sa population vit avec moins d'un dollar par jour. On y appelle, ironiquement, « mort subite » l'unique repas dont beaucoup, quotidiennement, doivent se contenter.

> *Le changement qui a le plus d'impor-*
> *tance, dans ce qui s'est passé depuis vingt*
> *ans, […] c'est tout simplement que la*
> *domination spectaculaire ait pu élever*
> *une génération pliée à ses lois. Les condi-*
> *tions extraordinairement neuves dans*
> *lesquelles cette génération, dans l'en-*
> *semble, a effectivement vécu constituent*
> *un résumé exact et suffisant de tout ce*
> *que désormais le spectacle empêche ; et*
> *aussi de tout ce qu'il permet.*
>
> G. DEBORD,
> *Commentaires sur la société*
> *du spectacle,* 1988.

De retour d'Abidjan, en septembre 2005, Yacef convoque Mam' à son « bureau ». Le kidnapping raté dirigé contre Raymond, c'était il y a cinq mois à peine. Mais il compte se rattraper. Il veut du fric, beaucoup.

— Les gens de Bagneux, c'est des pauvres, explique Mam', qui ne manque pas de jugeote. Faut être pauvre, pour vivre à Bagneux. Tu devrais chercher ailleurs tes victimes !

Bagneux est une ville plutôt jolie, construite autour d'une colline où se dresse une église, datant du XIIᵉ siècle, Saint-Hermeland : petite, compacte, ramassée sur de puissantes colonnades, cette église est un chef-d'œuvre marquant la transition entre arts roman et gothique. Jadis, à Bagneux, on vivait de la vigne. Le vin local était fameux. « Je suis à Bagneux, écrivait Henri IV à sa maîtresse Gabrielle d'Estrées, ayant eu tant de plaisir qu'il se peut. » Dans cette ville, les avenues sont bordées d'arbres magnifiques. Certaines ruelles, couvertes d'antiques pavés mal équarris et longées de murs lépreux, rappellent les villages d'autrefois. Plus loin, on traverse des quartiers classe moyenne : villas, jardins. Mais, depuis les années trente, et surtout à partir des années soixante, des cités aux immeubles d'une quinzaine d'étages, en mauvais matériaux, ont proliféré, s'encastrant dans les zones résidentielles. C'est là que s'entassent les « pauvres » dont parle Mam'. Aux fenêtres, du linge qui sèche, des antennes paraboliques permettent de capter Al-Jazira. Certains appartements de deux pièces sont occupés par dix personnes, avant tout des immigrés, et quelques Gaulois : des casoces (cas sociaux). Quart-monde et tiers-monde se mêlent. Le chômage, surtout chez les jeunes, y est bien plus élevé qu'ailleurs. Quelques-uns vivent d'allocations diverses, d'autres de trafic : essence siphonnée dans les réservoirs, pièces détachées de voitures volées désossées, cigarettes en contrebande, shit. On touche le RMI et on travaille au noir. La mairie, depuis le Front populaire, est communiste.

— T'as une idée ? demande Yacef.

— Non.

— Et dans ton internat ? À l'institut Grignon, y'a pas des fils à papa ? Des bourgeois ! Il paraît que les parents crachent 3 000 euros par mois, pour placer leurs gosses là-dedans[1].

— Oui, c'est plein de gosses de riches, mais de gosses de pauvres aussi, subventionnés par l'aide à l'enfance.

— T'en vois pas un ou une qui ferait l'affaire ?

— Y'a un frimeur, Mousse [Moustapha]. Chaque jour, il change de fringues et c'est que des trucs de marque, East Pole, Diesel, Lacoste ! Les filles sont toutes amoureuses de lui. Je crois qu'il a eu Zelda. Il est du Mali, ou du Sénégal, je sais plus. Un truc comme ça. Son père dirige une grande société. Faut voir l'appartement qu'il a pas, du côté de la place d'Italie, à Paris. J'y suis allée un soir qu'il donnait une fête…

Sur son portable, Mam' a une photo de Mousse : un beau jeune homme de moins de 20 ans, black, traits fins, cheveux courts, frisés, l'air sûr de soi, un brin arrogant.

— Tous les week-ends, il va en boîte, il flambe, précise Mam' : au Red Light à Montparnasse…

— C'est le type qu'il faut. En plus de ça, il a pas l'air costaud…

Depuis la rentrée scolaire, Mam' est toujours au lycée de Thiais, mais plus à l'internat. Elle loge dans un foyer pour jeunes travailleurs, à Chevilly-Larue. C'est là que Yacef, deux jours plus tard, vient la trouver. Il porte en bandoulière une sacoche contenant son caméscope.

---

1. C'est ce qu'imagine Yacef.

— Viens avec moi, Mam', je vais te filmer !

— Me filmer ?

— Ouais ! Tu vas être notre nouvelle star ! On va décrocher la Palme d'or à Cannes, grâce à toi.

Il l'emmène dans une HLM qu'il a déjà repérée et inspectée, juste derrière le foyer. Ils montent tous les deux au dernier étage, en ascenseur. C'est un palier désert, ouvrant sur une terrasse où ne donne aucun appartement. Dans l'escalier en contrebas, il fixe le caméscope au barreau d'une échelle de secours : objectif braqué vers le palier. Tel un metteur en scène, il demande à Mam' de s'asseoir sur la dernière marche, face à l'objectif, lui-même s'installant à son côté. Il a appuyé, auparavant, sur le bouton « start » de la caméra, de sorte que leur image et leurs paroles soient enregistrées.

— Répète ce que je te dis ! lui lance alors Yacef : « *Je m'appelle Mam'.* »

— « *Je m'appelle Mam'* », ânonne-t-elle en écho, comme une écolière obéissante.

Yacef, c'est un Grand, un chef : avec lui, faut obéir. Elle est son âme damnée.

— Et répète ça maintenant, poursuit-il : « *C'est moi qui ai donné le nom de Mousse, élève à l'institut Grignon, pour qu'on le kidnappe, parce que son père est riche.* »

— Pourquoi tu veux m'enregistrer en disant ça ? demande Mam'.

— Parce que les pétasses, ça bavasse. Déjà Zelda et Esther en savent trop. Faudra que tu les surveilles. Et toi, je veux te tenir. Si tu causes, si tu me grilles pour ce coup-là, moi, je te grille, en montrant ce film aux keufs, c'est une preuve : tu captes ? Allez, répète.

Subjuguée, Mam' répète :

— « *C'est moi qui ai donné le nom de Mousse…* » Et après ? J'ai oublié…

— « *Élève à l'institut Grignon* ».

— « *Élève à l'institut Grignon* ».

— « *Pour qu'on le kidnappe, parce que son père est riche.* »

— « *Pour qu'on le kidnappe, parce que son père est riche.* »

Coupé !

La séance terminée, Yacef range le caméscope dans sa sacoche. Il tapote fièrement dessus en disant :

— Avec ça, t'as intérêt à filer doux. Et si tu files doux, si tu obéis à mes ordres, on sera riches. Avec tout notre blé, on partira en vacances, où tu voudras : en Indonésie pourquoi pas, c'est un grand pays musulman ! On emmènera aussi des copains, Zelda…

— Pourquoi Zelda ? demande Mam', jalouse. C'est une bouffonne, elle sait pas tenir sa langue…

Mousse n'aime ni Zelda ni Mam'. Ces filles, selon lui, sont « trop intéressées ». Toujours à le taper d'une cigarette ou autre chose. Et puis cette Zelda est insupportable. Elle se vante continuellement, de tout et de rien. Qu'est-ce qu'elle ne raconterait pas : qu'elle a couché la veille avec Leonardo DiCaprio ? Moustapha, alias Mousse, appartient à la bourgeoisie sénégalaise. Il est musulman, non pratiquant. Son père a un poste d'importance dans une multinationale. Comme tous les fils de riches du pays, c'est au lycée français de Dakar qu'il a fait ses études. Il est en France depuis un an seulement. Il y est venu pour s'inscrire dans une section scientifique, qui n'existe pas dans son pays. On l'a placé alors à l'institut Grignon.

Cet après-midi du 14 octobre 2005, installé sur un canapé, il regarde un western à la télé, chez son père, dans le salon de leur grand appartement, au dernier étage d'une tour du XIIIe arrondissement de Paris.

Posé à côté de lui, son portable se met soudain à sonner. S'inscrit sur le cadran un numéro de ligne fixe, que n'accompagne aucun nom. On doit l'appeler d'une cabine publique. Il décroche. C'est une voix de femme :

— Allô, c'est Sofia !

— Sofia. Quelle Sofia ?

Il ne connaît pas de Sofia…

— On s'est rencontrés au Red Light à Montparnasse, tu te souviens plus ? Tu m'as donné ton numéro de portable… J'suis italienne.

— Ça fait deux mois que j'y mets plus les pieds, au Red Light. Je vais au Mix Club maintenant.

— C'est l'été dernier qu'on s'est rencontrés.

— Pourquoi tu m'as pas appelé avant ?

— Bien… euh… je suis timide… je n'ai pas osé. Et puis j'ai perdu le papier où tu avais inscrit le numéro… Je viens tout juste de le retrouver. Tu veux pas qu'on se voie, demain, dans l'après-midi, au Zimmer, place du Châtelet…

— Je suis pas libre demain.

— Et ce soir, qu'est-ce que tu fais ?

— Je vais au Mix Club.

— Si tu veux, je te téléphone sur les 3 heures du matin. Et je viens te chercher avec ma voiture. On ira chez moi. D'accord ?

— Fais comme tu veux…

À 19 h 30, Mousse reçoit un nouvel appel, bref, de Sofia, qui lui confirme leur rendez-vous à 3 heures à la sortie du Mix Club. Cet appel est passé, une fois encore, à partir d'un fixe : une cabine téléphonique située aux Ulis, ce que l'enquête de police déterminera plus tard.

— Et comment je vais te reconnaître ?

— Je t'attendrai devant la boîte… je porte une minijupe blanche, une veste noire. J'ai des cheveux longs, bruns.

Le Mix Club, 24 rue de l'Arrivée, au pied de la tour Montparnasse, s'annonce dans ses pubs comme « le lieu incontournable de la nuit parisienne » : 25 euros l'entrée, avec une consommation. 120 euros la bouteille de scotch. Ça n'est pas donné pour les lycéens. La musique est mixée par des DJ internationaux à la mode. Une grande salle où l'on danse, une scène, des balcons. Le public est jeune, beaucoup de jolies filles. Pour y entrer, il faut être soigné d'apparence. Mousse se trouve là, depuis 23 heures, avec une « bande de potes ». De la soirée, il n'a bu qu'un verre. À 2 h 49, son portable sonne. Un numéro, inconnu encore une fois, s'inscrit sur le cadran, un fixe :

— C'est Sofia ! dit la voix dans l'appareil. Je suis là.

— Tu m'appelles d'où ?

— De la cabine à la sortie du club, juste devant la gare...

— C'est bon, j'arrive...

Il s'excuse auprès de ses copains : « Une amie vient me chercher. » On se fait la bise. Il sort. La rue est quasi déserte. Derrière lui, le panneau lumineux, sur la façade du club, affiche une pub Pepsi-Cola. Plus haut, sur le même trottoir, rue de l'Arrivée, près de la gare Montparnasse, il voit une jeune femme plutôt grande, avec de longs cheveux bruns retombant sur les épaules. Elle se tient à côté d'une cabine téléphonique. C'est de là, manifestement, qu'elle l'a appelé. Elle a une minijupe blanche, des jambes effilées. Il marche dans sa direction. Elle lui fait signe de loin, avec la main...

Il remarque qu'un taxi, bizarrement, est garé devant la cabine téléphonique. Le chauffeur est au volant. La voiture est de couleur crème, il s'en souviendra plus tard, et son lumignon, sur le toit, est éteint, ce qui indique qu'il n'est pas libre. Il se dit que la jeune femme a dû venir jusqu'ici avec ce taxi.

— C'est bien toi, Sofia ? demande Mousse en l'abordant...

Elle a les yeux clairs, vert clair.

— Oui, répond-elle d'une voix assurée.

— Je ne me souviens vraiment pas de t'avoir rencontrée.

Mais on croise tellement de filles en boîte.

— On prend le taxi ! dit-elle...

— Tu m'avais dit que tu venais avec ta voiture...

Autoritaire, elle ouvre la porte du véhicule...

— On monte, je t'expliquerai ça dedans...

Il s'installe à son côté, sur le siège arrière. Ses jambes, dans des collants noirs, sont vraiment sexy.

— Ma voiture, dit-elle, je l'ai laissée à une copine. On prend un taxi pour aller la récupérer, c'est du côté de Villejuif. Ensuite on rentrera chez moi avec ma propre bagnole...

Elle lance une adresse au chauffeur, un Maghrébin, qui démarre aussitôt.

Elle semble vraiment maîtresse d'elle-même, ce qui contraste avec ses confidences au téléphone sur sa timidité.

— Tu as quel âge ?

— Plus que toi.

— Étudiante ?

— Non, je travaille. J'suis esthéticienne.

— Ça s'est passé comment, ta soirée, jusqu'à maintenant ?...

— Oh, j'étais avec plein de potes. Ils m'ennuyaient, alors j'ai beaucoup bu, excuse-moi, je suis à demi bourrée.

— T'en as pas l'air...

Il remarque en effet qu'elle est plutôt froide, lucide. Quel âge peut-elle avoir ? 20, 21 ans. Son tee-shirt, sous sa veste noire, est très décolleté. Elle a une poitrine impressionnante.

« C'était une fille que les hommes ne pouvaient que remarquer », dira plus tard Mousse à la police.

Il reconnaît assez bien le chemin qu'emprunte le taxi, car son père vit dans le XIIIe arrondissement. Ils dépassent la place d'Italie vers le sud, empruntent l'avenue d'Italie, franchissent le périphérique : puis c'est la nationale 7 qui traverse le Kremlin-Bicêtre. Le taxi s'arrête à l'angle d'une rue débouchant sur la nationale 7...

Sofia, ou celle qui se fait appeler Sofia, ouvre son sac, sort son porte-monnaie...

— Non, c'est moi qui paie, dit Mousse.

— Pas question...

Le chauffeur prend les billets qu'elle lui tend.

Puis ils sortent...

— On va marcher un peu. Ça n'est pas loin...

— Le taxi ne s'est pas arrêté devant chez ta copine ?...

— Non... Je préfère pas... Mais elle vit tout près, cinq minutes à pied... Tu comprends, mon frère habite à côté de chez elle, et je ne voudrais pas qu'il me voie avec toi...

Ils s'engagent – comme on le reconstituera plus tard – dans la rue Carnot, qui croise l'avenue de Fontainebleau, alias N7. À cet endroit se dresse une bizarre statue de Gaulois, casque à cornes sur le crâne, en bronze. De part et d'autre de la chaussée : des arbres, des immeubles modernes de quatre étages qu'éclairent une double rangée de lampadaires.

Ils tournent sur la droite, dans une rue étroite, à hauteur d'un jardin d'enfants hérissé de toboggans et de balançoires. C'est la rue Lech-Walesa. Cette rue forme ensuite un coude sur la gauche et débouche sur un espace plongé dans l'obscurité la plus totale. Aucun éclairage. À droite, un haut mur de briques à demi en ruine surmonté par les ombres de deux cheminées : une usine désaffectée. Tout le long, des buissons sauvages. À gauche, un bâtiment d'un étage : bureaux administratifs et hangars d'une société de sanitaires, évidemment fermés à cette heure tardive. Le parfait coupe-gorge...

Soudain, Sofia prend Mousse par le bras.

— Vite, baisse-toi, lui souffle-t-elle, y'a mon frère qui me guette à la fenêtre...

Il se baisse, sans réfléchir. Sofia lui lâche le bras et s'enfuit, dans la nuit.

Il a à peine le temps de lancer un : « Où vas-tu ? » qu'il ressent un choc violent sur la nuque. Deux mains le saisissent à la gorge, puissantes, l'étranglent. Ces mains sont noires. Son agresseur est un Black comme lui. Mousse hurle, se débat, frappe des coudes et des pieds...

Il entend rugir un moteur, du côté de la rue où Sofia s'est enfuie. Une camionnette fonce en trombe vers lui et son agresseur, freine à leur hauteur. La porte latérale du véhicule s'ouvre de l'intérieur. Deux individus en jaillissent qui, à leur tour, s'abattent sur lui, le rouant de coups, au ventre, au visage...

— Mettez-le par terre, ce fils de pute ! lance une voix rauque, grave, avec l'accent caillera.

Les coups redoublent.

Des mains posées sur ses yeux essaient de l'aveugler.

Il mord, griffe, hurle :

— Lâchez-moi, bande d'enfoirés !

— Les flics ! crie un des agresseurs.

Une voiture, genre Peugeot 307 grise, vient de surgir au bout de la rue. Les trois voyous s'enfuient, abandonnant leur camionnette moteur en marche. Ils vont se dissimuler derrière des buissons, dans un angle obscur de cette artère. Mousse n'a pas compris que c'est une voiture banalisée de la BAC (brigade anti-criminalité) qui, venant d'apparaître opportunément, les a fait détaler. Il prend lui-même ses jambes à son cou. Et cavale en direction inverse, jusqu'à la nationale 7.

« Sur le moment, je n'ai songé qu'à une chose, m'échapper, racontera Mousse plus tard. Cette voiture de la police, j'ai cru que c'étaient des complices. J'ai marché en direction de Paris, jusqu'au périphérique, finissant par trouver un taxi. J'avais vérifié avant qu'ils ne m'avaient rien volé, ni mon argent ni ma carte de crédit. Mes habits étaient couverts de boue, déchirés. J'avais extrêmement mal au ventre et à la hanche. Ils m'avaient bourré de coups de pied. Mes lèvres étaient en sang. Sur l'instant, j'ai pensé qu'il s'agissait d'une vengeance : un petit ami jaloux qui m'avait suivi parce que j'avais dragué sa copine en boîte... Pas un instant je n'ai supposé que Sofia faisait partie d'un stratagème visant à me piéger. Je pensais qu'elle avait pris la fuite à cause de l'attaque. J'ai même attendu qu'elle me téléphone, le lendemain, pour qu'on parle de tout ça. Elle n'a jamais rappelé. C'est peu à peu, en y réfléchissant, que j'ai commencé à avoir des doutes. Quand quatre mois plus tard, les médias ont évoqué l'enlèvement et le meurtre d'Élie, les choses me sont alors apparues clairement. Elle avait servi d'appât. Moi aussi, on avait voulu me kidnapper. »

Lors de l'enquête ultérieure, cette mystérieuse Sofia ne sera jamais identifiée.

... Après le week-end, lorsqu'il revient à l'institut Grignon de Thiais, plusieurs des amis de Mousse, dont Zelda, Esther et Mam', s'assemblent autour de lui :

— Qu'est-ce qui t'est arrivé ? Un accident ? T'es couvert de blessures ?...

— Non, rien, répond-il. Une bagarre en sortant de boîte, samedi dernier.

Cependant, ce samedi-là, dans la nuit, les policiers de la BAC ont pu appréhender deux des agresseurs. Le troisième, de type africain, leur a filé entre les griffes...

Menottes aux poignets, les prisonniers sont transférés au commissariat de Villejuif, où on les met en « GAV », garde à vue. L'un d'entre eux portait une cagoule lors de la rixe : c'est Aldo, alias Micmac. Il est de Bagneux. Profession : chauffeur-livreur. La camionnette qui a servi à l'agression, une Volkswagen, il l'a « empruntée » à l'entreprise où il travaille, Transport Santé, spécialisée dans la fourniture express de produits médicaux. Il y avait fixé, avec du scotch à double face, de fausses plaques d'immatriculation volées.

Micmac a 19 ans. Il est français, originaire de l'île Maurice : athlétique ; teint mat ; typé Indien des Indes ; cheveux noirs, pommadés, relevés en pointe sur le crâne comme c'est la mode ; fin collier de barbe. Converti à l'islam à 15 ans, il est peu pratiquant. C'est un ami de Yacef, à qui il a rendu plusieurs fois service. Il possède une puissante moto, c'est souvent utile...

Avant d'être chauffeur-livreur, Micmac était agent de… sécurité, pour la RATP, dans les bus.

La personne appréhendée en compagnie de Micmac a été, elle aussi, agent de sécurité à la RATP : cheveux ras, bruns, fin duvet de moustache au-dessus des lèvres, teint clair de « Français de souche », taille élevée, silhouette fragile de chat de gouttière, jean, chaussures de sport, blouson, l'uniforme des cailleras. Au début, les policiers ont cru que c'était un jeune homme de 17-18 ans. Quelle ne fut pas leur surprise quand l'individu a décliné son âge, 26 ans, et son identité : Suzanne, alias Suze, une fille !

Si Mam', qu'elle connaît, est un garçon manqué, Suze, quant à elle, est un mec presque réussi : elle a pratiqué la boxe, et on se méfie d'elle, car elle cogne dur. Elle peut être très violente. C'est à cause de ça d'ailleurs qu'elle a perdu son job à la RATP. Un collègue s'était moqué d'elle. Pan ! Le lendemain, elle lui tire dessus avec un pistolet à grenaille. Manquant les couilles, elle l'atteint à la cuisse. Jeune, elle a aussi balancé des pierres, du haut d'un immeuble, sur des policiers…

Suze, dont le nom de famille est très gaulois, s'est elle aussi convertie à l'islam. Elle est une bonne amie de Yacef, qu'elle considère comme un type « hors du commun ». Yacef la protège, personne n'ose donc s'attaquer à elle. « Il était toujours gentil avec moi, racontera-t-elle plus tard aux psychologues nommés par l'institution judiciaire. Il était respectueux et respecté. S'il m'a appelée pour ce coup, c'est qu'il savait que j'étais costaud, que je me bagarrais bien. Alors je lui ai obéi… »

Évidemment, lors de leur garde à vue, le 15 octobre 2005, ni Suze ni Micmac ne causent de Yacef, leur chef : le Black qui a réussi à filer entre les griffes de la police, cette nuit-là, c'était lui, bien entendu. Que disent-ils aux policiers ?

— J'ai été attaqué il y a une semaine par une bande du Kremlin-Bicêtre, prétend Micmac. Ils m'ont rossé méchamment. Alors j'ai décidé de me venger. Je savais qu'ils zonaient jour et nuit dans cette rue Walesa. J'ai demandé à mon amie Suze, qui est une bonne cogneuse, de m'accompagner. On a sauté de la camionnette, dans la nuit, et on en a accroché un. On l'a roué de coups. C'est alors qu'est arrivée la voiture de la BAC qui nous a coincés… Le grand Black que vous avez vu s'enfuir ? On sait pas qui c'est. Ça devait être un mec de cette bande…

Similaire est la version de Suze.

Les policiers tapent tout ça à la machine, pour un procès-verbal. Quoiqu'ils n'en croient pas un mot. Sortant le lendemain de la garde à vue avec Suze, Micmac revient chez lui, à Bagneux. Il ne manque pas de faire un tour auparavant au « bureau » de Yacef, avenue Henri-Ravera. Mais ne l'y trouve pas, ni à la sandwicherie Miam-Miam, ni au cyber Inter-comm…

Yacef se cache. Il balise : il craint que les autres ne l'aient balancé… Micmac interroge des gamins qui le connaissent. Bientôt, informé par le bouche-à-oreille, Yacef, capuche sur le crâne, cache-nez masquant son visage, vient retrouver Micmac devant un hall de la cité du Cerisier. Ils s'enferment dans le local poubelles :

— T'as craché le morceau aux schmitt ? demande Yacef.

— Non, j'ai rien dit. Je n'ai pas donné ton blase…

Yacef lui lance un regard soupçonneux. Il le soupèse, le calcule.

— Mais maintenant, à cause de toi, je suis dans la merde, poursuit Micmac. J'ai perdu mon boulot, car les flics ont prévenu mon patron, à qui j'ai piqué la camionnette…

— T'en fais pas, on va se refaire… On n'a pas eu de chance…

— J'suis à sec !

Micmac est énervé. Le ton monte. On en vient presque aux mains. Yacef est costaud, mais Micmac l'est encore plus. Avec ça, c'est un spécialiste de boxe thaïe.

— On va se refaire, répète Yacef, conciliant. On va soulever un autre mec et cette fois ça marchera.

— Compte pas sur moi !

Quand, des mois plus tard – à la suite du kidnapping et du meurtre d'Élie –, Micmac sera une nouvelle fois interrogé par la police, il affirmera que Yacef ne lui avait jamais dit qu'il voulait enlever Mousse, cette nuit du 14 octobre 2005. Il ne se serait agi que de rosser un de ses ennemis. C'est ce que Suze déclarera aussi.

À Mam', qu'il rencontre à son « bureau » le weekend suivant, Yacef dit :

— On va remettre ça… Le prochain, il faut que ce soit un Feuj. Les Feujs, ça a de la thune. Y'en aurait pas à ton institut ?

— Ils ont pas tous de la thune, les Feujs, répond-elle.

— Peut-être. Mais ils sont solidaires. Ils se serrent les coudes. Si on en attrape un et qu'il est fauché, les autres paieront.

Khaled a 25 ans. C'est un Kabyle aux yeux bleus, très beau gosse. Il habite tout près de la cité du Cerisier, rue Anatole-France, à Bagneux, en famille, six personnes, ses parents, ses frères et sœurs. Depuis un an et demi, il est en bisbille avec un Feuj de Paris : Zacharie, Français sépharade dont la famille est du Maroc. Zacharie lui doit du fric, 3 500 euros, mais refuse de rien rembourser. Il se prétend à sec ! Or Khaled a un besoin urgent d'argent. Il vit de petits trafics : contrefaçons de fringues qu'il rapporte, depuis plusieurs années, de Thaïlande (ce qui lui a valu le surnom d'« Asiat ») ; revente de téléphones portables et de cartes SIM ; contrebande de cigarettes…

Son fonds de commerce le plus important, au demeurant, c'est la came…

Or la came, depuis les récentes émeutes de banlieues, qui ont incendié la Seine-Saint-Denis en octobre-novembre 2005, c'est devenu très « chaud ». Les « flics » sont partout. Une des causes principales de ces émeutes, d'ailleurs, serait la razzia implacable exercée par la police contre le bizness : 100 tonnes de cannabis saisies lors des trois premiers trimestres de 2005. L'équilibre économique des banlieues en est menacé… « Les keufs veulent nous casser, on casse du keuf. » Les « grands frères », par portables interposés, auraient télécommandé des commandos de « petits frères » assaillant les forces de l'ordre, lors des émeutes. C'était l'époque où le ministre de l'Intérieur, Nicolas Sarkozy, prétendait « nettoyer les banlieues au Karcher ». Il préparait ainsi la présidentielle de 2007, se forgeant une figure d'« homme d'ordre ». Cette omniprésence de la police, surtout dans le 9-3, a poussé plusieurs gars de Bobigny à installer leur bizness dans le 9-2, à Bagneux, plus paisible. Il fallait aussi en chasser les petits dealers locaux, dont Khaled, et conquérir le terrain. Deux Blacks de Bobigny, deux colosses, Rapetou et Krack, s'en sont chargés, à coups de poing et d'« extincteur »…

Début décembre 2005, Khaled raconte son histoire à Yacef, qu'en désespoir de cause il est allé consulter à son « bureau ». Yacef est un dur, un mec qui a fait des braquages, il pourra peut-être l'aider.

Ils s'isolent tous deux dans un coin du Miam-Miam, où ils mangent un sandwich grec frites :

— J'ai un blème, dit Khaled, qui lui résume brièvement la situation, j'veux récupérer ma créance…

…

— Dis-moi, s'enquiert Yacef… Ce Zacharie qui te doit du fric, c'est bien un Feuj, non ?

— C'en est un…

Plus tard, interrogé par la police, Khaled prétendra qu'à cette occasion Yacef avait simplement constaté que Zacharie était juif, sans faire d'autres commentaires.

— Et cet argent qu'il te doit, c'est pourquoi ?

— En fait, il ne le doit pas qu'à moi, il le doit aussi à mon frère Farid, qui est en taule depuis plusieurs années. C'est en taule qu'ils se sont connus…

Farid purge une lourde peine pour une affaire de stups, ça, Yacef le sait…

— Et ce Zacharie ? Pourquoi il était à l'ombre ?

— Pour *braquage*.

— Il en a pris pour combien ?

— Je sais plus trop. Il était dans la même cellule que mon frangin Farid. Moi, je me débrouillais pour faire passer du shit au frangin, quand j'allais le voir au parloir. Farid le revendait aux autres détenus, dont Zacharie, pour leur conso perso. Farid est devenu très ami avec Zacharie. Il lui a fait crédit. Pour presque 2 000 euros… Zacharie a été libéré l'an passé, en juillet 2004. Il est venu me voir à Bagneux, de la part de mon frère. Il était à sec soi-disant. Pourtant il roulait en Mercedes coupé 220 et prétendait avoir décroché un job dans la pub ! Je lui ai prêté de l'argent, 1 500 euros. Une avance : il m'avait promis de me rembourser très vite… ça fait un an et demi que je vois rien venir, j'en ai marre ! En plus de ça, il m'a roulé : comme garantie, il m'avait donné un chèque de 3 000 euros, au nom de son frère, car il est interdit de chéquier. Il ne fallait pas que je touche ce chèque, en principe, et je devais le lui rendre quand il me rembourserait. J'ai fini par le déposer à ma banque : bien sûr, il était en bois…

Khaled sort le chèque et le place sur leur table, à côté des boîtes en carton pleines de frites.

Yacef lit le nom du frère, Harry, imprimé sur le document, et l'adresse de la famille, boulevard Richard-Lenoir, XIe...

— Et qu'est-ce que tu attends de moi ? demande Yacef.

— Que tu leur foutes la terreur. Que tu les obliges à rembourser. Si ça marche, on coupe la poire en deux : cinquante-cinquante...

— Il est comment, ce Zacharie...

— Un mec très balaise, blond, cheveux frisés, les yeux noirs.

— Donne-moi son téléphone...

Khaled déchire le rebord d'une boîte de frites, griffonne dessus un numéro de portable. Yacef le glisse dans la poche de son blouson...

— T'inquiète, j'm'en occupe.

Il laisse Khaled devant ses frites, sort du Miam-Miam, traverse l'avenue Ravera, entre dans une des cabines téléphoniques jumelles, sur le trottoir d'en face...

Quelques jours plus tard, le 11 décembre, Zacharie, 28 ans, est assis sur un canapé, seul, chez ses parents, boulevard Richard-Lenoir, dans le XIe. Il est bien blond, frisé, balaise avec les yeux noirs, comme l'a dit Khaled. Il allume un de ses deux portables, celui qui commence par les chiffres 06 08. Il a un portable pour ses rapports avec sa famille, ses amis, et sa meuf officielle, Nathalie ; et un autre pour les filles de passage, les taspés, et son bizness. Ce second téléphone est secret. Il ne tient pas à ce que Nathalie, jalouse, y trouve trace de ses liaisons officieuses.

C'est ce second téléphone qu'il vient d'ouvrir et qui, aussitôt, se met à sonner. Y est enregistré un message vocal venant d'un numéro de portable commençant par 06 63.

« Vous me connaissez pas, mais je vous connais, dit dans l'appareil la voix d'une inconnue, teintée d'un fort accent du Midi. J'suis mannequin, j'voudrais vous rencontrer, c'est urgent, j'm'appelle Malena. »

Malena ? Il n'a jamais entendu parler de Malena. Sans doute une fille qu'il a draguée dans une boîte, ou la copine de la copine d'une fille qu'il a draguée. Pour appâter les minettes, il se fait souvent passer pour un photographe de mode. Ça les attire : le miroir aux alouettes.

Il rappelle aussitôt le numéro inconnu, tombe sur un répondeur. À son tour, il laisse un message :

— Y'a un problème avec mon téléphone, rappelez-moi…

« On s'est manqués ainsi plusieurs fois, racontera Zacharie plus tard, à la police. J'ai fini par l'avoir deux jours après. »

— On m'a dit que vous pou-rri-ez m'avoir-eu un job-eu dans la mode-eu ! lui dit la fille, à l'appareil.

Son accent du Midi semble plus marqué encore.

— Qui « on » ? demande-t-il sèchement.

Il se méfie. Au départ, il a le sentiment que c'est son amie jalouse, Nathalie, qui, ayant découvert l'existence du second portable, secret, le fait appeler par une de ses copines, pour le piéger. Puis, à mesure qu'il échange des banalités avec cette « Malena » au téléphone (« J'veux vous voir très vite », lui dit-elle), d'autres soupçons l'assaillent : sa vie « particulière » lui a amené beaucoup d'inimitiés, il doit de l'argent à des gens... Veut-on l'attirer dans un piège ?...

Il faut qu'il éclaircisse ça...

— Qui « on » ? répète-t-il...

— Des amis qu'on a en commun, répond la supposée Malena.

— Leurs noms ?

— Je ne peux pas le dire. Je vous expliquerai quand on se verra.

Il est encore plus méfiant.

Sentant sa gêne, sans doute, la fille lui fait alors du gringue, plutôt lourdement :

— Je vous connais un peu. On s'est croisés devant un McDo, près du métro Voltaire. Vous êtes blond, frisé, bien bâti, les yeux noirs. Un beau mec, quoi. Mon genre. Moi je suis brune, j'ai les yeux bleus...

Elle minaude :

— Mon petit copain m'a plaquée, ajoute-t-elle. J'aimerais démarrer une relation avec vous...

Il veut en avoir le cœur net :

— Voyons-nous demain mercredi, lui dit-il. Vous êtes libre à 12 h 30 ?

— Oui, où ?...

— Devant Le Canon de la Nation, c'est un café, place de la Nation.

— C'est où, la place de la Nation ?

Cette fille, manifestement, ne connaît pas du tout Paris. Elle débarque. Ou joue-t-elle la comédie ?

— Métro Nation, c'est facile à trouver.

— Je porterai une minijupe blanche, précise-t-elle, des bas opaques, des talons aiguilles et une parka noire trois-quarts…

… À peine cette conversation téléphonique s'est-elle interrompue, Zacharie entend quelqu'un ouvrir la porte de l'appartement familial. C'est son frère, Harry, 21 ans. Zacharie, qui lui fait place à ses côtés, sur le canapé, évoque cet étrange coup de fil qu'il vient de recevoir…

— Méfiance ! dit son frère. Souviens-toi de ce que je t'ai raconté il y a quatre mois : une fille inconnue m'a fait comme ça du plat au téléphone. Elle m'a appelé pendant plusieurs semaines, régulièrement. Parfois nos conversations duraient une heure. Elle se disait kabyle « avec de gros seins ». Elle décrivait ses goûts sexuels… J'ai pas marché, c'était trop louche…

Plus récemment, fin novembre 2005, c'est des menaces de mort qu'a reçues Harry :

— Je te tuerai, toi et ton frère ! lui a lancé une voix d'homme anonyme.

Les deux frères craignent donc, depuis longtemps, qu'on veuille les faire tomber dans un traquenard. Comment n'auraient-ils pas songé, entre autres, aux frères Khaled et Farid, à qui ils avaient fait un chèque en bois ?

… Zacharie, sur ses gardes, décide de ruser. Il appelle un de ses meilleurs amis, Benny, Français né en Israël, qui travaille dans le prêt-à-porter et lui résume les faits :

— Voilà, je ne sais pas si c'est Nathalie qui veut me tester ou autre chose. En tout cas, je voudrais que tu me rendes un service : que ce soit toi qui ailles à ce rendez-vous. Moi, je me tiendrai en retrait. Je tournerai avec mon scooter sur la place de la Nation afin de repérer la fille. Je veux vérifier si quelqu'un l'accompagne.

Le lendemain, 14 décembre, à 12 h 30, c'est donc Benny qui, envoyé en « éclaireur », fait le pied de grue devant Le Canon de la Nation. Il n'a pas la silhouette massive, trapue, de Zacharie. Loin de là. En plus, il est roux... L'énigmatique Malena aura du mal aussi à l'identifier. Cependant, le vrai Zacharie est posté plus loin, sur son scooter, caché derrière une voiture en stationnement, casque sur le crâne. Il a reçu déjà plusieurs appels de cette fille, qui est en retard. Elle se dit « prise, à bord d'un taxi, dans des embouteillages à hauteur de Bercy ». Or ça fait deux fois en un quart d'heure qu'elle lui balance la même excuse, et Bercy, c'est tout juste à cinq minutes de la Nation. Qu'est-ce que ça signifie ?...

Tout d'un coup (sortie d'où ?), une jeune femme dans les 20 ans, brune, petite, autour de 1 m 65, se présente devant la façade vitrée du Canon de la Nation. Elle porte des talons aiguilles, une parka noire ouverte sur une minijupe blanche : l'uniforme convenu. C'est elle, pas de doute. Mais Zacharie n'a pu repérer comment elle est arrivée là, et si quelqu'un l'avait déposée.

Tournant la tête à droite et à gauche, elle cherche en vain un beau type athlétique, blond aux yeux noirs. Benny, qui la reconnaît à la description qu'on lui a donnée de ses habits, l'interpelle :

— Vous êtes Malena ?

— C'est moi.

— Je suis Benny, le petit frère de Zacharie, invente-t-il. Mon frangin ne va pas tarder. Je vous emmène prendre un verre en attendant…

Loin de pousser la porte du Canon de la Nation, il l'entraîne dans un autre café, tout à côté, à cent mètres, le Royal Nation, selon un plan concerté à l'avance avec Zacharie.

— Je croyais que c'était au Canon, dit-elle, inquiète.

— Mon frère a changé d'avis au dernier moment, il préfère le Royal.

En pénétrant dans l'établissement, à l'angle de l'avenue Philippe-Auguste, la fille jette un œil inquiet derrière elle, comme pour vérifier si des anges gardiens la suivent.

Ils s'installent à une table isolée, sur une banquette mauve. Commandent des cafés.

Benny, qui a eu le temps de l'observer debout (elle est plutôt courte sur pattes), étudie maintenant le visage de l'inconnue, assise en face de lui : les yeux, bleus, un peu bridés, sont beaux. La face est ovale. Elle porte des cheveux sombres, coupés à la nuque, avec les racines blondes. Elle s'est donc teint les cheveux. Elle a une fine frange effilée sur le front. La peau blanche est un peu abîmée. Le nez est légèrement renflé à la base, comme s'il avait été cassé. À la lèvre supérieure, on devine la cicatrice d'un ancien piercing. Elle s'est exagérément maquillé les paupières, la bouche, ça lui donne un genre vulgaire. Parfois une incisive pointue apparaît, quand elle sourit. C'est mignon. Ses seins sont petits, on les devine sous le pull-over. Quel âge a-t-elle ? 19 ans ? Elle a l'air paumée : un chien perdu… Elle n'est pas très jolie, sans doute, mais attirante malgré tout, car si jeune.

Chose bizarre, elle porte des gants, qu'elle n'ôtera pas pour boire son café.

— Mon frère veut savoir qui vous a confié son numéro de portable ? lance brutalement Benny, comme Zacharie le lui a enjoint.

— Je vous le dirai plus tard. Il faut que je demande d'abord l'autorisation aux gens qui me l'ont donné. Vous comprenez. C'est délicat… C'est des gens dans la mode… Je veux être mannequin. Votre frère pourrait m'aider ?…

— Vous n'avez pas apporté votre press-book ?

— Non… euh… Il est chez moi. J'habite Arcueil, chez mon frère…

— Vous n'êtes pas d'ici.

— Non, d'Arles.

Un homme à la stature carrée, blond, vêtu d'un blouson, surgit brusquement devant leur table. Il vient tout juste d'entrer, en coup de vent, dans le café. Debout, mains dans les poches, il fixe la fille de ses yeux noirs. C'est Zacharie. Il a voulu la surprendre. Et pour une surprise, c'est une surprise. Elle lève vers lui un regard craintif. À ce regard, il comprend sur-le-champ qu'elle ne le connaît pas, même de vue. Qu'elle ment donc : mais pourquoi ?

Il s'assied à côté de Benny, son frère supposé, et la mitraille de ces mots :

— Qui êtes-vous ? Je VEUX savoir qui vous a donné mon téléphone.

— C'est impossible. Demain peut-être…

— Dans ces conditions, on n'a plus rien à se dire !

Il se lève, s'en va furieux. Deux minutes après, le portable de Benny sonne. C'est Zacharie qui, à peine a-t-il mis les pieds dehors, l'a appelé :

— Reste avec cette fille encore cinq minutes, lui dit-il, je t'attends. Essaie de lui tirer les vers du nez, drague-la s'il le faut. Cette histoire sent le roussi. Ça pue !

…

— Eh bien, dit Benny à la jeune femme, rangeant son portable dans sa poche. Il ne semble pas que vous ayez la cote avec mon grand frère. Mais vous avez le choix maintenant, puisque vous connaissez la famille, ne préférez-vous pas la *gamme petit frère* ?

Il a le sourire d'un marchand de fringues essayant d'appâter une cliente avec un nouveau modèle :

— On pourrait se voir demain soir, en tête à tête, poursuit-il. Apportez-moi votre press-book, je l'étudierai. J'ai aussi mes entrées dans le show-biz. On prend un verre à Montparnasse, ça vous dit ?

— C'est où, Montparnasse ?

… À peine Zacharie est-il sorti du Royal Nation qu'un autre client y est entré, un Black, grand, baraqué, portant un fin collier de barbe, un bonnet de laine sombre sur le crâne, un bas de jogging et un blouson frappé du sigle Adedi. Il jette, de ses yeux ronds, un regard négligent vers « Malena », puis va s'accouder au bar, commandant un café…

La jeune femme l'observe du coin de l'œil, craintive. Elle connaît ce type : c'est Oussama ! Du moins c'est le blase sous lequel Yacef s'est présenté à elle ! Il est là pour « surveiller les opérations ». Les autres ne sont pas loin non plus : ils attendent dans une Twingo garée dehors. C'est Yacef, pas un taxi, qui l'a amenée jusqu'à la place de la Nation. Il roulait flanqué d'un motard dont elle ne connaît ni le nom, ni le visage, dissimulé par un casque intégral…

Natacha, baptisée Malena pour les besoins de la cause, vient tout juste de débarquer à Paris. Ça fait quatre jours à peine qu'elle y est. Elle est arrivée de Marseille avec une copine, Andrée, 19 ans comme elle, typée « blanche » comme elle. Paris, elles n'y avaient jamais mis les pieds. Elles se faisaient une fête de découvrir la capitale… C'est un copain, Maurice, beau gosse, plutôt voyou, passant sa vie, on ne sait trop pour quels trafics, entre Marseille et Bagneux, qui leur a téléphoné : « Venez faire la fête, on vous invite. Vous serez logées et nourries gratis et on vous paie le TGV. » Il ne leur aurait rien dit de la raison véritable pour laquelle, sur ordre de Yacef, il les invitait.

— C'est des salopes, avait confié Maurice à Yacef, deux grosses cochonnes. Elles feront l'affaire…

… À peine débarquées à Paris, gare de Lyon, Andrée et Natacha, alias Malena, avaient été conduites, par Maurice, à Bagneux, dans un grand appartement F5 d'une HLM de la cité du Cerisier, au treizième étage. C'est là où vivent les « oncles » de Maurice, leurs hôtes : trois frères. L'accueil est effrayant. « On se serait cru dans un film », racontera plus tard Andrée. Il n'y a là que des mecs, Aziz, Salim, Yazid, les « oncles » en question, des gars d'un gabarit pas possible, 1 m 80 au minimum. Et tous noirs. Des Comoriens. Du moins des Français des Comores. C'est d'autant plus surprenant que Maurice, leur neveu, est blanc. Il est métis, mais ça ne se voit pas : une vraie gueule de Gaulois.

Dans cette famille, quand on ne sort pas de prison, on y entre. Les stups, c'est leur fonds de commerce. Sans compter les braquages. Andrée a tout de suite senti la « patate » (le coup tordu). Après une nuit passée à trembler dans ce cloaque en compagnie de Nats (Natacha), elle a fait ses valises ni une ni deux, et elle est rentrée à Marseille :

— Ma mère m'a appelée. Si vous me laissez pas partir, elle va prévenir la police !

Être faible, fragile, un peu maso sans doute, Nats n'a pas osé la suivre. Mal lui en a pris. Tout juste après le départ de sa copine, elle reçoit, dans la chambre qui lui est allouée, la visite d'un Black, capuche sur le crâne, cache-nez dissimulant son visage : Yacef, dit Oussama. Elle est assise sur le lit, lui sur une chaise. Il la regarde en silence, comme s'il étudiait une agnelle au marché aux bestiaux. Puis dit à Maurice et à un de ses oncles, qui le flanquent :

— C'est bon, ça ira.

Pour commencer son dressage, Nats recevra, de la part de son « examinateur », trois violentes paires de claques : elle est ici pour travailler, il faut qu'elle se mette ça dans la tête, draguer des mecs dans les bars, les boîtes, leur prendre leur numéro de téléphone et les attirer ensuite dans un traquenard !

Nats ne connaît pas le but de ces opérations. Familière des voyous de Marseille, elle imagine qu'il s'agit de piquer leur carte de crédit à des michetons et leur faire avouer le code. Sur-le-champ, d'ailleurs, on va la conduire à la porte d'Orléans, d'où, avec un portable qu'on lui prête (et qu'on lui reprend après usage, pour qu'elle ne puisse appeler au secours ses parents), elle va téléphoner à un certain Zacharie, « photographe de mode », afin qu'elle le charme et qu'elle obtienne de lui un rancart (c'est le premier message téléphonique vocal reçu par l'intéressé le 11 décembre). Tout ce qu'elle lui dit au téléphone, c'est Oussama-Yacef, posté à ses côtés, qui le lui dicte. Ça n'est jamais de Bagneux qu'elle appelle, mais de n'importe où ailleurs. Il ne faut pas que les flics géolocalisent l'origine des coups de fil.

Nats est continuellement sous surveillance. Le soir, on l'enferme à double tour dans sa chambre. En bas de l'immeuble, des « petits », Zou, Kid, etc., surveillent la porte du hall, jour et nuit, afin qu'elle ne puisse s'enfuir. Tous ou presque la tripotent au passage, les fesses, les seins, la reluquent quand elle prend sa douche. « Tête de Craie », un des mecs de la bande, se moque de ses mains trop grosses. « Fais-moi un massage avec tes pattes de maçon », lui propose-t-il. Mais elle n'aurait vraiment subi, à ce qu'elle dira plus tard à la police, aucun viol. Oussama-Yacef aurait essayé un soir de l'obliger à lui faire une fellation, sans y parvenir. Parfois il lui arrive de

croiser une fille dans l'appart, une blonde : Mam',
qui vient coucher avec Aziz, alias Ziz, oncle de Maurice. Cette Mam' tire une sale gueule : la venue de la
« Marseillaise » lui a fait perdre en effet son rôle
d'« agent recruteur ». Elle n'est plus l'indispensable
lieutenant de son maître Yacef. Elle se sent frus-
trée…

Nats, pour sa part, est si terrifiée que, même si elle
en avait la possibilité, elle n'oserait partir.

— Si tu essaies, on retrouvera ta trace, la menace
Yacef en lui braquant un pistolet sous le nez, on
connaît ton adresse à Marseille, celle de tes parents !
On vous tuera, on vous coupera en morceaux, toi, ta
mère, ton frère, ta sœur !

Le 14 décembre 2005, juste après son premier
rendez-vous avec Zacharie et Benny, place de la Nation,
Nats rejoint la Twingo, garée non loin. Oussama-Yacef
est au volant. En sa compagnie, deux autres keums
dont elle ignore le nom. Elle fait son rapport :

— Zacharie m'a rembarrée. Mais je crois que j'ai
accroché son petit frère, Benny, qui l'accompagnait :
le roux. Il veut me revoir, il m'a proposé de prendre
un verre demain… J'ai son téléphone…

— Rien de grave. Zacharie ou son petit frère, c'est
la même chose ! lance Yacef. On reste en famille.
Vous avez rendez-vous où…

— Il m'a pas précisé…

— Rappelle-le sur-le-champ… On va le coincer.

Alors que Yacef, qui a démarré sa Twingo, prend
le chemin de Bagneux, contournant la place de la

Nation, Nats forme sur son clavier le numéro de Benny...

— J'ai réfléchi, lui dit-elle dans l'appareil, c'est d'accord pour demain, on se voit où ?...

Ces mots, c'est Yacef qui les lui a soufflés, trois secondes auparavant. Nats a besoin qu'on la coache, dans cette comédie : elle a du mal à s'exprimer, elle est timide, inculte. Ses études sont un fiasco. Elle a arrêté le lycée en cinquième, puis a suivi une formation de coiffeuse. Petite-fille d'un mineur de fond, dans les charbonnages du Nord, fille de prolos (sa mère était ouvrière textile à Tourcoing, avant de s'exiler dans le Midi), elle est le rejeton d'une classe sociale en déshérence (comme la fille de marin pêcheur Mam'). Son père est mort quand elle avait 9 ans. Elle l'a à peine connu. « Elle vivait dans un monde virtuel, genre Star Ac', dirait d'elle une de ses conseillères pédagogiques. Pour l'argent, elle aurait fait n'importe quoi. Mais elle était néanmoins attachante. » Une petite oie blanche égarée. La proie idéale...

— On se retrouve à 22 heures, à La Consigne, à Montparnasse, dit Benny au téléphone...

— C'est quoi, La Consigne ?

— Un bar, juste en face de la tour. Pas moyen de se tromper.

— La tour ?

— Et juste à gauche du cinéma Bretagne, sur le boulevard.

Nats n'y comprend rien. Mais Yacef, qui écoute la conversation grâce au haut-parleur, lui fait signe que lui, il comprend, c'est l'essentiel.

— Si tu viens d'Arcueil, où tu m'as dit que tu habites, poursuit Benny, tu descends du RER à Denfert-Rochereau et tu prends la ligne de métro n° 6, c'est direct…

Le lendemain, 15 décembre, ils se retrouvent donc à La Consigne : un café en couloir, qui ressemble à un compartiment de train à l'ancienne. Benny achète une rose rouge à un marchand à la sauvette et l'offre à Nats. Elle est touchée. Il est charmant, jeune. Après dîner, il la raccompagne, à scooter, jusqu'à la station de RER Arcueil-Cachan…

— J'habite tout à côté, lui avait-elle dit.

Elle a du mal cependant à lui indiquer le chemin. Et elle ne l'invite pas à venir chez elle, comme elle l'avait laissé entendre.

— Plus tard.

Il la dépose donc à la station, au haut d'une rue pentue, parallèle à l'immense aqueduc qui, sur plus d'un kilomètre, sépare Arcueil de Cachan.

Ils se revoient le jour suivant, 16 décembre. Au café Maine-Montparnasse, à l'angle de la rue du Départ et du boulevard Edgar-Quinet, sous la tour. Cette fois-là, comme les précédentes, elle ne quitte pas ses gants, bizarrement. Des gants en cuir noir.

Leur relation est faite de flirt et d'espionite (Benny essaie de savoir qui est cette fille et ce qu'elle cherche). Il lui emprunte par exemple son portable (un vieux Nokia bleu à la façade arrière absente), prétextant que la pile du sien est épuisée, et sort du café avec, « afin de mieux capter le réseau ». C'est l'occasion d'examiner la mémoire de l'appareil : non sans surprise, il constate qu'aucun numéro n'y est répertorié ni aucun SMS. Il téléphone aussitôt à Zacharie, qu'il appelle régulièrement, quand il sort en compagnie de Nats, lui fait un « rapport » sur sa découverte.

— C'est louche, lance son interlocuteur. Où en êtes-vous ?

— Elle m'a proposé d'aller chez elle ce soir, explique Benny.

— Demande-lui son adresse précise, et dis-lui que je viendrai vous rejoindre quand vous y serez.

Benny et Nats partent derechef vers Arcueil-Cachan, comme la veille, à scooter. Mais Nats qui, en route, a reçu un appel d'Oussama-Yacef tape bientôt sur l'épaule de Benny.

— Arrête, lui dit-elle.

(Oussama a tout annulé : « On laisse béton, lui a-t-il dit, j'ai pas réuni mes effectifs. Rejoins-nous immédiatement à l'Hippo des Champs ! »)

— J'peux pas rentrer ce soir chez moi, lance-t-elle à Benny, qui, à sa demande, a arrêté son scooter (ils sont tout près de la porte d'Orléans). Mon frère vient d'avoir un accident, il est à l'hôpital.

23 h 58 : bon prince, Benny fait demi-tour. Il la laisse au croisement de la rue Quentin-Bauchart et des Champs, à la hauteur de l'Hippopotamus, un resto qui ne ferme pas la nuit.

Trois jours plus tard, le 19 décembre, Nats, qui a reçu plusieurs baffes entre-temps, passe de nouveau à l'action. Elle a donné rendez-vous à Benny devant la station Arcueil-Cachan, à 23 h 30, un lieu désert et sinistre, à cette heure-là... Benny arrive au moment convenu, sous la station. Il ne voit personne. Il essaie de joindre Nats avec son portable. Il tombe sur un répondeur. Il descend la rue pentue (rue du Chemin-de-Fer) qui longe à gauche l'aqueduc et, à droite, le cimetière de Cachan. Pas un chat… Il sait que Nats habite (supposément) rue Molière, à une centaine de mètres, mais elle ne lui a pas donné le numéro précis. Il compte s'y rendre quand même… Soudain, dans son rétroviseur, il voit courir une fille brune derrière lui…

— Benny ! crie-t-elle.

C'est Nats. Elle devait sans doute le guetter de la passerelle du RER enjambant la voix ferrée. Essoufflée, elle arrive à sa hauteur.

— Tu étais où ? lui demande Benny. Je t'ai attendue…

— Euh… J'suis allée voir une voisine à qui j'ai laissé la clef de chez moi…

Lui sur son scooter, elle marchant à ses côtés, ils descendent la rue du Chemin-de-Fer, virent à gauche dans l'avenue Racine. Devant eux, sur la droite, un ensemble d'immeubles de six étages, aux façades grises. Bizarrement, Benny ne demande pas à Nats de monter sur le scooter. Il n'a pas envie de l'avoir dans son dos. Il n'a pas confiance. Il a même la trouille. D'ailleurs, cette fille a un comportement plus que bizarre : en chemin, elle ne cesse de tourner la tête d'un côté et de l'autre, comme pour vérifier si des gens la suivent…

Ils braquent sur la droite, dans la rue Molière. L'éclairage des lampadaires est mauvais. Il voit deux mecs, en jogging, postés dans un coin, dans l'ombre.

96

Manifestement des cailleras. Le guettent-ils ? Ça pue le piège…

Arrêtant son scooter et tournant le dos à Nats pour ne pas être entendu d'elle, il appelle Zacharie, qui, de chez lui, à Paris, comme d'une tour de contrôle, suit les opérations.

— Je suis dans sa rue, à Arcueil, lui dit-il à voix très basse. C'est une cité. Y'a des racailles. Ils semblent me guetter…

— Ne va pas chez elle ! rétorque Zacharie.

C'est comme une sentence divine qui tombe du ciel…

Benny et Nats arrivent devant le double porche, entrée-sortie, d'un garage, entre les numéros 16 et 18 de la rue. Nats s'approche du garage, où mène une voie pentue. Elle sort une télécommande, appuie sur le bouton, une fois, deux fois :

— Ça marche pas, dit-elle énervée, la porte veut pas s'ouvrir.

— On n'a pas besoin d'aller dans le garage, répond-il.

— Et ton scooter ?

— Je t'attends dehors… On va d'abord prendre un verre à Paris, et puis on reviendra chez toi. Ou on ira à l'hôtel… plutôt… je préfère…

— De toute façon, il faut que je me change. Et puis y'a mon press-book là-haut, je veux te le montrer.

Elle appuie à nouveau sur la télécommande. Cette fois, la porte s'ouvre : sur l'antre ténébreux du garage.

— Viens, lui dit-elle, s'engageant sur la voie pentue, dans l'ombre…

— Non, je rentre pas là-dedans. D'ailleurs, j'ai des coups de fil à donner. Je t'attends dehors, comme j'ai dit…

Énervée, déboussolée, Nats crie, absurdement :

— Tu rentres et après tu sors !

— Qu'est-ce que tu racontes ? C'est n'importe quoi…

— Il y a un ascenseur, dedans. Il faut prendre cet ascenseur pour monter chez moi. J'habite au troisième…

Comme elle disparaît dans l'ombre du garage, Benny rappelle Zacharie :

— Fous le camp, tonne celui-ci, vite, t'as trente secondes pour déguerpir ! T'es en danger. Ça pue le piège…

Benny démarre le scooter. En route, seul, vers Paris, il joint le portable de Nats. Tombe sur un répondeur :

— J'ai dû partir, explique-t-il. Un truc à faire d'urgence.

Il est 23 h 56. Une vingtaine de minutes plus tard, comme il a rejoint son domicile, dans le XIIIᵉ arrondissement, il reçoit un coup de fil. C'est le numéro de portable de Nats qui s'affiche, mais c'est la voix d'un homme qui lui cause, une voix avec un fond d'accent africain :

— Je veux parler à Zacharie ! dit l'inconnu, menaçant.

Puis ça raccroche.

Le lendemain, 20 décembre, à 10 heures, Benny, toujours chez lui, est appelé sur son portable. C'est à nouveau le numéro de Nats qui s'affiche, et c'est encore l'homme à accent africain qui lui cause :

— Espèce de pédé, enculé ! T'as eu de la chance de pas entrer dans le garage hier soir, sinon on t'aurait niqué... on t'aurait attrapé, ligoté, coupé en morceaux. Mais... Mais... c'est... c'est (le type se met à bégayer), c'est pas toi qu'on visait. C'est cette tapette de Zacharie ! On va lui faire la peau à moins qu'il accepte de cracher du fric. Dis-le-lui !

— C'est pas mes affaires, rétorque Benny, adressez-vous à lui !

— Son téléphone ré... répond plus.

Zacharie en effet a renoncé à se servir de son second portable, le portable « officieux ».

— Rappelez-moi tout à l'heure vers 12 h 30, dit Benny. Je vais contacter Zacharie et lui dire de venir me voir. Il vous répondra en personne...

— Toi aussi, p'tit pédé, t'es... t'es mouillé dans cette affaire. T'as joué la comédie. On sait que Zacharie n'a pas de frère qui s'appelle Benny ! T'es pas son frère... Mais c'est d'accord pour le rendez-vous téléphonique de 12 h 30, je te bipe...

Si Yacef, qui est évidemment l'interlocuteur de Benny, a découvert que celui-ci avait menti en se prétendant le frère de Zacharie, ça signifie qu'entre-temps, au cours de la nuit donc, et après l'échec du kidnapping, il est entré en relation avec la seule personne susceptible de lui avoir ouvert les yeux :

Khaled, dit l'Asiat, l'individu qui lui a demandé de faire pression sur Zacharie.

— Benny ? Je connais pas, lui aura assuré Khaled. Zacharie n'a qu'un seul frère qui se nomme Harry.

Yacef enrage. Il a donc perdu son temps en traquant un mauvais gibier.

« *Tant kon chi ya dlespoir c ma politike...* »

Sefyu, *Electrochoc*, 2005.

Yacef est dans de sales draps. Sur ce coup foireux, il a mis en place une logistique coûteuse et engagé beaucoup de personnel : Maurice[1], d'abord, un type costaud. Kid ensuite : posté au fond du garage à bord d'une Ford Fiesta bleue volée, il avait pour rôle de transporter Benny, dûment saucissonné et enfermé dans le coffre de la bagnole, jusqu'au lieu de séquestration, au Kremlin-Bicêtre. Un chauffeur, par ailleurs, dont la tâche était de convoyer l'appât (Nats) et plusieurs membres de la bande jusqu'à l'endroit choisi pour l'agression, puis de les ramener à la case départ : Bagneux. Un motard était dans le coup aussi... D'autres encore : les guetteurs. Tête de Craie et Ziz (amant de Mam') étaient chargés, de leur côté, d'une mission de diversion : foutre le feu à un véhicule quelconque, dans un quartier de Cachan... histoire d'attirer les patrouilles de la BAC loin d'Arcueil et de les empêcher ainsi de tomber sur les agresseurs de Benny en pleine action, comme ce fut le cas avec Mousse.

---

1. Maurice niera toute participation au coup.

Yacef est un « criminel expérimental », il sait tirer leçon de ses précédents échecs.

Lors de son opération de diversion, Tête de Craie s'est grièvement brûlé : un retour de flamme au moment où, avec de l'essence, il incendiait une voiture choisie au hasard[1].

À Kid, Yacef aurait promis 7 000 euros. 4 000 à Nats. 2 000 à Tête de Craie, 2 000 à Ziz. Combien aux autres ? Au moins 15 000 euros investis pour récupérer ces pauvres 3 500 euros dus à Khaled !

Incohérence ?

À 12 h 30, comme convenu, Yacef téléphone à Benny :

— Zacharie est avec toi ?

— Oui !

— Bon, dis-lui qu'il me rappelle de suite !

Yacef raccroche : sa mobicarte est presque épuisée et ses finances sont au plus bas. Autant que ce soient les victimes qui assument les frais de communication ! Il se trouve dans une Twingo, garée porte d'Orléans, avec deux individus, des « petits ». Son portable sonne :

— C'est moi, Zacharie, entend-il dans l'écouteur.

— Pédé ! On t'a... t'a... t'a raté. Mais on ne te ratera pas la... la... prochaine fois, dit Yacef qui recommence à bégayer. C'est toi qu'on veut. Y'a un contrat sur ta tête... On devait t'attacher et te livrer comme un colis à la poste. C'est faute de mieux

---

1. Rue Étienne-Dolet, à Cachan.

qu'on a essayé d'attraper l'autre con de… de… Benny qui s'est fait passer pour ton frère…

Yacef, enrageant secrètement contre Khaled, qui l'a lancé dans cette affaire ruineuse et foireuse, propose alors, pris par une soudaine inspiration, un deal à Zacharie :

— Si ça t'intéresse, je peux te… te donner le nom de celui qui m'a passé ce contrat, mais fau… faudra me filer plus de fric qu'il m'en propose : je veux 30 000 euros !

C'est ici, sans doute, un trait du machiavélisme tortueux et lourdaud de Yacef. Il renverse à 180° la situation et propose au Feuj Zacharie de lui vendre le Rebeu Khaled.

— C'est cher, 30 000 euros, dit Zacharie. Il t'a offert combien, lui ?

— Confidentiel !

— Pour 30 000 euros donc, tu me nommes le commanditaire ? demande Zacharie.

— Le comman… quoi ?

Zacharie se rend compte que son interlocuteur a du mal à comprendre son vocabulaire pourtant simple. C'est, manifestement, un petit voyou ignare, un caillera, pas un « pro ». D'ailleurs, dans l'écouteur, il entend d'autres voix qui résonnent, des voix d'ados qui doivent suivre l'échange téléphonique mis sur haut-parleur.

— T'as jusqu'à ce soir pour me dire si tu paies ou pas, poursuit Yacef ! Sinon c'est toi cette fois qu'on… qu'on attrapera… On te butera. Si je te rencontre dans la rue, tu pourras pas m'identifier, hein, tu me connais pas, moi si ! C'est facile de tirer sur un mec à partir d'une moto !

— D'où me connais-tu ?

— Ta gueule, on connaît aussi ta mère. On sait où elle habite, boulevard Richard-Lenoir. On foutra le feu à son appartement !

Prudemment, Zacharie essaie de calmer les choses :

— 30 000 euros, c'est beaucoup d'argent, dit-il, faisant mine d'entrer dans le jeu de son interlocuteur, laisse-moi un peu de temps pour réunir la somme.

— OK, t'as vingt-quatre heures.

Loin de Zacharie l'idée de porter plainte. Il appartient à un monde interlope. Il se décide à appeler Khaled, qu'il soupçonne d'être derrière tout ça. Celui-ci en effet, pendant quelques mois, avait cessé de le relancer au sujet de sa créance… Mais le harcèlement avait repris récemment, début décembre : une quinzaine de jours avant que l'appât (Nats-Malena) n'entre dans la danse, comme par hasard…

— Tu as mon argent ? demande Khaled dans l'appareil.

— Voyons-nous, on parlera… de ça et d'autres choses, répond Zacharie.

Ils se retrouvent au Paris-Orléans, leur café habituel, sur le boulevard Jourdan, non loin du périph, à la frontière entre la banlieue sud et le XIVe arrondissement. Assis sur des banquettes en vis-à-vis, dans ce café-restaurant fréquenté par les lascars, les deux hommes s'étudient. Il y a entre eux un malaise.

— Voilà ce qui se passe ! dit Zacharie. Depuis deux semaines, une fille, une inconnue, me faisait du gringue au téléphone. Ça m'a semblé louche. J'ai demandé à un ami d'aller la voir à ma place. Il a failli tomber dans un piège, on a voulu le kidnapper. Ça s'est passé la nuit dernière. Or cette fille est d'Arcueil, tout à côté de Bagneux, c'est ton coin...

Leurs regards se croisent, se soupèsent, les yeux noirs du Feuj Zacharie, les yeux bleus du Rebeu Khaled.

Après un silence, Zacharie ajoute :

— Tu ne voudrais pas te renseigner sur des gens qui pourraient m'en vouloir dans ton entourage ?...

— J'essaierai, répond Khaled, faisant semblant de ne pas comprendre l'accusation implicite. J'ai un cousin qui a une sandwicherie grecque à Bagneux. Il est au courant de tous les ragots.

— J'ai eu au téléphone le chef de cette bande, ajoute Zacharie. Il m'a affirmé que c'était moi qui étais visé. Qu'il y avait un contrat sur ma tête.

À ce mot de « contrat », Khaled frémit.

C'est alors, et alors seulement, qu'il comprend (à ce qu'il prétendra plus tard du moins) que Yacef, qui ne lui aurait rien expliqué de la façon dont il comptait récupérer sa créance, est derrière ce coup. Khaled (selon ses dires toujours) n'aurait jamais envisagé un kidnapping. Il s'imaginait que Yacef allait faire pression sur Zacharie par téléphone. Qu'à la rigueur il aurait brûlé sa voiture. Pas qu'il chercherait à s'attaquer physiquement à sa personne.

Khaled a peur.

Scrutant le visage décomposé de son interlocuteur, Zacharie ajoute, non sans une secrète ironie :

— Avec ça, le chef de cette bande m'a proposé un deal : il est prêt à me donner le nom du commanditaire du contrat si, en échange, je lui offre 30 000 euros !

Khaled a un haut-le-corps : trop, c'est trop ! Yacef l'a foutu dans la merde en montant, sans l'en avertir, cette rocambolesque affaire de kidnapping, et voici qu'il veut maintenant le griller en la lui mettant sur le dos : tout en cherchant à ramasser 30 000 euros au passage, soit dix fois la somme qui était en jeu initialement.

Yacef, qui « improvise », essaie-t-il ainsi de se venger de Khaled en le « vendant » à Zacharie ?

Il joue ses coups d'échecs dans le désordre.

— J'avoue, dit insidieusement Zacharie à Khaled, qu'à un moment j'ai eu des doutes à ton sujet, à cause de ma dette… Tu sais bien que je suis dans une mauvaise passe depuis ma sortie de prison.

— Ça ne t'empêche pas de rouler en coupé Mercedes !

— C'est la voiture de mon frère, je te l'ai dit déjà : il faut que je maintienne les apparences : mon standing. Tes 3 500 euros, je vais te les rembourser, promis, j'ai des clients pour ton business. Patiente…

Ils discutent alors, longuement, au sujet d'une affaire de cigarettes. Khaled se radoucit :

— Tu m'as vraiment soupçonné d'être derrière cette histoire de kidnapping ? dit-il. Sur la tête de ma mère, je n'ai rien à voir avec les types qui t'ont téléphoné. On est de vieux amis, toi et moi. Et puis tu es l'ami de mon frère Farid, c'est sacré...

Tous deux protestent bientôt, à qui mieux mieux, de leurs meilleurs sentiments.

Ils n'en pensent pas moins, sans doute.

Dans les semaines qui suivent, ils ont plusieurs rendez-vous : au Paris-Orléans ou dans un troquet de la place de la Bastille. Zacharie rapporte à Khaled ses conversations, par portables interposés, avec le chef de la bande, dont il ignore encore qu'il s'appelle Yacef. Comme il se doute que, directement ou indirectement, Khaled est mouillé dans cette affaire, malgré ses protestations d'innocence, il s'amuse à lui tourner le couteau dans la plaie :

— À un moment, j'ai voulu plaisanter. J'ai demandé au chef du gang : « *Alors, si je te paie 30 000 euros, tu me l'amènes attaché, pieds et poings liés, celui qui t'a proposé le contrat ?* »

— Qu'est-ce qu'il t'a répondu ? s'enquiert Khaled inquiet.

— « *Oui* » ! Tout bonnement « *oui* » ! J'ai alors disputé un peu le bout de gras, pour m'amuser : « *30 000, c'est cher, tu peux pas me faire un prix ?* » Il a transigé à « *25 000* ».

« On en rigolait, Zacharie et moi, à chaque fois qu'on en reparlait, confiera Khaled, plus tard. Le chef du gang ne cessait de descendre ses prix. Après quelques jours, ils ont atteint le chiffre plancher de 5 000 euros. J'ai alors dit à Zacharie :

— Oublie cette affaire. Tu n'as rien à craindre, ce sont des gamins qui jouent avec le feu.

— D'ailleurs, a renchéri Zacharie, on ne va pas tuer ou kidnapper un type, et risquer ainsi des années de taule, pour seulement 30 000 euros. Dans ce genre de circonstances, entre voyous, c'est 200 000, 300 000 euros qu'on demande, et même un million ! Et puis ce mec qui me téléphone est imprudent. Il cause trop longtemps au bout du fil, comme s'il ne se méfiait pas d'écoutes éventuelles. Ce sont des amateurs…

Une jeune femme, petite, aux cheveux bruns, mi-
longs, avec une courte frange effilée sur le front, se
tient, debout, seule, dans la nuit, sur le parvis d'un
pavillon, à Massy, banlieue sud de Paris. Elle vient
d'appuyer sur la sonnette de la porte. Avec sa minijupe noire, ses cuissardes, son chemisier blanc au
décolleté en V plongeant et un maigre manteau de
faux daim sombre sur les épaules, elle grelotte. On
dirait une pro qui tapine.

Il est 22 heures. La porte du pavillon s'entrebâille.
Apparaît le visage d'un homme, la cinquantaine.

— Bonsoir, dit la jeune femme avec un accent
bizarre, très prononcé, j'suis une amie de James. Il est
pas là ?

— Non, il est allé au cinéma, je crois.

— On avait rendez-vous ce soir à Arcueil. Il m'a
mis un lapin. Et c'est impossible de le joindre sur son
portable.

— Je ne peux vous renseigner ! dit l'homme agacé par cette inconnue qui se présente à une heure si tardive.

Au moment où il lui claque la porte au nez, elle lance :

— S'il téléphone, dites-lui que j'l'attends. J'm'appelle Malena.

Voici Nats, dite Malena, partie pour une nouvelle mission. On est le 5 janvier 2006. Le coup manqué contre Benny et Zacharie, c'était quinze jours auparavant. Entre-temps, elle a eu l'occasion de redescendre à Marseille pour passer les fêtes de Noël en famille. À Yacef, elle a promis-juré qu'elle ne dirait rien de tout ça à ses parents.

Par peur ? Par veulerie ? Par masochisme ? Par appât du gain ? Ou par goût pour Maurice, qu'elle kiffe, mais qui ne s'intéresse pas à sa personne ? Elle est donc revenue à Bagneux, poussant le zèle jusqu'à persuader une copine rebeu, Dounia, de l'accompagner. Sans l'affranchir bien sûr : « On va faire la fête, s'déchirer, on nous paie le train. »

Comme Andrée auparavant, Dounia, quand elle a débarqué chez les oncles de Maurice, cité du Cerisier, a eu immédiatement l'impression de vivre un film noir : « C'était *Retour vers le futur*, y'avait qu'des mecs, tous blacks, et les mecs, surtout en bande, ça me fait peur ! » Elle reprend vite ses valises (le 2 janvier), non sans avoir auparavant, avec Nats, parce qu'on lui a forcé la main, accompli quelques missions spéciales : draguer des types semblant friqués dans les boîtes des Champs-Élysées, le Queen et le Hustler, sous la surveillance d'un Cappuccino tiré à quatre épingles, et leur demander leur numéro de portable.

Mais ce James – à la porte duquel Malena a sonné, le soir du 5 janvier –, ça n'est pas dans une boîte des Champs qu'elle l'a pêché. Il a 21 ans, il est beau, « pété de thunes », dit-on, et se présente comme producteur de musique. Dans le pavillon qu'il habite avec son père, avenue Émile-Baudot, à Massy, il a, en sous-sol, un studio d'enregistrement. Ça lui permet d'étudier l'ingénierie du son. Mais il n'est pas pro, même s'il le prétend parfois. Il n'en fait pas moins venir chez lui souvent des rappeurs, pour tester leur talent. « Fucky Bunny », entre autres, 30 ans, un Black fou de musique, mais sans le sou (il est au RMI) et sans domicile fixe. Ça n'est pas Fucky Bunny, mais Éric, dit Rik's (qui l'a accompagné en voiture), qui a fait à James sa réputation de « mec pété de thunes ».

— Putain, faut voir la putain de baraque qu'il a pas, ce James, avec un putain de jardin et une putain de piscine autour de laquelle, il paraît, il fait des putains de fêtes avec des putains de gonzesses ! raconte Rik's dans les cités de Bagneux. Il a une putain de Jaguar gris métallisé dernier modèle… C'est le genre de mec bourré de blé qui a accès à toutes les putains de soirées hyper-branchées.

James est juif. Son père, qui donne dans l'import-export, est né en Israël, mais il a la nationalité française. Au demeurant, si, vu du Bagneux des cailleras, leur pavillon de Massy paraît luxueux, ça n'est pas un palace : un seul étage, un jardin étriqué, et une piscine, certes, mais petite. Cette maison ayant par ailleurs l'« avantage » de se trouver placée sous la voie du RER, ses habitants peuvent « goûter » le criaillement des rames roulant au-dessus de leurs têtes. Tout est relatif, il est vrai. Vérité en deçà du périph, erreur au-delà. Sans doute est-ce par Rik's (Gaulois lui aussi converti depuis trois ans à l'islam) que Yacef a eu l'adresse de James.

Lors de son premier séjour en région parisienne, Nats, courant plusieurs lièvres à la fois (dont le lièvre Zacharie), avait déjà sonné au pavillon de l'avenue Émile-Baudot : le 10 décembre précisément.

James, cette première fois-là, était chez lui. Il ne la reçoit, alors, que trois minutes, étant pressé :

— Je pars en Israël pour les vacances, lui dit-il, appelez-moi à mon retour, début janvier.

Nats s'est présentée à lui comme une chanteuse en herbe désirant faire carrière.

— J'aimerais, dit-elle, vous faire écouter la maquette d'un CD où j'ai enregistré mes chansons !

Il lui donne son numéro de portable.

Un mois plus tard, elle le harcèle de coups de fil et parvient enfin à obtenir ce rendez-vous du 5 janvier, à Arcueil, où il lui pose un lapin : cette fille l'horripile, un vrai pot de colle ! Le même soir, à 22 heures, ne pouvant le joindre au téléphone, elle se rend donc chez lui, à Massy, où le « vieux monsieur » lui ouvre la porte, puis l'éconduit.

Grelottante de froid, Nats retourne vers la Twingo, garée non loin, qui l'a convoyée jusqu'ici. Dedans l'attendent Oussama-Yacef et un autre keum. Ils fument cigarette sur cigarette.

— Connasse, pourquoi tu reviens si vite ! lance Yacef, comme elle s'assied sur le siège arrière.

— James est pas là !

— Y'avait quelqu'un d'autre ?

— Un vieux m'a ouvert.

— Ça doit être son père, dit l'autre keum.

— Retournes-y, balance Yacef, t'as qu'à faire du rentre-dedans au papa, ça sera aussi bien. L'argent appartient à toute la famille !

— Pas tout de suite, quand même.

Ils patientent une heure, dans la voiture, fumant des joints et écoutant de la musique hip-hop. À 23 heures, Nats se passe sur les lèvres une épaisse couche de rouge, puis repart à l'assaut : elle sonne au pavillon.

Le « vieux monsieur » s'encadre à nouveau dans l'entrebâillement de la porte :

— James n'est toujours pas là ! s'exclame-t-il agacé.

Mais, au spectacle de cette femme, jeune, debout, dans la nuit, moitié nue, frissonnante, il se radoucit. Il a pitié :

— Vous avez attendu où ?

— Dans la rue.

— Dans la rue ? Par ce froid ?

Ouvrant grand la porte, il lui fait signe d'entrer…

Ils vont s'installer sur un canapé, dans le salon, au rez-de-chaussée, où trône un téléviseur à écran géant.

— Je vais vous servir un whisky, dit l'homme, ça vous réchauffera !

Sur la table basse, il pose deux verres. Y verse une grande rasade…

— C'est vrai que ça caille, dit-elle.

Elle avale une gorgée.

— Ça fait du bien, non ? demande-t-il.

Sur le moment, il ne prête pas attention au fait qu'elle conserve ses gants pour saisir le verre et le porter à ses lèvres. Ça n'est que bien plus tard qu'il s'en souviendra, quand la police l'interrogera.

De son portable, l'homme passe un coup de fil à James. Tombant sur un répondeur, il laisse un message :

— Il y a là une jeune femme qui t'attend. Elle s'appelle… euh… Comment vous appelez-vous au fait ? demande-t-il, se tournant vers l'inconnue.

— Malena.

— Malena, répète-t-il, pour conclure son message.

Puis il ajoute, à l'intention de Nats :

— Moi, je m'appelle Fernand. Vous faites quoi dans la vie ?

— J'suis esthéticienne. J'travaille dans le XIVe, à Paris.

— Eh bien moi, je suis chirurgien… chirurgien ORL…

— Ben, ça tombe bien. R'gardez mon nez !

Avec son œil de professionnel, il a déjà remarqué qu'elle a « un empâtement discret de la pyramide nasale, à la base », comme il le dira à la police.

— J'ai eu un accident de scooter. Vous croyez qu'ça peut se réparer ? Ça serait cher ?

Il se lève, examine brièvement son nez, sa bouche…

— Ça devrait pouvoir s'arranger, dit-il…

— Vous comprenez, c'est important pour moi, parce que j'voudrais réussir dans la chanson ou le cinéma. En attendant, pour arrondir mes fins de mois, j'fais du strip…

— Du strip ?

— Strip-tease. Demain j'pars à Saint-Trop où j'dois aller faire un numéro, tous frais payés…

Le strip, c'est un sujet de conversation que lui a suggéré Oussama-Yacef, histoire d'allumer le « vieux ».

L'homme lui tend sa carte de visite professionnelle :

— Si vous envisagez une opération de la cloison nasale, vous pouvez me contacter à cette adresse, mon cabinet est à Neuilly.

Prenant la carte de sa main droite toujours gantée, et la déchiffrant, elle remarque que ce monsieur, dont le prénom est Fernand, n'a pas le même patronyme que James.

— Vous n'êtes pas son père, j'veux dire, le père de James ?

— Non, mais son père, Moshe, ne va pas tarder. Il doit rentrer vers minuit. Je suis son ami. J'habite ici depuis quelques mois, momentanément…

« En apprenant que je n'étais pas le père, dira plus tard l'intéressé, j'ai remarqué qu'elle a immédiatement changé d'attitude à mon égard. Elle m'a presque fait la gueule. »

À quoi bon en effet perdre son temps à draguer un faux père, comme elle en avait précédemment perdu avec le faux frère de Zacharie, Benny. Elle n'a pas envie que Yacef lui fiche une nouvelle rouste !

Dès lors, leur conversation languit...

Fernand, sous un prétexte ou un autre, monte dans sa chambre, à l'étage. D'où il appelle une amie, Diana, à qui il explique la situation :

— Tu es fou, lui dit-elle. Tu laisses cette fille, que tu ne connais pas, toute seule, au rez-de-chaussée. Redescends vite la surveiller.

Pendant ce temps, discrètement, Nats a passé un bref coup de fil à « Oussama », qui, avec l'autre keum, fait toujours le pied de grue à l'extérieur.

— Quoi, le vieux, c'est pas le père ? Mais le père arrive ? Attends-le et joue-lui le grand jeu. Demande-lui ensuite de te raccompagner en bagnole où tu sais...

Il faut dire ici que les portables et les puces téléphoniques utilisés par Yacef et Nats sont soit volés, soit achetés au noir, sans qu'on ait eu, donc, à montrer de papiers pour les obtenir : lors de l'enquête ultérieure, cette précaution empêchera la police d'identifier les personnes correspondant aux numéros et aux appareils utilisés.

À peine Fernand est-il redescendu de l'étage, qu'il reçoit un coup de fil de James. Il croit pouvoir plaisanter :

— Alors, tu mets des lapins ? Il y a ici une très jolie brune aux yeux bleus qui s'impatiente.

116

— J'étais au cinoche… Mais écoute-moi, Fernand, je viens d'appeler papa au téléphone, il sera rentré à la maison dans dix minutes. Je l'ai mis au fait de la situation. Cette Malena, j'en ai rien à cirer ! Je ne sais pas qui c'est ! Elle est venue à la maison il y a un mois, soi-disant pour me faire écouter les CD de ses chansons… Je ne sais pas comment elle a eu mon adresse, et elle a refusé de me le dire. Alors je l'ai rapidement foutue à la porte. Ensuite elle n'a cessé de me harceler avec des messages téléphoniques !… Je suppose que ce sont des rappeurs de Bagneux, des racailles, qui lui ont dit où j'habitais…

Debout, dans le salon, l'écouteur posé contre l'oreille, Fernand observe la supposée Malena, qui, bien entendu, ne perçoit rien de ce que raconte James. Soudain, avec ces cuissardes, cette minijupe, ces bas résille, ce décolleté plongeant et ces gants noirs, elle lui paraît pour le moins bizarre, sinon inquiétante.

— Tu peux pas venir la chercher et la raccompagner, il est très tard. Le RER, c'est dangereux, le soir, pour une fille seule, dit Fernand.

— C'est trop loin, rétorque James, je suis dans le XIᵉ, à Paris. Je dors chez un copain.

— Bon, eh bien, je vais essayer de régler tout ça avec ton père, dès qu'il arrive.

— J'ai dit à papa de se méfier, ajoute James. À mon avis, cette Malena, c'est une fille à problèmes…

Quelques minutes plus tard, le père de James, Moshe, pénètre dans le salon du pavillon. « Il était

vieux et pas sexe », dira Nats, plus tard, au psychologue chargé d'étudier son cas.

Quinquagénaire, Moshe s'est marié déjà plusieurs
fois et il aime les femmes. Il a les cheveux gris et
une large calvitie, certes, mais une carrure et les
épaules d'un homme habitué à faire du sport. Au
départ, il semble prendre très bien la présence, chez
lui, de cette jeune inconnue. On se ressert une tournée de whisky.

— J'voudrais un jour faire écouter le CD de mes
chansons à James, dit-elle.

— Je ne pense pas que mon fils puisse vous aider,
il n'est pas vraiment producteur.

— Vous l'avez sur vous, ce CD ? On pourrait
l'écouter maintenant, dit Fernand.

— Mon CD ? Non, il est à la maison.

Faute de mieux, Moshe glisse dans la télé un DVD
de chansons israéliennes.

— Je rentre bientôt au pays. Vous ne voulez pas
visiter Israël avec moi ? aurait-il dit alors.

Ça, c'est la version que Fernand a donnée à la
police. Moshe s'en défendra : « Jamais de la vie !
Comment aurais-je proposé à une fille si jeune de
voyager en ma compagnie, surtout une inconnue
de ce type qui s'amène chez vous, comme ça, sans
prévenir, en pleine nuit ? »

« Malena », en tout cas, se désintéressant complètement de Fernand, lance une offensive de charme en
direction de Moshe. Elle remet sur la table ses activités de strip-teaseuse. Intéressé, Moshe l'aurait interrogée sur ce métier, ses honoraires, ému par cette fille
« jolie, paumée, une de ces filles qu'on peut facile-

ment exploiter », dira-t-il plus tard. « Elle avait un visage angélique. »

— Vous, au moins, vous êtes gentil, soupire-t-elle, vous ne me jugez pas !

...

— Vous avez un drôle d'accent, demande Fernand. N'êtes-vous pas slave ?

Nats aura-t-elle tenté de déguiser son accent méridional, mêlé d'intonations caillera de banlieue ? Ou, émus par son charme pathétique, sa peau très blanche, ses yeux très bleus, les deux messieurs l'auront-ils fantasmée ? Le fait est que, lors de leur déposition à la police, ils se montreront persuadés qu'il s'agissait d'une fille de l'Est. La pauvreté de son vocabulaire, par ailleurs (due en fait à son inculture et à sa timidité), les incita à penser qu'elle était étrangère.

Se croyant de trop, Fernand (il doit avoir l'impression de tenir la chandelle) lance soudain :

— Bon, il est tard, je vais me coucher, je vous laisse !

— Je la raccompagne en voiture, dit Moshe...

Entre-temps, elle a récolté les numéros de portable des deux hommes, c'est toujours ça de pris. Moshe enregistre, dans la mémoire du sien, le numéro de Nats, l'intitulant : « Malena-Strip ».

— J'habite 14 rue Racine, tout près de l'aqueduc d'Arcueil, lance « Malena-Strip », montant à bord du véhicule de Moshe.

Elle vient de voir filer, tout près d'eux, la Twingo d'Oussama-Yacef et de son comparse. Ne doivent-ils pas la précéder là-bas pour organiser le « comité de réception » ?

La rue Racine, à Arcueil, coupe la rue Molière à angle droit, laquelle rue Molière coupe à angle droit la rue de la Convention. Sur ces trois rues, trois barres de six étages, d'un même ensemble d'immeubles gris, sont construites. Elles forment une sorte de « U ». C'est donc tout à côté du lieu où on comptait agresser Benny (rue Molière) qu'on s'apprête à agresser Moshe. Mais, cette fois, Yacef, tirant des leçons du précédent échec, veut faire entrer Moshe, plus classiquement, dans un hall d'immeuble – qui communique, au demeurant, avec le parking souterrain où refusa de pénétrer Benny. La Ford Fiesta volée, qui s'y trouvait précédemment, est toujours là, prête à jouer son rôle : le convoiement de l'otage.

Moshe se gare rue Racine. L'obscurité est profonde. La lumière des lampadaires, faiblarde. La jeune fille à son bras, ils marchent jusqu'à un porche, marqué des numéros 12/14/16…

— Faut passer là-dessous, dit Nats, désignant le porche ténébreux.

L'entrée du 14, qui donne sur une vaste cour intérieure plantée d'arbres, est à droite. Ils y arrivent bientôt. Nats pousse la porte vitrée du 14, dont elle a la clef. Pénètre dans un hall, suivie par Moshe. Ils tournent sur la droite, dans un couloir. Marchent jusqu'à un étroit escalier qui descend vers les sous-sols.

— C'est par là ! dit-elle.

Elle descend quatre, cinq marches. Moshe, réticent, reste sur le palier.

— Tu habites vraiment là ? demande-t-il.

Elle se retourne, pâle, balbutie :

— Euh… non, c'est pas là, en bas, que j'vis. En fait, j'vis pas loin, chez une copine. Mais en bas y'a un local où moi et mes potes on enregistre de la musique. C'est là que j'ai rangé le CD de mes chansons.

— Je t'attends dans le hall, dit Moshe. Va le chercher toute seule.

… Nats s'affole. D'abord, où sont Yacef et les autres ? Ils auraient dû être soit devant la porte de l'immeuble, soit à l'intérieur du hall, pour « attraper » Moshe et le traîner au sous-sol.

Nats descend encore quelques marches dans le minuscule escalier, réfléchit, puis remonte :

— En fait, j'suis bête, dit-elle à Moshe, j'ai pas la clef du local sur moi. J'l'ai laissée chez ma copine. Attends-moi ici, j'vais la chercher. Je reviens dans cinq minutes…

Elle sort de l'immeuble. Aucun signe de vie des types de sa bande, ni dans la cour, ni dans la rue.

… Moshe, bon prince, accepte de la raccompagner alors « chez maman, à Bagneux », parce que « ma-copine-d'Arcueil-elle-était-pas-là-ou-elle-dormait-ou-je-sais-pas-moi ! ».

Plus tard, Moshe se souviendra avoir déposé Malena juste devant une laverie automobile automatique (en fait le Karcher de l'avenue Henri-Ravera, à Bagneux), non loin d'une sandwicherie grecque (en

fait Miam-Miam, dans la même rue) : le « bureau »
de Yacef… Son Pentagone !

« En redescendant la rue dans le sens décroissant
des numéros impairs, dira-t-il plus tard à la police,
je l'ai vue, dans mon rétroviseur, partir en courant
et emprunter une ruelle qui jouxte la sandwicherie
et mène derrière un grand immeuble. »

— On s'revoit bientôt, lui a-t-elle dit, juste avant
de claquer la portière de la voiture. Faut que j'te
donne mon CD… pour James.

Yacef la guette de loin, posté, capuche sur le
crâne, dans le parking, désert à cette heure, situé
entre le Karcher et le cimetière de Bagneux. Il la
reçoit avec une baffe :

— J'vous ai vus. Ça va pas de t'être fait déposer
juste ici, « chez nous ». T'aurais pas pu lui dire de te
larguer plus loin ? Tu veux nous faire repérer,
connasse ?

Yacef la brutalise, mais, peut-être, à sa façon, a-t-il
le béguin pour elle ? À Maurice, il a dit un jour qu'il
comptait partir bientôt avec la jeune femme en Côte
d'Ivoire, quand il aurait ramassé assez de thune. Ils
iraient vivre dans les « zones libérées » tenues par les
maquisards.

— Mais pourquoi vous étiez pas là, à Arcueil ?
demande-t-elle. Le père de James, j'l'ai amené dans
le hall du 14, comme prévu.

— On était là, mais on n'a rien fait.

— Pourquoi ?

— On t'a testée ! rétorque Yacef. On voulait
savoir si t'étais à la hauteur.

N'a-t-il pas rencontré, plutôt, quelque problème de logistique qu'il veut taire ? Il n'est pas de ceux qui avouent, publiquement, leurs erreurs. Il est le « chef ». Un « chef », c'est infaillible.

— On remet « ça » demain ! ajoute-t-il.

Le lendemain, vendredi 6 janvier, après avoir été relancé au téléphone à trois reprises (17 h 33, pendant 194 secondes ; 17 h 44, pendant 136 secondes ; 18 heures, pendant 96 secondes, selon l'analyse ultérieure de la police[1]), Moshe accepte de la revoir…

— J'ai tellement besoin de causer avec quelqu'un qui m'écoute, assure-t-elle, je me sens pas bien, je suis seule !

« Elle a joué la grande malheureuse », commentera-t-il plus tard.

Ils se fixent rendez-vous à 21 heures à la station RER Arcueil-Cachan. Il est plus ou moins question qu'ils dînent ensemble. C'est avec la Jaguar gris métallisé de son fils, cette fois, qu'il s'y rend. Il porte un pull rouge Celio et un blouson blanc. Il y arrive vers 21 h 15, se gare à proximité, devant une boutique Pak Clean Pressing. Puis guette, à travers le pare-brise, l'arrivée de Malena.

Elle est pourtant là depuis vingt minutes. Mais, ne sachant plus devant quelle sortie du RER ils devaient

---

1. Coups de fil passés respectivement à partir de la porte d'Orléans, de Montrouge, puis de l'avenue du Maine, dans le XIVe arrondissement de Paris.

se retrouver, direction sud, Saint-Rémy-lès-Chevreuse, ou direction nord, Mitry-Claye, elle ne cesse de faire des va-et-vient, affolée, d'un côté à l'autre de la voie, passant en dessous de celle-ci, par un tunnel sinistre. Bien sûr, elle aurait pu lui téléphoner, pour préciser le lieu du rendez-vous, mais cet enfoiré de Cappuccino, qui l'a amenée sur les lieux, lui a confisqué son portable.

Jusqu'ici, quand elle était sur un coup, « ils » le lui laissaient, pour le lui reprendre juste après, mais sans doute ont-« ils » commencé à se méfier d'elle : ne pourrait-elle pas appeler en douce les keufs et les balancer ? Cappuccino lui avait donné, cependant, une carte téléphonique, car, d'une cabine publique, on ne peut appeler de façon discrète. Ils la surveillent sans arrêt. Régulièrement, elle voit passer dans la rue, tournoyant autour d'elle comme des vautours, la Twingo de Cappuccino, ou la puissante bécane de ce motard portant un casque intégral, dont elle n'a jamais vu le visage.

Soudain, apercevant une passagère qui descend les marches de la station RER, jolie, brune, sympa, elle la hèle :

— Mad'moiselle.

La rue est déserte, l'inconnue se fige, regardant Nats, de loin. Puis, craintivement, elle s'en approche.

— Mad'moiselle, vous n'auriez pas un portable ? J'attends mon papa. Il n'arrive pas, j'suis perdue. Y'a pas de cabine publique dans le coin…

Interrogée plus tard par la police, Magalie, cette jolie brune, racontera que, sur le moment, elle avait pensé « tracer », fuir, mais que, touchée par la détresse manifeste de cette personne, qui avait un

« fort accent du Midi » (rien d'un accent slave donc !), elle avait consenti à lui prêter son appareil.

Contacté vers 21 h 20, Moshe, constatant que Malena l'appelle à partir d'un nouveau numéro, enregistre celui-ci en l'intitulant « Malena2 », juste à côté de « Malena-Strip ».

— T'es où ? demande-t-elle.

— Je suis garé devant un pressing, tout près de la station, répond Moshe. J'ai une Jaguar ce soir…

— Ah, c'est pour ça que j't'ai pas reconnu…

— J'ai faim ! lance Malena2 en s'asseyant bientôt dans la voiture de sport, à côté de Moshe.

Ils vont à Paris, au Mondrian, boulevard Saint-Germain, à l'angle de la rue de Seine : café très banal qu'elle trouvera « chic et bourgeois ». Cappuccino, dans sa Twingo, et le motard à casque intégral l'ont suivie pendant toute la route.

Au Mondrian, ils ne mangent pas. Ils prennent simplement un verre, dans un box isolé, éclairé par une lampe à abat-jour orangé. Sans doute Moshe est-il déjà exaspéré par le comportement erratique de sa compagne. Par ailleurs, c'est vendredi, il songe à aller dîner en famille, chez son frère.

— Je suis pressé, dit-il.

— Et moi qui comptais dîner, puis que tu m'accompagnes à la gare.

— À la gare ?

— J't'l'ai pas dit ? Ou c'est à monsieur Fernand ? Je pars demain à Saint-Trop, j'suis embauchée pour un numéro de strip-tease dans un cabaret. Mon train est à minuit trente. Sois gentil. On retourne à Arcueil chercher ma valise, puis on va à la gare.

— J'ai pas le temps.

Elle minaude. Pleurniche.

— Et puis, il faut que je te donne le CD de mes chansons pour James.

— Tu l'as pas sur toi ?

— Non, il est dans ma valise.

— Envoie-le par la poste !

— Par la poste, la maquette de mon CD ? J'peux pas. Ce CD, c'est mon bébé !

Retour à la case départ : Arcueil, où les ont discrètement suivis la Twingo de Cappuccino et le motard casqué. Moshe gare son véhicule tout en bas de l'avenue des Aqueducs, à l'endroit où elle coupe la rue Racine, juste en face du numéro 14 de cette rue. Il suffit de la traverser donc…

— Va chercher ta valise, lance-t-il, irrité, moi je t'attends dans la voiture.

— Elle est lourde, ma valise… Et puis, j'ai peur.

— Peur ?

— De me balader habillée comme ça dans ce quartier. (Elle montre sa minijupe, ses bas résille.) C'est plein de lascars ici.

23 h 30 : Moshe, résigné, se retrouve dans le hall de l'immeuble où il était la veille. Par le bras, Nats le conduit (« ma valise est en bas ») jusqu'à l'étroit escalier descendant au parking souterrain. Cette fois, il consent à l'emprunter…

Le lendemain, sur les 16 heures, lorsque l'officier de police judiciaire Robert S. lui rendra visite dans sa chambre n° 4329 de l'hôpital du Kremlin-Bicêtre, Moshe, allongé sur un lit, les yeux tuméfiés, le crâne couvert de pansements, aura du mal à se remémorer ce qui s'était exactement passé lorsqu'il avait commencé à descendre l'escalier menant du hall vers les sous-sols. Deux – ou trois ? – ombres avaient surgi devant, derrière lui, des types cagoulés de noir. « Malena », du coup, s'était enfuie. On l'avait frappé alors, sauvagement, avec des barres de fer, croit-il. Lorsqu'il avait essayé de s'agripper à la rampe de l'escalier, on l'avait frappé sur les phalanges. Lorsqu'il avait voulu revenir sur ses pas, grimper jusqu'au hall et fuir, on l'avait frappé aux genoux. Il se souvient confusément d'avoir pu, néanmoins, regagner le hall. C'est là qu'il avait pris une seconde volée de coups, d'une violence inouïe. Il avait crié :

— Qu'est-ce que vous voulez ? Prenez ma montre. Prenez mon argent !

Il avait en effet 500 euros dans son portefeuille.

« Mais ça n'était pas ça qu'ils cherchaient. Il ne s'agissait pas de simples voleurs. » En le brutalisant, les voyous l'auraient insulté :

— Crève ! Sale Juif ! Youpin !

Ils le reconduisent alors de force à l'escalier. Agresseurs et victime en dégringolent les marches, jusqu'à un premier palier. Un des agresseurs ouvre une porte, et ils dévalent un second escalier en bas duquel Moshe s'écroule en sang. Il se rend compte qu'on lui met des menottes, aux chevilles, aux poignets. Qu'on tente aussi de lui coller quelque chose sur la bouche…Vagues réminiscences : l'impression d'avoir entendu ronfler un moteur. Des crissements de pneus…

— C'est pas la peine de l'emmener, aurait crié un des voyous, il est mort !

« Et puis ça a été le trou noir », conclut-il.

Malena-Nats, dès le début de l'agression, s'est donc enfuie hors de l'immeuble. Elle court jusqu'à une Twingo garée non loin, rue Racine, s'assied sur le siège avant, à côté de Cappuccino, qui est au volant. Cinq minutes plus tard, deux individus vêtus de joggings noirs, bonnet noir sur le crâne, chaussures de sport noires aux pieds, se précipitent vers la voiture, y entrent : Yacef et un autre Black, grand, 1 m 90 au moins, un mastodonte. Yacef, étrangement, tient à la main un épais rouleau de ruban adhésif argenté… Aussitôt une moto, puissante, une R1, sortie on ne sait d'où, vient se ranger près de la Twingo. Le motard porte un casque intégral. Nats le reconnaît à son allure générale : c'est celui qui n'a cessé de la suivre, depuis le début de la soirée.

— C'est mort ! crie Yacef. On laisse béton. Tu peux partir !

Le motard s'éclipse. Assis sur le siège arrière, à côté du grand Black, Yacef agrippe soudain les cheveux de Nats et lui secoue violemment la tête…

— Connasse, c'est encore à cause de toi si ça a foiré.

Cappuccino démarre. Direction Bagneux…

En route, Yacef continue d'insulter et de brutaliser la jeune femme, gifles, coups de poing.

— On n'a pas pu l'*attraper*, connasse ! Parce qu'il était trop fort. Il a fallu le cogner…

C'est alors simplement que Malena, à ses dires, aurait compris qu'elle avait participé à une tentative d'enlèvement. Elle aurait été persuadée, jusque-là, qu'il ne s'était agi que de voler des cartes de crédit...

— On l'a trop cogné, poursuit Yacef. Le sang giclait partout. On n'a pas pu le bâillonner avec le scotch. Le scotch glissait à cause du sang. Le mec hurlait...

Et Yacef de brandir le rouleau d'adhésif argenté qu'il tient toujours à la main.

— Ce type était trop balaise, connasse. Fallait en choisir un plus petit, plus faiblard ! On n'a pas pu le transporter jusqu'au coffre de la bagnole !

...

Pendant le trajet, jusqu'à Bagneux, le grand Black, le mastodonte, assis près de Yacef, à l'arrière, ne desserre pas les dents. Ce n'est que sur la fin du parcours, au moment où ils empruntent l'avenue Henri-Ravera, qu'il finit par dire à Yacef, d'une voix très grave, basse, posée :

— T'es ouf, Renoi ! T'es trop violent. T'es dangereux ! Moi je ne travaille pas comme ça !

« Yacef et le grand Black étaient couverts de sang ! » racontera Nats, plus tard.

Qui est ce mystérieux grand Black sur la puissance physique duquel on semblait beaucoup compter pour l'enlèvement de Moshe ? Maurice affirmera qu'il s'agissait de Charles, alias Krack, qui participa, ultérieurement, au kidnapping d'Élie. Nats, à qui la police montrera sa photo, ne le reconnaîtra pas. Mais elle le reconnaîtra ensuite, quand, cachée derrière une glace sans tain, au Quai des Orfèvres, on lui présentera un groupe de cinq Blacks très musclés où il figurait anonymement. Krack, quant à lui, avouera sans tergiverser sa participation à l'enlèvement d'Élie, mais il niera catégoriquement sa présence lors de la tentative contre Moshe.

Tous se retrouvent alors, cité du Cerisier, dans l'appartement des oncles de Maurice. Yacef et le grand Black ôtent leurs joggings noirs maculés de sang et passent de nouveaux habits. Puis ils se rendent dans la cuisine pour une « réunion de crise » avec plusieurs membres de la bande. Kid n'en était pas : arrêté en flagrant délit par la police alors qu'il dealait de la drogue dans la cité du Cerisier, il avait passé la soirée du 6 janvier en garde à vue au commissariat de Bagneux.

En larmes, proche de l'hystérie, Nats s'est enfermée à double tour dans sa chambre de l'appartement des oncles de Maurice.

— J'en ai assez, crie-t-elle, j'veux rentrer chez moi, à Marseille.

Le lendemain, en voiture, la bande la raccompagne, gare de Lyon. « Ils m'ont obligée à garder ma tête cachée sous une capuche, ils m'ont mise dans le train comme ça ! » dira-t-elle. À Marseille, elle vivra cloîtrée chez elle, terrifiée. Jusqu'au moment où, dans les médias, un mois plus tard, l'affaire éclatera.

Lors de l'agression contre Moshe, le 6 janvier, des voisins avaient entendu des cris et un effrayant fracas. Ce soir-là, Fernando (vivant au quatrième étage de l'immeuble de la rue Racine) prévient la police. Celle-ci arrive sur place dans le quart d'heure. Le gardien de la paix Yann M., flanqué de ses collègues, constate que la porte vitrée du hall est éclaboussée de sang. Devant cette porte, à l'extérieur, gît la culasse noire d'un pistolet automatique et le cylindre noir de ce qui semble un silencieux. Les policiers se gardent bien de toucher ou de déplacer ces pièces à conviction. À l'intérieur du hall, ils remarquent une chaussure, abandonnée (appartenant sans doute à Moshe). Au sol, une large traînée de sang tourne sur la droite, dans un couloir, jusqu'à un escalier étroit menant au sous-sol. Sur une marche de cet escalier, une montre. C'est deux paliers plus bas qu'ils découvrent un homme, seul, gisant dans son sang, pieds et poings menottés. À peine peuvent-ils tirer de lui quelques propos incohérents. Sur ses papiers, qu'ils examinent, ils lisent son nom : Moshe, né en Israël en 1953, demeurant à Massy (91). Non loin, sur une marche, repose la carcasse d'un pistolet automatique noir, auquel manque sa culasse. Cette culasse manquante, c'est elle qu'on a trouvée, deux étages plus haut, devant la porte de l'immeuble.

Après vérification, on constate que le « pistolet » en question n'est en fait qu'une réplique, en plastique (lestée de plomb pour faire plus vrai) d'une arme de guerre, un Sig Sauer P229. Cette arme factice, utilisée par Yacef pour matraquer Moshe, a été fabriquée à Hong Kong. C'est un pneumatique qui ne tire que des billes en caoutchouc !

Presque un jouet.

Or, pour qu'un message publicitaire soit perçu, il faut que le cerveau du téléspectateur soit disponible. Nos émissions ont pour vocation de le rendre disponible : c'est-à-dire de le divertir, de le détendre pour le préparer entre deux messages. Ce que nous vendons à Coca-Cola, c'est du temps de cerveau humain disponible.

Patrick LE LAY, ex-président de TF1.

Selon Adorno, l'idéal de l'industrie culturelle serait d'« abaisser le niveau mental des adultes à celui des enfants de onze ans ».

Anselm JAPPE,
L'Avant-Garde inacceptable, 2004.

Dès le lendemain, 7 janvier, Yacef est sur les dents. Encore un coup raté ! Il va passer pour qui ? Un charlot ? Sa réputation est en jeu ! D'autant que, pour cette dernière affaire, il a mouillé des « gens importants », des types de Bobigny, des durs. L'un d'eux, d'ailleurs, dès l'aube, un caïd maghrébin qui lui avait « fourni du personnel » (dont le grand Black), est venu demander des comptes :

— On était deux, moi et le grand Black ! lui explique Yacef qui le rencontre dans un hall de la cité du Cerisier. On est tombés sur le mec, on l'a battu. Mais il s'est défendu. Il était costaud. En plus de ça, il a pu soulever la cagoule du grand Black. Alors on a laissé tomber !

… Yacef s'agite. Toute la journée, il rencontre des gens, discute, se dispute, donne des coups de fil de son « bureau », avenue Henri-Ravera, envoie des mails à partir du cyber Intercomm jouxtant la sandwicherie Miam-Miam. Il lui faut « remettre ça » très vite, battre le fer tant qu'il est chaud ! Il a promis des cents et des mille à toutes sortes de gars, et il est à sec… Pour commencer, il faut trouver un autre « appât ». Car, avec la Marseillaise, Nats, c'est « cramé ». Trop de monde l'a vue, elle risque d'être identifiée. On l'a d'ailleurs renvoyée chez elle ce matin !

Il rencontre Gérard, alias Tête de Craie, le soir même, sur le terrain de boules, rue Maïakovski, en face de la crèche, c'est un des rendez-vous habituels des lascars de Bagneux. Tête de Craie porte encore au visage les traces de brûlures datant de l'agression contre Benny, le 19 décembre. Ça ne l'aurait pas empêché, la veille, 6 janvier, à l'heure où on agressait Moshe, de foutre le feu à une autre voiture, rue Pascal, à Gentilly, toujours pour faire « diversion[1] ». Tête de Craie, 1 m 80, tout en muscles, casquette

---

1. C'est à tout le moins ce que suppose la police.

retournée enfoncée sur un crâne rasé, est un Patos, c'est-à-dire un « Blanc », plus précisément un Espingouin (son père est d'origine espagnole). Il a 19 ans, toutes ses dents et pas un sou. Comme « indemnités », au vu de ses brûlures, Yacef lui avait versé (non sans solennité, comme on accorde une médaille à un soldat méritant) 400 euros. Bien moins, au demeurant, que les 2 000 euros qui avaient été promis !

Au téléphone, Tête de Craie avait dit à Yacef qu'il avait quelqu'un (« une fille sur laquelle il avait du pouvoir ») qui ferait peut-être l'affaire. Depuis deux mois, en effet, « elle cherche un plan fric ».

— Elle s'appelle Agnès ! précise Tête de Craie, quand il retrouve son « Boss » sur le terrain de boules. Je crois que tu dois vaguement la connaître. Elle était comme toi au collège Joliot-Curie [Bagneux]. Et elle habite cité du Cerisier. Je lui ai parlé. Elle a l'air d'accord.

Tête de Craie plaît aux filles. Il a une bouche pulpeuse, des yeux tendres, pleins d'enfance, même s'il roule les mécaniques. Agnès, depuis quatre ans, c'est sa « taspé ». Ils font l'amour de temps en temps, quand il la sonne. C'est lui qui décide. Pourtant, elle a 25 ans, cinq ans de plus que lui. C'est qu'il a une « meuf » par ailleurs, Saïda, qu'il kiffe pour de bon : une fille de père gaulois et de mère kabyle, teint pâle, longs cheveux noirs, yeux en amande, 19 ans, belle et « nickel » : elle était « pure » quand il l'a eue. Il la « respecte ». Elle poursuit très sérieusement ses études, voulant être assistante sociale. Souvent, le soir, elle fait du baby-sitting pour aider la famille.

Saïda ne connaît pas l'existence d'Agnès, Agnès sait que Saïda et Tête de Craie s'aiment.

À 19 h 30, Tête de Craie et Yacef sonnent à la porte de l'appartement d'Agnès, au dixième étage d'un immeuble du Cerisier. Les familles de Yacef et Tête de Craie vivent aussi dans cette cité, non loin, dans d'autres immeubles. La cité du Cerisier est d'apparence plutôt agréable, entourée de grands platanes et de marronniers, agrémentée de plates-bandes. Les gens qui l'habitent appartiennent à la petite classe moyenne, des employés de l'EDF, des postes et télécommunications, des retraités de Renault, des profs, gaulois et immigrés confondus (mais des immigrés bien « intégrés », à quelques brebis galeuses près). Au demeurant, depuis trois-quatre ans, la situation s'est détériorée, à cause d'une poignée de cailleras qui squattent le hall des immeubles et dealent du shit.

Ce soir-là, comme d'habitude, Yacef porte un bonnet noir, un cache-nez de même couleur et un sweat gris à capuche Adedi. Avec son éternelle casquette Nike, fichée de traviole sur le crâne, Tête de Craie est vêtu d'un jean baggy et d'un blouson. La porte s'ouvre. Dans l'embrasure apparaît une très jolie blonde, cheveux coupés aux épaules, yeux clairs, jean moulant et tee-shirt bleu, 1 m 65 peut-être, une belle poitrine.

— C'est Agnès ! dit Tête de Craie, pour la présenter à son compagnon.

Puis, désignant celui-ci à la jeune femme, il ajoute :

— Voici Mohamed dont je t'ai parlé.

« Mohamed », c'est le nouveau blase que Yacef s'est choisi. Après le prénom de Ben Laden (Oussama), il a donc élu celui du Prophète.

Agnès est assez émue, inquiète. Tête de Craie lui a fait un portrait pour le moins impressionnant de ce « Mohamed » qu'elle connaît un peu de vue, pour l'avoir croisé une fois ou deux dans la cité, mais dont elle ignore le vrai nom : « Un dur, un caïd qui a fait de la taule pour braquages, un mec dangereux avec qui il vaut mieux être réglo si on s'engage avec lui dans un bizness. Je t'aurai prévenue. »

Elle les introduit dans l'appartement, les précédant dans un long couloir, jusqu'à sa chambre, tout au fond. Au passage, par une porte vitrée, les garçons aperçoivent un couple, installé dans le salon devant la télé : les « vieux » d'Agnès. Le père est chef de bureau dans une compagnie d'assurances, la mère institutrice.

Aux murs de la chambre d'Agnès, des dessins et peintures sous verre, paysages, fleurs. C'est elle qui les a réalisés. Elle a un tempérament artiste, rêveur. C'est une des rares protagonistes de ce drame à avoir fait quelques études. Elle a réussi son bac en sciences médico-sociales, puis s'est inscrite à la fac de sport d'Orsay, laissant bientôt tomber cette filière sans débouchés. Elle a fait alors toutes sortes de petits boulots, dont l'aide à domicile aux personnes âgées. En ce moment, elle suit un stage la préparant au concours d'infirmière.

Ce sont ses parents qui financent ce stage et lui donnent son argent de poche. Ils gagnent bien leur vie, mais sont assez endettés, ayant contracté des crédits. Elle a honte aussi de dépendre d'eux. C'est pourquoi, début décembre, elle avait demandé à Gérard (Tête de Craie) s'il ne pouvait pas lui trouver un « plan fric », utilisant ainsi son langage, la langue des cailleras, qui n'est pas la sienne.

« Le Noël précédent, dira-t-elle plus tard à la police, je n'avais pas fait de cadeaux à mes parents, faute d'argent. Je voulais cette fois me rattraper. Je vivais trop aux crochets des miens… »

Agnès appartient à une famille de Gaulois libéraux. C'est elle qui a choisi d'être baptisée catho, à l'âge de 11 ans.

Quand elle parlait de « plan fric », elle songeait à quelque chose comme faire la « nourrice » (c'est-à-dire garder chez elle de la drogue, pratique courante dans certaines banlieues : les voyous ont l'habitude de placer leur stock de came chez des gens au-dessus de tout soupçon où la police n'est pas susceptible de perquisitionner). À l'insu de ses parents, Agnès a déjà rendu ce « service » à Gérard, pour quelques billets. Depuis octobre 2005, il s'est mis à dealer, sous la gouverne des mecs de Bobigny, qui ont conquis le marché de Bagneux. C'est qu'il a besoin de fric…

Tête de Craie a complètement foiré ses études. Il rêvait de devenir sapeur-pompier, mais il n'a même pas pu décrocher son brevet des collèges, nécessaire à cette candidature. En classe, il était trop glandeur, trop déconneur. Il avait par ailleurs des problèmes avec l'orthographe : il est dyslexique. On l'a viré dès la troisième… Il a fait pas mal de petits boulots, en intérim, entre autres du terrassement pour l'installation de systèmes d'arrosage automatique, sur des terrains de golf. Mais ça n'a pas duré...

Par ailleurs, il vient de s'engueuler avec les siens. Cité du Cerisier, il vit chez sa mère, Lydie (caissière dans une charcuterie), et le compagnon de celle-ci, Robert (employé aux postes) : ses parents ont divorcé. L'appartement est vaste, un F5, mais, Gérard compris, il y a six enfants à la maison. Deux frères de Gérard (23 et 19 ans), enfants du premier mariage ; et deux demi-frères et une demi-sœur (10, 8, et 3 ans), de la seconde union. L'atmosphère familiale est très tendue parfois. Il faut que l'ordre règne, et Gérard n'y met pas toujours du sien. Une querelle avec son beau-père a éclaté parce que, le matin, Gérard faisait sa « muscu » au lit, avec des haltères, au risque de bousiller le sommier. Gérard a la tête près du bonnet. Ni une, ni deux, il a fait sa valise, posé les clefs de la maison sur la télé, claqué la porte. Sans logis (il dort chez les uns et les autres), sans le sou, il traîne. Il porte cependant, chaque semaine, son linge à laver à sa mère.

« Il voulait jouer les durs, les caïds, dira de lui Agnès, plus tard, à la police, mais en fait ça n'était qu'un gamin de banlieue qu'on a manipulé. »

Ce « on » désigne en premier lieu Yacef, alias Mohamed, qui, ce soir-là, chez elle, assis sur une chaise, la fixe de ses gros yeux ronds mi-moqueurs, mi-menaçants :

— Je t'avertis, poursuit Yacef, si on commence ensemble, après tu ne pourras plus reculer. Sinon, c'est « lui » qui sera responsable, et c'est donc « lui » qui paiera.

En disant « lui », Yacef montre du doigt Gérard, installé à côté de la jeune femme, sur le lit.

— Gérard, c'est ton garant. Et tu l'aimes, je crois…

Sous le regard convergent des deux garçons, elle ne bronche pas. Chez elle aussi, Yacef a su deviner la « faille ». Agnès est fragile en effet. Elle se trouve moche, trop grosse. Souvent, elle est prise de crises d'angoisse. Elle supporte mal de voyager dans les transports en commun. En 2004, lors d'une crise, en pleine nuit, elle manque se jeter par la fenêtre de sa chambre. Elle marche aux tranquillisants.

— Alors, on est d'accord ? poursuit Yacef, la fixant à nouveau dans les yeux. C'est tout simple, ce qu'on te demande, et ça pourra te rapporter gros.

— J'ai dit à Agnès que tu lui filerais 3 000 euros, l'interrompt Tête de Craie.

— 3 000, 5 000 et peut-être plus, continue Yacef. Il s'agit simplement de téléphoner à des types friqués, des Feujs, dont je te donnerai le numéro. Tu leur feras du gringue, leur fixeras un rendez-vous. Ensuite tu les emmèneras dans un endroit que je t'indiquerai pour qu'on « s'occupe d'eux ».

Comme Nats auparavant, Agnès aurait alors confusément compris qu'il ne s'agissait « que » de voler à des mecs leur carte de crédit et rien d'autre. En ce qui concerne les « Feujs », Gérard lui aurait déjà confié qu'il ciblerait des gens de cette communauté.

Gérard était-il sous l'influence d'antisémites ? Un des types chez lesquels, après s'être engueulé avec son beau-père, il va souvent dormir, un certain G. C., la cinquantaine, est obsédé par la Seconde Guerre mondiale, et le nazisme en particulier. G. C. ne travaille pas, il touche une pension, on ne sait trop pour quel handicap. Souvent, les voisins l'ont vu « pris de boisson », mais il reste courtois. C'est un « From », diminutif de « fromage », c'est-à-dire un Blanc, un Gaulois. Il possède, dans son appartement, cité du Cerisier, une multitude de livres traitant du fascisme, dont beaucoup d'ouvrages manifestement révisionnistes, remettant en cause l'Holocauste[1]. Gérard, par ailleurs, a beaucoup d'amis musulmans, dont Yacef, qui, prenant à cœur la cause arabe, ne portent pas les Juifs, identifiés à Israël, dans leur cœur. À la mort de son meilleur ami, Abdoulaye, en 2001, Gérard, d'un coup, a cessé de manger du cochon. Ils s'amusaient tous deux à s'accrocher au dernier wagon de la rame, quand le RER démarrait. Un jour, Abdoulaye est tombé et s'est fait écrabouiller par un autre train, venant en sens inverse. Le refus du porc n'était-il, pour Gérard, qu'une forme de deuil ? « J'ignore, confiera sa mère, s'il s'est converti à l'islam et s'il allait à la mosquée. »

« On m'a baptisé quand j'étais petit, dira Gérard à la police. On m'a pas demandé mon avis. Quel baptême ? Je sais même pas : chrétien ! »

---

1. Avec les œuvres de Faurisson, on a trouvé chez lui des textes d'Olivier Mathieu, écrivain obscur qui fit scandale, à la télévision, en 1990, lors de l'émission de Dechavanne, en déclarant : « Les chambres à gaz, c'est bidon. »

Après son entrée en matière, Yacef sort son portable de la banane Lacoste accrochée à sa taille et l'ouvre sous les yeux d'Agnès.

— Tu vois, dit-il, y'a pas de batterie dedans. Je ne mets jamais la batterie quand je suis à Bagneux. Pour pas que les flics me repèrent. Je la branche lorsque je suis loin d'ici, sur un coup : je téléphone, puis je la retire aussitôt du boîtier. Si t'as un portable, faudra aussi que t'en ôtes la batterie quand on sera en opération.

Agnès acquiesce.

— En plus de téléphoner à des mecs, à des numéros que je te donnerai, il faudra peut-être aussi que tu ailles en draguer, des commerçants, dans des quartiers juifs. Je t'y emmènerai.

Elle acquiesce encore.

« Pour plaire à Gérard, expliquera-t-elle plus tard, je jouais un jeu, j'essayais d'être comme il voulait que je sois. Je n'osais pas dire non. Pourtant, il me prenait pour une conne. Il me trompait. Il me mentait. »

— Je te téléphone avant dix jours, et on lance la machine ! conclut Yacef.

Puis, en compagnie de Tête de Craie, il quitte la jeune femme.

Depuis dix minutes, Agnès fait les cent pas devant les guichets en sous-sol du métro, à la station Porte-d'Orléans. Il est 12 h 30. La foule se presse. Elle a un jean bleu moulant, un tee-shirt noir très décolleté, des bottes noires à bout rond et un manteau en coton noir, cintré. Dans son sac à bandoulière, elle a son portable, un Motorola rouge, dont elle a pris soin de retirer la batterie. Mohamed-Yacef lui a téléphoné il y a trois jours, lui fixant rendez-vous à cet endroit. Nous sommes le 14 janvier 2006. Il est en retard.

En sweat gris, capuche sur la tête, il débarque soudain et, la prenant par le bras, l'entraîne vers les quais. Ils prennent la ligne 4 jusqu'à Châtelet, puis la 11… « Mohamed » a l'air inquiet. Comme ils s'asseyent, face à face, dans une voiture, côté fenêtre, il ne cesse de jeter, devant lui, derrière, des regards inquisiteurs.

(C'est qu'il s'est fait serrer par les flics trois jours plus tôt à Bagneux. Il était au volant d'une voiture qui n'était pas en règle. En plus il portait sur lui son « extincteur ». Mené au poste, on l'a gardé vingt-quatre heures derrière les barreaux et on a pris de lui une photo anthropométrique.)

À la station Hôtel-de-Ville, une grosse femme vient s'asseoir à leur côté.

— Cette femme, elle est bizarre, souffle Yacef, se penchant vers l'oreille d'Agnès. J'aime pas ça. La prochaine fois, toi et moi, faudra qu'on s'installe sur des sièges différents, comme si on se connaissait pas.

Craint-il que la police, après l'enlèvement raté de Moshe, soit déjà sur ses traces ?

Ils descendent à République. Marchent jusqu'au boulevard Voltaire, puis empruntent une petite rue parallèle à ce boulevard, la rue Amelot. S'appuyant dans l'encoignure d'un mur, Yacef sort de sa banane un vieux portable, l'ouvre pour y brancher sa batterie. Puis compose un numéro…

— Tu vas téléphoner, dit-il à Agnès, debout à ses côtés.

— À qui ?

— À un mec. Il s'appelle Joël. Faut que tu le dragues.

— T'as eu comment son téléphone ?

— Ça te regarde pas.

— C'est qui, ce type ?

— Moins tu en sais, mieux ce sera, conclut Yacef qui lui passe son portable.

Le numéro de ce Joël a en fait été récolté par Nats, deux semaines auparavant, lorsque avec Dounia elle était partie en chasse dans les boîtes des Champs-Élysées.

…

— Bonjour, vous êtes Joël ? demande Agnès, quand elle a l'inconnu à l'appareil.

— Oui, c'est bien moi.

Récitant le rôle que vient de lui dicter Yacef, elle poursuit :

— Voilà, j'm'appelle Nathalia. J'vous ai rencontré près du… George-V. Vous me plaisez bien. J'suis strip-teaseuse. C'est un ami à vous qui m'a donné votre téléphone.

— Je… euh… répond l'homme interloqué. Je suis en plein boulot. Rappelez-moi plus tard, ce soir.

Il raccroche.

Yacef est décontenancé. Ce Joël se défile !

— Ça serait bien, dit-il à Agnès, que tu pêches un autre mec. Comme ça, on sera sûr d'en avoir au moins un. On va faire les boutiques de téléphonie, boulevard Voltaire. Elles sont toutes tenues par des Feujs.

— Pourquoi tu veux un Feuj ?

— Ils ont du blé.

— Pas tous.

— Ils se tiennent les coudes. Ils forment une communauté soudée.

Marchant à quelques mètres devant elle, il remonte le boulevard Voltaire en direction de la Nation, inspecte les boutiques de téléphonie.

— Merde, lance-t-il à Agnès, qui revient à sa hauteur, elles sont toutes fermées. Ça doit être une fête juive aujourd'hui !

C'est samedi en effet, jour du shabbat.

Il en trouve cependant une ouverte. Précédant Agnès de quelques pas, il jette un œil à travers la vitrine, repère deux types.

— C'est bon, vas-y, lance-t-il à Agnès. Mais y'en a un gros, drague pas le gros.

Continuant à tirer des leçons de ses précédents échecs (l'affaire Moshe en particulier), Yacef a compris qu'il était préférable que ses victimes ne soient pas « trop balaises ».

— J'pourrais pas, dit Agnès, pâlissante. Je suis incapable de m'adresser comme ça, direct, à un mec et de le draguer.

— Les filles, c'est toutes des *vicieuses*, réplique Yacef. Elles peuvent obtenir ce qu'elles veulent, suffit de vouloir.

Il est 13 h 30. Agnès entre dans la boutique Lucky Phone. Il y a là quelques clients. Derrière un comptoirvitrine, deux vendeurs s'affairent : l'un est une armoire à glace de 1 m 90 ; l'autre n'est qu'à peine plus petit. Elle fait semblant de s'intéresser à un joli téléphone noir, serti de brillants, sous la vitrine du comptoir. C'est le vendeur le plus grand, libéré de son client, qui finit par s'adresser à elle...

Il s'appelle Gary, 20 ans, il est français, mais a poursuivi ses études en Israël, où il compte faire prochainement son service militaire en tant que volontaire, pour un engagement de trois ans. À la police, plus tard, il dira :

« C'était une jolie fille. Me montrant du doigt un portable VK 570, elle m'a demandé : "Combien c'est ?" »

Gary l'informe du prix. Alors, montrant du doigt l'autre vendeur qui s'occupait d'un client, elle ajoute :

— Et pour avoir son numéro de téléphone, à lui, c'est combien ?

— C'est mon grand frère, il s'appelle Gaby... Pourquoi vous voulez son numéro ?

— C'est la deuxième fois que je viens ici. Je l'avais remarqué. Il me plaît bien.

Souriant, Gary rétorque :

— Pour avoir son numéro, c'est gratuit. Il va même être super-content que je vous le donne. Qu'est-ce que vous faites dans la vie ?

— Esthéticienne. Je ne suis à Paris que pour une semaine, puis je redescends dans le Sud, chez mes parents. Mais j'ai un appart à Sceaux.

— Vous vous appelez comment ?

— Léa.

— Donnez-moi votre téléphone, mon frère vous appellera.

— Je préfère l'appeler moi-même.

Gary, sur un Post-it jaune, griffonne le numéro de portable de son frère, qui commence par 06 20. Elle le prend, le range dans son sac à bandoulière.

— Revenez plus tard, vers 15 heures, lui dit Gary comme elle sort de la boutique et part en direction de la République. Il y aura moins de monde.

Yacef et Agnès reprennent le métro jusqu'à Bonne-Nouvelle, tout près. Ils vont en effet explorer le Sentier, un « quartier juif », où ce sont des marchands de fringues surtout qui tiennent boutique. Mais, là encore, les magasins sont fermés. Ils descendent à nouveau dans le métro et se rendent à l'autre bout du boulevard Voltaire, place de la Nation, pour passer en revue d'autres commerces de téléphonie. Tous, là aussi, ont baissé rideau, pour cause de shabbat. Le boulevard Voltaire en effet, depuis une dizaine d'années, a vu s'installer deux communautés très actives, les Chinois, spécialisés dans les vêtements, et les Juifs, dans la téléphonie. Épiceries et restaurants casher s'y multiplient. On y trouve même des restaurants japonais sous le contrôle du Beth Din de Paris.

Agnès est fatiguée. Ça fait des heures qu'ils tournent en rond. Elle a mal aux jambes. Ils reviennent sur leurs pas, en métro, jusqu'à la porte d'Orléans.

Non loin de la station du bus 128, qui mène à Bagneux, « près d'une grande pharmacie », se souviendra Agnès, Yacef sort à nouveau son portable, y

rebranche la batterie et compose le numéro de
« Gaby », que la jeune femme a récolté chez Lucky
Phone.

— Essaie d'avoir un rendez-vous avec lui pour
demain, dit-il à Agnès, lui tendant l'appareil.

Il est 18 h 38.

— C'est Gaby ? demande la jeune femme.
J'm'appelle Léa. C'est moi qui ai causé avec votre
frère tout à l'heure dans votre boutique.

— Je suis encore en plein boulot, répond l'homme.

— C'est que je repars bientôt dans le Sud. J'aimerais que vous passiez chez moi, à Sceaux, très vite.

— Vous avez quel âge ?

— 25 ans. On pourrait se rencontrer demain ?
Vous me plaisez vraiment.

— Je vous rappelle ce soir, on prendra le temps de
discuter.

— Non, c'est mieux si c'est moi qui vous appelle.

Elle relance de la même façon Joël, sur ordre de
Yacef. Mais Joël est très laconique, méfiant. Quand
Agnès (alias Nathalia en la circonstance) raccroche,
Yacef conclut :

— Ça va être plus difficile avec ce Joël, mais tant
pis. De toute façon, je n'ai pas l'impression qu'il soit
vraiment juif.

Le nom de famille de l'intéressé, en effet, est typi-
quement « gaulois ».

Assis sur des sièges différents, Yacef et Agnès, qui
font semblant de ne pas se connaître, rentrent à
Bagneux avec le bus 128. Comme ils en sont convenus préalablement, Yacef descend le premier, à la

station Pasteur, à hauteur de la cité du Cerisier ; Agnès descend à la station suivante, rue de l'Égalité. Ils doivent se revoir dès le lendemain : pour « faire » Gaby.

— Ça va pas bien la tête !

Ce même soir, 14 janvier, vers 20 heures, Marcelle et Agnès se trouvent face à face dans un restaurant japonais, le Nagasaki-Bagneux, près de l'hôtel de ville, avenue Henri-Ravera.

Marcelle, c'est la meilleure amie d'Agnès. Elle porte souvent les cheveux tirés en arrière, en queue-de-cheval, des habits classiques, robe, veste, chandail. Elle a des lunettes à bords transparents. C'est une jolie brune à l'air plutôt sérieux. Sa famille, des Gaulois, est de Bagneux, mais elle vit non loin, à Montrouge. Le père est retraité de la RATP, la mère employée à la Société générale. Marcelle a obtenu un CAP de vente animalière, spécialité oisellerie. Ça ne l'a menée nulle part. À la fin de ses études, elle a bossé d'abord dans un salon de coiffure, mais c'était surtout pour faire le balayage. Désormais, elle travaille dans un grand magasin du XIIIᵉ, place d'Italie, comme vendeuse au rayon « arts de la table ».

Les cailleras, elle ne les fréquente pas. Et pour cause : elle prépare un examen pour tenter d'entrer dans la police (adjointe de sécurité). On comprend qu'elle désapprouve la liaison d'Agnès avec Gérard, dit Tête de Craie : ce type se fout de sa gueule, il la trompe, il la rudoie.

C'est au moment où Agnès lui a confié le « plan » proposé par « Mohamed », un pote de Gérard, que Marcelle, outrée, s'était exclamée :

— Ça va pas la tête !

— Ils me promettent 3 000 euros, 5 000 même ! Il suffit que je drague un mec et que je l'amène dans un endroit précis. Alors ils le « dépouilleront ». En principe, c'est demain que ça doit se passer, à Sceaux…

— Tu es complètement folle.

— Ne me fais pas la morale. J'ai besoin d'argent !

— C'est grave ! Tu ne te rends pas compte de ce que tu risques ?

Non seulement Marcelle, 25 ans, a une notion de ce qu'est la Loi, l'Interdit, mais, par ailleurs, fonctionne dans sa tête la mécanique des poids et mesures :

— Tu ne vas pas risquer des années de prison pour 5 000 euros ?

Déjà, quelques jours auparavant, elle avait engueulé Agnès qui, dans sa chambre, lui avait montré une mallette appartenant à Gérard : elle contenait un sac en plastique, comme on en donne dans les grands magasins, à moitié plein de marijuana, et l'équivalent de trois tablettes en chocolat de résine de cannabis. « Tu gardes ça chez toi ? T'es folle ! Ton Gérard et ses potes t'utilisent, lui avait dit alors Marcelle. Il ne t'aime pas ! »

— Je te promets que si tu acceptes de marcher dans leur plan, je dis tout à tes parents… et à ton frère, poursuit Marcelle.

— Tu ne le feras pas !

Elles mangent leurs yakitoris. Des yakitoris « hallal ». Ce restaurant japonais, tenu par une Chinoise, est attentif aux desiderata de la clientèle musulmane, nombreuse dans le quartier.

Ce soir-là, les deux jeunes femmes dorment ensemble, dans la chambre d'Agnès, à la cité du Cerisier. Le lendemain, dimanche, sur les 14 h 30, elles se séparent devant la station Pasteur de la ligne de bus 128. Agnès doit l'utiliser : elle a rendez-vous avec « Mohamed », à la station Mairie-de-Sceaux, un peu plus loin. Agnès a déjà une demi-heure de retard.

C'est pour lui faire « reconnaître » le terrain que Yacef-Mohamed l'a convoquée à Sceaux. Il est furieux qu'elle soit en retard. Quand on fait des coups, l'exactitude est de rigueur. Ensemble, ils vont arpenter le parking de l'avenue Houdan, près de la recette des impôts, où Agnès, après avoir dîné avec Gaby ou Joël, devra demander à l'un ou l'autre de se garer, car elle prétendra habiter non loin. Ce parking donne sur la Coulée verte, une bande de végétation, constituée d'allées gravillonnées bordées d'arbres et de buissons, qui traverse tout Sceaux et conduit jusqu'à Montrouge. Ils descendent cette Coulée verte (comme Agnès devra la descendre avec Gaby ou Joël) jusqu'à l'endroit où, à angle droit, elle coupe le boulevard Desgranges. À cette intersection se trouve une placette circulaire entourée de bancs et de lampadaires. Des plots en béton, de part et d'autre de la chaussée, empêchent les voitures de s'y garer.

Yacef, passant de l'autre côté de la placette, montre à Agnès, sur la droite, un bouquet de buissons :

— C'est là que tu dois amener Gaby ou Joël. Moi et mes potes, on sera cachés derrière les buissons. On sautera sur le mec. Toi, tu t'enfuiras. Il croira que t'as réussi à t'échapper. On le ligotera et on le mettra dans le coffre d'une voiture…

« C'est alors seulement, expliquera plus tard Agnès à la police, que j'ai compris que c'était un kidnapping qu'ils envisageaient. Pas un simple vol de Carte bleue. J'ai dit :

— Non, c'est pas possible, je peux pas faire ça.

— Tu peux plus arrêter maintenant, lance Yacef, menaçant. T'es mouillée. Gérard est mouillé. Il est ton garant. Tu veux qu'il ait des ennuis ? T'as commencé, tu dois finir.

— Je peux pas !

— T'es trop sensible.

— Vous allez lui faire du mal, à ce type.

— Non, on lui fera pas de mal, on le battra même pas. On l'endormira : avec de l'éther. »

Nouvelle trouvaille donc, de Yacef, afin de parer à une éventuelle résistance de la victime : l'éther et ses vertus soporifiques, sur lesquelles il semble beaucoup miser.

Elle proteste.

— T'es pas une vraie fille, lui dit-il, car t'es pas *vicieuse*. *Les vraies filles, c'est des vicieuses !*

Cet après-midi-là, Agnès, sur ordre de Yacef, doit rappeler Gaby, puis Joël. Mais les deux hommes semblent de plus en plus méfiants. Gaby lui dit même qu'à sa boutique il a un ordinateur qui lui permet d'identifier les titulaires d'un numéro de portable. Or son numéro (le numéro de la carte SIM, achetée au noir par Yacef) n'est pas répertorié. Tout ça est éminemment louche ! Le lendemain soir, sur les 20 heures, Yacef, qui semble avoir réussi à mettre Agnès totalement sous son emprise en la terrifiant, vient la chercher à la cité du Cerisier. Il l'emmène à nouveau à Sceaux, mais en voiture cette fois, à hauteur de la Coulée verte, afin qu'elle rappelle encore Gaby et Joël. C'est de Sceaux en effet qu'elle doit téléphoner, car c'est à Sceaux, où elle habite supposément, que doit être localisée la source de ses coups de fil, en cas d'enquête.

« Il conduisait très mal », remarquera Agnès, il ne savait pas passer les vitesses. Il a roulé jusqu'au parking de la rue Houdan et s'est garé là. Il a mis la batterie dans son téléphone. Aussitôt celui-ci s'est mis à sonner. C'était Joël qui appelait :

— Pardonnez-moi de vous contacter avec tant de retard, dit l'homme. Voudriez-vous qu'on prenne un verre ce soir ?

— Non, c'est impossible, répond Agnès, à qui Yacef a passé l'appareil. Je vous rappelle.

Elle raccroche. Ce qui rend Yacef fou furieux :

— Imbécile ! Il voulait un rendez-vous et toi tu lui coupes au nez. Tu fais tout foirer mon plan !

— Je t'ai dit. Je peux pas. Je peux pas.

Yacef redémarre. Et il se met à tourner, à tourner, à tourner, dans la nuit, sur le parking, comme dans un effrayant manège.

— Tout ça, monologue-t-il, ça... ça va être mauvais pour toi, mais... mais surtout pour ton... ton Gérard, tu le sais. Fallait pas commencer... Tu t'es engagée. Assure !...

Il parle, il parle. « C'était un beau parleur », affirme Agnès. Parfois il s'exalte, parfois il enrage, parfois, tout à coup, son ton baisse, il se décourage. À un moment, selon Agnès, il aurait dit : « Je crois que je vais tout arrêter. » Et puis il revient aux menaces, toujours indirectes. « Jamais il n'a essayé de me battre », affirme-t-elle. C'est qu'elle est plus âgée que la pauvre Nats, plus intimidante sans doute aussi ? Il tourne et tourne encore, longtemps, sur le parking, puis, dégoûté, se résigne à la raccompagner à Bagneux.

— Sois dans l'escalier de chez toi à minuit sans faute, lui dit-il, menaçant, au moment où ils se séparent. Avant, faut que je voie *quelqu'un* !

Des cabines téléphoniques de son « bureau », avenue Ravera, Yacef passe une série de coups de fil. Il convoque Mam', envisageant d'exploiter une nouvelle fois ses capacités d'agent recruteur :

— Il me faut un autre appât, vite. T'as une idée ? On avait une fille, pas mal, mais pas fiable : elle était trop stressée. Elle commettait des erreurs au téléphone en appelant les mecs. On en fera peut-être quelque chose plus tard, car j'ai un pote *qui l'a bien en main.*

154

Ce pote « qui a Agnès bien en main », c'est Tête de Craie, que Yacef appelle juste après. Ils se rencontrent, sans doute dans la ruelle derrière le Karcher. Leur discussion a dû être très violente, vu la « trahison d'Agnès ». Mais ils seront parvenus à un accord : c'est Tête de Craie en effet qui, à minuit, ira voir la jeune femme « dans ses escaliers » à la place de Yacef.

Ils passeront la nuit ensemble.

Agnès n'entendra plus jamais parler de Yacef, alias « Mohamed ». Jusqu'au matin du 15 février 2006, un mois plus tard donc : dans les journaux, elle verra, imprimé en grand, à côté de la photo du « chef du gang des Barbares », son portrait-robot à elle : portrait inspiré à la police par le témoignage de deux vendeurs en téléphonie du boulevard Voltaire : Gary et Gaby.

La mort d'Élie venait d'être rendue publique.

> *L'étranger entoure partout l'homme*
> *devenu étranger à son monde. Le bar-*
> *bare n'est plus au bout de la terre, il*
> *est là…*
>
> G. DEBORD, *Le Déclin*
> *et la Chute de l'économie*
> *spectaculaire marchande.*

La « bête de meuf » entre à nouveau en scène : Zelda, cette lycéenne d'origine iranienne qu'on avait utilisée, dix mois auparavant, pour tenter d'appâter Raymond, à Bagneux. Elle avait 17 ans alors. Elle en a 18 aujourd'hui, mardi 17 janvier 2006. Il fait gris, froid, elle arpente, avec ses cuissardes blanches, le trottoir, à la sortie du RER Denfert-Rochereau. Sa crinière brune, semée de mèches blondes, flotte au vent. Pour la circonstance, elle a enfilé un jean clair, un chandail rose, très décolleté, une écharpe assortie, et un manteau noir. Elle a passé au rouge ses lèvres charnues, les redessinant avec un crayon foncé. Ses grands yeux bruns sont eux aussi très maquillés. Elle a rendez-vous avec quelqu'un d'« important » : Yacef.

C'est Mam' qui les a mis de nouveau en relation. Quand Yacef avait rencontré Mam', la veille, lui faisant part de son désir de trouver un nouvel appât, elle avait aussitôt repensé à Zelda :

— Essaie-la une fois encore !

Yacef est pressé, il a déboursé beaucoup d'argent déjà, fait trop de promesses, n'accumulant, en retour, que des échecs. Il a la *cerise* : le guignon ! Zelda, certes, est peu fiable – elle n'avait pas été à la hauteur, lors de son premier essai –, mais Mam' saura la « gérer ». Il accepte.

À 14 heures, comme convenu le matin même, au téléphone, Yacef arrête sa Twingo noire (prêtée par Rik's) à hauteur de la jeune Iranienne qui fait le pied de grue place Denfert-Rochereau. Il ouvre la portière. L'invite à monter à ses côtés…

Avenue Denfert-Rochereau, boulevard Saint-Michel, boulevard Sébastopol, Yacef conduit mal, mais il ne rencontre aucune difficulté : il s'agit de foncer tout droit, vers le nord de Paris.

— Voilà, faut que tu me rendes un service, dit-il en chemin à Zelda, dont il apprécie, à nouveau, du coin de l'œil, la beauté. Mam' t'a expliqué ?

— Non, elle n'a pas voulu me donner de détails au téléphone. Elle m'a dit que sa ligne était peut-être sur écoutes.

— J'ai besoin que tu dragues des mecs, des Feujs… On les attrapera. Puis on demandera une rançon.

— Pourquoi des Feujs ?

— Ils ont du pognon.

— Et si celui que t'attrapes n'en a pas ?

— Leur communauté paiera. Ils sont unis. Et ils paieront vite. On le gardera prisonnier pas plus de trois jours.

— Vous allez lui faire du mal ?

— Non ! Je suis bon musulman. J'ai la foi en Dieu… Je te jure qu'on lui fera rien. On lui prendra sa thune, c'est tout. Les Feujs, c'est les rois, ils bouffent l'argent de l'État. Et nous, les Noirs, l'État nous considère comme ses esclaves (*balayeurs, manœuvres, bonniches* !). Vous les Arabes, et nous les Noirs, on doit se serrer les coudes !

— J'suis pas arabe.

— Comment ça, t'es pas arabe ?

— Non. J'suis iranienne, persane…

Yacef semble faire une découverte. Arrivé à la porte Saint-Denis, il braque sur la droite, boulevard Saint-Martin, et prend la direction de la République.

— Vous allez leur demander combien, de rançon : 10 000 euros ? demande Zelda.

— 10 000 euros, ça va pas !

— Plus ?… 30 000 ?

— On va pas soulever un mec pour seulement 30 000 euros !

— 70 000 ? 100 000 ?

Yacef ne répond pas.

— 300 000 ?…

Pas de réponse toujours.

— Et moi, demande-t-elle, je toucherai combien ?

Yacef n'a pas envie de s'étendre sur le sujet. Il est pour une stricte *division du travail*. Les appâts doivent faire leur boulot d'appât sans s'occuper des questions d'intendance. En temps voulu, lui, le « Boss », leur versera leurs émoluments, dont le montant ne dépendra que de son bon vouloir. Il contourne, sur la place de la République, l'énorme meuf de bronze brandissant vers le ciel un rameau d'olivier, œuvre de Léopold Morice (1846-1919), et s'engage sur le boulevard Voltaire. De part et d'autre, il montre à Zelda les commerces de téléphonie qui y prolifèrent :

— Toutes ces boutiques, lui dit-il, sont tenues par des Feujs. C'est là-dedans que tu vas en draguer un !

— Comment sais-tu que c'est des Feujs ?

— Samedi dernier, j'ai fait un tour ici, ces boutiques étaient fermées. Le samedi, c'est une fête juive…

Yacef (comme avec Agnès le samedi en question) assène alors ses consignes : elle doit entrer dans une des boutiques, draguer un vendeur et demander son numéro de portable, mais ne surtout pas donner le sien, ni son nom. Le mec doit être seul (ça, c'est un nouveau commandement), car il ne faut pas de témoin, et il est impératif, par ailleurs, qu'il ne soit pas balaise !

Il remonte le boulevard Voltaire en direction de la place de la Nation : où trône une immense taspé de bronze debout sur un char traîné par des lions, chef-d'œuvre de Jules Dalou[1] (1838-1902), et trouve à se garer à l'extrémité du boulevard. De chaque côté de la chaussée, des commerces de téléphonie, Phone-Com 5 (au 256 du boulevard), Magic-Phone (au 246), Paris-Phone (au 241), New-Phone (au 239), Mobil-Hut (au 229). À côté du 229, un burger-bar « sous le contrôle du Beth Din de Paris ». Au 233, « Manhattan : spécialiste des

_____
1. Ex-communard reconverti dans l'art pompier officiel.

plats à emporter pour le shabbat ». Au 274, Cash Casher Naouri, une épicerie. C'est comme à la roulette (russe). Yacef laisse à Zelda le soin de choisir son numéro : son Juif.

« J'ai choisi la boutique où se trouvait Élie par pur hasard, avouera longtemps plus tard Zelda au juge d'instruction. C'était celle qui se situait juste en face de l'endroit où Yacef avait arrêté sa voiture. Il suffisait de traverser la chaussée. Yacef m'a dit :

— Vas-y ! Moi j'reste dans le coin ! »

C'est le hasard aussi qui décide de la présence d'Élie, ce jour-là, dans cette boutique du numéro 246 : Magic-Phone. Il y effectue en effet un remplacement. D'habitude, c'est juste en face, au 229, chez Mobil-Hut (« *Et la téléphonie devient simple* »), qu'il exerce son job de vendeur. À travers la vitrine, Zelda aperçoit un garçon jeune, 23 ans à peu près, aux cheveux bruns, coupés très court, au visage glabre, mat, souriant. Elle pousse la porte en verre. Il n'y a pas de clients. Élie est seul.

« Ce jour-là, la mort est entrée dans cette boutique et elle avait le visage de Zelda », s'exclamera, trois ans plus tard, au procès, Mᵉ Francis X., avocat de la famille d'Élie, fusillant du doigt « celle qui a choisi la victime ». Yacef assénera : « Non, c'est pas elle, c'est Allah qui a choisi[1]. »

— Je peux vous aider ? demande Élie.

---

1. Déclaration de Yacef en 2007, lors d'une confrontation, devant le juge d'instruction.

De derrière son comptoir, il la voit musarder, le nez sur les vitrines.

— J'cherche un portable, un Samsung D600, demande-t-elle. J'ai fait plusieurs boutiques sans arriver à en trouver. J'ai perdu le mien…

— J'en ai un.

— C'est combien ?

Il donne le prix.

— C'est trop cher pour moi ! rétorque-t-elle.

« Il était beau, sympathique », confiera Zelda plus tard.

Il correspond par ailleurs au principal critère exigé par Yacef : ni gros, ni balaise.

« Je lui ai posé des questions sur différents modèles de téléphones, espérant qu'il allait me draguer, ajoutera-t-elle, car je n'arrivais pas à engager le TRUC. »

Elle montre un portable rouge, un bleu. Puis hésite sur un vert…

« C'est lui, en fin de compte, qui m'a donné son numéro de téléphone. Il l'a inscrit sur un bout de papier, avec son prénom à côté. » Puis il a dit :

— Si vous ne trouvez pas moins cher ailleurs, revenez, j'essaierai de vous faire un prix !

Souriant, il ajoute :

— Vous pouvez m'appeler quand vous voulez.

Après un silence, il demande :

— C'est quoi, votre nom, au fait ?

Sans réfléchir, mais se mordant les lèvres au moment où ce mot s'échappe de sa bouche (« Fallait pas dire mon nom, merde ! »), elle répond :

— Zelda !

« Vis-à-vis d'Élie, je n'ai eu aucune pitié. J'avais des idées de vengeance », racontera-t-elle plus tard à la psychologue chargée d'analyser son cas.

De quoi veut-elle se venger ? Des hommes en général, mais en particulier de ceux qui l'ont violée quand elle avait 13 ans, et plus encore, peut-être, des policiers français qui, l'accusant d'être une provocatrice, avaient dissuadé sa mère de porter plainte. « Si Élie avait été une femme, jamais je n'aurais pu faire ça. »

Zelda fourre le bout de papier griffonné par Élie dans sa poche. Puis elle traverse la rue, jetant un œil à droite, à gauche, à la recherche d'un invisible Yacef.

D'une boutique, juste en face, au 241 du boulevard, un vendeur, Fabien, l'observe, portable pressé contre son oreille. Élie vient de l'appeler en effet, lui lançant dans l'écouteur :

— Vite ! Regarde la fille qui sort de chez moi ! Une bombe. Elle m'a fait un rentre-dedans pas possible. Elle m'a carrément allumé !

Fabien la trouve bien balancée, mais pas si jolie de visage...

— C'est pas mon style, commente-t-il.

— On va se revoir, elle et moi, ajoute Élie. Prendre un rendez-vous...

Zelda, au hasard toujours, entre dans une nouvelle boutique, New-Phone, au 239 du boulevard. Il est

16 heures. La roulette russe continue de tourner…
Deux vendeurs se trouvent derrière le comptoir.
L'un a dans les 20 ans, l'autre 30. Tous deux, critère
défavorable, sont assez balaises.

« Elle avait un accent maghrébin, racontera le premier, Norbert. Et une drôle d'attitude, dragueuse,
extravertie. Elle voulait acheter un portable, mais
n'avait pas la moindre idée du réseau auquel elle
comptait s'abonner. »

Le regard perdu, elle demande à voir un appareil.
Puis un autre. Un autre encore. Une vingtaine en
tout. Mais ces types ne se décident pas à la brancher. Pourtant ils ont repéré son jeu, ses enjoue-
ments. Le second vendeur chuchote en effet au
premier :

— Cette fille, pour 20 euros, on peut l'avoir.

Cependant, Élie, de son magasin, appelle son
meilleur copain, Patrice, qui travaille à Nogent-sur-
Marne, dans l'immobilier. Il lui fait part de sa bonne
fortune :

— Y'a pas dix minutes, une nana est venue dans
ma boutique, une Rebeu, hyper-chaude ! Elle n'a
rien acheté, mais t'imagines pas le rentre-dedans
qu'elle m'a fait. Une bombe !

Cependant, comme Zelda est sortie bredouille de
New-Phone, n'ayant pu y pêcher de numéro de portable (de toute façon, ces mecs étaient trop costauds),
elle erre sur le boulevard Voltaire, à la recherche
de Yacef. Celui-ci (qui n'a pas cessé de la surveiller
de loin) arrête soudain sa Twingo à sa hauteur, ouvre
la portière. Elle saute sur le siège avant :

— Et alors ? dit-il.

Elle lui tend, pour toute réponse, le morceau de papier où est inscrit le numéro d'Élie.

— J'en ai un !

— T'es une super-meuf, s'exclame Yacef, admiratif. Avec toi, ça va cartonner grave ! On va faire des montagnes de thune.

« Il me mettait en confiance, expliquera Zelda à sa psychologue. Il sentait que j'avais besoin d'être rassurée. Il me complimentait. J'ai senti que je devenais son objet. C'était quelqu'un de puissant, de respecté. En sa présence, je me sentais protégée. C'était comme un grand frère. Il était gentil. Et puis, *il nous faisait rêver* ! »

Zelda, pour Yacef, c'est le gros lot. Avec elle, il le sent, ça va marcher. Peut-être bien qu'il pourrait même l'utiliser à michetonner avec des vieux ? Ça le change des pétasses type Agnès ou Nats. Zelda, c'est l'allumée, la vicieuse qu'il lui faut… Il l'interroge sur le mec dont elle a eu le numéro : sa taille ? Autour de 1 m 70 ; son gabarit : plutôt mince. Tout est OK !

— J'ai fait une bêtise, avoue-t-elle cependant, j'lui ai donné mon prénom.

— Zelda ?

— Oui.

— Ça fait rien, il l'aura oublié. La prochaine fois, tu lui diras que c'est… euh… Valda que tu t'appelles.

— Comme les pastilles ?

— Ouais ! On va lui téléphoner.

— Tout de suite ?

— Dans une ou deux heures.

164

— Faut que je rentre à la maison.

— On l'appellera en route.

Yacef stationne devant une boutique de fast-food. Grand seigneur, il achète deux paninis. Ça fait partie des frais généraux. Ils mangent ça dans la voiture, le tout arrosé de soda.

— Tu veux toujours pas me dire à combien elle va s'élever, la rançon ? demande-t-elle.

— Non.

— Et comment vas-tu la récupérer ?

En matière de kidnapping – n'importe quel fan de séries américaines sait ça –, l'opération la plus dangereuse, c'est bien celle-là : récupérer le fric.

— Ça, c'est top secret. J'ai une idée géniale, mais je ne tiens pas à ce qu'on m'la pique ! Bon, ça roule ! On s'arrache…

Il raccompagne Zelda chez elle, dans la banlieue nord, à Aulnay-sous-Bois (c'est-à-dire chez sa mère). Elle s'est fait porter pâle en effet, pour deux jours, à l'institut Grignon, où elle est pensionnaire, avec certificat médical à l'appui. En chemin, dans les environs de La Courneuve, il gare sa voiture sur un bas-côté de la route, compose sur son portable (où il a remis la batterie) le numéro d'Élie… 18 h 52 : il passe l'appareil à Zelda :

— Allô, c'est Élie ?

— Y'a plein de gens dans la boutique, répond le jeune homme. Je ne peux pas causer. Téléphone-moi plus tard.

Yacef emprunte alors l'autoroute A1. Mais rate une bretelle. Ils se retrouvent tout près de l'aéroport Roissy-Charles-de-Gaulle, à une dizaine de kilomètres au nord d'Aulnay.

— Bon, on le rappelle d'ici ! dit-il.

Il tend à nouveau son appareil à Zelda, non sans y avoir composé lui-même le numéro. Il est 19 h 08. Échec ! Sa logistique, faut-il le dire, laisse à désirer : le crédit de la mobicarte est épuisé.

Yacef s'est lancé dans une opération de grand banditisme, mais l'intendance a du mal à suivre. Il lui faut, chaque jour, gratter un peu d'argent, à droite, à gauche, taper les uns, les autres, ne serait-ce que pour amortir les frais de fonctionnement. (« Lui, un chef de gang ? s'étonnera son père, plus tard, devant la police. Mais il n'avait pas le sou, c'est nous qui le nourrissions ! ») Il part recharger sa carte à l'aéroport (pour seulement 10 euros[1]). 19 h 18 : Zelda donne un nouveau coup de fil :

— Tu m'appelles d'où ? demande Élie. Je croyais que tu n'avais plus de portable.

— J'utilise… euh… (Yacef, qui écoute la conversation mise sur haut-parleur, lui souffle ce qu'elle doit dire)… j'utilise celui de ma sœur.

— On se revoit ? T'es libre quand ?

Zelda, qui retourne dès le lendemain, mercredi, à son internat, lui propose :

— Vendredi soir. Vers 22 heures, ça te va ?

— Pas avant ?

---

1. Il l'avait déjà rechargée la veille, 16 janvier, à 12 h 20, pour 10 euros encore, comme le déterminera l'enquête ultérieure.

— Non, avant, j'ai un vol. J'suis à l'aéroport d'ailleurs…

— Un vol ?

— Sur Rio ! J'suis hôtesse de l'air. Je s'rai d'retour que vendredi.

— On se voit où ?

— Euh ! Porte d'Orléans, devant le café Paris-Orléans (répète-t-elle sous la dictée de Yacef). À 22 heures donc !

Élie n'a plus que vingt-six jours à vivre.

… Interrogée plus tard par la police, Vichara, petite amie d'Élie, se souviendra avoir eu avec lui une violente scène, ce même mardi 17 janvier, à l'heure du dîner. Une scène idiote, à propos de rien : il n'avait pas trouvé bonne la sauce qu'elle avait préparée.

Il l'avait insultée :

— Salope, va te faire foutre !

Elle avait jeté la sauce à la poubelle.

… Jusqu'à ce jour, depuis un an et demi qu'ils se fréquentaient, il avait toujours été doux, courtois : « C'était l'homme de ma vie », assure-t-elle. C'est que, en cette fin de journée, il devait se sentir coupable vis-à-vis d'elle, culpabilité qui se sera exprimée par une brusque crise d'agressivité : il ne lui a rien dit, bien évidemment, de la « bombe » qui, quelques heures avant, lui avait explosé au nez dans sa boutique, sous forme d'une « Rebeu hyper-chaude » qui lui avait fixé un « rancart ».

Vichara est une jolie Asiatique de 24 ans, aux cheveux mi-longs, retombant sur les épaules. Elle est cambodgienne. C'est dans un camp de réfugiés, en Thaïlande, qu'elle est née, à Khao I Dang. Ses parents, réchappés du génocide orchestré par les Khmers rouges, ont émigré en France. Elle vit avec Élie dans un studio du XIIe arrondissement, rue de Fécamp. Elle travaille dans l'immobilier, comme Élie lorsqu'elle l'avait connu. Mais il avait perdu son boulot depuis. Parce qu'il était rentré avec retard de ses vacances d'été 2005, passées avec elle, en Sicile, son patron l'avait viré… Ce job de vendeur dans la téléphonie, boulevard Voltaire, n'était donc qu'un emploi temporaire.

Ensemble, ils avaient fait des projets d'avenir… Ils envisageaient d'émigrer aux États-Unis, où Élie avait un copain, à Miami, dans l'immobilier justement. Il comptait que cet ami leur mette le pied à l'étrier. C'était, il faut dire, avant la crise économique de 2008 : le « rêve américain » avait encore cours.

Vichara avait introduit Élie auprès de sa famille. Élie ne l'avait vraiment présentée qu'à son père, Daniel, qui vit séparé de sa mère, Judith. Daniel, 51 ans, né à Abidjan, est catholique non pratiquant. Il travaille dans le prêt-à-porter. Judith, 59 ans, née à Casablanca, est juive orthodoxe. C'est en 1967 qu'avec ses parents elle a quitté le Maroc, devenu peu sûr après la guerre des Six-Jours. Elle s'est mariée avec Daniel en 1977 et a eu de lui trois enfants, Yolande, Marie-Hélène et Élie, le petit dernier. Ils ont divorcé en 1987. Élie, né en 1982, a fait sa scolarité dans des écoles privées juives. Il a commencé sa vie professionnelle dès l'âge de 17 ans, pour aider

financièrement sa mère, secrétaire dans une institution communautariste. Vichara connaît un peu la
mère d'Élie, qu'elle a entrevue quand elle le raccom-
pagnait au logis familial. Mais elle espère avoir un
jour avec elle une rencontre plus « officielle »…

Vichara craint en effet que la religion ne soit une
entrave à son mariage avec Élie. Elle respecte les
croyances de celui-ci et des siens, mais ne compte pas
se convertir… « L'important, c'est qu'on s'aime », lui
avait-il confié.

— J'vais participer à un kidnapping ! dit Zelda
haut et fort, dans la cour de l'institut Grignon, à
Thiais (94).

Elle est entourée de deux ou trois collégiens, dont
sa copine Élisabeth, dite Babette, une métisse, avec
qui elle a plusieurs fois posé pour des « photographes
de mode ». Mousse, le jeune Sénégalais qu'avait
tabassé la bande de Yacef en 2005, fait aussi partie
de l'assistance. Cette agression contre lui, il l'a
oubliée, n'imaginant pas qu'il s'était agi, en fait,
d'une tentative d'enlèvement.

— J'vais servir d'appât pour attirer un mec dans
un traquenard, poursuit Zelda, et mes potes, des
caïds, vont exiger des parents une rançon ! Pour ça,
on va me donner 10 000 euros.

— Et moi, c'est un million d'euros qu'on m'a offert
pour kidnapper le pape, rétorque Mousse en rigolant.

Zelda (qui, ce mercredi 18 janvier, est rentrée à
l'institut) est une Schéhérazade. Elle dit tout et
n'importe quoi. L'important, pour elle, c'est d'avoir

un public : en « jeter », séduire, captiver, être l'objet de toutes les attentions. Sa vie, ses amours, elle en fait étalage, les mettant en scène, les embellissant (« Elle était prétentieuse, elle pensait que toutes les filles la jalousaient », disent ses copines). Personne, au demeurant, ne prend ses paroles vraiment au sérieux.

Pourtant, quand, le lendemain soir, jeudi 19 janvier, Zelda entre plus avant dans ses confidences avec Babette, celle-ci commence à s'inquiéter. Babette est une jolie fille, grande, Black au teint clair, avec une magnifique tignasse brune, crépue. Son père, Ghanéen, 45 ans, est chauffeur de taxi, sa mère, immigrée italienne, 57 ans, femme de ménage.

Zelda et Babette sont toutes deux en pyjama, s'apprêtant à se coucher.

« Je m'étais disputée le précédent week-end avec mon père, racontera plus tard Babette. J'avais demandé aussi à Zelda, quand elle est revenue à l'institut, ça devait être mercredi 18 ou jeudi 19 (car elle avait été absente en début de semaine), si elle pourrait me loger chez elle, à Aulnay, le vendredi suivant. Nos cours en effet s'achèvent vendredi, en fin de matinée. Elle m'a dit :

— J'veux bien, maman sera d'accord, mais y'a un blème. Ce soir-là, j'ai un TRUC… »

Zelda, le jeudi 19, finit par se mettre à table :

— Voilà, faut que j'te fasse une confidence. Avec des potes… C'est des potes à Mam', on est sur un coup. Mardi dernier, à leur demande, j'ai dragué un mec dans une boutique, boulevard Voltaire, un riche. Je dois le revoir demain vendredi à 22 heures. On va prendre un verre ensemble et ensuite, avec sa voiture, il me raccompagnera dans un coin paumé où je lui dirai que j'habite. C'est là que les potes à Mam' doivent intervenir. Ils vont nous attraper tous les deux, moi et le mec (comme ça, il ne pensera pas que je suis complice), et puis ils nous enfermeront dans une baraque, chacun dans une pièce. Ils me libéreront et demanderont une rançon aux parents du mec ! Pour ce job, je toucherai 5 000 euros.

Entre-temps, elle a donc réévalué à la baisse ses honoraires.

— Tu pourras m'accompagner ce soir-là, si tu veux ! propose Zelda.

— Pourquoi ? Ce mec, c'est toi qui l'as dragué, je le connais pas. Et j'ai pas envie de connaître les potes à Mam', j'aime pas Mam'.

— Alors je dirai à maman que toi tu couches à la maison, mais pas moi. Je prétendrai avoir… euh… une soirée en boîte.

— Tu ne trouves pas qu'il y a d'autres façons de gagner du fric ?

« Quand elle en parlait, expliquera plus tard Babette, Zelda paraissait très sérieuse. C'est même la première fois que je l'ai vue si sérieuse. Elle semblait contente qu'on lui ait confié une mission, une responsabilité. Ça lui donnait de l'importance. Elle aime être au centre des choses. Et qu'on s'occupe d'elle. »

Entre-temps, d'ailleurs, Mam', qui a pu causer avec Yacef, a appelé Zelda :

— Le Boss est satisfait. Tu as, jusqu'à présent, parfaitement rempli ton contrat, c'est ce qu'il a dit. Il te félicite !

Elle lui fixe un rendez-vous pour le lendemain, vendredi, c'est-à-dire le jour J : à 13 h 30, au centre commercial Belle-Épine de Thiais, devant le cinéma Pathé. C'est tout à côté de l'institut Grignon.

Yacef viendra les chercher en voiture.

Pour tous ses efforts à pressurer le salaire, le capitalisme déréglementé ne résout qu'imparfaitement ses problèmes : il faut des débouchés pour le tas croissant des marchandises produites à bas coût... La consommation en France et aux États-Unis fait approximativement 70 % du PIB – difficile de faire l'impasse là-dessus... Le capitalisme déréglementé propose « ses » solutions. D'abord l'allongement de la durée du travail... « travailler plus pour gagner plus »... Mais la journée n'ayant que 24 heures, la véritable parade au défaut de consommation intrinsèque au régime de déréglementation générale s'impose comme une évidence : l'endettement.

Frédéric LORDON,
Jusqu'à quand ?, 2008.

— Tu te fous de ma gueule, « Filou ». La clef que tu m'as donnée, elle marche pas !

Ce même jeudi 19 janvier, sur les 16 heures, Saïd, alias Sniper, vient d'entrer dans la loge de Frédéric, alias Filou, le concierge chargé de l'entretien de la barre d'habitations sise sur la rue Maïakovski, à Bagneux. Cette barre, de onze étages, comporte cinq halls dont les portes vitrées ne ferment plus. Les cailleras en ont brisé les serrures. C'est que Filou, depuis quatre ans qu'il fait ce métier, a de gros problèmes avec les jeunes du quartier. Ils squattent les halls, y fument des joints, bouffent sur place, boivent sur place. Qu'est-ce qu'ils n'y font pas ? Le lendemain matin, merci : des papiers gras jonchent le sol, des emballages de McDo, des cannettes de bière vides, des mégots. Il faut balayer ça. Les locataires se plaignent. Mais que faire ? Il est grand, 1 m 80 au moins, blond, les yeux pâles, 39 ans, mais c'est un mou, un timide « brut de pomme ». Placé dans un foyer lorsqu'il était enfant, il a subi des sévices. Il a peur aussi de ces gosses de Bagneux et de leurs pitbulls. Une nuit qu'il s'était plaint à eux du boucan qu'ils faisaient (sa femme enceinte ne supportait pas leur musique mise à fond), ils l'ont averti :

— Toi t'es seul, nous on est quinze !

Grâce à Sniper, 28 ans, un « Grand », qui a fait déjà de la taule, il a réussi à se concilier les gosses. Mais il a fallu qu'il accepte, entre « amis », que s'échangent de petits services. Il a autorisé Sniper, par exemple, à utiliser une des caves de l'immeuble (Sniper y cachera son stock de beu : cannabis). Il lui a prêté aussi un local technique, sans chercher à savoir ce qu'on en ferait… Ça lui permet de mettre un peu de beurre dans ses épinards. Il n'est payé que 1 000 euros/mois, mais est logé gratis.

Filou est un Gaulois catholique. Mais il penche vers la religion orthodoxe de sa seconde femme, une Bulgare.

— J'ai pas réussi à ouvrir ton *enlécue* de porte ! renchérit Sniper.

Lui aussi fait son mètre quatre-vingts, mais il est maigre, il a le teint hâve des types qui ne cessent de jointer. C'est un Français d'origine maghrébine : bouc, moustache, cheveux longs, bouclés, rejetés en arrière, le regard assez égaré.

— On va y aller. Je vais te montrer, soupire Filou, en baissant la tête. (Ça renforce la bouffissure de son double menton. Il est plutôt grassouillet.)

La loge est au 4 de la rue Maïakovski, c'est au numéro 1 qu'ils doivent se rendre. Cette « clef », qu'il a prêtée, fait partie des « services », souvent profitables, que Filou rend aux voyous du coin. Sniper, il y a une semaine, lui avait dit qu'il avait besoin d'un « appart libre », pour « trois jours pas plus », sans donner de détails. Or un locataire, justement, un Antillais, repartait au pays. L'état des lieux de son appart venait d'être fait. Était-il possible de refuser ? D'autant que la demande de Sniper n'était pas dépourvue de sous-entendus menaçants :

— Souviens-toi que t'as une femme. Et une petite fille…

Ils entrent dans le hall numéro un, prennent l'ascenseur jusqu'au troisième, tournent dans un couloir, sur la droite. La porte concernée comporte trois serrures. Filou glisse la clef dans la serrure du milieu :

— Y'a que celle-là qui marche, les autres sont hors d'usage, explique-t-il. T'as pas dû essayer la bonne.

175

Ils entrent dans l'appartement, complètement vide, qui comporte trois pièces, deux chambres et un salon : moquette marron, usée, murs couverts de papier peint jaunâtre. Un grand Black, soudain, descendu de l'étage supérieur d'où il les guettait, se joint à eux, en éclatant de rire. Il porte un bonnet noir, un sweat à capuche gris Adedi : Yacef.

Filou blêmit : si Yacef est dans ce coup, s'inquiète-t-il, ça sent mauvais. Il se doute bien, évidemment, qu'ils ne veulent pas cet appart pour organiser des séances de prière (d'ailleurs, on lui a promis 1 500 euros pour l'affaire, c'est beaucoup), mais il a pensé à quelque chose touchant au trafic de drogue.

Filou s'esquive (« J'ai du boulot »), les laissant dans l'appart, clef sur la porte. Cependant, Yacef, au comble de la joie, fait le tour du propriétaire. La cuisine, la salle de bains, les chiottes. Il sourit en lisant une affichette, collée sur la face interne de la porte des W-C : une prière.

— *Ô vous qui êtes si bonne, sainte Rita,* lit-il à voix haute, *faites que nous devenions de plus en plus dignes de la miséricorde de Dieu et de votre protection.*

Yacef est soulagé : il avait pensé que son « plan » allait foirer encore une fois. Ils avaient trouvé un appât, ils avaient réussi à amorcer un mec, et ne voilà-t-il pas que, depuis une semaine qu'il se démenait, il n'avait pu dégoter un endroit où le séquestrer, ce mec. Suze, en effet, sur laquelle il comptait, avait refusé de leur prêter son appart. Ignorant ce qu'on voulait en faire, elle avait préféré se défiler. Elle prétendait qu'elle était en train de vivre « une grande histoire d'amour » et qu'elle voulait protéger son intimité. Il y avait eu des mots. Des pressions. Est-ce à cette occasion que Sniper lui aurait donné une paire de baffes ? Sniper, c'est, comme Mam', l'âme damnée de Yacef. Sur ordre de celui-ci, mis sous les verrous en 1999, il aurait tiré, au flash-ball, sur un « petit » qui, supposément, avait balancé son Boss aux flics. Drogué, sans le sou, mais fou de musique par ailleurs, Sniper, malgré ses trafics, est dans la débine. Son amie, Sheila, deux enfants, enceinte d'un troisième, mange aux Restos du cœur. C'est une Gauloise de 22 ans. Elle survit grâce à son allocation « femme isolée ». Il habite chez elle en général. De même que le père de Sheila, un SDF ami de la bouteille.

Yacef, comme un général examinant le futur champ de bataille, arpente la moquette marron du salon, visite une chambre, l'autre. Jette un œil par le balcon. Revenant dans une des chambres, qui comporte deux murs aveugles et une porte-fenêtre accédant au balcon, il s'exclame soudain :

— C'est ici qu'on LE mettra !

En sortant du 1 rue Maïakovski, Yacef aperçoit un jeune Rebeu, Zoubir, alias Zou, 19 ans, qui glande sur le terrain de boules, devant la crèche, à l'autre bout de la rue. Il prend congé de Sniper (car il s'agit de respecter les cloisonnements) et s'en va trouver Zou, qu'il saisit au gras du bras droit.

— Viens avec moi par là… J'vais t'expliquer un truc.

Ils s'isolent dans un recoin, sous un arbre, près du Simply Market.

— Demain, poursuit Yacef, on va soulever un mec et le séquestrer. J'ai besoin de gens pour le garder, est-ce que ça t'intéresse ? Y'a de l'argent à gagner.

Zou a déjà participé à quelques coups, mais des petits coups, montés par Yacef, qu'il idolâtre. Au demeurant, le fait de soulever un mec, ça n'a rien de surprenant. À Bagneux, on en soulève un ou deux par an au moins, sans que ça se sache. Il s'agit en général de règlements de compte entre dealers (« Les gros poissons mangent les petits »). Mais là, il semble que l'affaire soit d'importance.

— C'est un mec de Paris qu'on va serrer, continue Yacef, un fils de commerçants. Il y aura demande de rançon. T'auras ta part. Kid est déjà des nôtres…

— Combien tu me donnes ?

— N'aie pas peur, tu seras content !

— J'réfléchis, j'te fais ma réponse dans deux heures.

Nonchalamment, Yacef se dirige vers son « bureau », tout à côté, avenue Henri-Ravera. Il sait que, par là-bas, il a de fortes chances de trouver des glandeurs qui ne pensent qu'à gagner un petit billet.

Il entre dans le cyber Intercomm, près de Miam-Miam, et se retrouve nez à nez avec un grand Black, très foncé de teint, en jean et sweat. C'est Kaba, alias Kabs. 19 ans. Il est toujours fourré à Intercomm, pour téléphoner à sa famille, en Côte d'Ivoire. Il est guinéen, mais son père s'est exilé à Abidjan. Son père vient de mourir. Laissant, là-bas, sa seconde femme et cinq gosses, tout jeunes, dans la mouise. Ce sont les demi-frères de Kabs. Kabs est inquiet pour eux, mais il ne peut les aider, il n'a pas un sou. Ça fait quatre ans qu'il est à Paris, en clandestin. Passionné de foot, il rêvait de faire carrière en France. Seulement, pour s'inscrire dans un club, il faut des papiers ! Il vit aux crochets de sa mère (première femme de son père) à la cité du Cerisier, avec deux sœurs et un cousin. Sa mère est femme de ménage. « Kabs, il avait toujours un air triste », dit un de ses copains.

— Tu veux gagner des sous ? lui chuchote Yacef à l'oreille.

Ils s'en vont s'isoler dans la ruelle, derrière le Karcher, près du cimetière.

— Il s'agira de garder un mec, pendant trois jours, pas plus.

Kabs accepte aussitôt, sans même demander quel sera son salaire.

« J'ignorais que le type qu'on devait enlever était juif, déclarera-t-il plus tard à la police. Si j'ai fait ça, c'est pour l'argent, c'est tout ! »

— Sois demain à 23 h 30 dans le hall du 1 rue Maïakovski. C'est là qu'on fera la livraison. Je compte sur toi…

Avec Yacef, on ne parle pas en l'air, tout le monde sait ça. Quand on fait une promesse, mieux vaut la tenir : on n'encule pas Yacef, sinon c'est chaud.

De retour au bureau, momentanément transformé en agence pour l'emploi, Yacef voit Zou, qui y fait le pied de grue. Entre-temps, le jeune Rebeu aura sans doute consulté son pote Kid, 17 ans, pour plus d'info. Kid, à ce qu'il en dira plus tard à la police, est persuadé que la rançon s'élèvera à 50 000 euros, somme énorme à ses yeux. (« Le prix de cinq petites voitures ! ») Il espérait toucher « cinq barres » (5 000 euros). Zou, quant à lui, envisage de se payer un scooter, avec ce qu'il compte gagner. Quand les policiers lui demanderont combien, à son avis, coûte un scooter, il répondra : « J'sais pas, moi, 500 euros ! »

— C'est d'accord ! dit Zou à Yacef. Je serai demain rue Maïakovski, à 23 h 30.

Yacef vient donc d'embaucher, en intérim, trois geôliers[1]. Il lui en faudrait un encore. Il a besoin de types fiables, qui se sont déjà mouillés avec lui et ne seront pas tentés aussi de le dénoncer. C'est de bonne heure le lendemain matin – car Yacef, chef d'une entreprise criminelle, sait se lever tôt, ses journées étant des plus chargées – qu'il croise l'homme qu'il lui faut. Yacef remontait l'avenue Henri-Ravera à bord de sa voiture de fonction (la Twingo noire prêtée par Rik's) quand il a aperçu, seul, vêtu d'un jean baggy, d'un blouson militaire et de son éternelle casquette bleue Nike fixée de travers sur le crâne : Tête de Craie. Tête de Craie, ce matin-là, est plutôt dans les vapes. Il a passé la nuit dans une

---

1. Il est intéressant de noter que, quatre jours plus tôt, le 16 janvier 2006, Dominique de Villepin, Premier ministre, annonçait la création du CPE, contrat de première embauche. On l'accusera d'institutionnaliser la précarité pour les jeunes : le taux de chômage, chez les jeunes, était alors de 23 %, pour une moyenne nationale de 9 %, toutes classes d'âge confondues.

boîte, L'Acropole, à Chilly-Mazarin, y jointant pas mal.

— Viens avec moi, j'vais faire des courses au Cora, lui lance Yacef qui ouvre la portière droite de la voiture. Tête de Craie s'assied aux côtés du Boss.

— J'vais acheter du matériel ! poursuit Yacef. Y'a un nouveau coup qui s'prépare. C'est pour ce soir…

— J'suis *chiré* ! Mal au crâne, la gueule de bois, se plaint Tête de Craie.

— Tu veux en être ?

— De quoi ?

— Y'a de la fraîche à se faire.

— De la fraîche ? Tu m'en dois plein ! T'avais promis 2 000 euros pour que je crame une voiture la fois passée. Je me suis cramé la gueule. Et tu ne m'en as donné que 400 !

— Les 1 600 qui manquent, je les rajouterai au très gros paquet de pognon auquel t'auras droit si tu marches. C'est un coup important. On va attraper un fils de *riche commerçant*. On le gardera trois jours. Je veux t'embaucher comme gardien.

(Élie, sans doute – ce que supposera son meilleur ami Patrice –, a dû prétendre, pour mieux séduire Zelda, qu'il était le fils du propriétaire de la boutique de téléphonie où il travaillait, ce qui est faux, mais elle se sera empressée de répercuter cette info auprès des membres de la bande. Les jeunes vendeurs de téléphones seraient coutumiers de ce genre de bobards quand de jolies clientes se présentent à eux. Fatal bobard, au demeurant.)

Yacef tourne dans la rue Jean-Marin-Naudin, rejoint la nationale 20 où se trouve le supermarché Cora. Flanqué de Tête de Craie, il va y faire des emplettes. Au rayon moto, il achète trois cagoules en acrylique noir et des gants. Au rayon bricolage, deux larges rouleaux de ruban adhésif argenté, du Tartan, ça colle bien et ça ne se déchire pas. Il lui en restait un, du dernier coup, contre Moshe, mais il était souillé de sang.

> *Mais la suppression de l'art dans une société à moitié barbare et qui tend vers la barbarie complète s'en fait le partenaire social.*
>
> Theodor ADORNO,
> *Théorie esthétique.*

13 h 30, vendredi 20 janvier : Zelda, Mam' et Babette papotent devant l'entrée du cinéma Pathé, au centre commercial Belle-Épine de Thiais. Ça n'est pas très loin de leur internat. Elles ont quitté celui-ci trois quarts d'heure auparavant, à pied, remontant la rue Marmontel, où il est situé. C'est une rue étroite, bordée de vieux murs en pierres, mangés de lierre, de mousse. Sur une haute bâtisse, à gauche, figure une plaque : « *Cet immeuble fut au XVIIIᵉ siècle la demeure du chansonnier Charles Collé puis de l'Académicien Jean-François Marmontel* » (encyclopédiste ami de Voltaire !). Dans cette ruelle, on a l'impression d'être à la campagne, à une autre époque : des arbres partout, des haies. Des champs plus loin. Manquerait plus que des vaches ! Sur la droite, une antique baraque : le monastère de l'Annonciade, où des bonnes sœurs se consacrent à la prière et à la fabrication de confitures. Les trois jeunes filles traversent un carrefour, grimpent une rue pentue, la rue Robes-

pierre, bordée d'arbres là encore. Elles atteignent l'avenue de Versailles, où elles attendent le bus TVM, à la station Victor-Basch.

Zelda s'est habillée de façon très aguichante, ce jour-là, un pantalon blanc moulant, des bottes blanches montantes, un manteau vert. C'est le grand jour en effet, le jour du « coup » : elle voit *le mec qu'on doit attraper* à 22 heures. « *Après* », elle a rendez-vous, autour de minuit (… si ça se passe *bien* !) avec Stef : à l'Hippopotamus de Montparnasse. Stef, c'est un Rebeu super-sexy qu'elle a dragué sur Internet, un mannequin… Ils doivent passer la nuit ensemble. Elle n'a jamais couché avec lui. C'est tout juste s'ils se connaissent. Ils ont bu un verre, une fois ou deux.

Station Bas-Marin ; station Alouettes ; station Belle-Épine. Elles descendent du bus…

Sur l'immense panneau d'affichage du cinéma Pathé, devant lequel elles attendent (brrr, il fait froid !), figurent les films au programme : *Bandidas*, ça, elles ont aimé. Salma Hayek et Penelope Cruz y sont magnifiques. Elles jouent le rôle de gangsters en jupons qui braquent les banques, au siècle dernier, au Mexique. Il y a aussi *Le Secret de Brokeback Mountain*, mais ça les tente moins : une histoire de cow-boys pédés.

Il doit bien y avoir plusieurs centaines de boutiques au centre commercial Belle-Épine : Starbucks Coffee, McDonald's, Quick Burger, Bistrot romain, Buffalo Grill, Häagen-Dazs, Sephora, Swatch, Afflelou, Nike, Puma, Converse, Darty, Société générale, Celio, Étam, Marionnaud, Lacoste : tout ce qu'il faut ! Elles aiment s'y promener, lorsqu'elles ont une heure de libre, à l'institut. Elles s'asseyent dans ses vastes allées, éclairées par les verrières, au plafond, d'où filtre le soleil. Tout au long des allées, dans des pots, des arbustes au feuillage en plastique vert. Autour du centre commercial, d'immenses parkings où les clients se garent, venant par dizaines de milliers, de tous les coins de la région. Vues de la terrasse du centre commercial, leurs voitures innombrables, rangées en lignes parallèles ou croisées, semblent dessiner un idéogramme géant, indéchiffrable[1].

La Twingo noire de Yacef vient de s'arrêter devant les trois jeunes femmes :

— Salut les filles ! lance-t-il.

Mam' fait la gueule : il semble en effet que, la nuit précédente, Zelda et Babette se soient monté la tête. Babette, manifestement, a mis en garde Zelda. Elle lui a foutu les jetons au sujet du « coup » de ce soir. Zelda, têtue comme elle est, prétend y renoncer. Or Mam', vis-à-vis de Yacef, est responsable de Zelda, qu'elle a charge de « gérer ».

— J'veux bien LE faire, mais à condition que tu sois avec moi ! a-t-elle dit à Mam'. Ça me rassurera.

Impossible ! Comment Zelda pourrait-elle draguer *le mec qu'on doit attraper*, si une troisième personne est présente, à tenir la chandelle ? Mam' n'a nulle envie, d'ailleurs, d'assister à l'agression, qui risque

---

1. Ouvert en 1971, et développé depuis, le centre commercial Belle-Épine (140 000 m²) comptait, en 2006, 244 boutiques et restaurants, un cinéma avec 16 salles équipées chacune d'un écran géant, et un parking de 6 000 places.

d'être très violente, elle le sait (Yacef en effet lui a conté en détail le « ratage » sanglant de Moshe). Il s'agit de remettre cette pétasse de Zelda droit dans ses pompes. Yacef y pourvoira, elle l'espère.

« Zelda avait conscience qu'elle allait faire quelque chose de mal, elle était stressée, expliquera Mam' plus tard. Moi aussi, j'étais stressée. Mais je ne me rendais pas vraiment compte de la gravité de cette affaire. J'étais loin d'en imaginer l'issue »…

Babette et Zelda montent dans la Twingo. Zelda, sur le siège avant, à côté de Yacef, Babette sur le siège arrière. Yacef, aux yeux de Babette, semble un type gentil, calme, marrant. Ignorant qu'il est dans le coup, elle pense que c'est un pote venu simplement les chercher pour les accompagner à Aulnay.

La voiture démarre.

De son côté, Mam' reprend le bus pour se rendre chez sa mère, à Bagneux. Mais elle a eu le temps, dans un bref aparté, d'expliquer la situation au « Boss ».

— T'inquiète ! dit-il. J'règle ça.

« Je n'ai pas encore réussi à mettre un mec dans mon *coffre* », avait dit Yacef à Mam', lors d'une précédente rencontre, jouant sur les sens variés du mot « coffre » : le coffre de la voiture des kidnappeurs, bien sûr, mais le coffre, aussi, où on accumule du pognon – en l'occurrence, celui de la future rançon. Il ne faudrait donc pas que Zelda se dégonfle au dernier moment. Mais elle n'en a pas l'air…

Babette, en effet, après une brève présentation (« Qu'est-ce que tu fais à l'institut ? lui demande Yacef. — J'suis en terminale STT ! » répond-elle), assiste, du fond de la voiture, à un drôle de dialogue entre le Black et l'Iranienne. Au départ, elle ne comprend pas grand-chose à ce qu'ils racontent : ils s'expriment à voix basse (parfois, ce ne sont que chuchotis) et par allusions. Il est question d'un « mec » avec qui Zelda a rendez-vous ; de « gens » que Yacef doit aller chercher ; du « chemin » que Yacef doit montrer à Zelda. Tous deux rient, s'énervent parfois.

— Moi je sais comment il faut faire, j'ai une meilleure technique ! s'exclame Zelda à un moment.

Dans le rétroviseur, Yacef surveille Babette, qui fait semblant de regarder le paysage. Ils finissent par atteindre l'autoroute A6, après avoir longtemps tourné en rond, car il connaît mal le chemin.

— Votre plan va foirer. Écoute-moi, écoute-moi, vaut mieux faire comme je t'ai dit ! poursuit Zelda.

« Je n'entendais que des bribes, dira plus tard Babette aux policiers. Mais bientôt j'ai pu faire le rapprochement entre ce qu'ils disaient et ce que Zelda m'avait confié la veille. »

Dès lors, elle comprend que Yacef est dans le coup.

À hauteur de la porte d'Italie, ils empruntent le périphérique et contournent Paris vers le nord, porte de Bercy, porte de Montreuil, porte des Lilas, porte de Pantin. Aux environs de la porte de la Villette, ils quittent le périph. Yacef se gare devant une boutique africaine assez crade et folklo, mi-taxiphone, miépicerie, spécialisée dans les produits exotiques : avenue de la Porte-d'Aubervilliers, Paris, XVIIIe...

— On va « lui » téléphoner, dit-il à Zelda, énigmatique.

Se tournant vers Babette, il ajoute :

— On est de retour dans cinq minutes.

Tous deux sortent.

Babette reste dans la voiture.

... Il est 14 h 21. Du taxiphone – car Yacef ne tient plus à se servir de son portable –, Zelda appelle Élie, à sa boutique, boulevard Voltaire, pour lui confirmer leur rendez-vous de ce soir, devant le café Paris-Orléans, « à l'angle du boulevard Jourdan et de l'avenue du Général-Leclerc ».

Elle en modifie juste l'heure. Ça n'est plus 22 heures, mais 22 h 30.

Ils reprennent la route.

Non sans mal, car Zelda, dépourvue de sens de l'orientation, ne sait trop indiquer le chemin à Yacef : ils finissent par atteindre le joli pavillon de madame Yasmine, mère de Zelda, à Aulnay-sous-Bois. Yacef les laisse là, promettant à Babette, galamment, de revenir la chercher dans une heure, car elle veut rendre une courte visite à un copain, à Goussainville, pas loin.

Sortant de voiture avec Babette, Zelda glisse à l'oreille de celle-ci :

— Il voudrait bien sortir avec moi, Yacef, mais moi j'veux pas !

« S'il faut en croire Zelda, expliquera Babette plus tard, tous les garçons désirent sortir avec elle. »

Quand elles se retrouvent seules dans le pavillon, Zelda semble moins exaltée, moins rigolarde. Elles vont s'asseoir sur un canapé, dans le salon :

— J'peux pas LE faire, s'exclame-t-elle.

Le « coup-de-ce-soir » revient au centre de leur conversation. Zelda évoque ses craintes :

— C'est *le mec qu'on doit attraper* que j'ai appelé tout à l'heure, du taxiphone, mais, quand j'y réfléchis, y'avait peut-être une caméra cachée, dans ce taxiphone. Y'en a partout, des caméras, maintenant.

Et puis, une question ne cesse de lui prendre la tête :

— Le mec qu'on va attraper, une fois la rançon payée, quand on le relâchera, il va pouvoir me reconnaître, m'identifier !

Va-t-il croire, en effet, à cette mise en scène qu'elle a proposée à Yacef, consistant à faire semblant qu'on la kidnappe, elle aussi, en même temps que le mec ?

— C'est n'importe quoi, cette histoire ! T'es folle ! Laisse tomber ! lui dit Babette.

Zelda, de son portable, appelle sa mère à son travail, à l'hôpital Avicenne, rue de Stalingrad, à Bobigny, où elle est aide-soignante.

— Maman, y'a ici ma copine Babette, dont je t'ai parlé. Voilà : elle a des ennuis avec sa famille. Elle pourrait pas coucher à la maison ? Le problème, c'est que moi, j'y dormirai pas. Ce soir, j'vais en boîte. Et elle, elle aime pas ça, les boîtes. Comme je rentre tard, j'irai dormir toute seule, de mon côté, chez Mam'.

— Ton amie Babette, je ne la connais pas, rétorque la mère sèchement. Il n'est pas question qu'elle reste à la maison, si toi tu n'y es pas !

Depuis deux mois, madame Yasmine, subissant les pressions de conseillers pédagogiques « progressistes » (« Ici, on n'est pas en Iran ! »), a accepté de laisser un peu la bride sur le cou à sa fille, qu'elle autorise à sortir en boîte de temps en temps. Mais il y a des limites ! Babette doit donc chercher ailleurs où passer la nuit de ce vendredi. Quant à Zelda, ça n'est pas chez Mam', comme elle le prétend, qu'elle compte aller dormir, après le « coup » (car la maman de Mam' en a elle aussi soupé, des copines de sa fille !), mais à l'hôtel, avec Stef, le Rebeu-mannequin-hyper-sexy ! C'est Yacef qui paie l'hôtel. Autant pour ses frais généraux.

Vers 17 heures, comme promis, Yacef se gare à nouveau devant le pavillon de la mère de Zelda, à Aulnay-sous-Bois. Il donne un coup de klaxon. Les deux filles le rejoignent dans la rue :
— Toi, monte ! lance-t-il à Zelda.
Puis, s'adressant à Babette :
— Attends un instant dehors, j'ai quelque chose à lui dire.

Les vitres de la voiture sont fermées. Malgré tout, Babette, qui, debout sur le trottoir, les regarde à travers le pare-brise, entend à plusieurs reprises des éclats de voix violents. Leur conversation semble vive. Elle remarque que Yacef fait de grands gestes

190

avec ses mains. Une phrase de celui-ci, distinctement, lui parvient : « Tu nous fous dans la merde ! »…

Cinq minutes plus tard, Zelda, plutôt pâle, sort du véhicule et retourne chez elle, sans dire un mot, tandis que Babette y monte, s'asseyant près de Yacef.

— Y'a un problème ? lui demande-t-elle. Zelda m'a raconté un peu… Moi, à sa place, je ferais jamais ça…

— T'es pas comme elle, répond Yacef, sur un ton moralisateur. Elle est jolie, mais c'est une fille facile. Elle devrait faire attention, c'est vrai…

— Tu l'as bien cernée.

— Si elle fait ça, c'est pour l'argent. Toi, t'es différente, t'es une fille correcte. T'as raison de pas te lancer dans ce genre de truc, c'est pas bien !

Il l'emmène chez son copain de Goussainville, à qui elle raconte tout ce qu'elle sait de l'affaire.

17 heures, Gérard, alias Tête de Craie, sonne chez sa meuf, Saïda, dite Sisi, qui habite chez ses parents, un F3, résidence Louis-Aragon, à Bagneux. Il est crevé.

Quand elle ouvre, il lui demande :

— Je voudrais faire un somme chez toi, tu veux bien ? Juste quelques heures…

… Est-ce sa nuit passée en boîte, ou les propositions de Yacef, qu'il a acceptées ? Il ne se sent pas bien, ni physiquement ni moralement.

Ça lui arrive souvent de venir ainsi dormir ou dîner chez Saïda. Il la connaît depuis sept ans. Les parents de la jeune femme sont larges d'esprit. Et assez aisés. Éric, le père, 42 ans, un Gaulois, est cadre moyen. Yasmina, la mère, 47 ans, Kabyle d'origine algérienne, est comptable dans une agence Yamaha, porte de Pantin. Yasmina a reçu une éducation « à l'occidentale ». Et laisse aussi toute liberté à sa fille, qui n'en abuse pas. Saïda est en terminale ES (économique et sociale). Elle compte faire son droit à Sceaux, l'année suivante. Belle, brune, élancée, elle pratique la danse, le hip-hop. Elle ne fume pas, regarde peu la télé, aime lire. « C'est mon ange ! » dit sa mère.

Gérard, elle le connaît depuis qu'elle a 14 ans, devenant son amie à 16. Sur son avant-bras, avec la pointe d'un compas, il a gravé le nom de Saïda, quand il était collégien. Il l'aime. Elle l'aime. Depuis un an, malheureusement, elle s'inquiète à son sujet. Dans ses moments de déprime, il s'accuse d'être un « rien du tout », un « nul ». No future.

Et il fréquente les cailleras.

« Je ne sais pas ce que Saïda faisait avec lui, confie une amie de celle-ci, c'était une fille très sérieuse. Et il lui en faisait voir de toutes les couleurs ! »

— Tu me réveilles à 19 heures, j'ai un cours de code à l'auto-école, dit Gérard à Saïda.

Il se couche, tout habillé, dans la chambre de sa copine.

À 19 heures, comme prévu, elle le réveille.

— Non, en fait, j'ai plus envie d'y aller, à mon cours de code.

Ils resteront ensemble cette nuit du vendredi 20 janvier. Est-ce un oubli ? Ou sa mauvaise conscience le tourmente-t-elle ? Il trahit ainsi la promesse faite à Yacef : rejoindre à 23 h 30 l'appart du 1 rue Maïakovski, pour réceptionner la *marchandise*.

Tel était son « cours d'auto-école ».

À 18 h 50, ce même vendredi 20 janvier, Vichara donne un coup de fil à Élie, son petit ami. Elle vient de rentrer à leur domicile commun, rue de Fécamp, dans le XIIᵉ. Sa journée, elle l'a passée à Sevran, dans l'agence immobilière où elle est conseillère clientèle.

— J'aimerais que tu reviennes à la maison tout de suite après ton dîner en famille, lui dit-elle.

Comme chaque vendredi soir, Élie fait un repas chez sa mère, rue Picpus, XIIᵉ, avec plusieurs de ses proches, dont ses sœurs, mais sans Vichara. C'est un moment religieux important en effet : le dîner qui précède le shabbat.

— D'accord, répond-il à Vichara. Mais avant il faut que j'aille voir mon pote Rocco. Je serai sans doute en retard…

Pieux mensonge. Après dîner, il doit rencontrer en effet ce Rocco à qui il veut acheter un peu de « beu » (herbe). Mais il a d'autres choses en vue pour le reste de sa soirée…

À 19 heures, ce même jour, Yacef stoppe sa Twingo, une troisième fois, devant le pavillon de madame Yasmine, mère de Zelda. Il klaxonne. Zelda sort. Il est furieux contre elle. Toute cette fin d'après-midi, il a essayé de l'appeler sans pouvoir la joindre. Elle avait débranché son portable.

De la main, autoritaire, il lui fait signe de grimper dans la voiture, dont il ouvre la portière.

Elle descend les trois marches du perron, pousse le portail du jardinet, fait un pas vers le véhicule…

— J'peux pas venir, dit-elle, hésitante, maman m'a interdit de sortir ce soir.

— Monte ! rétorque-t-il méchamment.

Elle vacille sur ses jambes, au bord du trottoir.

Mais bientôt, résignée, elle s'assied à son côté, sur le siège avant.

Il referme la portière, violemment.

— Ça suffit, tes chichis ! lance-t-il.

Il démarre.

— Arrête ! Où tu vas ? J't'ai dit que j'veux pas y aller ! Arrête !

— Tu peux plus reculer, y'a trop de monde qui nous attend.

« Il a commencé alors à me crier dessus, raconterat-elle plus tard à la police. C'est à ce moment que j'ai compris qu'il n'était pas ce *gentil homme* que j'avais cru, au début. Pour lui, je n'étais qu'un objet. »

Un pantin.

Sans doute, quelques heures auparavant, devant les réticences de la jeune femme, avait-il dû lui mettre un peu la pression, mais de façon diplomatique. La face sombre de Yacef, derrière son masque de goguenardise, se révèle maintenant à Zelda, sans maquillage aucun.

— Tes chichis, on n'a pas de temps à perdre avec ! T'as accepté. Faut que t'ailles jusqu'au bout. Y'a plus de machine arrière qui tienne !…

« Il s'est engagé sur l'autoroute, puis sur le périph, poursuivra Zelda, il n'y avait plus possibilité pour moi de descendre de voiture. »

Elle est piégée. Les panneaux publicitaires s'égrènent dans le pare-brise, comme un compte à rebours : Kronenbourg, en néon vert, Sony, en néon bleu, Toshiba, en néon rouge…

— Pourquoi t'as débranché ton téléphone, cet aprèm ?

— J'devais aller voir un cinéaste pour tourner un clip, invente-t-elle. Mais j'y ai renoncé. Et j'avais pas envie de l'avoir au bout du fil.

Ils contournent Paris, en direction du sud, jusqu'à hauteur de porte d'Orléans/Montrouge, puis ils prennent la direction de Bagneux.

Du coin de l'œil, tout en conduisant, il l'observe, la calcule :

— T'as… t'as pas… in… intérêt à me manquer, bafouille-t-il. Si… sinon…

C'est la première fois qu'elle l'entend bégayer. Ça accroît encore plus son effroi. Quel est ce type à ses côtés ? Un monstre ? Un mutant ? Elle croit vivre un film gore.

— Les mecs qu'on va rencontrer, à Bagneux, c'est… c'est des mecs du 9-3, t'entends ce que je dis, de Seine-Saint-Denis, des gens importants. Des balaises ! Tu peux pas imaginer à qui on a affaire !

Il regarde sa montre.

Appuie sur le champignon.

— Faut pas qu'on arrive en retard. Ces gens-là, tu comprends, c'est… c'est pas n'importe qui !…

La nuit est tombée. Il est 20 heures à peu près. Yacef gare sa Twingo noire avenue Henri-Ravera, en face du Karcher. À la même heure, Élie a dû commencer son dîner en famille. Peut-être vient-il de goûter au verre de vin que les convives font tourner autour de la table, chacun y trempant ses lèvres, tour à tour, en signe de communion, de paix… Yacef sort de la Twingo, où reste Zelda, et va passer un coup de fil au taxiphone, juste en face. Zelda, de son côté, appelle Mam', avec son portable :

— En fait, tu sais où Babette va dormir cette nuit ? demande-t-elle. J'm'inquiète pour elle.

— Chez une de ses copines, à Grigny, répond Mam'. Y'a pas de problème.

Aussitôt après, Zelda envoie un SMS à Stef : « jsré peut-être en retar au rdv 2 csoir jte rapel. »

Bientôt, une Twingo violette vient se garer juste derrière la Twingo noire de Yacef. En sort un mec, grand, baraqué, typé antillais, mais il a le teint assez clair, cheveux ras, fine moustache. Il porte une chemise à rayures perpendiculaires, bleues et blanches, col ouvert, et un starco (costard). C'est le « beau mec » à l'ancienne, parfait pour incarner les julots dans un film de Carné : Gabriel, alias Cappuccino. 23 ans. Il a eu son brevet des collèges, et travaillé comme commis de salle dans un resto chic de Montparnasse. En ce moment, il suit un stage de reprographie. Sa mère n'est pas riche, elle est femme de service dans une école. Il habite chez elle, allée des Poiriers, Bagneux. Interdiction lui est faite d'amener des filles à la maison ! Son père, il ne le connaîtrait pas : il vivrait quelque part en Martinique. Issu d'une famille chrétienne, Cappuccino s'est converti à l'islam à 16 ans[1]. Pour gagner du blé, il participe à la vente (souterraine) de vêtements et de chaussures venant de Thaïlande : des contrefaçons.

Yacef a rejoint Zelda, qui, sortie de la Twingo noire, se tient debout, appuyée sur le capot, cigarette au bec. Il présente Cappuccino à la jeune femme :

— Vous allez travailler ensemble, leur dit-il.

Amateur de nanas, Cappuccino l'a soupesée du regard : « Pour une bête de meuf, c'en est une ! » semble-t-il songer. Elle apprécie qu'il l'apprécie. Très vite, elle comprend le rôle attribué à Cappuccino : la transporter, en temps voulu, jusqu'au lieu de son rendez-vous avec *le type qu'on doit attraper*, puis la ramener, du lieu du kidnapping jusqu'à son hôtel : l'hôtel de l'Atelier, rue Vavin, à Montparnasse.

N'est-ce pas le rôle qu'il avait joué, précédemment, avec les « Marseillaises » ? Dans la *division du travail* établie par Yacef au sein de sa bande, Cappuccino serait donc le gestionnaire attitré du personnel féminin. Moitié mac, moitié contremaître.

— Sois à 22 heures devant Miam-Miam, lance Yacef à Cappuccino. Tu récupéreras Zelda. Pour l'instant, elle reste avec moi !

Cappuccino part avec sa Twingo violette : il lui faut aller chercher Rik's chez lui, rue du Chant-des-Merles, tout à côté, pour l'amener voir un copain à

---

1. Au sujet de l'islam, Cappuccino déclare en décembre 2006 : « C'est une religion de paix, ce n'est pas une religion qui est contre les autres. J'ai trouvé dans le Coran plus de réponses aux questions que je me posais que dans la Bible. »

Saint-Ouen, au nord de Paris. Rik's en effet, dont la Twingo noire a été réquisitionnée par Yacef, n'a plus de véhicule. On ne peut le laisser en panne...

La logistique du Boss pèche aussi du côté des transports.

Une énorme Audi gris métallisé, type RS4, un break, se présente bientôt à hauteur du Miam-Miam, qu'elle dépasse. Yacef fait signe au chauffeur, de la main.

— C'est EUX, dit-il, tapant du coude dans le flanc de Zelda. C'est les mecs du 9-3. Merde, ils nous ont pas vus !

Il semble très ému. Apeuré même.

L'énorme Audi fait demi-tour, quelques mètres plus loin, en passant par la laverie automobile, et vient se garer derrière la Twingo noire.

— Monte ! lance Yacef à Zelda, en lui montrant sa Twingo. Je reviens.

Il fait quelques pas en direction de l'Audi. La vitre de l'Audi, côté chauffeur, se baisse. Il y a une brève conversation entre Yacef et les types qui sont dedans : trois types. Puis Yacef revient se mettre derrière le volant de la Twingo. Il démarre et fait demi-tour, imité par l'Audi qui le suit. Ainsi, en convoi pourrait-on dire, ils roulent en direction de Fontenay-aux-Roses. À hauteur de l'hôtel de ville de Bagneux, Yacef tourne sur la gauche, pour rejoindre l'avenue Gabriel-Péri. Au 15 de l'avenue, il braque et descend par une rampe en ciment qui, passant sous un immeuble, conduit au parking souterrain. Yacef a un biper qui lui permet d'ouvrir automatiquement la porte du parking. Les deux voitures, à la queue leu leu, y pénètrent. La Twingo reste dans l'allée centrale. L'Audi, par contre, va se ranger dans un box tout au fond. L'éclairage est mauvais. On ne distingue que des ombres. Regardant à travers le pare-brise de la Twingo, où elle est toujours assise, Zelda a l'impression que l'énorme Audi, tous feux éteints, se dissout dans les ténèbres. Mais trois silhouettes d'hommes, bientôt, ressurgissent : deux, très hautes et massives, l'autre, plus petite, fluette. Les trois hommes, en s'avançant, rencontrent le faisceau des phares de la Twingo : un Black autour de 1 m 85, costaud, 20 ans à peu près, crâne rasé, visage rond, vêtu d'un jean large, d'un sweat à capuche et de chaussures de sport ; un Rebeu du même gabarit, sans barbe ni moustache, coiffé d'un bonnet de laine blanc, bagouse d'or à l'annulaire, jean large et sweat ; un autre Rebeu, plutôt mince, dans les 1 m 75, même tenue. Les trois hommes, sur demande de Yacef, s'installent sur la banquette arrière de la Twingo, non sans mal, vu leur corpulence et l'étroitesse de la voiture. Petits cris, rire, ça chahute...

Tous trois ont l'accent caillera des cités.

Pas de présentations. On est censé ne pas se connaître. Yacef, ce que note Zelda, semble assez peu familier avec ces types. Il leur parle avec respect, distance. Il semble ne les avoir rencontrés qu'il y a très peu de temps...

C'est par le biais de Saïd, dit Sniper – et sans doute d'un autre voyou, de plus vaste envergure, qui a vécu dans le 9-2 et le 9-3, Gabo –, qu'il a été mis en contact avec eux. Sniper stocke, dans une cave de la rue Maïakovski, l'herbe et la coke que la bande de Bobigny distille sur le marché de Bagneux. Le grand Black – seul des trois à avoir été plus tard identifié par la police – est un des gros bras qui ont chassé les dealers locaux pour prendre leur place. Son blase est Charles, alias Krack.

À Krack et aux deux Rebeus, Yacef a promis, pour ce « coup », 30 000 euros. Somme énorme à ses yeux ! D'où son attitude respectueuse, et même craintive, à leur égard. C'est des méchants. Des Grands. Il s'est engagé vis-à-vis d'eux. Pas question de les carotter. Leur rôle, c'est de kidnapper le mec, puis de le libérer, une fois la rançon payée. Ils ont fourni par ailleurs l'Audi RS4 : volée, bien entendu. C'est qu'il leur faut une voiture puissante au cas où ils auraient les keufs au cul !

— J'vais vous montrer où ça va se passer, explique Yacef en démarrant.

Tous savent de quoi il parle. Ils partent en mission de reconnaissance. Pour étudier le terrain. S'ils empruntent la Twingo, c'est qu'ils ne veulent pas que l'Audi se fasse repérer. On l'utilisera en temps voulu.

— Toi, regarde bien la route ! dit Yacef à Zelda. C'est par ce chemin que tu vas passer quand tu demanderas au mec (*le mec qu'on doit attraper*) de te ramener chez toi en voiture !

Ils rejoignent l'avenue Henri-Ravera, puis, descendant vers le sud, s'engagent dans la rue Jean-Baptiste-Fortin, à Fontenay-aux-Roses, puis, toujours vers le sud, dans la rue Marx-Dormoy et l'avenue Lombart ; avant d'entrer à Sceaux, par la rue Fontenay. Ils s'arrêtent rue Houdan, dans un parking proche de la recette des impôts et jouxtant la Coulée verte.

Yacef fait faire ainsi à Zelda, qui est censée habiter Sceaux, et aux trois autres, le chemin qu'il a déjà parcouru cinq jours auparavant avec Agnès. Zelda a mission d'attirer le « mec » au même endroit qu'Agnès.

— Faudra le chauffer, ce « mec », lance à Zelda le petit Rebeu, assis sur la banquette arrière de la Twingo entre le grand Black et le grand Rebeu.

Si ces deux derniers sont peu causeurs, le petit, lui, n'arrête pas de japper :

— Tu lui roules des pelles, au mec, tu le tripotes, le mec. Faut l'exciter, le faire bander, ça l'empêchera de réfléchir...

— J'veux pas l'embrasser, se défend Zelda.

— Alors tu lui prends la main, dit Yacef.

— Pas que la main ! criaille le petit Rebeu égrillard.

— Tu dois lui montrer que t'en as envie ! poursuit Yacef.

— Je veux bien lui prendre la main, dit-elle.

— Sois naturelle surtout.

Sans doute est-il de bon conseil de chauffer le « mec » au maximum. La Coulée verte en effet, cette bande de végétation qui, traversant Sceaux, s'étend de Massy à Malakoff, est plutôt sinistre : la nuit surtout, particulièrement en hiver. Et déserte. Les habitants du coin, du fait de l'insécurité, ne s'y aventurent plus dès que tombe le jour. Yacef, Krack, Zelda et les deux Rebeus, après s'être extraits de la Twingo, pénètrent dans cette Coulée verte qu'ils remontent vers le nord. Sous les semelles de leurs Nike, le gravillon de l'allée crisse. Les lampadaires, assez rares, déversent sur les branchages des arbres leur halo blême. Sans doute faut-il avoir le cœur bien accroché, ou être très énamouré, pour s'aventurer là, de nuit, en compagnie d'une inconnue, serait-elle très belle.

« À partir d'un certain tour de poitrine, les hommes perdent leur bon sens », me confiera plus tard madame Corinne X., juge d'instruction.

La Coulée verte traverse la rue du Clos-Saint-Marcel, puis le boulevard Desgranges. Il faut franchir une sorte de chicane en bois (visant sans doute à empêcher les cyclistes et les fans de rollers de rouler trop vite) avant de traverser ces artères. Zelda et ses compagnons atteignent la placette, éclairée par cinq ou six lampadaires, située à l'intersection de la Coulée verte et du boulevard Desgranges. Une quinzaine de mètres plus bas, Yacef, comme il l'avait fait avec Agnès, montre le bouquet de buissons où le grand Rebeu et le grand Black seront cachés.

— À cet endroit, lance Yacef à Zelda, tu diras quelque chose, ça sera le signal…

— J'peux dire : « J'ai oublié mes clefs », par exemple, suggère Zelda.

— C'est bon. Quand tu diras ça, on lui sautera dessus… Deux par-devant, et moi je viendrai par-derrière au cas où il réussirait à s'enfuir…

Chose impérative : Zelda doit se présenter à cet endroit entre minuit et une heure du matin, ni avant ni après, et de préférence à minuit trente précis. Avant minuit, les étudiants de la résidence universitaire Tocqueville, dont on voit, à travers un rideau d'arbres, les fenêtres allumées, risquent d'être encore éveillés.

Or c'est à 22 h 30 qu'elle a rendez-vous, à la porte d'Orléans, avec le « mec ».

— Qu'est-ce que je vais faire avec « lui » pendant deux heures ! De quoi on va causer ?

— T'inquiète, dit Yacef, on va le rappeler et reculer une fois encore l'heure du rendez-vous.

À deux reprises, la Twingo et ses cinq passagers font l'aller-retour, entre Sceaux et la porte d'Orléans, empruntant à chaque fois les mêmes rues, Houdan, Fontenay, Lombart, Marx-Dormoy, Jean-Baptiste-Fortin, Henri-Ravera, Henri-Ginoux, rue de Bagneux, rue de la Légion-Étrangère, place du 25-Août-1944.

— C'est le chemin du bus 128, c'est tout simple ! explique Yacef.

Il faut que Zelda mémorise le trajet qu'elle devra faire avec le « mec », quand, en voiture, il la raccompagnera « chez elle », à Sceaux.

Par deux fois, en traversant la place du 25-Août, ils passent près d'un énorme lascar en bronze, debout sur un piédestal, képi sur le crâne, canne à la main, chef-d'œuvre du sculpteur Raymond Martin (1910-1992) : Philippe de Hauteclocque, dit Leclerc, un général gaulois. Tout au long de ces allers-retours, le petit Rebeu ne cesse de s'exciter, accumulant les conseils scabreux sur la façon dont Zelda doit allumer le « mec ». Yacef, quant à lui, repart dans ses tirades au sujet des Feujs, rois de l'époque, contre lesquels « nous autres, Arabes et Blacks, on doit s'unir » : Zelda, la Persane, malgré ses protestations renouvelées, se voit ainsi assimilée, d'office, à une Rebeu. Damnés de la terre versus peuple élu.

La Twingo se gare près de l'arrêt de bus de la porte d'Orléans. Yacef en sort, avec Zelda. Ils entrent

dans une cabine téléphonique[1] publique située à
hauteur du 8 place du 25-Août, près d'une pharmacie. C'est de là qu'elle passe son dernier coup de fil
à Élie, qui se trouve, au même moment, au volant de
sa voiture, quelque part dans le XIe arrondissement :
il vient de quitter sa mère et ses sœurs, avec qui il a
dîné, et s'apprête à rejoindre son copain Rocco, près
de la Nation :

— Allô, lui dit-elle, voilà, j'ai un TRUC. Vaudrait
mieux qu'on retarde le rendez-vous : au même
endroit, mais à 23 heures.

Il est 22 h 31.

Yacef reprend alors le chemin de Bagneux. Il
accompagne Krack et les deux Rebeus au parking
souterrain du 15 avenue Gabriel-Péri, où ils récupè-
rent l'Audi break RS4. Les trois types de Bobigny,
qui partent avec l'Audi, ont mission de se trouver, à
partir de minuit, à Sceaux, à l'intersection de la Coulée verte et du boulevard Desgranges. Le petit Rebeu
sera garé tout près, au volant de l'Audi, les deux
autres se cacheront derrière les buissons. Cependant
Yacef, seul avec Zelda désormais, dans la Twingo
noire, va chercher Cappuccino, qui l'attend devant
Miam-Miam, à bord de sa Twingo violette.

— Monte avec lui ! ordonne Yacef à Zelda.

Elle change de voiture. Les deux Twingo reviennent alors à Sceaux, Yacef en tête de convoi. Il s'agit,
cette fois, de montrer à Zelda où, après l'agression,
elle devra rejoindre Cappuccino, qui a charge de la

---

1. Cabine correspondant au numéro 01 40 44 75 53.

récupérer. Ils empruntent le boulevard Desgranges, franchissent la placette à l'intersection de la Coulée verte, braquent sur la gauche dans une rue étroite, en pente (le sentier de Fontenay), qui longe la résidence étudiante Tocqueville, tournent ensuite à droite dans le square de Bretagne :

— C'est là, dans ce parking, que je t'attendrai ! dit Cappuccino à Zelda.

Yacef, seul dans la Twingo noire, s'en va rejoindre, de son côté, les trois types de Bobigny. Cappuccino, dans la Twingo violette, raccompagne Zelda à la porte d'Orléans. Il est presque 23 heures. Elle risque d'être en retard. Du coin de l'œil, il l'observe : elle a l'air vraiment stressée. Va-t-elle tenir le coup ? Elle n'arrête pas de poser des questions sur ce qu'on allait « faire au mec ». Allait-on lui « faire du mal » ?

Il la laisse de l'autre côté du périph (côté parisien), devant la station de bus. Avant de prendre congé d'elle, il lui confisque son portable, dont elle a auparavant enlevé la batterie.

— À tout', lui dit-il.

Il la voit s'éloigner, avec ses cuissardes blanches, son pantalon blanc, ses longs cheveux bruns semés de mèches blondes : une belle meuf. Elle traverse le boulevard Jourdan, franchissant, sans le savoir, cette bande d'espace circulaire où, jadis, au XIXe siècle, s'érigeait le mur d'enceinte de Paris, les « fortifs », séparant la capitale de la « zone ».

Elle monte la garde maintenant, sur le trottoir, devant le café Paris-Orléans… En face, de l'autre côté de l'avenue du Général-Leclerc, scintillent les enseignes au néon violet de la sandwicherie Subway, de Planet Food. Plus loin clignote le caducée vert émeraude d'une grande pharmacie.

Une Twingo, gris métallisé celle-ci, venant du boulevard Jourdan, s'arrête soudain, au bord du trottoir, devant Zelda. Un jeune homme brun, souriant, au teint mat, en ouvre la portière :

— Zelda, monte vite ! dit-il.

C'est Élie.

Il n'a plus que vingt-quatre jours à vivre.

Élie est en état d'euphorie. Avec son ami Rocco, qu'il a retrouvé une demi-heure auparavant, boulevard Voltaire, tout près de la Nation, il a fumé en effet plusieurs joints, dans la rue, pour passer le temps. Et histoire de goûter la beu qu'il a achetée, une petite quantité, juste pour sa soirée. Sur cette soirée, il ne dit pas grand-chose, au demeurant, à part : « Je sors avec une fille. »

Le fait qu'il ait fumé – ce dont la presse, ultérieurement, n'a pas parlé – est d'importance. L'herbe a cette vertu (sinon ce vice) de ne laisser percevoir à son usager que l'aspect positif des choses et des êtres, leur aspect amusant même. Elle gomme l'esprit critique. Et éveille les sens. Sans doute n'en éprouve-t-il pas moins un sentiment de malaise, de culpabilité : il téléphone en effet à deux de ses meilleurs amis, Patrice et Brahim, pour les prier, en dernière minute, de le rejoindre. Ils sont fatigués, ils refusent…

Ce sont les derniers coups de fil qu'ils ont reçus de lui.

— On va prendre un pot ! dit Zelda.

Élie roule dans l'avenue du Général-Leclerc jusqu'à la place Victor-Basch. Il se gare non loin, avenue Jean-Moulin. « Il portait un blouson de cuir marron, un jean délavé, et des baskets montantes, genre Puma ou Converse », racontera Zelda, plus tard. Elle le conduit jusqu'au Bouquet d'Alésia, un troquet banal, « mais où il n'y a pas de caméras », impératif imposé par Yacef, dont les sbires ont dû étudier les cafés du coin, avant d'élire celui-ci.

Ils s'asseyent.

— Moi je prendrai un Ice-Tea ! dit-elle.

Élie commande un Coca.

Le peu d'informations dont on dispose sur ces brefs moments qu'Élie a passés avec Zelda viennent du témoignage ultérieur de celle-ci, et des rares confidences qu'Élie lui-même a faites, les jours qui suivirent, à ses geôliers.

— Mes parents vivent à Fontenay-aux-Roses, mais je loue depuis un mois un appart à Sceaux ! assure-t-elle. J'y vis seule.

Yacef, se souvenant que Nats (la Marseillaise) avait eu du mal à guider Benny vers l'appartement qu'elle prétendait habiter à Arcueil, ce qui avait éveillé les soupçons de celui-ci, a fait la leçon à Zelda : elle doit dire qu'elle connaît encore mal le coin où elle vit – qu'elle vient d'y emménager.

— J'suis brésilienne ! ajoute-t-elle, une invention de son cru sans doute, visant à mieux se justifier au cas où elle ne saurait s'orienter.

Tout ça, ajouté au fait qu'elle a affirmé précédemment, au téléphone, qu'elle est hôtesse de l'air, alors qu'elle paraît toute gamine, éveille la curiosité, sinon les soupçons d'Élie :

— Tu as quel âge ?

— 22 ! répond-elle, se vieillissant de cinq ans.

— Tu es *bizarre*, ajoute-t-il.

L'euphorie où l'aura plongé le cannabis l'empêche sans doute de pousser plus loin son interrogatoire.

…

— Voyager, j'aime beaucoup ça, explique-t-il. Je suis allé en Sicile, en Turquie. En Israël, tu connais Israël ?

— Moi, j'connais bien l'Iran, dit la supposée Brésilienne.

Élie parle de son père, commerçant, divorcé de sa mère. Il évoque ses sœurs.

— J'ai une sœur aussi, dit Zelda. Elle est handicapée.

— Mes parents se sont séparés, poursuit-il. Au début, je travaillais dans l'immobilier, mais maintenant je tiens la boutique de mon père.

Elle sirote son Ice-Tea. Il sirote son Coca. Il est 23 h 45. Le temps passe plus rapidement qu'elle ne le croyait. À Sceaux, en allant vite, on peut être rendu en un quart d'heure. Son timing est le bon.

— Pourquoi tu regardes sans cesse ta montre ? demande-t-il. Tu sembles stressée ?…

— Non, c'est que je suis fatiguée. Les fuseaux horaires qui se mélangent dans ma tête. J'arrive d'un vol en provenance de Rio.

— Tu veux que je te raccompagne ?

— D'accord, on prendra un dernier verre chez moi ?

— C'est par là, non, c'est pas par là, c'est tout droit ! Ou plutôt...

Dans la Twingo grise, où ils sont remontés, Élie a l'impression qu'« elle ne sait pas où elle va[1] ». Ils s'égarent dans Montrouge, dérivent du côté d'Arcueil. Avant de se retrouver à Sceaux, se garant rue Houdan, dans le parking jouxtant la recette des impôts : « avec une demi-heure de retard » sur le timing. Ils descendent l'allée gravillonnée de la Coulée verte que Zelda et ses comparses avaient foulée, une heure auparavant. Ils traversent la rue du Clos-Saint-Marcel, puis le boulevard Desgranges, qu'une heure auparavant Zelda et ses comparses avaient traversés. Marchant à droite de la jeune femme, Élie lui saisit la main, dans un geste de tendresse. Elle la retire :

— Non, j'veux pas !

« J'étais mal », expliquera-t-elle plus tard.

Ils ont franchi la placette circulaire, qu'éclairent cinq ou six lampadaires. Plus bas, sur la droite, prolongeant la Coulée verte, descend une allée étroite, ténébreuse, bordée d'arbres et de haies.

— C'est par là, dit-elle, mon immeuble est tout à côté.

Il ne reste que quinze mètres à parcourir avant d'atteindre le bouquet de buissons. Derrière ce bou-

---

1. Selon les confidences d'Élie lui-même à un de ses geôliers.

quet, dans l'obscurité, elle devine des silhouettes accroupies : *ils sont là !* Marchant lentement, sur le gravillon qui crisse, Zelda et Élie se trouvent bientôt à hauteur des buissons. Comme prévu, elle s'écrie :

— Mince, j'ai oublié les clefs de chez moi !

« Ils lui sont tombés dessus, à deux, trois, je ne sais plus, ils étaient masqués, racontera Zelda à sa psychologue. J'étais bloquée. Choquée… Je suis restée pour savoir ce qu'ils allaient lui faire… Élie est tombé par terre. Il me regardait comme pour me dire : Aide-moi ! Il criait. Il avait une voix aiguë de femme. J'étais bouleversée. »

Pétrifiée, elle observe la scène, debout. Un colosse cagoulé plaque Élie au sol. Un autre type, cagoulé aussi, lui entrave les chevilles avec un gros rouleau de scotch argenté.

Surgissant derrière Zelda, un troisième type accourt à la rescousse, cagoulé encore.

— Qu'est-ce que tu fous là, toi, pétasse, lui lance-t-il, t'as rien à foutre ici, dégage !

Elle reconnaît la voix de Yacef. Et, au même moment, elle voit dans le regard d'Élie, qui, gisant au sol, la fixe de ses yeux effarés, qu'il a « compris » : elle l'a trahi !

Dans le désordre d'idées qui règne alors dans la cervelle de Zelda, cette vérité terrifiante, soudain, ne s'est-elle pas fugitivement présentée : Élie, d'ores et déjà, est condamné à mort ? Quand bien même les parents verseraient la rançon, pourra-t-on le relâcher en effet ? Il l'a vue, il connaît son visage. La police remontera facilement jusqu'à elle. Ne devait-on pas faire semblant de l'enlever, elle aussi, en même temps qu'Élie ? On n'a pas tenu compte de son avis.

« C'est n'importe quoi, cette histoire ! » lui avait dit Babette, quelques heures auparavant…

… se penchant sur Élie, Yacef presse contre sa face un tissu blanc imbibé d'éther, croyant pouvoir ainsi l'endormir. Ça ne marche pas. C'est à cet instant, très certainement, qu'Élie l'aura mordu et que, le rouant de coups, Yacef lui aura lancé :

— T'as compris maintenant !

Le bocal d'éther roule au sol, jusque sous les buissons.

De derniers cris retentissent dans la nuit, « Au secours, à l'aide, aidez-moi ! », et « Je vous en prie, au secours », appels qu'entendront les étudiants de la résidence Tocqueville voisine. Puis c'est le silence. Élie est bâillonné. Les hommes masqués transportent leur victime, par les pieds et les bras, jusqu'à l'Audi gris métallisé qui vient tout juste de se garer, plus haut, sur la placette, boulevard Desgranges. Une petite voiture brune (destinée à faire diversion, en cas d'arrivée inopinée de la police) s'est garée juste derrière. Les lampadaires éclairent vivement cette scène, comme des projecteurs de théâtre. Deux passants, voyant tout ça de loin, s'esbignent prudemment… On jette Élie dans le coffre de l'Audi. Non sans lui avoir pris auparavant son portefeuille et son portable, qu'on débranche. Ce portable, ultérieurement, sera géolocalisé par la police dans la commune de Sceaux, une dernière fois : à 0 h 44.

« Élie avait un instinct de survie, déclarera Yacef, trois ans plus tard, devant la cour d'assises de Paris. Quand on lui a demandé, avant de le jeter dans le coffre, s'il avait un portable, il a dit "non". Mais on ne l'a pas cru. »

*Rien de plus compliqué qu'un bar-
bare...*

G. FLAUBERT, lettre à Sainte-Beuve,
23 décembre 1862.

Zelda cependant s'est enfuie. Comme on le lui a
dit, elle descend le sentier de Fontenay, parallèle à la
Coulée verte, elle court. « C'était comme dans un
rêve, racontera-t-elle à sa psychologue, mes pas ralen-
tissaient, je ne savais plus où j'étais. »

En état d'hypnose, elle se perd.

L'énorme Audi, soudain, la dépasse. Un des types
cagoulés, sortant sa main par la vitre ouverte, lui fait
signe, du pouce, de revenir sur ses pas. Dans sa
course folle, elle a en effet dépassé le parking du
square de Bretagne où l'attend Cappuccino. L'Audi
disparaît. Son coffre est « plein », Yacef peut être
satisfait. Cappuccino, bientôt, récupère Zelda : elle
pleure, elle tremble, elle délire...

— Qu'est-ce qu'ils vont lui faire ? Où l'emmènent-
ils ?

— Ça s'est mal passé ? demande Cappuccino.

— Non. Tout a bien marché. Ils l'ont attrapé, mais
il criait, il criait !

Elle explose à nouveau en sanglots.

« J'avais trop de peine », dira-t-elle plus tard.

Cappuccino lui offre une cigarette. Ils roulent vers Bagneux. Il faut en effet qu'il aille « récupérer chez lui de l'argent », afin de payer l'hôtel de Zelda. Est-il le « trésorier » de la bande ? Ou dépanne-t-il Yacef toujours à sec ? Il a, par ailleurs, une autre idée derrière la tête. Comme il va voir des potes, à Vannes, le lendemain, et qu'il doit prendre le train à Montparnasse, pourquoi ne passerait-il pas la nuit avec elle, puisque son hôtel, justement, se trouve à quelques pas de la gare ? Cappuccino kiffe cette fille de plus en plus. Il joindrait bien l'utile à l'agréable.

— On pourrait dormir ensemble à l'hôtel, en amis, lui dit-il.

— Non, on ne se connaît pas assez... et puis, ce soir, je vois Stef. J'ai rendez-vous avec lui à l'Hippopotamus, à Montparnasse.

— C'est qui, Stef ?

À cet instant, sans doute parce qu'elle sent de la jalousie chez Cappuccino, elle éprouve le besoin de mentir :

— Stef ? C'est mon frère. Il va venir avec moi, à l'hôtel. J'peux pas dormir seule... J'voudrais l'appeler. Tu peux me rendre mon portable ?

Stef, le mannequin-rebeu-hyper-sexy, reçoit alors, de la part de Zelda, son cinquième ou sixième appel de la soirée : « Elle n'a cessé de me téléphoner ou de m'envoyer des SMS, ce vendredi 20 janvier, racontera-t-il plus tard à la police. C'était toujours pour retarder l'heure de notre rendez-vous. Je lui ai demandé : "Mais qu'est-ce que t'as de si important à faire ?" Elle m'a répondu : "Un TRUC". La dernière fois qu'elle m'a appelé, c'était autour de minuit. Pour me fixer un rendez-vous à 1 heure du matin, devant l'Hippopotamus toujours. » Stef, faut-il dire, n'est pas plus mannequin que Zelda. Il se présente comme tel, sur son site Internet, où elle l'a repéré, avec photos sexy à l'appui, torse nu, bien musclé, chaîne au cou, biceps tatoués, mais, s'il a fait quelques clips, il gagne surtout sa croûte avec d'obscurs petits boulots, serveur, coursier, garçon de café…

La galère !

« J'ai l'impression que les gens ne sont pas *vrais* », confiera Zelda, plus tard, à une psychologue.

Cappuccino gare sa Twingo allée des Poiriers, à Bagneux, en bas de chez lui. Soudain, regardant les mains de Zelda, il lui demande :

— Tu n'as pas de gants ?

— Non, pourquoi ?

— … dans la voiture du mec [*le mec qu'on a attrapé*], t'avais pas de gants non plus ?

— Ben non.

— Alors t'as dû y laisser partout tes paluches [*tes empreintes*] dans sa bagnole.

Zelda blêmit :

— Mais moi personne ne m'a dit qu'il fallait que j'en mette, des gants !

Elle panique :

— Il m'a vue, des gens m'ont vue avec lui au café. Maintenant ils ont mes empreintes…

— T'inquiète, sa bagnole, au mec, on va y mettre le feu, dès cette nuit…

— Mais après, quand vous l'aurez relâché, si je le croise dans la rue, il va me reconnaître.

— Change ta coiffure, teins-toi les cheveux…

Entre-temps, la marchandise a été livrée, comme prévu, vers les 1 heure du matin, au 1 rue Maïakovski, à Bagneux. Zou, Kabs et Kid sont là pour la réceptionner. Pas Tête de Craie qui, au même moment, sommeille dans les bras de Saïda, non loin, cité Louis-Aragon. La marchandise, dûment scotchée, bâillonnée et menottée, a été hissée au troisième étage et déposée dans une chambre au fond de l'appart, donnant sur un parking. « Il était conscient et il avait peur, dira Krack au sujet d'Élie. Je me souviens d'avoir vu ses yeux quand je le portais, avec Yacef. » « Il avait des menottes, il tremblait, pour moi il avait peur », dira Zou. « Il était dans les gaz », ajoutera Kid.

Krack, dit le Grand Black, et les deux Rebeus rentrent au bercail à Boboche (Bobigny), avec l'Audi, leur tâche accomplie. Ils ont fermement refusé de raccompagner Yacef sur les lieux du kidnapping, à Sceaux, où il avait oublié la bouteille d'éther.

— On a fait notre job, démerde-toi.

À vélo (vélo emprunté à Zou, qui l'avait laissé dans le hall du 1 rue Maïakovski), Yacef (« *The brain of the Barbarians* », écrira la presse anglo-saxonne) pédale comme un dératé jusqu'à l'allée des Poiriers, où il trouve Zelda toute seule, en larmes, à bord de la Twingo violette de Cappuccino, monté chez lui chercher l'argent pour payer l'hôtel. Yacef emprunte la Twingo et fonce vers Sceaux. Cependant, Mam',

216

qui se trouve à côté, dans la rue, cité du Cerisier, a reçu un appel de Yacef :

— Occupe-toi de Zelda, elle pète les plombs !

Mam' court la rassurer. Cappuccino, bientôt, est redescendu de chez lui. Il s'est fait chic, n'ayant pas perdu l'espoir d'emballer Zelda ce soir – et de doubler donc Stef, son frelot (frère) supposé.

Stef, depuis vingt minutes, fait les cent pas devant l'Hippopotamus-Montparnasse. En face, à l'affiche du cinéma Bretagne : *Orgueil et préjugés* de Joe Wright. Il en a marre, Stef, de la regarder, cette affiche. Au-dessus de la porte vitrée de l'Hippo, l'horloge numérique indique, en chiffres lumineux, 1 h 15 du matin.

« Qu'est-ce que fout cette meuf ? Elle se paie ma pomme ! »

Le rendez-vous, initialement, était à minuit. Mais, de demi-heure en demi-heure, il n'a cessé d'être retardé…

Grand, crâne et visage rasés de près, athlétique, Stef, 19 ans, a l'impression que son « plan cul » de ce soir prend l'eau. Son téléphone sonne. C'est à nouveau Zelda. Elle lui annonce qu'encore une fois elle sera en retard : d'une demi-heure !

Résigné, Stef descend au bar de l'Hippo, en sous-sol, vider un cocktail. La demi-heure passe. Nouvel appel de Zelda :

— J'arrive…

— J'suis au bar de…

— Viens m'attendre dans la rue…

Il sort. Et qu'est-ce qu'il voit pas débarquer : Zelda, mais avec un keum, une armoire à glace, genre métis antillais, de teint assez clair, en starco. Là, son « plan cul » naufrage !

Zelda, sur le trottoir, fait les présentations : « Stef, voici Cappuccino ; Cappuccino, voici Stef. » Les deux keums se regardent en pitbulls de faïence.

Tous trois s'installent à une table, au rez-de-chaussée, près d'une vaste baie vitrée donnant sur le boulevard Montparnasse. Sur la nappe en papier beige, une pub : « *Tous les quinze jours un délicieux terroir à découvrir : tour de France des races bovines.* » Et encore : « *Après un bon ciné, un bon pavé.* »

L'Hippopotamus est la « salle d'attente » idéale pour les nuitards, cinéphiles et night-clubbers : il ne ferme qu'à 5 heures du matin, quand ouvrent les stations de métro-RER.

Les deux keums hésitent entre le Hippo-burger classique à 11,30 euros ; le Hippo-burger savoyard, avec fromage à raclette et oignons saisis, à 13,60 euros ; et le Hippo-burger façon Rossini, avec tranche de foie gras et sauce au porto, nettement plus cher… Zelda, que Yacef défraie déjà de son hôtel, se contentera d'un dessert : elle hésite entre le mango-berry swift ou les profiterolles gourmandes Ben et Jerry's, tous deux à 7,90 euros.

Cappuccino se lève pour aller pisser. Zelda en profite pour glisser à l'oreille de Stef :

— J'lui ai dit que t'étais mon frère.

— Et pourquoi tu lui as dit ça ?

— Comme ça !

Le portable de Zelda sonne. C'est un texto de Mam' : « *Wesh* miss ? » (« Ça va miss ? »). Zelda appelle aussitôt Mam', sachant que celle-ci ne peut lui téléphoner, n'ayant qu'un forfait au rabais. Elle tourne le dos à Stef, pour n'être pas entendue, et murmure dans l'appareil :

— Non, ça va pas. J'deviens dingue, moi. Cette affaire, ça va mal tourner…

— T'inquiète. J'ai eu Yacef. Tout roule, il va t'appeler pour te rassurer…

Quand cette communication s'achève, Cappuccino est de retour. La conversation se traîne. On cause « mannequinat ». Stef dit qu'il a un casting le lende-main matin. Zelda dit qu'elle en a un elle aussi. Cap-puccino ne dit rien. Ils mangent. Le portable de Zelda sonne à nouveau. Cette fois, c'est sa mère, madame Yasmine, qui s'inquiète de sa soirée. Zelda la rassure, tout se passe « hyper-bien », elle s'amuse « avec ses potes ». C'est Stef qui paie l'ensemble de l'addition avec un chèque, mais Cappuccino lui reverse sa part, en espèces. Ils sortent. Cappuccino s'en va sur la gauche, chercher sa voiture. Stef et Zelda, sur la droite, pour rejoindre leur hôtel… Ils n'ont pas fait trois pas qu'une Twingo noire s'arrête à leur hauteur, en double file. La bouille sombre, aux yeux ronds écarquillés de Yacef, s'encadre dans la fenêtre de la portière avant, vitre baissée :

— Zelda, amène-toi ici ! dit-il.

Zelda monte s'asseoir à côté de Yacef. Cependant, derrière la voiture de celui-ci, vient presque aussitôt se ranger la Twingo violette de Cappuccino. Cappuc-cino en sort.

Il fait la conversation avec Stef, sur le trottoir. Ils parlent bagnole : de la Twingo justement, de ses avantages, elle est petite, facile à garer, économe en essence. La conversation de Yacef, quant à elle, est plus animée :

— C'est pas le moment de craquer, gueule-t-il. Le mec [*le mec qu'on a attrapé*], j'lui ai déjà causé, il nous a donné le numéro de téléphone de son père, il a dit que le père paierait, sans hésitation. C'est dans le sac. Dans deux jours, t'entends, on aura la rançon. Tu sais combien : 200 000 euros. Et t'auras ta part. Cinq barres. Dans deux jours, t'auras 5 000 euros, t'entends, et même plus, 10 000 ! Alors commence pas avec tes caprices... Et souviens-toi que je sais, moi, où habitent ta mère et ta sœur. Il pourrait leur arriver du mal... si... si...

Yacef se remet à bégayer. Zelda tremble. Elle s'enfonce dans le cauchemar.

— On... on... te... te surveille... t'as pas intérêt à faire un faux pas ! poursuit Yacef.

« Quand elle est sortie de la voiture, elle était décomposée, confiera plus tard Stef à la police. Les deux garçons nous ont quittés, l'un dans sa Twingo violette, l'autre dans sa Twingo noire, et moi et Zelda nous avons cheminé, à pied, vers l'hôtel. »

Il la sent frémissante, au bord de la crise.

— J'ai fait un TRUC de ouf ! lui dit Zelda.

— Qu'est-ce que t'as fait ?

— Je peux pas te dire. Ça s'est passé ce soir, juste avant qu'on se voie...

— Eh bien raconte.

— Eh ben voilà : j'étais avec des mecs...

— Quels mecs ?

— J'peux pas dire. Mais ces mecs, ils m'ont demandé de draguer un mec qui a de la thune et de lui donner rendez-vous. Et ce rendez-vous, il a eu lieu tout à l'heure... les mecs étaient là, au rendez-vous. Et ils ont enlevé le mec. Et maintenant, les mecs, ils demandent une rançon aux parents du mec...

« En me racontant ça, elle avait retrouvé peu à peu son calme, poursuit Stef. On aurait dit qu'elle me faisait part du plus banal emploi du temps de sa journée, ses courses, ses visites aux copines... À la fin, je ne l'ai plus crue. J'ai pensé qu'elle balançait ces trucs pour se donner de l'importance à mes yeux, pour paraître une *grande*. Ça m'est entré par une oreille, c'est sorti par l'autre... »

3 h 30 du matin. Sur le boulevard Montparnasse, Zelda se sent perdue.

— J'sais plus où j'ai mis l'adresse de l'hôtel. J'sais pas où il est !

Avec son téléphone, où le numéro est mémorisé, elle parvient à joindre, à l'hôtel, un gardien, qui lui dit que c'est tout à côté du métro Vavin, rue Vavin. Stef et elle ne s'en égarent pas moins. À la fin, ils interrogent un taxi, stationné sur le boulevard Raspail, qui leur indique le bon chemin. Au gardien, un Chinois, somnolant à la réception, elle verse, à l'avance, le montant de sa chambre, 106 euros, en espèces, que Cappuccino lui avait donnés, juste avant, au restaurant.

Un grand lit, avec un couvre-lit gris argenté, une télé, deux fauteuils, leur chambre au premier étage n'est pas très grande. À peine y sont-ils entrés, le portable de Zelda sonne :

— C'est Cappuccino, dit dans l'appareil la voix de l'intéressé, ça va, tu as bien trouvé l'hôtel ?

— On y est.

Sans doute sent-elle que Cappuccino la kiffe, qu'il est jaloux peut-être, à moins qu'il ne la surveille ? Ou les deux à la fois ?

« Ensuite, racontera Stef plus tard à la police, nous avons eu une relation sexuelle non protégée… Ça n'a pas duré très longtemps. Elle a dû aimer. »

À la police, Zelda dira ne pas se souvenir s'ils ont fait l'amour ensemble… Stef s'étonnera que ce qui s'était passé entre eux ne l'ait pas « marquée ».

Après ce coït, vécu de façons diverses par chacun des partenaires, Stef va prendre une douche. Quand il revient, il trouve Zelda au téléphone : encore ! C'est Mam' qu'elle a à l'appareil :

— Tu es sûre que ça va bien se passer ?

— D'après ce qu'on m'a dit, tout est OK, répond Mam'. Calme-toi ! Qu'est-ce que tu fais en ce moment ?

— Je regarde la télé… avec Stef.

Sur France 3, à 3 heures, il y a une émission littéraire, « Un livre, un jour », la barbe ; sur France 2, à 4 h 05, « Retenez votre souffle », un truc sur les méfaits du tabac. Elle zappe.

« Zelda semblait très fatiguée, confiera plus tard Mam'. Quand elle parlait, il y avait des blancs, de longs silences entre ses phrases, alors que quelques heures auparavant c'était une boule de nerfs. »

Stef somnole, vautré sur le lit. Régulièrement, il est réveillé par la sonnerie du portable de Zelda à qui Cappuccino, énamouré, envoie des salves de textos. Ça n'est plus une chambre d'hôtel, c'est un central téléphonique… Sur les 5 heures du matin, Yacef appelle, inquiet sans doute qu'en pleine crise elle ne décide de les livrer aux flics :

— Ça va ? lui dit-il. Je suis en ce moment avec Mam'. On se demandait si tu t'étais calmée…

— Oui, ça va. Cappuccino m'a appelée plusieurs fois. Il m'a réconfortée. Je dois le voir demain matin, gare Montparnasse. Il prend un train pour Vannes !

— T'as pas à revoir Cappuccino ! tranche Yacef. Faut pas… ça va faire foirer le plan… Tu dois plus voir personne, sauf Mam' !

Il se lance alors dans une longue tirade embrouillée où on ne sait trop si c'est le chef de gang qui parle ou le prétendant dépité qui enrage de se voir doublé par un rival…

Zelda l'envoie sur les roses :

— Tu m'saoules.

Vers 11 heures, le lendemain matin, après s'être séparée froidement de Stef (« On s'rappelle »), Zelda va à la gare Montparnasse, où elle entrevoit Cappuccino, avant son départ pour Vannes :

— Le mec, dans deux jours, il sera libéré et on aura la rançon ! lui dit-il, pour la rassurer.

— Et sa voiture, vous l'avez brûlée ?

À midi, elle retrouve Babette sur le quai du RER B, à la station Châtelet, où elles se sont donné rendez-vous. Dans la rame, elle lui raconte tout, dans le détail.

Au sujet d'Élie, Zelda dit :

— Il était vraiment mignon, gentil.

— Pourquoi as-tu fait ça alors ?

— Pour l'argent.

« Je l'ai crue, racontera Babette, mais je n'ai pas *réalisé.* »

Questionnée sur sa « nuit avec Stef », Zelda fait ce commentaire :

— Il a été super-sympa. Il n'a même pas essayé de me toucher. On a dormi dans le même lit.

Elles déjeunent à Aulnay-sous-Bois, chez madame Yasmine, mère de Zelda.

« On a beaucoup parlé, poursuit Babette, on a appris à mieux se connaître. » Sans doute Zelda aura-t-elle raconté son enfance difficile, en Iran, le mariage forcé de sa mère avec un handicapé appartenant à une riche famille. Leur fuite en France…

Puis elles passent l'après-midi à flâner au centre commercial Parinor[1] : Starbucks Coffee, McDonald's, Quick Burger, Bistrot romain, Buffalo Grill, Häagen-Dazs, Sephora, Swatch, Afflelou, Nike, Puma, Converse, Darty, Société générale, Celio,

---

1. Construit en 1974 et développé depuis, le centre commercial Parinor s'étend sur une surface de 90 000 m². Il fait un chiffre d'affaires de 550 millions d'euros, comporte un parking de 5 200 places et 220 boutiques.

Étam, Marionnaud, Lacoste… Il y a là tout ce qu'il faut.

Vichara, petite amie cambodgienne d'Élie, a tourné en rond toute la nuit du 20 janvier, nuit de l'enlèvement, dans son studio de la rue de Fécamp. Elle n'a pu fermer l'œil. Sans cesse, jusqu'à l'aube, elle a tenté de le joindre, tombant immanquablement sur le répondeur de son portable. Elle lui envoie un texto : « Rappelle-moi, je t'en prie. »

Il ne la rappellera jamais plus.

> *... Il est probable que le mot bar-*
> *bare se réfère étymologiquement à la*
> *confusion et à l'inarticulation du chant*
> *des oiseaux, opposées à la valeur signi-*
> *fiante du langage humain.*

> Claude LÉVI-STRAUSS,
> *Race et histoire.*

... Le crâne rasé, les yeux clos, il repose, nu, immobile, sur une table métallique de l'unité de consultation médico-judiciaire de l'hôpital d'Évry (91). Sa face est couverte de brûlures, d'ecchymoses, de coupures. Comme tout son corps. Il est 17 heures. On va l'autopsier. Élie est mort cinq heures aupara-vant : dans la voiture du SAMU qui le transportait à toute allure vers l'hôpital Cochin, dans le XIVe arron-dissement, au service des grands brûlés. On l'a découvert le matin même, un peu avant 9 heures, sans vêtements, se traînant, plaie vivante, incapable d'articuler un mot, sinon des gémissements, sur le bord de la voie du RER C, parallèle à la départemen-tale 25, non loin de la station Sainte-Geneviève-des-Bois. À son menton un bouc, clairsemé, sous son nez une moustache, qui ont eu le temps de pousser pen-dant les vingt-quatre jours de sa séquestration. Nous sommes le 13 février 2006. Il a été kidnappé trois

semaines auparavant, la nuit du 20 janvier. Bizarrement, ses geôliers, qui ont pris soin de lui raser le
crâne, afin, diront-ils plus tard, d'effacer toute trace
possible de leur ADN, n'ont pas songé, dans leur
incohérence, à lui raser la barbe.

Élie, sur les portraits mortuaires qu'a pris de lui
l'identité judiciaire, semble avoir trente ans de plus.
Rien n'y demeure de ce jeune homme souriant, naïf,
bronzé, en tee-shirt et bermuda de vacances, figurant sur les photos publiées dans les médias du
monde entier après son assassinat. C'est le visage
d'un adulte. Mais pas de n'importe quel adulte :
d'un être qui, en quelques jours, a pu faire le tour
de ce que d'autres mettent une vie à cerner : l'horreur humaine. Les ans ne l'ont pas marqué, mais la
bassesse d'autrui. Il a passé trois semaines à l'école
du mal. Ses yeux clos nous regardent. Ils nous voient
sans doute mieux que grands ouverts. Ils nous radio-
graphient.

Ces ultimes photos d'Élie ont été montrées aux
membres de ce qu'on a appelé, sensationnellement,
le « gang des Barbares », lors de leur arrestation.
Peut-être eût-il fallu les afficher dans la presse, afin
que, de son regard mort fixé sur nous, il nous apprît
à nous regarder nous-mêmes.

À part Yacef, leur chef, aucun des autres ne reven-
dique ce meurtre ni les tortures qui l'ont précédé :
« On a agi pour l'argent, affirment-ils, il n'était pas
question de tuer. »

...Vingt-trois jours auparavant, le 21 janvier au
matin, vers 7 heures, quand Tête de Craie se réveille
dans la chambre de son amie Saïda, celle-ci est déjà

227

debout, habillée. Elle a un cours, il faut qu'elle se dépêche.

— Reste dormir, lui dit-elle, puisque tu n'as rien à faire…

— Non, j'y vais avec toi…

Elle saute dans un bus, en bas de la cité Louis-Aragon. Tête de Craie, lui, remonte à pied l'avenue Henri-Ravera, vers la cité du Cerisier. Il y a en lui, sans doute, un mélange de peur et de culpabilité : vis-à-vis de Yacef. Il aurait dû se trouver hier soir dans le hall du 1 rue Maïakovski, pour réceptionner la marchandise. S'y rend-il maintenant, avec retard ? Ou, puisqu'il est sans logis, depuis son engueulade avec sa famille, compte-t-il aller dans l'appartement vide de son ami G. C. qui lui a laissé ses clefs. De toute façon, cette question est vite résolue : un grand Noir, de 19 ans, au « visage triste », l'aborde brutalement devant la cité du Cerisier. Il se tient là, aux aguets, depuis des heures…

— Tête de Craie, qu'est-ce que tu fous ! On t'a attendu toute la nuit.

C'est Kaba, alias Kabs, qui vient de l'interpeller. Sans doute l'a-t-on envoyé à sa recherche.

— Quoi, toi aussi, Kabs, tu es sur ce coup ?

Ils se rendent rue Maïakovski, tout à côté. Prennent l'ascenseur du hall numéro 1. Montent au troisième. Tournent dans un couloir sur la droite, après avoir descendu une marche. Tête de Craie, à qui on a appris le code, frappe à une porte : deux coups forts, puis, après un bref délai, un autre coup. Une gueule d'ado couverte de boutons s'encadre dans l'entrebâillement : celle de Kid, casquette renversée sur le crâne. Ils entrent. À l'intérieur, il y a aussi le petit Zou.

Tête de Craie va jeter un œil dans la chambre du fond, à gauche. Au sol, contre un mur, une forme humaine est allongée. Un jeune homme, en blouson de cuir marron et jean, mains menottées par-devant. Ses pieds, déchaussés, sont ligotés avec du scotch argenté. Sa bouche, ses yeux, sont complètement emmaillotés avec ce même scotch. Seul le nez en sort. Du sang coule d'une des narines. « Il était comme momifié », dira un des geôliers.

Élie n'a plus de visage.

Pour tout oreiller, il a ses propres chaussures, des baskets, « genre Puma ou Converse », posées au sol, sous sa nuque.

« Il était conscient, mais ne parlait pas, dira Tête de Craie, plus tard, à la police... Moi, j'avais un peu peur, car je ne pensais pas que les choses allaient se passer ainsi ni que l'otage serait attaché de la sorte. Mais je m'étais engagé vis-à-vis de Yacef. Il fallait que je le garde pendant trois jours... »

— Moi, avec ma part de rançon, je rembourserai d'abord les amendes que je dois à la RATP...

Tête de Craie, avec les trois autres geôliers, est allé s'asseoir, par terre, dans la plus grande pièce de l'appart, le « salon », laissant l'otage, qui se tient tranquille, dans sa chambre.

Il explique qu'il s'est frité, l'an passé, avec des types de la RATP, parce qu'ils l'avaient pris à voyager sans ticket. Arrêté, il a été condamné : près de 2 000 euros...

— Je voudrais aussi me payer les sports d'hiver avec ma copine Saïda, ajoute-t-il.

— Moi, c'est un scooter que j'achèterai, dit Zou.

— Moi, des fringues, renchérit Kid. Mais je garderai aussi du fric de côté… J'ai confiance en Yacef, il paie bien. J'ai déjà fait plusieurs « plans » avec lui…

Pour un de ces « plans », au sujet duquel il est peu loquace, Kid aurait touché 700 euros, alors que Tête de Craie n'en a touché que 400 lors du kidnapping foiré de Benny, où il s'est cramé la gueule !

Yacef aurait-il ses favoris ?

Assis sur la moquette du salon, les quatre geôliers font tourner un « kaï », un joint, qu'ils ont trouvé dans la poche du blouson de l'« autre ». L'« autre », c'est le terme par lequel ils désignent l'otage, Élie. À côté d'eux, par terre, un énorme pistolet noir.

De temps à autre, en éclatant de rire, Kid saisit le pistolet, braque ses potes et, « pan, pan », fait semblant de leur tirer dessus. Il se lève aussi, parfois, va sur le seuil de la chambre de l'otage, vise celui-ci, « pan, pan », jouant à l'abattre.

« Kid, c'était le plus fou, dira plus tard Tête de Craie, tout ça, pour lui, n'était qu'un jeu. C'était le plus violent aussi… J'ai vérifié le chargeur du pistolet. Heureusement, il était vide. »

Ce serait Kid[1] qui, dans la nuit – sur ordre donné

---

1. Selon un des premiers interrogatoires de Yacef. Mais Yacef lui-même, revenu au cours de la nuit dans l'appartement, aura « cuisiné » l'otage.

par Yacef au moment de la livraison de la marchandise –, aurait obtenu d'Élie les numéros de téléphone de plusieurs de ses proches, dont le père, Daniel, et la petite amie, Vichara : une « Noisechi » (Chinoise), terme générique désignant· n'importe quelle Asiatique.

« Il m'est arrivé de lui donner des claques, avouera Kid à la police, et des coups de manche à balai sur les jambes... » On ignore si claques et coups de balai furent nécessaires pour avoir ces numéros. Le fait qu'Élie fût juif n'a pas dû améliorer son sort : « Ce type n'est pas comme nous, c'est un Juif, j'en ai rien à foutre », dit Kid aux geôliers qui lui reprochent ses brutalités. Ou encore : « C'est un Feuj, j'aime pas les Feujs. » Ou : « C'est pas notre copain. »

« Même quand Kid frappait Élie, c'était par jeu, dira Tête de Craie. Il n'osait pas le faire quand j'étais là. Un soir, il a esquissé le geste de lui écraser une cigarette de hasch sur le front. Je l'en ai empêché. On a failli se battre. Il ne se rendait pas compte de ce qu'il faisait. »

Lors d'un premier interrogatoire par la police, Kid avouera avoir « appuyé un court instant » un joint allumé sur le front d'Élie. Mais il reviendra sur ses aveux.

Kid est grand, 1 m 80, plutôt maigre, cheveux ras, nez épaté, typé rebeu : 17 ans, il a le visage couvert d'acné. Son père, Albert, 53 ans, Réunionnais, catholique non pratiquant, est intendant en milieu scolaire ; la mère, Fatiha, 51 ans, d'origine tunisienne, musulmane, est gérante de supérette. Ils ne sont pas pauvres. Ils habitent rue Pablo-Neruda, dans un des quartiers les plus jolis de Bagneux, près de l'église Saint-Hermeland. C'est un quartier à l'ancienne, dont certaines rues sont encore pavées. Kid a deux sœurs, Aline, 22 ans, et Violaine, 21 ans, qui toutes deux (comme les sœurs de Zou) font de brillantes études, la première une maîtrise d'économie politique ; la seconde, un magistère de sciences naturelles. Quant à lui, sa scolarité est une catastrophe, non par manque d'intelligence, mais pour des raisons psychiques mal analysables. Hyperactif, instable, violent, il chahute pendant les cours, se bat à la récréation : « Je n'étais pas comme les autres, j'avais les cheveux crépus et la peau foncée ! » Cette violence peut aller loin : dans un bus, s'engueulant avec des camarades, il jette un marteau brise-glace (destiné à casser les vitres du véhicule en cas d'accident) sur ses opposants. C'est une mère d'élève qui le reçoit en pleine figure. Résultat : un nez cassé. Expulsé d'établissement en établissement, il achève sa carrière scolaire au collège Béranger (Paris, IIIᵉ), d'où il est définitivement viré, en février 2004, « pour comportement violent, vols et attitude raciste à l'égard des élèves de confession juive ».

Kid est, *a priori*, catholique, mais, en prison, plus tard, il se revendiquera musulman.

« Dans ce lycée, expliquera-t-il, il n'y avait que des Juifs. J'ai volé des blousons, c'est quand on est petit qu'on fait ça, j'ai rien contre les Juifs. »

Il a alors 15 ans. Pour lui, l'école, c'est fini.

Deux coups précipités sont frappés à la porte, puis

un coup isolé. Kid ramasse sur la moquette le pistolet noir et s'en va ouvrir. C'est Yacef...

Il est 9 heures. Le « Boss » tient à la main un Nikon (numérique) et un exemplaire du quotidien *Le Parisien*. Sous un bras, enroulés, ce sont des draps et des tentures qu'il porte. Il dépose tout ça dans la chambre de l'otage :

— On va lui tirer un portrait, dit-il. Faites-le s'asseoir...

On met l'« autre » sur son séant. Puis, suivant les indications de Yacef, on organise une mise en scène rappelant les photos d'otages prises par les terroristes islamistes et exhibées dans les médias du monde entier[1]. N'y voyant rien, ne pouvant dire mot, vu le scotch couvrant sa face, sauf le nez et la racine des cheveux, Élie s'entend intimer l'ordre de tenir devant lui, de ses mains menottées, son trousseau de clefs, orné d'un porte-clefs en plastique vert. Sur ses bras entravés aux poignets, Yacef pose *Le Parisien* du 21 janvier qui titre : « SKIEURS, LES NOUVEAUX RISQUES ».

Férus de séries américaines, Kid, Kabs et Tête de Craie comprennent que le « Boss », qui ne commente pas ses actes, vise à authentifier avec ce journal la date à laquelle il va réaliser cette photo destinée, en bonne logique, aux parents de la victime. Les clefs, c'est bien sûr pour identifier Élie, qu'on pourrait mal reconnaître à cause du scotch occultant son visage.

_____

1. Bernard Planche, otage français des islamistes, enlevé en Irak le 5 décembre 2005, vient d'être libéré le 7 janvier 2006, soit deux semaines avant le kidnapping d'Élie.

— Prenez cette tenture et tenez-la derrière l'« autre » ! lance Yacef, désignant, au sol, une sorte de drap orangé, orné de feuillages imprimés.

Selon certains témoignages, ce sont Kid et Tête de Craie (selon d'autres témoignages, Kabs et Tête de Craie) qui auraient tendu derrière Élie cette tenture censée cacher tout détail architectural qui pût permettre à la police de localiser plus tard l'appartement. Pour que la scène soit parfaite, manque une chose : que quelqu'un braque l'énorme pistolet noir sur la tempe de l'otage. C'est au petit Zou qu'est dévolu ce rôle.

Yacef fait un pas en arrière, pour mieux examiner ce « tableau » dont il est le maître d'œuvre. Il corrige la position de l'un, demande à l'autre de reculer un peu, ou d'avancer…

Satisfait bientôt, il prend la photo avec le Nikon.

Il est 10 h 24.

Il examine le cliché enregistré dans l'appareil, le montre à Kid :

— C'est bon !

Plus speed que jamais, Yacef range le Nikon dans la banane Lacoste grise fixée à sa ceinture et part au galop. Cette journée est stratégiquement fondamentale. Son agenda est chargé. Wall Street man du crime, il n'a pas de temps à perdre.

« Je faisais des *investissements*, déclarera-t-il lors du premier procès, en 2009, les autres [ceux de sa bande], je ne leur prêtais pas attention. C'était des accessoires. Je ne songeais qu'à mon objectif. »

234

Sur le terrain de boules, au bout de la rue Maïakovski, il croise Saïd, alias Sniper :

— La marchandise est arrivée ! lui lance-t-il. Elle est dans l'appart…

— La marchandise ?

— Oui, on a soulevé un Feuj plein de thunes. Je vais maintenant demander la rançon.

Sniper, dont le visage maigre de drogué est déjà très pâle, tourne au blême (« Je ne m'étais pas imaginé, au départ, que *la marchandise ça serait un homme* », explique-t-il).

— Avec un Feuj, on risque d'avoir des ennuis ! s'inquiète Sniper. J'espère que le Mossad va pas nous tomber dessus.

Il vient de lire un article sur *Munich*, film de Spielberg, alors à l'écran, où est évoquée la traque de terroristes palestiniens par des agents israéliens.

— J'suis hyper-pressé ! dit Yacef qui s'esbigne.

Sniper, aussitôt, se rend dans la loge de Filou, gardien d'immeuble, au 4 rue Maïakovski :

— Les locaux sont occupés ! lui annonce-t-il, avec un air sinistre et solennel.

— Qu'est-ce que tu racontes ?

Géant blond de 1 m 80, Filou tremblote de toutes ses bajoues.

— Ils ont soulevé un mec. Il est dans l'appart…

L'appart, bien sûr, « prêté » par Filou.

« Apprenant ça, Filou a pété les plombs, dira plus tard Sniper. Il m'a dit :

— C'est chaud, c'est un coup à me faire perdre mon boulot. J'ai des enfants, moi ! Faut que tu dises à Yacef de le relâcher !

— Dis-le-lui toi-même. Moi j'ai pas envie qu'il me claque le beignet. J'ai aussi des enfants ! C'est un têtu, Yacef. De toute façon, l'otage, ils le libèrent dans trois jours… »

Yacef saute dans la Twingo noire. 11 heures : il faut qu'il fasse vite, car il a promis à Rik's, propriétaire de la voiture, de la lui rendre dans l'après-midi. Il fonce vers la porte de Vanves, au sud de Paris, pas loin de la porte d'Orléans. Se gare rue Raymond-Losserand, à l'intersection du boulevard Brune : boulevard de ceinture où se dressaient jadis les « fortifs ». Au bout de la rue Losserand, il entre dans un cyber-café, Game Arena. C'est là où, sur un ordinateur de location, il crée, comme le lui a appris Cappuccino, deux adresses Internet, l'une, à 11 h 35, commençant par fire855@, l'autre à 11 h 40, commençant par mer855@. Sur la boîte fire855@, il rédige son premier message destiné à la famille de l'otage, ce message, il en a longuement mûri les termes pendant son voyage en voiture jusqu'à la porte de Vanves :

« *Nous sommes possession de Élie et sa vie est menacer de mort. Nous reclamons 450 000 euros pour sa liberation en vie. La transaction est prevu pour 23.01.06 matin, j attends votre reponse de l'adresse mer855 sur l'adresse expeditrice avant 19 h 30 et vous recevrez la suite des instructions 22.1.06 avant 15 h Tout ce qui sera considerer comme une entraver a notre volonter Élie sera pris pour responsable direct. Si vous le desirer appelez 17.* »

Le 17, c'est la police.

Ce message, signé, ironiquement, « Marc Cohen »,
il l'envoie à 12 h 02 de la boîte fire855@, où il a été
rédigé, vers la boîte mer855@.

Il s'agit, précaution minimale, d'envoyer les messages d'une boîte anonyme vers une autre boîte anonyme, afin que leur source, l'expéditeur donc, c'est-
à-dire Yacef, ne soit pas identifiable. L'idée de Yacef,
c'est de téléphoner ensuite au père d'Élie, à partir
d'une cabine téléphonique – anonyme elle aussi –, et
de lui donner le code permettant d'ouvrir la boîte
mer855 où il pourra lire le message. Mais l'heure
n'est pas encore à donner ce coup de fil, première
semonce de la guerre que Yacef a déclarée à la
société en général, et aux « Juifs » en particulier.

Il lui faut foncer avant à Bobigny, où il rencontre,
sur la « dalle » de la cité Paul-Verlaine (immense
esplanade entourée de barres d'immeubles sinistres,
habités surtout par des Africains), le grand Black,
Krack, et les deux Rebeus. C'est devant la salle de
billard RNB, sur la dalle, qu'ils se sont retrouvés : un
de leurs lieux habituels de rancart. Non sans satisfac-
tion, il leur montre, mémorisé dans son Nikon, le
portrait qu'il a tiré de l'otage. Les types de Boboche
donnent leur feu vert :

— C'est OK.

Yacef offre une tournée de sandwichs grecs-Coca,
puis, re-Twingo, il fonce sur Bagneux. Là, à l'heure
voulue, autour de 16 heures, il rend la voiture à Rik's
qui l'attend devant le Karcher. Rik's est typé gaulois,
beau gosse, un petit air de James Dean, 21 ans. Il a
arrêté ses études en troisième et exerce le travail de
chauffeur-livreur. Ses parents, jamais mariés, sont, le

père, d'origine arménienne, la mère, jambon-beurre : catholiques tous deux. Rik's s'est converti à l'islam. Il fait sa prière cinq fois par jour et se rend à la mosquée de Bagneux. Il compte accomplir bientôt son pèlerinage à La Mecque. Il n'a pas de petite amie. Il veut trouver une épouse « pieuse et droite ». Pourquoi cette conversion ?

— Je n'ai jamais pu croire, explique-t-il sagacement, que Jésus soit le fils de Dieu.

Yacef, de plus en plus speed, quitte Rik's (qu'on soupçonne de lui avoir indiqué, quelques mois auparavant, la cible Moshe : ce commerçant israélite dragué par Nats la Marseillaise). Il saute dans le bus 128 à destination de la porte d'Orléans.

17 heures : d'une cabine publique, proche de l'arrêt de bus (celle même d'où Zelda avait donné son ultime coup de fil à Élie), il appelle le portable de Daniel, père de l'otage. C'est le père qu'il veut avoir, d'abord et avant tout :

« 06 63… »

Yacef tombe sur un répondeur. Il rappelle, cinq, six fois. S'y casse à nouveau le nez. Élie leur aurait-il donné un faux numéro ?…

Il écarte, temporairement, ce problème. En attaque un autre : envoyer la photo. Yacef court vers un cyber qu'il connaît bien, Plus Com, rue Poirier-de-Narçay. C'est tout à côté. Au gérant des lieux, typé indien, il demande l'accès à un ordinateur.

Il n'y en a plus que trois de libres.

Caché bientôt dans un box, il branche, ou plutôt essaie de brancher, son Nikon sur le PC, *via* un câble

USB, mais ça ne marche pas. Furieux, il se lève, interpelle l'Indien en lui montrant son câble.

— Ce câble, c'est pas le bon ! dit le gérant, de derrière la vitre de son guichet.

— J'vais en chercher un autre. Je r'viens !

La logistique de Yacef laisse donc, une fois encore, à désirer (il est assez étonnant aussi que la police et les médias, plus tard, l'aient présenté comme un génie de l'informatique !). Il court dans les magasins alentour, achète un câble et, en sueur, au pas de course, revient au cyber. Cette fois, ça marche. Il enregistre la photo sur l'adresse fire855@, puis, la légendant du terme : « PREUVE », il la transfère à l'adresse mer855@, où, cinq heures auparavant, d'un autre cyber, il avait déjà envoyé un message destiné à la famille d'Élie : message comportant le montant de la rançon : 450 000 euros.

Il est 17 h 51.

« C'était un Africain assez athlétique, se souvient monsieur Jo, gérant du cyber Plus Com. Ses cheveux étaient courts et il avait un fin collier de barbe. Il était vêtu d'un sweat à manches longues de couleur sombre et d'un bonnet de laine noire ; il est bien resté trois quarts d'heure dans ma boutique. »

Détail qu'oublie monsieur Jo : Yacef, en opération, porte toujours des gants.

Au pas de course encore, Yacef retourne à la cabine de téléphone publique de la porte d'Orléans. Sur la tablette en inox, à côté de l'appareil, un usager, entre-temps, a laissé une cannette de bière vide.

Il la balaie d'un revers de main, posant sur la tablette un papier où sont griffonnés des numéros de portables. Il essaie à nouveau de joindre Daniel, père d'Élie. Tombe sur le répondeur, encore.

En désespoir de cause, il décide d'appeler Vichara, petite amie d'Élie (la Noisechi) :

« 06 20... »

Cette fois, il obtient quelqu'un :

— Allô, c'est toi Vichara ?

— Oui.

« Mon interlocuteur inconnu avait un accent africain », confiera-t-elle plus tard.

À cet instant, Vichara se trouve chez elle, rue de Fécamp, dans le XIIᵉ.

— Je suis un ami d'Élie, dit « l'inconnu à l'accent africain »... Prends du papier, un stylo. Et note.

Il lui dicte l'adresse Internet mer855@ (où il a enregistré, en « pli attaché », la photo d'Élie menotté et le message comportant le montant de la rançon). Puis il lui donne le code permettant d'ouvrir cette boîte : 741 258.

— Consulte la boîte ! ajoute Yacef. Tu vas y trouver des choses intéressantes sur ton petit copain... Je te rappelle dans une demi-heure.

Il est 19 h 05.

Or l'ultimatum contenu dans le courriel de Yacef est clair : c'est à 19 h 30, dernier délai, que les proches d'Élie doivent dire si oui ou non ils acceptent de payer les 450 000 euros exigés.

Quelques heures plus tôt, ce même samedi 21 janvier, Vichara, après une nuit blanche, avait appelé Patrice et Brahim, meilleurs amis d'Élie ; puis, en début d'après-midi, le beau-frère de celui-ci, Jacob, qu'elle connaît un peu. Aucun d'entre eux n'avait de nouvelles du jeune homme depuis la veille au soir. Jacob était d'autant plus inquiet qu'Élie avait été invité à déjeuner chez lui, à Nanterre, ce samedi midi, pour le shabbat. Il n'était pas venu. Affolé, Jacob téléphone à tous les hôpitaux parisiens, craignant un accident…

À 19 h 10, Vichara rappelle Jacob :

— Je viens de recevoir un coup de fil bizarre d'un type ayant l'accent africain…

Elle lui transmet l'adresse Internet indiquée par l'inconnu et le code permettant d'y accéder. Elle passe semblable coup de fil à Brahim et à Patrice, puis se précipite en bas de chez elle, au cybercafé Alvin.com pour y ouvrir la boîte mail mer855@. Elle tombe sur le courriel demandant la rançon. Puis sur la photo d'Élie menotté, effrayante. Malgré le scotch occultant sa face, elle le reconnaît, instantanément.

Entre la mère, les sœurs, le beau-frère, les amis, les coups de fil se multiplient. Tous consultent la boîte Internet.

« Quand on a vu sa photo, dira Judith, sa mère, ça a été la panique. »

Tous se donnent rendez-vous en bas de chez Judith, rue Picpus (XIIe). Ils décident de se rendre ensemble au commissariat du XIIe arrondissement, non loin.

Cependant, de la porte d'Orléans, Yacef a fait un saut de puce jusqu'à la porte de Vanves. Au cybercafé Game Arena, rue Raymond-Losserand, d'où il avait envoyé son premier courriel. Il consulte, à 19 h 41, l'adresse mer855@. Son ultimatum exigeait qu'on y envoie une réponse, avant 19 h 30 : rien !

Il sort, appelle avec son portable (usant du numéro masqué) cette Noisechi (Vichara) qui lui joue des entourloupes. Mais, hésitant, il raccroche avant qu'elle décroche. Il est 19 h 44.

À 19 h 57, il la rappelle :

— Allô ? T'as vingt minutes pour répondre ! J'attends ton courriel !

Il raccroche.

Nouveau saut de puce, il se retrouve dans le XIIᵉ arrondissement, rue Taine, tout près du domicile de la mère d'Élie. Il connaît son adresse, qui figure sur les papiers trouvés dans le portefeuille de l'otage. Sans doute quelques-uns de ses sbires surveillent-ils les allées et venues de la famille. Judith, mère d'Élie, a cru voir, dans sa rue, un grand Black, athlétique, imberbe, vêtu de noir, qui semblait les observer, un portable collé à l'oreille.

Rue Taine, dans un cyber situé au numéro 10, Yacef consulte derechef l'adresse mer855@ : rien, pas de réponse. Refuseraient-ils de payer la rançon ?

Ça ne marche donc pas aussi facilement qu'il l'avait cru. Panique-t-il ? Il n'a que trois jours devant lui pour conclure l'affaire. Trois jours, c'est tout. C'est dans trois jours en effet qu'il a promis de rémunérer les gens de sa bande. Et il les craint, surtout ceux de Bobigny…

Il rappelle la Noisechi :

— Allô ? J'ai pas encore ta réponse…

— On te donnera tout… tout ce que tu veux, assure-t-elle, mais je t'en prie, ne fais pas de mal à Élie. Jure-moi qu'il va bien !

— C'est pas possible… Demain dimanche, à midi, je t'enverrai des instructions concernant la rançon. Le versement aura lieu lundi matin.

Il raccroche.

Les proches d'Élie, cependant, se retrouvent au commissariat du XIIᵉ. Daniel, le père, prévenu entre-temps par son gendre Jacob, les y rejoint :

— Cet après-midi, vers les 5 heures, explique-t-il, j'ai reçu des coups de fil. De façon régulière et répétée. La personne qui m'appelait donnait l'impression de vouloir absolument me joindre. Ça venait d'un numéro que je ne connaissais pas. Or je ne réponds jamais aux numéros inconnus. Un quart d'heure après, il y a eu une nouvelle série d'appels, du même numéro…

Ces coups de fil, comme plus tard le prouvera l'enquête, ont été passés de la cabine publique de la porte d'Orléans, proche de l'arrêt de bus[1]. Cabine où Yacef a ses habitudes. Portant toujours des gants, il n'y a pas laissé d'empreintes.

Au commissariat du XIIᵉ, les proches d'Élie font leurs premières dépositions. Comme l'affaire est grave, on les transfère immédiatement à la brigade criminelle, 36 quai des Orfèvres. Jusque tard dans la nuit, on les interroge. Daniel, le père, explique

----

1. Cabine située 8 place du 25-Août-1944.

qu'avec son commerce de vêtements il fait un petit chiffre d'affaires qui ne l'autorise à se verser qu'un salaire mensuel de 1 500 euros : il est donc incapable de payer l'exorbitante rançon. Patrice, ami d'Élie, développe une intéressante réflexion :

— Quand Élie m'a parlé de cette « Rebeu hyper-chaude » qui l'avait allumé dans sa boutique, j'ai trouvé ça bizarre : il l'avait accrochée bien rapidement ! À mon avis, il est tombé dans un traquenard. Cette Beurette l'a appâté, pensant qu'étant juif il avait du fric, ce qui n'est pas le cas…

Il est près de 3 heures du matin, ce dimanche 22 janvier…

Au ministère de l'Intérieur, on analyse la photo de l'otage. On s'intéresse particulièrement au pistolet noir braqué sur sa tempe gauche. Pour les experts, il s'agit d'une copie de Beretta 92 F. Cette arme, de marque Kimar, ne tire que des cartouches à blanc ou à gaz.

Élie, couché à même le sol, dans l'appartement de la rue Maïakovski, a réussi à s'endormir. Toute la journée du samedi 21 janvier, c'est Gérard, dit Tête de Craie, qui, seul, a « veillé » sur lui. Les autres geôliers ont quitté les lieux après le départ de Yacef. Ils se sont distribué les tours de garde.

Kid, la nuit venue, relève Gérard.

« Ce soir-là, Élie a voulu manger, expliquera Kid. Sur ordre de Yacef, qui m'avait donné 50 euros, j'avais acheté, le matin, à la pharmacie de la rue de Turin, juste en face de la rue Maïakovski, des soupes

244

de protéines à la vanille et aux légumes. Comme il n'y en avait pas au Simply Market, je suis allé au Cora, sur la nationale 20, me procurer des gobelets en plastique et des pailles. C'étaient des pailles blanches avec des rayures rouges ou jaunes. J'ai acheté aussi des ciseaux d'écolier à bout rond. Avec ces ciseaux, j'ai fait un trou dans le ruban adhésif qui bâillonnait la bouche d'Élie. Je lui ai fait boire alors, avec la paille, la soupe aux protéines versée dans un gobelet… Quelques minutes plus tard, il m'a demandé d'aller aux toilettes. Je l'ai porté, vu qu'il était lié aux chevilles. Je l'ai installé sur la cuvette, lui baissant le pantalon. Puis j'ai fermé la porte. Et il s'est débrouillé tout seul… On avait ordre de ne jamais enlever le scotch recouvrant sa bouche et ses yeux, et, surtout, de ne jamais lui parler. »

L'électricité de l'appartement est coupée. Dès que tombe le soir, les lieux se trouvent donc plongés dans l'obscurité. Les yeux bandés, Élie est aveugle dans les ténèbres.

Une *ronde de nuit*.

« Tout au long de sa séquestration, poursuit Kid, je l'ai nourri. On lui a donné de la soupe, les trois premiers jours. Ensuite on lui enlevait le temps d'un repas son bâillon, pour qu'il mange des sandwiches. Je lui ai fait fumer des cigarettes, je l'ai accompagné aux toilettes : pour le pipi. Je n'aimais pas l'y conduire pour le caca, aussi, le plus souvent, je lui disais d'attendre qu'on me relève. Parfois, comme il insistait, je lui mettais un coup ou une claque au visage. Et il se taisait… »

Il arrive à Kid de tordre une joue de l'otage, entre deux doigts, « quand il faisait du bruit », ou de lui presser, contre les côtes, la pointe des ciseaux.

« Il a pris l'habitude de fumer. Il s'est mis à réclamer sans cesse des cigarettes avec une petite voix plaintive. Il gémissait. Alors, on lui foutait des tartes. Après quelques jours, on lui a définitivement enlevé son bâillon, car il avait du mal à respirer... Mais je n'ai jamais discuté avec lui. C'est tout juste si je lui ai demandé son nom. Tête de Craie, par contre, lui parlait, mais je ne sais de quoi... »

« J'ai causé en cachette à l'otage, dès le début, racontera Tête de Craie : le scotch, sur sa bouche, s'était un peu décollé. Il pouvait chuchoter. J'ai appris ainsi son nom, et qu'il avait 23 ans. J'ai aussi appris comment on l'avait enlevé. Il s'était fait piéger par une fille "brune, mignonne, avec de gros seins". Elle se disait brésilienne, mais il ne l'avait pas crue. Il a évoqué la rançon qu'on réclamait : son père, m'a-t-il assuré, n'était pas riche, il n'avait qu'un petit commerce de vêtements... Les autres geôliers étaient très brutaux avec lui. Il avait peur. J'ai essayé de le rassurer. Il me faisait pitié. L'appartement n'était pas chauffé... Il avait froid, surtout aux pieds. Je les lui ai entourés avec le drap orange apporté par Yacef pour la photo. Quand j'étais seul en sa compagnie, il m'est arrivé de lui délier les chevilles, afin qu'il marche un peu, car il s'ankylosait. On ne pouvait lui libérer les mains, car Yacef avait gardé la clef des menottes. Je l'ai aidé à faire sa toilette... Je lui ai même ôté le scotch de ses yeux, lui demandant de regarder le mur, dans la salle de bains, afin qu'il ne me voie pas. Il a pu ainsi se laver le visage. Et puis je lui ai remis un bandeau de scotch. Il m'a remercié. On a même pleuré ensemble. Il m'a dit un soir :

— Dieu te le rendra... »

« Au début, je ne savais pas qu'Élie était juif. Ce sont les autres geôliers qui me l'ont appris. Je lui en ai parlé, en cachette. Il m'a dit :

— Je suis marocain.

— Oui, mais t'es juif ? Moi, ça m'est égal que tu sois juif...

— Je fais la prière des musulmans. »

Comme quoi, Élie avait bien cerné la situation : il rusait, avec les quelques pauvres ruses dont il pouvait se servir. Au demeurant, le témoignage émouvant de Tête de Craie n'est sans doute pas une comédie donnée plus tard aux juges et à la police. Il est le premier de la bande, en effet, à avoir vraiment craqué.

« *Les médiats ont fait de nous des hommes sans cœur,* m'écrira-t-il, longtemps plus tard, de sa prison, *ou pire encore, des barbares, mais sachez bien que, parlant pour ma personne, ce n'est absolument pas le cas ! Vous ne pouvez même pas imaginer à quel point ma douleur est immense !* »

Dès le premier soir, samedi 21, ou le lendemain matin, dimanche 22, Tête de Craie s'en va « interphoner » sa copine Agnès (le précédent « appât »), chez elle, cité du Cerisier. Ils ne se téléphonent jamais. Tête de Craie, en effet, a trop peur que sa meuf officielle, Saïda, ne découvre, en examinant son portable, le numéro d'Agnès... Quand il veut voir celle-ci, il se contente ainsi de la « sonner » par l'interphone, au bas de l'immeuble.

Dans la chambre de la jeune femme, Tête de Craie le « caïd », assis à côté d'elle, sur le lit, fond en larmes :

— J'suis dans la merde... Mohamed [l'alias de Yacef à la destination d'Agnès] a fini par réussir son coup : il a soulevé un mec. Et moi, avec d'autres types, je suis chargé de le garder. Ça fait vingt-quatre heures déjà... Il a froid, il a du mal à respirer, car on l'a bâillonné, il a du mal à se soulager quand il va à la selle, il est mal nourri. Et puis, les autres geôliers, c'est des gosses. Ils font n'importe quoi. Pour un rien, ils lui donnent des coups. En plus de ça, ils m'ont appelé par mon surnom [Tête de Craie] devant lui. On risque aussi de m'identifier, plus tard...

— C'est où qu'ils le séquestrent ? demande Agnès. Je pourrais y aller. Voir son état de santé, le soigner...

Songeant à devenir infirmière un jour, la jeune femme a des bouffées d'altruisme. Mais, pour autant, elle ne songe pas à prévenir la police.

— Je peux pas te dire où c'est, répond Gérard.

— Comment il s'appelle ? Joël ? Gaby ? J'espère que ça n'est pas un des garçons que j'ai essayé de draguer sur le boulevard Voltaire, avec Mohamed.

— Il s'appelle Élie.

Agnès est « rassurée » : elle n'a pas dragué d'Élie.

— C'est un Feuj, poursuit Tête de Craie. Mohamed est complètement malade ! Il croit que tous les Feujs ont du pognon. Or la famille d'Élie est pauvre, c'est Élie lui-même qui me l'a dit. Je sais pas pourquoi ils l'ont kidnappé...

Agnès explique – ce que Tête de Craie ne peut ignorer, mais ces choses doivent rester très vagues dans la confusion de son esprit – que les types que Mohamed-Yacef lui avait demandé d'« allumer » étaient tous, exclusivement, feujs...

— C'est un truc de ouf, cette histoire, conclut Tête de Craie... Mais ça va vite finir : l'otage doit être libéré dans trois jours. Après paiement de la rançon.

— Quel est le montant de la rançon ?

— J'en sais rien.

(« Le montant de la rançon, c'était tabou », confiera Sniper, plus tard, à la police.)

— Et comment allez-vous la récupérer ?

— Je l'ignore. C'est Mohamed qui gère tout ça. Moi je suis chargé de garder l'otage, c'est tout...

Se faire « payer la rançon » : c'est la phase la plus périlleuse en matière de kidnapping. Comment Yacef compte-t-il procéder ? Il n'en a presque rien dit aux gens de sa bande. Il les trouve trop « bêtes ». À ses yeux, ce ne sont que des « outils », des « pions ». Lui, il est leur cerveau, le joueur d'échecs qui les manipule... Et puis, comme il l'a avoué à Zelda, il ne tient pas à ce que son idée s'ébruite, car on risque de la lui piquer. Elle est trop « géniale ».

Il ne l'expliquera d'ailleurs ni à la police, ni aux juges, du moins en détail. Au demeurant, cette idée supposément « géniale » se laisse assez clairement deviner dans le SMS puis le mail qu'il envoie à Vichara le dimanche 22 janvier, surlendemain de l'enlèvement, à 10 h 45 et 14 h 15...

Le SMS est ainsi rédigé :

« *Pour les 450 000 euros : cent mille euros demain* [lundi 23 donc] *et le reste mardi fin d'apres midi il me faut une reponse de suite pour pouvoir organiser l'argent et la libération Élie...* »

Le mail :

« *Rdv le 23.01.2006* [lundi donc] *a chatelet les halles devant le KFC à 8 h 00 précise. Il faut que vous ayez le telephone portable, un ordinateur portable relie a internet. Vous devez venir avec 10 personnes avec leur piece d'identite au rdv. Et je vous enverrez le reste des information pour la 1re partie de la rancon a cette heure ci...* »

Ce qui peut se traduire par : il faut que Vichara, le lundi 23, se présente devant le KFC (Kentucky Fried Chicken) des Halles, boulevard Sébastopol, à 8 heures du matin précises, en compagnie de dix amis, et munie de 100 000 euros en espèces (première partie de la rançon), de son téléphone portable et d'un ordinateur relié à Internet. Dans l'esprit de Yacef, la communauté juive étant « solidaire et richissime », la famille d'Élie, même pauvre, n'aura aucun mal à rassembler la somme en un week-end et à en apporter une première tranche le jour convenu.

La proposition, *a priori*, semble « fantaisiste[1] ». L'endroit, le KFC du boulevard Sébastopol, au cœur de Paris, et ces dix gardes du corps exigés, ça n'a rien de très discret pour une remise de rançon. Mais il suffit d'aller sur les lieux pour y voir plus clair et percer les intentions de Yacef : juste à côté du fast-food se trouve un établissement de transfert de fonds, Money Gram, et, non loin, plusieurs bureaux Western Union. Or, 100 000 euros, divisés par dix personnes, cela fait 10 000 euros par personne, soit la somme maximum autorisée, à l'époque, par ces établissements, pour un envoi d'argent. Il s'agit donc de transférer la rançon en dix parts ! Voici pourquoi Vichara doit être accompagnée de dix amis munis de leur pièce d'identité. Chacun aura charge du transfert d'un dixième de la somme. Mais pourquoi doit-elle avoir un téléphone mobile ? Parce que, au rendez-vous devant le KFC, elle ne verra pas les ravisseurs d'Élie : leur chef la contactera sur son mobile. C'est par téléphone qu'il lui donnera les consignes à suivre…

L'idée – « géniale » (croit-il) – de Yacef, c'est de se faire remettre la rançon sans jamais rencontrer physiquement ceux qu'il rançonne. Au cinéma, c'est toujours à ce moment-là, en effet, que les kidnappeurs sont piégés par la police. Il compte si peu rencontrer ses victimes que le dimanche 22 janvier, à

---

1. L'adjectif « fantaisiste » a été alors employé par la Brigade criminelle.

14 h 35, juste après avoir envoyé ce mail[1] où il indique à Vichara le lieu de rendez-vous du lundi, il saute dans un avion de Royal Air Maroc : départ Orly, destination Abidjan, Côte d'Ivoire, pays d'origine de sa famille. C'est à partir de taxiphones et de cabines téléphoniques publiques d'Abidjan, difficilement localisables par la police française, qu'il appellera Vichara, le lundi matin, pour lui indiquer comment elle et ses dix amis doivent procéder. Et c'est à Abidjan qu'il se fera envoyer la rançon.

L'envoi d'argent, *via* des établissements comme Money Gram ou Western Union, fonctionne de la manière suivante : l'expéditeur montre ses papiers, il donne le nom et l'adresse de la personne à qui il destine la somme. Par ailleurs, pour plus de sécurité, il faut qu'il invente une question et une réponse tests, que le destinataire, lorsqu'il ira chercher son argent au bureau de Money Gram ou de Western Union (à Abidjan donc), devra connaître. Par exemple, question : « Quelle est la couleur des yeux de maman ? » ; réponse : « bleu ». Sécurité supplémentaire, une fois versés les 10 000 euros au bureau de Money Gram ou de Western Union de Paris, l'expéditeur reçoit de l'employé un numéro de code. Ce numéro de code, comme la question/réponse test, il faut donc qu'il en informe, soit par mail, soit par téléphone, le destinataire, à Abidjan, pour que celui-ci puisse localement retirer son argent. Dix numéros de code et dix questions-réponses, c'est un message assez long et

_____

1. Posté d'un cybercafé d'Athis-Mons, place de l'Église, tout près d'Orly.

complexe à envoyer, surtout par téléphone. D'où la nécessité pour Vichara d'avoir aussi, avec elle, son ordinateur portable relié à Internet. Elle communiquera ces infos par mail. En cas de mauvais fonctionnement de son appareil, elle pourra toujours les envoyer à partir d'un cybercafé voisin du KFC des Halles.

Autre difficulté : au nom de qui seront adressés ces transferts d'argent ? Qui ira les toucher aux bureaux Western Union ou Money Gram d'Abidjan ? On peut supposer que Yacef, qui connaît bien Abidjan, où il s'est rendu plusieurs fois et où il a des amis et de la famille, a sous la main des complices, jeunes et naïfs, comme ceux de Bagneux. Pour lui, ils iront toucher ces sommes, ignorant leur origine criminelle. En retour, ils recevront une petite commission. Il ne manque pas de copines, parmi les michetonneuses locales, comme le prouvera l'enquête ultérieure, et toutes ne connaissent pas forcément sa véritable identité. Ainsi, au cas où elles seraient arrêtées, au moment de la remise d'argent ou après, ne pourront-elles pas le dénoncer. Sans doute faut-il aussi compter avec la corruption qui frappe alors la Côte d'Ivoire (facilitant l'acquisition de faux papiers) et l'état d'anarchie qui y règne du fait de la guerre civile.

(Dans une lettre à la juge d'instruction Corinne X., Yacef, alors sous les verrous, parle de « *fausses attestations d'identité* [produites à Abidjan] *qui ne devaient durer que six mois au nom de jeunes filles, pour toucher la rançon* ».)

Tel est, en gros, le plan qu'aura très certainement concocté Yacef pour toucher l'argent. Plan qu'ignorent donc ses compagnons français, à part un ou deux d'entre eux. Ces « petits soldats » ne savent même pas que leur Boss, deux jours après le kidnapping, a quitté le territoire français et se trouve sous les cocotiers de Côte d'Ivoire, à l'hôtel Paradis d'Abidjan, avec une de ses petites amies africaines : Mayaki.

Yacef y attend SON argent.

Mais au rendez-vous du Kentucky Fried Chicken, le lundi 23 janvier, à 8 heures, Vichara n'est pas là. Ce sont une dizaine de policiers en civil qui s'y trouvent, en « planque », jouant les consommateurs indolents, les garçons de café ou les agents de la voirie. Vichara a passé la nuit chez Judith, la maman d'Élie, où des policiers sont aussi en faction, comme chez le père d'Élie, Daniel. Toutes les lignes téléphoniques de la famille et des proches de la famille sont sur écoutes.

Yacef n'avait pas prévu ça : les parents d'Élie, immédiatement, sans aucune hésitation, se sont adressés à la police. Intoxiqué par son propre préjugé – les Juifs sont riches –, il croyait qu'ils chercheraient d'abord à négocier avec lui. Et qu'ils paieraient 450 000 euros, rubis sur l'ongle.

À 7 h 56, ce même lundi 23 janvier, le portable de Vichara sonne. Elle décroche. Dans l'écouteur résonne la voix de « l'inconnu à l'accent africain ». Mais, sur l'écran du mobile, c'est un numéro étranger, cette fois, qui s'affiche, précédé de l'indicatif

225, celui, vérifiera-t-on plus tard, de la Côte d'Ivoire…

— Allô, c'est toi Vichara, t'es là ? T'as l'argent, t'as les sous ? dit l'inconnu.

— J'ai pas encore assemblé la somme, répond-elle, comme le lui a recommandé la police.

— Sale pute ! T'as combien ? T'as combien ?

— On est prêts à négocier.

— T'as combien, putain, arrête de parler trop là, putain, t'as combien ?

— On essaie de réunir l'argent.

— J'te parle ! Tu sais quoi : suffit que j'passe un coup de fil, et il [Élie] est mort !

— Pour le moment, j'ai pas d'argent. On essaie de réunir le maximum.

— Espèce de pouffe !

— J'm'inquiète, donne-moi de ses nouvelles.

— C'est la police, c'est la police qui te dit de faire ça, hein ?… Ses parents, t'as prévenu ses parents ?

— Oui, j'suis allée les voir, mais ils n'ont pas d'argent !

— J'vais t'envoyer une photo de lui avec la gueule défoncée… On va le torturer un peu…

— Comment il va ? Comment il va ? Il va bien ou pas ?

— Alors, les policiers, ils te disent de jouer ? Les policiers, les policiers, ils mettent la vie d'Élie en danger, alors…

— Pas du tout. Quels policiers ?

Commence alors, par-dessus mer et continents, une effrayante partie de bras de fer téléphonique, qui durera près de trois semaines. Point tant entre Yacef et la famille d'Élie, c'est-à-dire, à ses yeux, « les Juifs », qu'entre lui et une entité dont, truand amateur, il ne soupçonne pas l'existence : *la raison d'État* !

C'est à un mur qu'il se cogne, dès le départ, un « niet » catégorique. Daniel, père d'Élie, prend rapidement le relais de Vichara : c'est lui seul qui, flanqué en permanence de deux policiers et d'une psychologue de la préfecture, négocie au téléphone avec les ravisseurs. Il lui faut suivre, minutieusement (non sans ruer parfois dans les brancards, en père blessé), les instructions, souvent dures, que soufflent à son oreille ou écrivent sur une ardoise, à la craie, pour n'être pas entendus, ses anges gardiens. On a le script de la plupart de ces conversations téléphoniques. Elles constituent le texte dialogué d'une tragédie, tant on y découvre combien la position de Daniel, déchiré entre sa souffrance de père et le diktat des autorités, est intenable. L'affaire, très vite, devient politique. Or, que pèsent, vis-à-vis de la politique, un petit voyou renoi de banlieue, se rêvant en Scarface, et un jeune marchand de téléphones juif du boulevard Voltaire ?

« En France, me dira un responsable de la brigade criminelle, c'est une règle, on ne paie pas de rançon » (du moins sur le territoire national, car on sait que des sommes considérables ont été versées, au Moyen-Orient, pour libérer des journalistes ou des hommes d'affaires français enlevés). Que deviendrait le pays si les cailleras de banlieue s'amusaient, régulièrement, à kidnapper chacun « son Juif », pour améliorer leurs revenus issus surtout, jusqu'à présent, de la drogue ? Les émeutes de 2005, dans les « zones périurbaines », ont déjà considérablement inquiété les autorités. Le ministère de l'Intérieur en premier lieu.

Par ailleurs, la police essaie de gagner du temps. Elle compte bien coincer l'un ou l'autre des ravisseurs au moment où il adressera des mails aux proches d'Élie. Elle peut en effet, par le biais des diverses sociétés Internet[1], identifier le cybercafé d'où les mails sont envoyés. Mais cela prend du temps, une ou deux dizaines de minutes, et Yacef et ses compagnons savent qu'il faut opérer avec rapidité. En outre, précaution supplémentaire, ils changent sans cesse d'adresse émettrice et de cybercafé.

La police tient un autre fil : c'est avec le même portable qu'Élie a été appelé par l'appât (Zelda) et que la famille d'Élie a été contactée par un des ravisseurs (Yacef). Il s'agit aussi de rechercher la personne ayant acheté la puce de ce portable (en vain : c'est une puce acquise au noir, sans que soit communiquée l'identité de l'acquéreur[2]). Il s'agit encore

---

1. La DGSE, à cet égard, l'appuiera auprès des divers serveurs.

2. En fait, la police remontera jusqu'à un certain Youssouf S., tenant un magasin de téléphonie boulevard de Strasbourg (Paris, X^e). Ce Youssouf avait acheté à France Télécom vingt-quatre packs de téléphones portables munis chacun d'une puce. Il avait revendu, au prix fort, les portables à Djibouti, son pays d'origine, et les puces au détail, à Paris, dans sa boutique. C'est là que Yacef, ou un de ses complices, a acheté, sans s'identifier, la puce du mobile qui a servi à appeler Élie. Jeu du destin ? Élie lui-même aurait fréquenté cette boutique, où il aurait fait réparer des téléphones.

d'interroger les gens qui ont été en relation téléphonique avec ce même portable, ce qui aboutira à un premier résultat : on identifiera Gaby, vendeur en téléphonie (juif) du boulevard Voltaire, qu'Agnès (un des appâts) avait contacté. Yacef a commis l'erreur de ne pas changer de puce entre-temps. Très vite, sur indications de Gaby, est élaboré un portrait-robot d'Agnès. Mais il ne sera pas publié. La brigade criminelle veut que l'enquête reste, pour l'instant, secrète.

L'énorme machine étatico-policière s'est donc mise en branle.

D'où ce mur qu'affronte Yacef, dès ses premiers coups de fil au père d'Élie. Il tient l'otage, qu'il peut liquider, il croit avoir, lui, le caïd, « les rênes en mains », et pourtant, très vite, il se trouve en position de quémandeur. Étrange renversement des rôles.

Le centre de gravité de ces conversations téléphoniques, scandées par l'insulte, le désespoir et les supplications, réside dans ce point nodal : il n'est pas question que la rançon (dont le montant, négocié, ne cessera d'être diminué par un maître chanteur aux abois, passant de 450 000 à 200 000, puis 25 000, jusqu'à un « acompte » de 5 000 euros !) soit envoyée sous forme de transfert style Money Gram ou Western Union.

— Je veux voir mon fils au moment où je te donne l'argent, exige Daniel, coaché par ses anges gardiens de la Crim'.

Or, rencontrer « physiquement » ceux qu'il rançonne, c'est bien ce qu'avant tout cherchait à éviter le plan « génial » de Yacef :

— Tu... tu... tu t'crois au *cinéma* ! rétorque-t-il en bégayant.

Daniel demande aussi à parler à son fils au téléphone. Ça lui est refusé : on localiserait ainsi facilement le lieu de séquestration.

— J'suis... j'suis... j'suis pas un crétin ! hurle Yacef, tu me prends pour qui ? Ton... ton... p'tit pédé ?

Au fil des jours, emporté par une rage croissant jusqu'au délire, Yacef multiplie les menaces à l'égard de l'otage (« On va lui déchirer la gueule », « On va lui mettre un manche à balai dans le cul », « On va lui couper un doigt... et le reste ! », « J'l'emmène dans un bois... j'lui donne un coup de couteau »), menaces qui n'incitent pas la police à changer de tactique.

Après tout, peut-elle envisager qu'elle ait affaire à des gangsters ou à des terroristes sérieux ? Des pros ? Le pistolet qui figure sur la première photo envoyée à la famille n'est pas une arme réelle. Par ailleurs, des pros iraient-ils s'attaquer à un petit vendeur de téléphones désargenté ? Et changeraient-ils sans cesse le montant de la rançon ? Pour faire croire qu'il appartenait à un groupe islamiste, Yacef avait récité, au téléphone, un verset du Coran, en arabe : mais, ne connaissant pas l'arabe, il prononçait mal, ce que nota la police...

Au demeurant, il pouvait s'agir d'un fou, ou d'un demi-fou : capable donc de mettre ses atroces menaces à exécution.

Sur ordre, Daniel raccroche à plusieurs reprises au nez de Yacef, qui, en tout, lui a passé une centaine de coups de fil. Sur ordre, la famille d'Élie ne décroche pas le téléphone à certains moments cruciaux…

Cela pousse Yacef au comble de la fureur.

Plusieurs avocats se souviennent des accusations que Daniel portera contre la Brigade criminelle, en avril 2009, devant la cour d'assises : « On en est arrivé là à cause de la police. Elle a pris le chemin qui n'était pas le bon. Mon fils n'aurait pas subi un tel déferlement de violence si je n'avais pas eu cette attitude inflexible qu'on m'imposait lors des échanges téléphoniques… Mais il n'y a pas de bouton "replay" dans ce genre d'affaires. »

Il n'en rend pas moins hommage aux membres de la Crim', qui ont « travaillé comme des fous », mangeant en sa compagnie, dormant en sa compagnie (chez lui, sur un canapé) et l'assistant en permanence, au Quai des Orfèvres, où il se rendait chaque matin, pour répondre, devant une psychologue (dite « profileuse »), aux appels des ravisseurs.

« C'est toujours facile, *a posteriori*, de critiquer », affirmera-t-il.

Pour gagner du temps et tenter de coincer des membres de la bande lors du transfert de mails, la Crim', qui a mis sous surveillance une dizaine de cybercafés dans la banlieue sud, exige des ravisseurs, par la voix de Daniel, qu'ils envoient une seconde photo de l'otage *via* Internet.

— Je n'ai pas la preuve que c'est bien toi qui détiens mon fils, lance Daniel à son interlocuteur inconnu, tu es à l'étranger. Comment pourrais-tu le séquestrer en France ? Il me faut une preuve.

C'est par téléphone (son intermédiaire est Sniper, dit « second Boss ») que Yacef passe, d'Abidjan, ses consignes à sa bande. Mais Daniel n'est pas forcé d'y croire.

Pressé par le besoin (il s'est engagé dans cette aventure chimérique avec quelques milliers d'euros, or tout ça coûte cher, l'avion, l'hôtel, etc.) et harcelé par les membres de sa bande (particulièrement les durs de Bobigny, qui réclament leur salaire), Yacef cède à la demande de Daniel : il aura sa photo, mais, dès réception de celle-ci, Daniel devra lui virer l'argent. Ce deal est passé le mardi 24 janvier 2006. Élie est séquestré depuis quatre jours déjà.

Il n'en a plus que vingt à vivre.

> *Un piano à queue et des montres de*
> *luxe se sont arrachés pour des milliers*
> *de dollars samedi, à New York, au*
> *cours d'une vente aux enchères de la*
> *garde-robe et des objets personnels de*
> *Bernard Madoff, condamné en 2009 à*
> *150 ans de prison pour escroquerie…*
> *Une Rolex est partie pour 67 500 dol-*
> *lars, une autre pour 40 000, tandis que*
> *deux montres Philippe Patek sont par-*
> *ties pour 56 000 et 37 500 dollars.*
>
> Ladépêche.fr, 13/11/2010.

Pendant ce temps, Zelda file le parfait amour avec Cappuccino (qui fut chargé de la convoyer le soir de l'enlèvement). Cette liaison vient tout juste de commencer. Il l'a invitée romantiquement à dîner au McDo d'Alésia, ils sont allés au cinéma, il l'a embrassée…

De cette nouvelle conquête, Zelda, entourée d'un cercle de camarades de l'institut Grignon, à Thiais, ne peut s'empêcher de se vanter :

— J'ai un mec qui s'appelle Gabriel, il m'a été présenté par un caïd, Yacef. J'ai plein d'argent. On a participé à un kidnapping…

Parmi les confidents de Zelda, on compte Mousse, à qui elle avait parlé de tout ça déjà, avant l'enlèvement d'Élie. Mousse, on s'en souvient, avait été lui-même victime, sans qu'il en ait pris conscience, d'une semblable tentative de rapt. Il répète les « vantardises » de Zelda à qui veut les entendre. Mais qui y croit, à l'institut ? C'est connu, elle dit tout et n'importe quoi…

Quelqu'un, cependant, a de bonnes raisons de la prendre au sérieux : Mam'. Yacef l'a chargée de surveiller Zelda. Or voici que celle-ci ne cesse de déblatérer. Il va falloir lui clouer le bec.

Mam' a d'autant plus de raisons d'en vouloir à Zelda qu'elle kiffe Cappuccino…

— C'est mon petit ami, je t'interdis de flirter avec lui, lance un soir Mam', qui se trouve dans une salle d'étude, avec sa rivale.

— C'est pas ton petit ami. Il n'a fait que t'embrasser une fois, rétorque Zelda. Il m'l'a dit.

Le ton monte. Les autres élèves font cercle autour du duo.

— Cappuccino court après toutes les filles. Il se moque de toi…

— Cause toujours…

— Sors si tu l'oses !…

Toutes deux quittent la salle d'étude. Aussitôt dans le couloir elles se sautent dessus, coups de poing, coups de griffes, insultes. La Bretonne blonde franco-musulmane et la musulmane brune franco-iranienne roulent au sol en hurlant.

…

263

Au tout début de sa liaison avec Cappuccino, le 24 janvier, Zelda lui demande :

— Et le mec, qu'est-ce qu'il devient ?

Y resongeant, longtemps plus tard, elle ne se souviendra plus très bien de ce que son nouvel amant lui a alors répondu :

— On l'a libéré.

Ou :

— On va le libérer.

Ce même 24 janvier, stressé, paniqué, Gérard, alias Tête de Craie, après avoir passé quarante-huit heures enfermé, à garder l'otage, est retourné pleurer dans les bras de sa petite amie officieuse, Agnès (« J'en peux plus, faut que ça finisse ! »), laquelle Agnès, dans les heures qui ont suivi, a convoqué sa confidente Marcelle : jeune femme très stricte qui prépare un concours d'entrée dans la police. Marcelle, dix jours plus tôt, avait déconseillé à Agnès de participer à une tentative d'enlèvement. Voici qu'elle apprend qu'un enlèvement a eu lieu effectivement : Agnès ne s'y trouve pas impliquée, mais son petit ami Gérard est dans le coup.

« C'était surréaliste ! dira-t-elle plus tard à la police. Je n'arrivais pas à y croire. Je ne *réalisais* pas... Je me suis dit que Gérard lui avait raconté cette histoire pour lui faire peur ou pour se faire mousser... »

Pendant ce temps, ledit Gérard (Tête de Craie) va sonner à la porte de Sniper, tout à côté, dans une barre de la rue Stravinsky, à Bagneux. Sniper, qui vit chez sa maîtresse, mère de ses enfants, Sheila, le reçoit sur le pas de la porte…

— L'otage devait être libéré hier ! dit Gérard. On devait toucher notre fric hier ! Qu'est-ce qui se passe ? On n'a aucune nouvelle du Boss…

Le « Boss » ? Sniper vient tout juste d'apprendre, par un coup de fil, qu'il se trouve au même moment au « bled » : en Afrique, à Abidjan. Sniper n'en a pas été averti à l'avance. C'est qu'il n'est qu'un rouage dans le « plan » de Yacef, où tout est cloisonné : chacun y tient son rôle, sans bien connaître le rôle des autres.

— La famille n'a pas encore payé la rançon, souffle Sniper. Il faut patienter.

— Non, rétorque Gérard, on doit libérer Élie maintenant. Sinon, moi, j'arrête !

— Le Boss ne veut pas. J'l'ai eu au téléphone… La libération est reportée. On attend l'argent… ça va plus tarder. Ce sont les types de Bobigny qui récupéreront l'otage : dans deux jours, jeudi prochain. Sans faute. Je te promets.

Sniper promet beaucoup. Mais y croit-il ? Des promesses, il en a fait aussi aux « types de Bobigny », qui, eux, sont venus le voir la veille pour lui demander des comptes, en la personne de Krack, alias le Grand Black : « On veut nos 30 000 euros ! » Ni ceux de Bobigny, ni ceux de Bagneux, n'ont le téléphone de Yacef, qui est injoignable. C'est lui, Yacef, et lui seul, qui appelle : d'Abidjan, à partir de taxiphones anonymes. Et, pour l'instant, son seul intermédiaire « autorisé » est Sniper : go-between chargé de transmettre les ordres du chef et de maintenir le moral des troupes. Le Grand Black s'est montré nerveux, menaçant.

Filou, le concierge de la rue Maïakovski, est venu lui aussi relancer Sniper : il veut qu'on lui rende les clefs de l'appartement… avec les 1 500 euros promis.

« Quand il a appris que la libération de l'otage était retardée, Filou a de nouveau pété les plombs, racontera Sniper plus tard. Il m'a dit :

— J'vous laisse deux jours. Dans deux jours, vous quittez l'appart. De toute façon, faudra déguerpir avant le 30 janvier, car, le 30, y'a des ouvriers qui viennent pour rénover les lieux !

— Tout me retombe dessus, rétorque Sniper, pris entre le marteau et l'enclume. J'y peux rien, moi. C'est Yacef qui décide. Mais, à mon avis, il n'est pas seul. »

Prenant un air mystérieux, il ajoute :

— Y'a d'autres gens derrière lui. Toute une *structuration* !

Gérard, tête basse, quitte Sniper ce matin-là avec de belles promesses. Quand Sniper arrive le soir dans l'appartement du 1 rue Maïakovski, où il n'avait pas mis les pieds depuis la venue de l'otage, c'est ce même Gérard qui ouvre. Il y a là Kid, Kabs et Zou. Au fond, sur le sol, il découvre un homme vaguement recouvert d'un peignoir blanc, allongé sur un drap. Mains menottées, chevilles scotchées, visage scotché. L'homme est nu, complètement nu : Élie.

C'est que (ordre préalablement donné par Yacef, avant son départ en Afrique) les geôliers ont « préparé » l'otage : en vue de sa libération décidée pour le jour précédent (23 janvier)… Il fallait lui ôter ses habits et le laver dans le but d'effacer de son corps tout soupçon d'ADN possiblement laissé par ses agresseurs.

« Je ne saurais expliquer avec certitude pourquoi la victime devait être libérée sans vêtements, racontera Kid à la police. C'étaient les ordres… Je pense qu'il s'agissait de ne pas laisser de traces. Avec des ciseaux, j'ai découpé son blouson en cuir le long des manches, ainsi que son tee-shirt. On ne pouvait les lui ôter normalement, en effet, car il portait des menottes dont on n'avait pas les clefs. J'ai tranché l'adhésif liant ses chevilles et on a retiré son pantalon. Ensuite Zou, Gérard et moi l'avons porté dans la baignoire, tout nu, et on l'a lavé. On a jeté ensuite sur ses épaules un peignoir que j'avais acheté chez Cora pour 13 euros. Comme il ne pouvait pas l'enfiler, à cause des menottes toujours, on lui en a noué les manches sur la poitrine. On l'a alors couché par terre, dans sa chambre. Au cours de l'opération, Gérard lui a arraché la Rolex grise qu'il portait au poignet. »

« L'appartement n'était pas chauffé, ajoute Kid. Parfois il tremblait de froid. »

La température, pendant sa séquestration, est en effet descendue jusqu'à – 4,7 degrés.

« Je ne m'en préoccupais pas, poursuit Kid, je ne pensais qu'aux 5 000 euros que je devais toucher. »

On peut douter de ce témoignage. Comment l'otage en effet se serait-il laissé ainsi dévêtir ? Il y aura fallu des coups, et se mettre à plusieurs pour le maîtriser !

Ce soir-là, 24 janvier donc, Sniper a apporté avec lui le journal *Le Parisien*, acheté au café-tabac de l'avenue Henri-Ravera (« C'était la première fois que j'achetais un journal »), et un appareil photo numérique Samsung, emprunté à un voisin. Sur ordre téléphoné de Yacef, il doit prendre d'Élie une deuxième photo. Comme précédemment, on fait poser la victime (en peignoir cette fois), *Le Parisien* plaqué sur la poitrine. Ce quotidien titre : « On se moque de nous » (article qui dénonce les tarifs exorbitants des opérateurs Internet).

Sniper appuie sur le bouton du Samsung. Mais – mauvaise logistique une fois encore ! – celui-ci s'éteint, s'allume, s'éteint… Sa batterie est à plat. Les photos d'ailleurs, que Sniper peut examiner sur l'écran de l'appareil, sont ratées, trop sombres, troubles. Peu importe, il les enverra telles quelles… C'est Rik's, dans sa Twingo noire, qui le conduit jusqu'à un cybercafé de Vitry-sur-Seine. Comme Sniper n'y connaît rien en informatique, un copain de la cité, Amidou, l'accompagne, pour l'aider à ouvrir une boîte et créer une adresse. Mais Amidou se retire lorsque Sniper, muni d'un câble USB, envoie la photo. Amidou ne fait pas partie de la bande en effet. Il ne faut donc pas qu'il sache à quoi ce cliché ressemble… La photo ne parvient pas à Yacef, qui, furieux, appelle Sniper d'Abidjan deux heures plus tard. Or Sniper, fou de trouille (« J'étais complètement parano »), l'a effacée de la mémoire du Samsung. Tout est à recommencer donc…

— J'peux plus faire ça, explique Sniper à Yacef, au téléphone...

C'est Kid qui, le lendemain, avec le même *Parisien* du 24 janvier, prend un autre cliché d'Élie, de bonne qualité cette fois. Flanqué de Gérard, il se rend alors, en bus et à pied, dans un cybercafé d'Arcueil. 11 h 04 : il crée une nouvelle adresse, émettrice commençant par le mot cril@. Mais ça n'est qu'à 17 h 45, après plusieurs échecs, qu'il parvient à envoyer le cliché : d'un autre cyber – du Kremlin-Bicêtre cette fois, situé rue de Verdun (rue sous surveillance de la police). Cette photo, Yacef la reçoit à 19 h 19 dans un cyber d'Abidjan. Il la réachemine immédiatement vers l'adresse mer855@, que Daniel et ses anges gardiens de la Crim', à Paris, consultent à 19 h 47. Le mail et la photo sont légendés respectivement des mots : « Promesse » et « Amour ». Le portrait d'Élie, dont la barbe a légèrement poussé, est affublé, en surimpression, de la mention, sinistrement ironique, « Happy Birthday ».

...

Mardi 24, mercredi 25, jeudi 26 : rien. L'argent n'arrive pas. Le père d'Élie a pourtant assuré Yacef qu'il avait réussi à assembler la somme de 110 000 euros. Il a même envoyé, par Internet, à la demande de Yacef, une photo (prise par la police en fait) d'une trentaine de liasses de billets de 50 et 100 euros, pour bien montrer qu'il était sérieux. De l'argent en photo, c'est presque de l'argent !... Mais la police ne veut toujours pas de transfert. Elle exige (donnant-donnant) une rencontre physique des deux parties.

Or Yacef veut le fric D'ABORD : avant de libérer l'otage. Au téléphone, les insultes fusent :

— Vous me prenez pour un petit con ! hurle le ravisseur... Tu me prends pour de la merde !

« *En partant du principe que la victime ne conserve sa valeur d'échange pour les ravisseurs que tant que la rançon n'a pas été versée,* lit-on dans un rapport de police qui rappelle les considérations de Marx sur le fétichisme de la marchandise, *le fait de payer, ne serait-ce que partiellement, la somme demandée revenait nécessairement à déprécier la valeur de la personne kidnappée et à augmenter la probabilité qu'elle soit malgré tout exécutée car considérée comme une menace à raison de sa capacité réelle ou supposée à favoriser l'identification des ravisseurs. Retarder le paiement théorique de la rançon constituait donc la seule alternative possible pour augmenter les chances de survie de l'otage.* »

Le soir du jeudi 26 janvier, vers minuit, Kid, Zou, Kabs et Gérard, alias Tête de Craie, sont assis en rond sur le sol, dans le grand salon vide de l'appartement, rue Maïakovski. L'obscurité y est totale. C'est à peine si, du dehors, la lumière blême des réverbères les éclaire un peu par les fenêtres sans volets. Ils attendent, faisant tourner un joint. Qui attendent-ils ? La bande de Bobigny.

Sniper l'a promis :

— Ce soir, les types de Boboche doivent venir chercher l'otage pour le *déposer* (c'est-à-dire le libérer).

Les geôliers se taisent. Ceux de Bobigny, ils ne les connaissent pas. Ils les craignent, comme des êtres mystérieux, menaçants, des extraterrestres. Par ailleurs, nos geôliers ne sont pas fiers. Deux d'entre eux, quelques quarts d'heure auparavant, ont participé en effet à une scène spécialement ignoble. Sur ordre de Yacef, transmis par Sniper, ils ont pris une troisième photo : cette photo représente un acte (simulé, assurent-ils) de sodomie. L'otage, nu, avec un manche à balai braqué entre les fesses...

Enrageant de ne pas toucher « son » fric, Yacef exigeait, en sus, sans avoir été obéi, qu'on lui « défonce la gueule ».

— Vas-y, mets-le en sang. Faut qu'j'avance !

Cette photo, pour une raison ou une autre, ne serait jamais parvenue à ses destinataires.

Parfois un geôlier se lève, silhouette noire dans la nuit, et jette un œil par la fenêtre. L'Audi break gris métallisé des types de Bobigny, celle même qui avait servi au rapt, ne devrait plus tarder à arriver. Mais on n'entend pas ronfler son puissant moteur. On n'aperçoit pas la lumière de ses phares.

Deux coups sourds précipités, suivis d'un troisième coup, sont frappés à la porte.

— C'est EUX ! C'est sûr.

Gérard se lève. Va ouvrir. Dans l'entrebâillure, ce n'est que la gueule hâve, jaune, paniquée, aux yeux hallucinés, de Sniper qu'il aperçoit. Avec ses cheveux longs, son bouc clairsemé, ses moustaches, celui-ci, plus que jamais, a l'air d'un héros de film gore.

— Et alors ? demande Gérard.

— C'est MORT ! rétorque Sniper, avec une mine catastrophée.

Il ajoute :

— IL ne part pas.

— IL ne… Mais quand va-t-IL partir ?

— J'en sais rien. Les parents n'ont pas payé.

— Mais putain, s'exclame Gérard, il devait être libéré le troisième jour et on en est au sixième ! Argent ou pas, faut le relâcher. Moi, en tout cas, je te l'ai dit déjà, j'arrête, je démissionne. Cette histoire part en suce…

Il a des larmes plein les yeux.

Derrière lui, chœur des esclaves, les autres geôliers protestent semblablement. Leur salaire, ils commencent à le comprendre, ils n'en verront jamais la couleur. De plus, cet otage leur « pourrit la vie ». Passer des journées entières avec un type bâillonné, saucissonné, qu'il faut nourrir, mener aux toilettes, ça les « gonfle » : plus de ciné, pas de télé ! Les brimades contre Élie, devenu souffre-douleur, se multiplient. Et puis leurs parents, leurs amis, qui ne les voient jamais, se mettent à se poser des questions…

— Y'a quelqu'un qui veut te causer en bas, descends ! lance Sniper à Gérard, avec un air mystérieux.

— Quelqu'un ?

— Oui, un keum de Bobigny. Il t'attend dans une Twingo noire. Elle est garée sur le parking de la piscine.

… À quelques centaines de mètres de là, dans la nuit, une Twingo en effet est stationnée, pare-chocs avant contre un des murs de la piscine municipale, avenue de Stalingrad. À l'intérieur, derrière le volant, une personne assez grande, mince, cheveux ras, fin duvet de moustache sur la lèvre supérieure. C'est Suzanne, alias Suze, le garçon manqué. Elle porte un survêtement. Les survêtements, ça n'a pas de sexe... Une heure auparavant, en compagnie de Sniper, elle est allée chercher, à Boboche, le personnage qui se trouve assis dans son dos, sur le siège arrière de la Twingo, muet : un mastodonte noir, une montagne de muscles vêtue d'un jean, d'un blouson sombre avec un bonnet de laine enfoncé sur le crâne, jusqu'aux sourcils : Krack, alias le Grand Black.

Si Sniper, missionné par Yacef, a contacté Krack quelques quarts d'heure auparavant, c'est pour résoudre deux problèmes urgents : premièrement, transférer l'otage dans un autre lieu de détention, car l'appartement, où vont être exécutés des travaux, doit être libéré avant quatre jours ! Deuxièmement, remettre de l'ordre dans les rangs des « petits » (les geôliers). L'un d'entre eux, particulièrement, doit être repris en main : Gérard, alias Tête de Craie, qui veut déserter. Suze ignore tout ça. Sniper, ce soir-là, l'a recrutée uniquement comme chauffeur : il ne sait pas conduire en effet.

Krack a accepté d'accompagner sur-le-champ Sniper et Suze, jusqu'à Bagneux, pour « mettre la pression » sur Gérard. Mais pendant ce trajet, il prend Sniper en aparté et répond fermement aux autres instructions de Yacef :

— Pas question pour moi et mes copains qu'on déplace l'otage ! C'est trop chaud... Notre boulot à nous, c'était de le soulever, on l'a soulevé. Trois jours après, on devait recevoir notre part de rançon, 30 000 euros. C'est ensuite seulement qu'il était prévu qu'on le libère. Or on n'a rien touché. Nous, on a tenu nos promesses, à Yacef de tenir les siennes… Faut que tu saches une chose, Sniper : mes potes [*les deux Beurs, ses comparses, qui l'ont aidé à réaliser le rapt*], ils se vénèrent. C'est des nerveux, et quand ils se vénèrent, ils sont méchants !

La Twingo s'était donc garée près de la piscine de Bagneux, et Sniper en était sorti pour aller frapper, rue Maïakovski, à la porte de l'appartement qu'avait ouverte Gérard. Suze, au volant, et le Grand Black, sur le siège arrière, étaient restés dans la voiture.

L'atmosphère y est pesante, Suze, qui ne comprend pas grand-chose à la situation, se tait : moins elle en sait, mieux c'est ! Krack, de son côté, est peu causeur. Sans cesse il se retourne pour observer, par la lunette arrière, la rue Jean-Marin-Naudin, déserte, mal éclairée par de rares réverbères. Que guette-t-il : l'arrivée du « petit » qu'il doit sermonner, ou celle des keufs ? Cette histoire est pourrie, il l'avait bien compris, la veille, quand Sniper l'avait assuré (« sûr de sûr ») que la rançon serait payée : puis Sniper était revenu sur son affirmation. Krack n'y croit plus ! Il en a parlé aux deux Beurs, ses comparses. Ils sont tombés d'accord pour faire une fleur à Yacef. Au lieu de 30 000 euros, ils se contenteront d'une « indemnité » de 15 000. Mais, ce qu'ils ignorent, c'est qu'en se lançant dans cette aventure Yacef n'avait pas un sou vaillant…

Le Grand Black aperçoit un « petit » qui s'amène, là-bas, du fond de la rue Jean-Marin-Naudin plongée dans l'ombre : jean baggy, veste militaire, casquette blanche et bleue de traviole sur le crâne...

— Ça doit être Gérard, dit Suze, je le connais vaguement.

Paraissant s'éveiller d'un coup, sur son siège arrière, la montagne de muscles essaie d'ouvrir la porte de la Twingo. En vain. Il s'excite. Suze lui donne un coup de main. Il parvient enfin à sortir. Il est immense. Quand Gérard, lui-même balaise pourtant, arrive à sa hauteur, il a l'air d'un poussin.

« S'ils en viennent aux mains, se dit Suze, qui observe la scène à travers les vitres du véhicule, le petit jeune, il va se faire exploser. »

Or Krack a l'air tout de bon de s'énerver :

— Alors t'es un marrant, toi ! lance-t-il à Gérard, t'es un bouffon ! Tu crois que tu vas te tirer comme ça ?

Mais Gérard, tout rouge, les yeux brillants (« On aurait dit qu'il avait pleuré », déclarera Suze), ne se laisse pas démonter :

— Ça a trop duré ! lance-t-il au pachyderme. On devait le garder trois jours, ça fait six qu'on poireaute !

— Le libérer, on peut pas, rétorque Krack. C'est de l'ARGENT !

— L'argent, je m'en fous !

— T'as pris un engagement vis-à-vis de Yacef. Quand on commence un truc, faut le finir. T'es un bonhomme ou quoi ?

— J'en peux plus !

— J'croyais que les types de Bagneux étaient opérationnels. Assure, petit !

Gérard parle très vite, et très fort. Suze, qui ne saisit pas bien le sens de ce qu'ils disent, leur conseille de rentrer dans la voiture pour ne pas ameuter le quartier.

Ils s'installent tous deux sur le siège arrière…

— J'vais te dire un truc, mais faut pas le répéter, poursuit Gérard à l'adresse de Krack, en chuchotant. Yacef, c'est un ouf, un malade, un mytho. Il peut pas voir un Feuj sans croire qu'il est plein de thunes. Or Élie, l'otage, n'a pas de fric, ça se voit bien…

— Tu peux pas te retirer comme ça, rétorque Krack, c'est mettre en danger l'ensemble du dispositif. Assume !…

— Mais votre plan est débile. On n'enlève pas un type ainsi pour demander une rançon ! On n'est pas au *cinéma* !

— C'est pas moi qui tire les ficelles, petit. J'suis pas un gourou… Moi, j'ai joué mon rôle, j'ai soulevé le mec, toi, tu t'es engagé à le garder, garde-le !

Le portable de Suze sonne. C'est Sniper qui l'appelle :

— J'suis rentré chez moi, lui dit-il.

— C'est charmant ! Tu te défiles… Et moi, qu'est-ce que je fais ? dit Suze.

— Débrouille-toi, cette histoire, elle me concerne plus. Ça me gave !

« Il me laissait en plan avec deux mecs que je connaissais pas ou presque », confiera Suze plus tard.

Elle demande à Krack et à Gérard, qui se sont un peu calmés :

— Bon, maintenant, qu'est-ce qu'on fait ? Je comprends rien à vos trucs, moi !

— Je rentre chez moi ? dit Gérard.

— Je sais pas ! dit Krack. Et Sniper ?

— Il est chez lui, au lit ! dit Suze. Il s'en lave les mains... Bon, je te ramène où tu veux.

Comme elle a peur de se trouver seule avec le Grand Black, qui l'intimide, elle demande à Gérard de les accompagner. Gérard accepte.

« On a roulé jusqu'à la porte d'Orléans, raconte Suze. Là, on a pris le périph d'où on est sortis à hauteur de porte de Pantin. Le Grand Black m'a demandé de m'arrêter, sur la nationale, aux Quatre-Chemins, un quartier qui craint pas mal[1]. Il a dit :

« — J'ai la dalle, j'vais acheter quelque chose...

« Gérard est sorti avec lui, poursuit Suze, mais il ne l'a pas accompagné jusqu'à une sandwicherie où l'autre s'est rendu. Il est resté dehors, près de la voiture, debout, à fumer, sans doute pour se calmer les nerfs. Moi j'étais toujours au volant... L'autre est revenu avec deux sandwichs au poulet et des cannettes de soda. Ils ont mangé dans la voiture. Moi j'avais pas faim. J'ai démarré... Le Grand Black m'a indiqué, comme nous roulions, où je devais aller. Il m'a fait prendre des tas de petites rues. Des

_____

1. Maisons délabrées, taudis, ce quartier, en voie de rénovation aujourd'hui, était habité alors par une population vivant dans une précarité extrême.

détours… Manifestement, il cherchait à me paumer. Il ne tenait pas à ce que j'identifie le lieu où j'allais le laisser. Il est descendu du côté de Bobigny, dans une cité, mais ce n'était pas celle où on était allés le chercher avec Sniper. Je suis retournée ensuite à Bagneux. J'y ai laissé Gérard : devant la cité du Cerisier… »

— J'arrête tout ! lance Gérard au moment de sortir de la voiture.

— Tout ? demande Suze, qui commence sans doute à deviner le fond de l'affaire.

— Le week-end prochain, je dois aller chez mon père, s'explique-t-il. Mais je reviendrai prendre mon tour de garde dimanche soir.

Il ment. Il est décidé à jeter l'éponge ! Cherche-t-il ainsi à gagner du temps ? Craint-il des représailles ? Contre lui ? Sa famille ?

Toujours en mauvais termes avec sa mère et son beau-père, Gérard va dormir chez G. C., son ami collectionneur de documents nazis. C'est chez G. C. qu'il a caché la « Rolex » volée à Élie. Le lendemain matin, dès les 5 heures, il se réveille, prend le bus 128, puis le métro, ligne 4, direction porte de Clignancourt. Il descend à la station Saint-Michel. Il fait froid. Gris. Il marche vers la Seine. Une fois sur le pont Saint-Michel, à peu près en son mitan, il fouille dans une poche de son blouson. Où se trouve la montre d'Élie…

« Je l'ai jetée dans le fleuve, à main tendue, confiera-t-il plus tard à la police. Elle est peut-être tombée dans l'eau à cinq mètres de la rambarde du pont… »

Par ce geste symbolique, pensait-il se débarrasser de cette sale histoire, cette « grosse connerie » (dira-t-il plus tard à son père) où il avait trempé ? Il a cassé par ailleurs la puce de son téléphone. Les autres ne pourront plus l'appeler...

Il finit de franchir le pont. Tourne sur la droite, en direction de Notre-Dame (contemporaine de l'église Saint-Hermeland de Bagneux), traverse à nouveau la Seine, à hauteur du Petit Pont, et revient sur ses pas, métro Saint-Michel. Il rentre chez lui.

« À Élie, pendant sa séquestration, j'avais juré que je veillerais sur lui, qu'il s'en sortirait vivant, confiera Gérard plus tard. On a même pleuré ensemble. Je n'ai pas tenu ma promesse. »

Le 9 mai 2006, trois mois après la mort de l'otage, deux hommes-grenouilles de la brigade fluviale plongeront dans la Seine à l'endroit indiqué par Gérard, désormais incarcéré. À quatre mètres de profondeur, à demi ensevelie par la vase, ils retrouveront la montre.

C'était une fausse Rolex.

> *Le monde entier est contraint de
> passer dans le filtre de l'industrie cultu-
> relle [...]. Il ne faut plus que la vie
> réelle se distingue du film...*
>
> M. HORKHEIMER,
> Theodor W. ADORNO,
> *La Dialectique de la raison.*

Furieux, Yacef décide de rentrer à Paris. Lors d'un de ses derniers coups de fil à Daniel, il a hurlé :

— Si... si... si tu paies pas, c'est que la po... po... lice, elle t'a dit de pas payer !

Le samedi 28 janvier, à 2 h 30 du matin, il prend un avion Royal Air Maroc. Le vol en tout dure six heures, mais il y a une interminable escale à Casablanca. Il tourne en rond dans la salle d'attente. Il a la haine ! On le prend pour un « gamin », un « petit pédé » ! On ne le « respecte » pas. « Tu m'as blessé », a-t-il dit à Daniel, étrange déclaration d'amour. « Je vais être encore plus motivé maintenant, lui a-t-il dit encore, parce que tu sais, là, ça me donne la haine dans mon cœur. Ça me motive encore plus fort. J'te jure, tu vas payer cher, très cher. T'as compris ou pas ? Tu fais le con, mais moi je peux être plus con que toi, plus fou que toi ! »

On n'est plus dans le gangstérisme, si cette affaire relève vraiment du gangstérisme : on est entré dans une infernale machinerie relevant des transferts psychiatriques. Daniel, ça n'est plus le père, le Juif : il devient figure de la Loi, de l'Autorité, auxquelles, petit voyou détraqué de quatre sous, se heurte rageusement Yacef.

Employant un vocabulaire qui se veut moderne, « rationnel », « efficace », le vocabulaire des businessmen, des traders, des publicitaires, il dira :

« J'ai alors décidé de changer de *stratégie de communication.* »

Désormais, ça n'est plus au père d'Élie, tenu très certainement par la police, qu'il va s'adresser, mais à la communauté juive tout entière. Ce sont les « Juifs » qu'il veut attaquer.

« Yacef, IL MÉLANGE TOUT », déclarera plus tard le Grand Black, lors d'une confrontation devant le juge d'instruction où son « Boss » s'était lancé dans une tirade anti-judaïque délirante. « Quand je suis parti sur cette affaire, c'était pour l'ARGENT, pas pour des raisons religieuses. »

Honnête voyou, Krack, alias Grand Black, ne songe qu'à gagner malhonnêtement son pain. Yacef, qui « mélange tout », foi, politique, finance, participe, comme le dit la formule célèbre, de ce « *socialisme des imbéciles* : l'antisémitisme ». Le « Juif », incarnant à ses yeux le Capital, devient symbole du monde qui l'oppresse. C'est qu'il n'a pas les instruments intellectuels qui lui permettraient de comprendre ce qui, dans le monde *spectaculaire* qui est le nôtre, l'opprime en effet.

Dès son arrivée à l'aéroport de Roissy, Yacef appelle Krack :

— Rendez-vous gare du Nord, dans la salle d'attente, lui dit-il.

La gare du Nord, c'est sur la ligne du RER B, qui mène directement de Roissy-Charles-de-Gaulle à Bagneux. Par ailleurs, c'est en ligne directe avec Bobigny, où vit Krack. Yacef y fera un arrêt de quelques minutes. Histoire de remettre les pendules à l'heure avec « ceux de Boboche ». Il est plus speed que jamais…

De l'aéroport, il appelle aussi Mam' :

— Ben, j'suis là ! Ben voilà ! lui dit-il, sans se présenter.

Au téléphone, il ne donne jamais son nom. On doit le reconnaître à la voix.

— Y'a un drôle de fond sonore autour de toi, répond Mam'. T'es dans un aéroport ?

— Ta gueule ! Tu parles trop… Et Zelda, où ça en est ?

— On s'est embrouillées à cause de Cappuccino.

— Avec elle, faut pas te disputer, elle pourrait nous balancer aux keufs. Sois toujours près d'elle à la surveiller. Tu dois la *gérer*.

Quelques dizaines de minutes plus tard, dans la salle d'attente de la gare du Nord, où se presse la foule des voyageurs, deux Blacks bien bâtis, chacun portant un bonnet de laine noir sur le crâne, se rencontrent : Krack et Yacef. Ils entrent tout de suite dans le vif du sujet. Le temps presse :

— Renoi... Ça a trop duré, dit Krack. S'ils ont pas payé après une semaine, c'est qu'ils paieront jamais. Tu m'entends, Renoi ?... Les poulets doivent tirer les ficelles. Vaut mieux le relâcher.

— Attends ! Attends ! C'est plus qu'une question de jours...

— On tourne en rond. Les Rebeus [*ses deux comparses maghrébins*] me mettent la pression, poursuit Krack. Rançon ou pas, faudra que tu nous indemnises...

— J'ai pas de fric. Attends, attends !

— Ça a trop duré, Renoi, j't'ai dit. Maintenant les risques sont trop grands. Ton plan ne marche pas...

À Bagneux, Sniper est un des premiers que Yacef revoit. Il l'interphone chez lui, rue Stravinsky. Sniper descend et tous deux s'en vont causer sur le terrain de boules voisin :

— Les « petits » (c'est-à-dire les geôliers), ils en ont marre, ils veulent qu'on libère Élie, dit Sniper.

— C'est pas possible. Je dois trop de fric à trop de gens. Si j'ai pas la rançon, c'est moi qu'on va soulever !

En plus des somptueuses promesses pécuniaires qu'il a faites aux gens de sa bande, Yacef n'a cessé, en effet, de taper parents et amis, sans leur expliquer les raisons de son besoin pressant d'argent. De Côte d'Ivoire, il a même supplié Khaled (commanditaire du chantage exercé contre Zacharie) pour qu'il lui envoie 300 euros *via* Western Union. Khaled l'a rembarré...

— Faut le relâcher, putain ! explose Sniper. J'ai une famille, moi, deux gosses et un troisième qu'est en route. J'peux plus me payer le luxe de refaire de la prison…

« Yacef est resté de marbre, expliquera plus tard Sniper. Il m'a regardé avec un petit air satisfait. »

— Je suis sur le point de conclure avec les parents ! reprend Yacef, après quelques minutes de lourd silence. Je vais avoir le flouse…

Y croit-il ?

(« Yacef était sûr, sans le savoir vraiment, que la police se trouvait derrière la famille d'Élie lors des négociations, explique Sniper, ça l'a rendu très stressé, mais plus dur dans sa détermination. »)

— Faut libérer l'appart avant le 30 ! s'exclame Sniper. On est le 28. Dans deux jours, les ouvriers arrivent pour les travaux…

— Trouve une solution. T'as pas le choix… Vois le concierge. Demande-lui de fournir une autre planque…

— Y'a la cave où je cachais autrefois mon shit, au 4 rue Maïakovski. Mais j'ai rendu la clef au gardien…

— Fais-lui reluire une grosse prime, en plus des 1 500 euros promis, s'il nous prête cette cave une semaine… Enfin démerde-toi. Je te laisse le bébé. Moi, dans quelques jours, je retourne à Abidjan : pour réceptionner la rançon…

… C'est au 4 rue Maïakovski, où se trouve la cave en question, que Filou, le gardien, a sa loge.

Juste après avoir quitté Yacef, Sniper frappe à la porte vitrée de celle-ci.

« Filou et moi, on a compris qu'on était au pied du mur », expliquera Sniper plus tard.

— De trois choses l'une, dit-il à Filou : soit on continue la séquestration, soit on balance Yacef aux keufs, soit on relâche l'otage par nos propres soins.

Mais, pour relâcher l'otage dans le dos de Yacef, en faisant en sorte que l'otage ignore qui l'a enlevé et où il a été gardé prisonnier, il faut des hommes de main, une voiture : il n'est pas sûr que les geôliers, même s'ils en ont assez, marchent dans la combine. Quant à dénoncer Yacef, ça leur fout la trouille : il a trop de « monde » derrière lui, sont-ils persuadés. Filou se résigne ainsi à donner les clefs de la cave à Sniper, qui les refile aussitôt à Yacef.

… Le lendemain, dimanche 29 janvier, dès l'aube, Yacef met en pratique sa nouvelle « stratégie de communication ».

Sur Internet (dans le cyber de l'avenue Henri-Ravera, son « bureau »), il passe en revue la liste des rabbins vivant à Paris. Il en choisit un, au hasard, le rabbin Zherbih, dont l'adresse et le numéro de téléphone portable sont fournis. C'est à ce rabbin, et non au père d'Élie, qu'il compte désormais s'adresser :

« J'avais pensé, expliquera Yacef plus tard, que le fait d'avertir un rabbin favoriserait la remise de la rançon et qu'il ferait pression sur la famille d'Élie et sur l'ensemble de la communauté juive… »

Pour rendre cette pression plus terrible, Yacef va voir l'otage dans l'appartement du 1 rue Maïakovski : emportant avec lui un magnétophone et des cassettes audio. Il veut enregistrer Élie. Sa voix, ça sera peut-être plus frappant, plus bouleversant, que des photos !… On ignore qui était de garde ce jour-là. Il semble en tout cas qu'un autre que Yacef ait assisté, sinon participé, à la scène atroce ci-après.

Yacef ordonne à Élie de sortir de son étui de cellophane une des cassettes et de la placer dans le magnéto. Seules ses empreintes y figureront donc. Menotté aux mains, Élie se débrouille comme il peut. Ses pieds sont liés, ses yeux scotchés, mais on lui a débâillonné la bouche. Il va devoir répéter, mot à mot, les phrases que lui souffle à l'oreille son bourreau :

« Je suis Élie… je suis le fils de Daniel… et Judith… je suis juif. On me tient en otage… »

Ces phrases retentiront trois ans plus tard, avec un son amplifié, dans la salle de la cour d'assises de Paris, lors du premier procès, où l'enregistrement fut diffusé[1] : accusés, juges, avocats et public écouteront ce message venu d'outre-tombe avec recueillement.

Élie bute sur les mots. Sa voix régulièrement s'étouffe dans un cri, un sanglot.

C'est qu'on l'a soumis à des tortures. Sur la bande-son, des coups sont enregistrés. On peut supposer qu'on l'a brûlé aussi avec des cigarettes (« Je lui ai brûlé le derrière et la devanture », se vantera Yacef auprès d'un de ses proches en Côte d'Ivoire). À un moment donné, la voix du tortionnaire, s'adressant à

---

1. Elles retentiront à nouveau, dans la salle de la cour d'assises de Créteil, en novembre 2010, lors du procès en appel.

une tierce personne, prononce les mots : « Allume, allume. » S'agit-il d'allumer une nouvelle cigarette, pour continuer cette atroce séance ?

« On me tient en otage depuis neuf jours, poursuit la voix d'Élie… je demande de l'aide, monsieur le rabbin, s'il vous plaît… ils vont me tuer… me laissez pas… s'il vous plaît… s'il vous plaît, j'ai besoin d'aide… j'en peux plus… maman, s'il te plaît… me laissez pas tout seul… donnez-leur tout ce qu'ils veulent, donnez-leur l'argent… faut pas écouter ce que dit la police. »

Afin qu'on puisse dater, par ailleurs, cet enregistrement, Yacef oblige Élie à réciter tous les titres du journal *Le Parisien* du 29 janvier 2006, qu'il lui murmure à l'oreille :

« Les quatre vérités de sœur Emmanuelle… tennis : enfin. Ça y est ! tel est le cri de joie d'Amélie Mauresmo, etc. »

Cependant, Gérard, alias Tête de Craie, s'est réfugié à Verrières-le-Buisson, chez son père, Eduardo, qui vit séparé de sa mère demeurant à Bagneux. Eduardo a 49 ans. Brun, râblé, il est de nationalité espagnole. C'est en 1973 (comme le père de Yacef) qu'il est venu en France, à l'âge de 16 ans. La France, à l'époque (son gouvernement, du moins), accueillait à bras ouverts les immigrés afin de faire pression à la baisse sur les salaires, politique à courte vue inconsciente de ses effets futurs. Eduardo est électricien. Marié en 1986 avec la mère de Gérard, une Gauloise, il a divorcé en 1993. Il a une amie,

Catherine, 37 ans, gardienne d'immeuble à Igny. Comme chaque semaine, celle-ci est venue chez lui passer le week-end.

« Tout a commencé à midi, le dimanche, racontera-t-elle plus tard. Gérard est arrivé à table avec sa casquette sur le crâne, ce que son père n'a pu supporter :

— Qu'est-ce que ça veut dire ? Où est le respect aux parents ! Enlève immédiatement ça de ta tête... »

La télé était allumée. Et il y avait justement une émission sur les jeunes délinquants et la police...

— C'est comme ça que tu finiras ! lance le père.

La dispute s'envenime. On ne fait guère honneur au rôti de bœuf-pommes sautées trônant sur la table. Gérard se lance dans une diatribe contre les « flics » avec lesquels il a eu plusieurs fois maille à partir. Ce qu'il rappelle à son père ce jour-là : pris, deux ans auparavant, à fumer un joint sur le quai du métro Châtelet, il a été arrêté, mis en garde à vue vingt-quatre heures. Les policiers l'ont giflé et humilié, assure-t-il. Il était mineur. Une autre fois, lors d'un contrôle d'identité dans un hall d'immeuble de Bagneux qu'il squattait, un policier l'a plaqué contre un mur. Ça a dégénéré. Il est passé en jugement. Et a récolté un mois de prison avec sursis, 450 euros d'amende et 80 heures de travail d'intérêt général à accomplir...

Eduardo prend la défense de la police et critique la façon de s'habiller de Gérard.

« On avait commencé de manger, poursuit Catherine. Soudain, hors de lui, Eduardo s'est levé pour quitter la table… »

C'est alors (moment peu propice sans doute) que Gérard décide d'ouvrir son cœur et de libérer sa conscience :

— Voilà, papa, je… voulais te dire… J'ai fait une grosse connerie.

— Je n'veux pas en entendre parler ! Débrouille-toi tout seul ! réplique Eduardo qui, excédé, sort de la salle à manger et va fumer dans le salon, pour se calmer les nerfs.

C'est un gros fumeur. Il consomme quarante cigarettes par jour.

« J'ai débarrassé la table, poursuit Catherine. Puis je suis allée laver la vaisselle dans la cuisine. Gérard est venu m'y donner un coup de main. »

Il lui dit :

— Tu sais, j'ai vraiment fait une grosse connerie…

— Quelle connerie ?

— J'ai gardé un type, dans un appartement, pendant trois jours. Le type avait été kidnappé. Ses ravisseurs attendaient la rançon… L'argent devait arriver dans les trois jours. Mais il n'est pas arrivé. Alors je l'ai gardé encore trois jours. Comme l'argent n'arrivait toujours pas, je suis parti…

— C'est qui, ce type ?

— Un jeune. Un Juif. J'ai parlé avec lui, il m'a assuré que ses parents n'étaient pas riches.

« Gérard m'a aussi raconté qu'il avait été gentil avec la personne séquestrée, et qu'il empêchait les

autres d'être méchants avec elle. Je lui ai lancé
alors :

— Si tu es si gentil que ça, va à la police te dénoncer. »

— N'importe quoi ! répond Gérard. De toute
façon, cette affaire, ça va pas durer. Ils libèrent
l'otage ce soir...

« Gérard ne voulait pas se dénoncer. C'est une
réaction humaine, poursuit Catherine. Il avait l'air
plutôt mal pendant cette confession. Ça semblait crédible. Mais en même temps je n'arrivais pas à y croire
vraiment. Quelques instants plus tard, je suis allée
dans le salon : Eduardo se trouvait là, assis sur le
canapé, la tête entre les mains, une cigarette à la
bouche. Il avait tout entendu. Il était effondré.
Gérard se tenait debout à mes côtés. S'adressant à
lui, Eduardo a crié :

— Je ne veux plus que tu remettes les pieds à
Bagneux ! Je ne veux plus que tu revoies tes
copains. »

Gérard se tait. Pendant quelques instants. Puis,
hésitant, il lance :

— Je suis d'accord pour ne plus retourner à
Bagneux. Mais Saïda [sa fiancée officielle], elle habite
là-bas, je veux la revoir. Lui expliquer... Elle est en
colère contre moi depuis une semaine parce que je ne
lui ai pas donné de nouvelles. Elle m'a menacé de
rompre...

— Qu'est-ce que tu veux lui expliquer ? demande
Eduardo.

— Tout.

290

— Vaut mieux pas. Moins y'a de gens au courant, mieux c'est.

Gérard, néanmoins, après de longues discussions, appelle Saïda, le soir même, vers 20 heures, devant son père et Catherine. Il aime Saïda.

(Longtemps plus tard, de sa prison, il lui écrira : « *Je voudrais tellement reculer en arrière, mais c'est impossible. Se qui est fait est fait. Je t'adore. Tu resteras toujours dans mon cœur.* »)

Saïda, c'est sa conscience, son ange gardien. Il a besoin de son avis :

— Allô. Bonsoir mon bébé ! Voilà… J'ai quelque chose d'important à te dire, murmure Gérard dans l'appareil. Mais je ne peux en causer au téléphone. Tu peux venir me voir ? Je suis chez papa, à Verrières-le-Buisson.

Saïda, de mauvaise humeur contre lui, répond qu'il est tard et qu'elle a un cours le lendemain matin.

Gérard insiste et, pour mieux la convaincre, il lui passe son père, puis Catherine, qu'elle ne connaît pas, lesquels lui répètent la même chanson : Gérard a des choses très graves à lui confier.

— Mais je ne sais pas comment y aller, chez ton père, à Verrières-le-Buisson.

— Eh bien on vient te chercher.

« On s'est tous rendus, en voiture, à Bagneux, pour la prendre chez elle, et on l'a ramenée à Verrières-le-Buisson, raconte Catherine. Gérard et Saïda se sont enfermés dans une pièce. Il lui a brièvement raconté son histoire… Quand tous deux sont sortis, j'ai demandé à Saïda :

— Alors, quel est votre avis ? »

Blême, Saïda rétorque :

— Comment ça, mon avis ?

Cette jeune femme brune de 20 ans, belle, sérieuse, studieuse, doit sentir confusément qu'on vient, malgré elle, de la « mouiller » dans une sale histoire. Qu'on lui a mis le doigt dans un sordide engrenage.

Se tournant vers son petit ami, elle lance :

— Je n'aurais jamais cru ça de toi ! Comment as-tu pu ?…

— Je sais pas ! rétorque-t-il. C'est n'importe quoi… C'était pour l'argent. Je me suis retiré de l'affaire parce que ça partait en suce…

— Il faut qu'il aille à la police, clame Saïda, s'adressant autant à Gérard qu'à Catherine et Eduardo.

— C'est pas possible, répond ce dernier. Gérard a laissé tomber ses copains. Si la police est avertie, ils sauront que c'est lui qui les a balancés… Il y aura des représailles.

— D'autant que notre chef, c'est un dangereux : il connaît l'adresse de maman. J'ai des petites sœurs, des petits frères… dit Gérard. Et puis, les flics remonteront jusqu'à moi, je serai arrêté moi aussi. De toute façon, l'otage, ils vont le libérer…

— Quand on est jeune, on fait des bêtises, ajoute Eduardo à l'adresse de Saïda. Il ne faut parler de ça à personne, vous entendez, même pas à vos parents.

Pourquoi, alors, lui en avoir parlé à elle ?

Pour son malheur, et celui d'Élie, qui ne sera pas « libéré ce soir-là », comme l'avait affirmé Gérard, Saïda se taira. Peut-elle dénoncer son petit ami ?

« J'aurais préféré que ma fille fût sourde, déclarera plus tard le père de cette jeune femme. Elle n'aurait pas entendu de tels conseils proférés par la bouche d'un adulte. »

« Quelque part, j'ai dû faire un mauvais choix, confie de son côté Eduardo. Il aurait été préférable d'emmener mon fils à la police. Mais cette horrible histoire, quand je l'ai entendue, ça m'a rendu comme un zombie… »

« J'ignorais les conditions de détention de l'otage, affirme Saïda. J'avais l'impression qu'à ce sujet Gérard me cachait des choses… »

Le week-end suivant, Eduardo, Catherine, Gérard et Saïda vont dîner au Buffalo Grill de Bagneux, rival de la chaîne Hippopotamus. Il y a du choix : pavé de filet d'autruche, viande de bison marinée. En dessert : cheesecake ou american profiteroles.

« Gérard était très détendu, racontera Catherine. Il rigolait. À le voir ainsi, j'ai cru qu'il nous avait raconté des bobards la semaine précédente. Et puis, si cette histoire de kidnapping avait été vraie, la télé, entre-temps, en aurait parlé. Or elle n'en a pas dit un mot… »

La Crim', en effet, continue de maintenir le plus grand secret sur l'affaire. S'agit-il de persuader les ravisseurs que la famille de l'otage n'a pas prévenu les autorités ?

Gérard, lui, veut tout oublier, n'en plus parler. Il s'est inscrit aux Assedic et à l'ANPE de Verrières-le-

Buisson. Il compte reprendre ses études, passer son brevet des collèges, afin d'exercer un jour le métier dont il rêve : pompier.

Au Buffalo Grill, ce soir-là, non sans insouciance, il demande à son père :

— Tu peux m'avancer l'argent de mon anniversaire ? J'en ai besoin pour acheter un banc de musculation.

Le dimanche 29 janvier, juste après avoir enregistré Élie sur magnéto, Yacef saute dans le bus 128 et se précipite vers un nouveau cybercafé. Il en choisit un, cette fois, sur le boulevard Brune, entre la porte de Vanves et la porte d'Orléans : Allemagne Techno, établissement à l'auvent en tissu rouge délavé, noirâtre. Il y crée deux nouvelles adresses, intitulées parcourir855@... et courrir855@... Changeant d'adresse, il n'est pas repérable par les détecteurs Internet : la police ne peut traquer en effet que les contacts s'effectuant sur des adresses précédemment utilisées par les ravisseurs, donc identifiées. Sur l'adresse parcourir855@..., il écrit un message qu'il transmet aussitôt sur courrir855@... Ce message est destiné au rabbin Zherbih, auquel il compte téléphoner ensuite pour lui dire de le lire sur courrir855@... Il y est question d'« un Juif, séquestré depuis neuf jours ». Le rabbin est invité à appeler deux numéros de téléphone, ceux de la mère et du père d'Élie. La rançon exigée est de 350 000 euros : montant qui augmente et diminue donc, comme une courbe sismographique, selon les humeurs changeantes de Yacef.

294

Celui-ci retourne ensuite, sans retard, à l'appartement de la rue Maïakovski, à Bagneux. Kid et Zou viennent d'y prendre leur tour de garde. Zou a apporté avec lui deux McDo, un pour lui, l'autre pour Kid (« Je les avais achetés avec mon propre argent », dira Zou). Mais Kid n'en veut pas. Zou le propose alors à Élie, qu'on a débâillonné...

— Tu veux un McDo ?

Élie crève de faim. On ne le nourrit que de façon sporadique. Croyant qu'on se moque de lui, il répond :

— C'est ça, demain !

Zou remarque que l'otage « bouge bizarrement, comme s'il avait mal ». L'effet sans doute des coups et brûlures qu'il a subis pendant la séance d'enregistrement, quelques heures auparavant.

— J'ai une mission pour toi ! dit Yacef à Zou.

Zou est aux ordres. Ce que le « Boss » ordonne, il l'exécute. 19 ans, vierge, c'est un être enfantin. Il idolâtre Yacef. Yacef, c'est son « grand frère ».

Celui-ci lui donne une enveloppe blanche, fermée avec du scotch.

— Viens avec moi, je te dirai où tu dois la déposer.

Sans demander ce qu'il y a dedans, Zou la met dans une poche de son blouson et quitte l'appartement avec Yacef. Ils vont à Paris, dans le VIe arrondissement. Il est 22 heures. Sur indication de Yacef, l'enveloppe est glissée dans la boîte aux lettres d'une personne, choisie elle aussi, comme le rabbin Zherbih, au hasard : Émilie N., demeurant rue Sainte-Beuve, courte artère située entre le boulevard Raspail et la rue Notre-Dame-des-Champs. Quelques minutes plus tard, à 22 h 05, Yacef, flanqué sans doute de Zou, appelle le rabbin Zherbih d'une cabine publique située au 110 boulevard Raspail. Il tombe sur un répondeur. Y laisse ce message :

« Allô, bonsoir ! Un Juif a été kidnappé. Vous êtes rabbin. Rendez-vous à l'adresse courrir855@... code 741258. Nous voulons une réponse dans les plus brefs délais. Pour preuve, une cassette véridique se trouve au X rue Sainte-Beuve, dans la boîte aux lettres Émilie N. »

C'était donc la cassette audio, enregistrée par Élie, que contenait l'enveloppe blanche scotchée.

À 22 h 10, Yacef appelle à nouveau le rabbin, d'une autre cabine publique, tout à côté. Retombe sur le répondeur. Il commence à y enregistrer un deuxième message (*« Allô, vous êtes rabbin, un Juif religieux a été... »*), quand retentit une sirène de police. À travers la vitre de sa cabine, il voit passer un véhicule à gyrophare. Il raccroche. Se sent traqué. Suivi de Zou, il remonte, au pas de course, le boulevard Raspail, jusqu'à une autre cabine, deux cents mètres plus loin, à hauteur du métro Raspail.

À 22 h 20, il rappelle le rabbin Zherbih. Et obtient une fois encore le répondeur. Il y enregistre ce troisième message :

« Allô, allez d'urgence X rue Sainte-Beuve à Paris VIe. Dans la boîte aux lettres d'Émilie N. se trouve une cassette d'un Juif kidnappé. Regardez aussi d'urgence sur Internet pour consulter l'adresse

courrir855@... code 741258. Aucun dérapage ne sera toléré, aucun ! »

... Le rabbin Zherbih, la quarantaine, participe au même moment à une fête, une bar-mitsva, dans une famille juive de la Seine-Saint-Denis. Il a laissé son portable dans son manteau, au vestiaire. Ça n'est qu'à 23 h 45 qu'il quitte cette fête et peut consulter son téléphone. Y sont enregistrés trois messages vocaux.

« En écoutant le premier message, racontera-t-il plus tard, j'ai immédiatement pris la chose au sérieux... Tout en espérant qu'il ne s'agissait que d'une plaisanterie de mauvais goût. L'hypothèse d'une blague ne m'a plus semblé crédible à l'écoute des deuxième et troisième messages. »

Il raccompagne sa femme chez lui, dans le IXe arrondissement. Puis la baby-sitter qui gardait ses enfants. Quoiqu'il soit très tard, il téléphone alors à un de ses proches, avocat, pour lui demander conseil. Celui-ci l'invite à s'adresser sur-le-champ à la police judiciaire...

... Cependant, plus speed que jamais, Yacef, revenu à Bagneux, s'en va interphoner Sniper, rue Stravinsky. Il est 4 heures du matin. Sniper attend son appel, allongé tout habillé sur un canapé, lumières éteintes. Il sait pourquoi Yacef vient le trouver... Au premier coup de sonnette, que n'entend pas sa compagne Sheila endormie dans sa chambre, Sniper enfile son blouson Athomiks et descend au bas de l'immeuble. Yacef l'attend. Il est en « tenue de commando » : bonnet de laine noir, sweat et pantalon de jogging noirs, baskets noires...

Les rues de Bagneux sont désertes et obscures à cette heure. C'est à peine si quelques lampadaires clairsemés y déversent çà et là un halo.

— Poste-toi à la porte du hall 4, lui dit Yacef. Moi, je vais aller réveiller les petits au hall 1…

Ils rejoignent tous deux la rue Maïakovski voisine. Sniper s'arrête au numéro 4 de la rue ; Yacef, un peu plus loin, entre dans le hall du numéro 1. Il monte au troisième. Frappe deux coups précipités, suivis d'un coup isolé à la porte. Très fort.

« C'était en pleine nuit… Je dormais, racontera plus tard Zou. Le Boss a tapé à la porte. J'ai ouvert. En entrant il m'a dit :

— On LE descend à la cave ! »

Zou sait de quoi il s'agit. Yacef lui a déjà expliqué qu'au cours de la nuit il allait transférer l'autre (Élie) dans une cave de l'immeuble, tout à côté.

Ils vont réveiller Kid, qui dort dans une pièce voisine, enveloppé dans sa doudoune…

— Toi, tu fais la chouf en face du numéro 4, dit Yacef à Zou.

Puis, s'adressant à Kid :

— Toi, en face du numéro 1…

Il ajoute alors :

— Moi, je vais le porter…

Les deux « petits » sortent de l'immeuble et, de part et d'autre de la rue, se cachant dans un recoin, se mettent aux aguets. Les rondes de police ne sont pas rares dans le quartier…

298

« Cinq minutes plus tard, racontera Zou, j'ai vu Yacef, portant l'*autre* sur les épaules, sortir en courant du hall numéro 1 de l'immeuble pour se rendre une dizaine de mètres plus loin au hall numéro 4... »

Dissimulé dans l'ombre de ce hall, Sniper tremble de trouille. Il attend. Son rôle est d'ouvrir la porte au Boss et de le conduire dans les caves.

« Au bout de plusieurs minutes, j'ai entendu un bruit de pas rapides, racontera Sniper. C'était Yacef qui arrivait avec l'*autre* sur le dos. L'*autre* n'était vêtu que de son peignoir, pieds et poings liés. Sa bouche étant scotchée, il ne pouvait crier... »

À gauche du hall, quand on entre, d'étroits escaliers, aux marches usées, descendent vers les soussols. Portant l'otage, Yacef s'y engloutit, suivi de Sniper. Il connaît le chemin. Il a inspecté les lieux précédemment. On tourne d'abord sur la gauche, dans un corridor ténébreux, encombré de vieilleries, chaises bancales, casseroles hors d'usage... Puis on tourne une première et une seconde fois sur la droite. On se trouve alors en face d'une porte en acier orange. Suant, hoquetant (il est sportif, mais a de l'asthme), Yacef, qui maintient en équilibre Élie sur son dos, avec sa main gauche, fouille de la droite dans une poche de son sweat. Il en tire la clef de la cave donnée par Sniper le matin même.

— C't'enculée de porte, elle veut pas s'ouvrir ! hurle-t-il.

Sniper vient à son secours.

Ils peuvent entrer bientôt dans le local...

La pièce est étroite, obscure, son plafond est bas. Seule une loupiote jaunâtre l'éclaire, au milieu du plafond. Elle est vide, sale, humide, glaciale. Tout au fond, un gros réservoir, cylindrique, en métal orange, et un moteur qui fait un bruit infernal : ronronnement continu, scandé de criaillements de ferraille. C'est un surpresseur servant à diffuser l'eau chaude dans l'immeuble.

Yacef balance violemment l'otage au sol, près de la machine. C'est dans ce décor sordide qu'Élie va passer deux longues semaines. Les dernières semaines de sa vie.

« Moi, je me suis tout de suite tiré, racontera Sniper plus tard. J'ai laissé Yacef seul avec l'*autre*. Mon état d'esprit était indescriptible, faut-il dire. J'étais envahi par la paranoïa. Mon énervement était d'autant plus grand que je savais que Yacef, bien tranquille, allait retourner au bled [en Côte d'Ivoire], alors que moi je resterais seul, avec les "petits", à gérer une situation que je n'avais pas voulue. »

« Moi et Kid, on faisait donc le guet dans la rue, raconte Zou. On ne savait pas où était la cave. Alors Yacef, juste après y avoir transféré l'otage, est venu nous chercher : il avait laissé l'*autre* tout seul, en attendant. L'*autre* avait été jeté au sol. Cette cave était vide. Ne s'y trouvait qu'une machine très bruyante. Il faisait froid. C'était sale. On a nettoyé un peu le parterre... »

La température, ce soir-là, descendra jusqu'à −2,3°.

« La cave renfermait une machine bruyante, raconte Kid. L'*autre* reposait par terre. Le lendemain matin, je suis allé chez Cora, sur ordre de Yacef, qui m'avait donné 50 euros. J'ai acheté trois couettes blanches, au prix de 10 euros chaque. L'*autre* dormait dedans. Y'avait pas de W-C bien sûr. Le pipi, il le faisait dans une bouteille, le reste dans un sac en plastique... »

À 6 heures du matin, ce lundi 30 janvier, Yacef, avant de quitter la cave, donne d'ultimes consignes à ses deux lieutenants : jeter les poubelles accumulées dans l'appartement du 1 rue Maïakovski et le nettoyer à fond, pour qu'il n'y reste aucune trace, aucune empreinte. Afin d'exécuter ce travail, les petits doivent acheter des gants en latex, des lingettes et de la lessive au Simply Market. Comme les grandes surfaces n'ouvrent qu'à 8 heures, Zou commence par remplir un grand sac-poubelle noir dans l'appartement. Il y entasse les restes des repas qu'ils ont consommés pendant une semaine, les débris du blouson et du tee-shirt d'Élie, découpés en morceaux... Il y met aussi les clefs avec porte-clefs de celui-ci. Ce sont les clefs qui figurent sur la première photo envoyée aux parents.

Son énorme sac-poubelle sur le dos, le petit Zou, dans l'aube grise, s'engage, à pied, à travers un dédale de rues, jusqu'au rond-point des Martyrs-de-Châteaubriant. Là, à côté du gymnase, derrière des palissades, il sait que se trouvent des bennes à ordures. C'est dans une de ces bennes qu'il balance son sac-poubelle. Une église, d'architecture ultra-moderniste, Sainte-Monique, se dresse non loin. Et un monument à la mémoire des vingt-sept résistants communistes fusillés à Châteaubriant en octobre 1941 : Guy Môquet entre autres, 17 ans.

« Je suis revenu ensuite à la cave pour dire à Kid que je partais travailler, raconte Zou. Je suis livreur de pizzas. Dans la cave, j'avais apporté avec moi le McDo que l'*autre* avait refusé la veille, quand il était dans l'appartement. Je le lui ai à nouveau proposé. Il m'a dit :

« — Alors c'était vrai ?

« Il a compris que je ne blaguais pas. Il était content. Il l'a mangé tout entier et a bu du soda. Ensuite, avant de rejoindre mon boulot, je suis allé chez moi me laver et j'ai *rattrapé mes prières*. Je n'avais pas eu le temps de les faire la veille. »

Zou est un bon musulman.

Kid, de son côté, se rend à la Journée citoyenne, où sont convoqués, chaque année, les adolescents de 16 à 18 ans. C'est obligatoire. Ça leur tient lieu de service militaire, depuis sa suppression en 1997. Dans des locaux administratifs, des adultes gaulois, en civil ou en uniforme, s'adressent (tu m'saoules !) du haut d'une estrade à une assemblée d'ados multiethniques en jean, blouson et baskets. On leur parle de la nécessité d'aimer sa patrie, la France, et, en cas de besoin, de mourir pour elle.

Yacef, qui n'a pas fait son service militaire, a eu droit lui aussi à la Journée citoyenne.

« C'est à cette époque, comme par hasard, me racontera plus tard une locataire du 4 rue Maïakovski, que Filou, notre concierge, s'est mis à astiquer, dès le matin, le hall de l'immeuble. Nickel ! Jusquelà, il n'y donnait qu'un coup de balai en fin d'après-midi. De sorte que, la journée durant, pour le traverser, il fallait enjamber des tas de détritus : emballages graisseux de McDo, cannettes de bière vides, mégots, que les gosses, squattant là toutes les nuits, abandonnaient. Yacef, je le connais... Un soir, je l'ai engueulé parce qu'il se trouvait justement dans le hall. Il m'a répondu :

— Bientôt, c'est nous qu'on sera les maîtres ! »

« Fin janvier, raconte un autre locataire, retraité de la SNCF, Filou nous a fortement déconseillé d'aller dans les caves, "à cause des rats", prétendait-il. On était loin d'imaginer, hélas, ce pourquoi il ne tenait pas, en fait, à ce qu'on s'y aventure... Pour ma part, je croyais qu'il stockait là des marchandises : de l'essence, par exemple.

« Il m'a dit :

« — Au sous-sol, j'ai vu des rats gros... gros comme ça...

« En disant "comme ça", il me montrait son avant-bras.

« Je lui ai rétorqué :

« — Tes rats, c'est pas des rats, c'est des lapins ! »

Afin que les soupçons du voisinage ne soient pas éveillés, Yacef a donné aux geôliers de strictes consignes. Ils doivent éviter, lorsqu'ils sortent de la cave ou y entrent, de croiser des habitants de l'immeuble : « Suffit de prendre garde aux bruits de pas dans le hall et aux mouvements de l'ascenseur. » D'ailleurs, un de ses potes surveille les geôliers sans que ceux-ci ne s'en doutent.

« Les gens du quartier n'ont "tilté" qu'après les faits, quand la presse en a parlé, explique un témoin.

Certains d'entre eux avaient vu passer des "petits" avec des sacs à provisions, rue Maïakovski. Mais c'est après tout ça qu'ils ont compris que c'était la bouffe de l'otage. Les gens sont choqués, ils sont dégoûtés. »

D'autant que les médias, les assimilant aux collabos de Vichy, les accuseront d'avoir su et de s'être tus.

« Je déteste les journalistes, me dit une locataire de la rue Maïakovski, ils nous ont fait passer pour des lâches, des gens qui baissent la tête. »

« Il ne fallait pas supprimer la police de proximité, ajoute un responsable de la Crim', les gens se seraient confiés plus facilement. Le tissu social s'est déchiré… »

Vers 10 h 30, comptant que sa nouvelle stratégie de communication donne de rapides résultats, Yacef appelle, brièvement, d'une cabine téléphonique du boulevard Brune, dans le XIVe arrondissement, la maman d'Élie, Judith (à son numéro professionnel, qu'il a arraché à l'otage). Il lui demande de contacter le rabbin Zherbih, dont il indique le téléphone :

— Respectez les consignes sinon, mercredi, votre fils sera mort, assène-t-il.

Du boulevard Brune toujours, il appelle Daniel, père d'Élie, à 10 h 58, puis 12 h 03, puis 12 h 07, s'affrontant au même mur : sur ordre de la police, Daniel exige de voir son fils physiquement et refuse de procéder, auparavant, à un virement d'argent.

— Mais t'as écouté la bande magnéto où ton fils cause ?

— Oui.

— Ah, tu veux pas alors, enculé, va !

À 14 h 25, Judith décroche encore son téléphone professionnel :

— Allô maman, entend-elle au bout du fil.

C'est la voix de son fils. Ça raccroche aussitôt. Yacef, très certainement, non sans perversion, lui aura fait écouter une bribe de la bande magnéto où ce cri d'Élie était enregistré.

> *I get money, money is got (yeah)*
> *Money I got, money is got (I run New York).*
> *Yeah I smell like the vault*
> *I used to sell dope*
> *I did play the block*
> *Now I play on boats*
> *In the south of France*
> *Baby, St Tropez*
> *Get a tan ? I am already Black*
> *Rich ? I am already that...*

Fifty Cents, *I Get Money*.

Le lendemain, mardi 31 janvier, un grand Noir athlétique, vêtu d'un sweat-shirt à capuche sombre, d'une écharpe sombre, d'un bonnet en laine noire à visière et d'un bas de jogging bleu, arpente le bitume de la rue Guersant, dans les beaux quartiers du XVIIe arrondissement de Paris. Il avise une laverie automatique. En pousse la porte vitrée.

Derrière le comptoir se tient un homme brun, âgé de la cinquantaine, avec des lunettes à montures dorées. Le Black lui lance :

— Bonjour cousin ! Tu peux me rendre un service ? Garder chez toi pour quelques heures cette enveloppe ?

Il tend une enveloppe blanche, épaisse, fermée par du scotch brun.

— C'est pour un client ? lui demande l'homme aux lunettes dorées, gérant de la laverie.

— Non, un ami : monsieur Moïse B. [*Ce nom est inscrit à l'encre bleue sur l'enveloppe.*] Il ne va pas tarder à venir la chercher, d'ailleurs. Il est du quartier.

— Pas de problème.

Le gérant glisse l'enveloppe dans son tiroir-caisse.

Le grand Noir (« qui était calme et posé », dira plus tard le gérant à la police) sort alors de la boutique. Et se met à courir vers l'avenue des Ternes, à côté. Il n'est plus du tout « calme et posé », désormais. Il tourne sa tête de droite, de gauche, fait des mouvements de bras désordonnés. Que cherche-t-il ?

Une cabine téléphonique...

En donnant cette enveloppe à un boutiquier inconnu, Yacef, le grand Noir en question, entame le second acte de sa nouvelle « stratégie communicationnelle ». Ce qu'il compte faire maintenant, c'est appeler Moïse B., destinataire de l'enveloppe – un cousin de l'otage : il a obtenu d'Élie son numéro de portable, après de nouvelles tortures sans doute...

Une voiture de police, remontant l'avenue des Ternes, s'arrête soudain, dans un crissement de pneus, à hauteur de Yacef. D'un bond, terrifié, celui-ci entre dans une boutique, la librairie des Quatre-Vents, au n° 77 de l'avenue.

« Il a vaguement regardé les bouquins à l'étal, me dira plus tard le libraire. Et puis, rapidement, il est sorti. C'est tout juste s'il est resté trois minutes à l'intérieur. »

Sans doute est-ce la première fois que Yacef met les pieds chez un libraire.

Au moment où il quitte le magasin, les policiers, qui, entre-temps, ont garé leur voiture en double file, sautent sur lui, le saisissant aux bras…

— Papiers d'identité ! demandent-ils.

Yacef proteste :

— Qu'est-ce qu'on me veut, j'ai pas le droit de m'balader dans Paris ?

— Vous couriez, vous gesticuliez.

— C'est que j'attends ma meuf, elle est en retard, ça m'énerve. Mais elle va plus tarder…

Les policiers examinent ses papiers, notent son identité, Yacef XXX, né le 2/8/1980 dans le XII\u1d49 arrondissement, Paris, demeurant cité du Cerisier, Bagneux, 92. Ils le fouillent. Ne trouvant rien de suspect sur lui, ils le laissent filer. Le soir même cependant, ils dresseront procès-verbal de cette interpellation. Procès-verbal qu'on retrouvera longtemps plus tard. Trop tard…

Si cette interpellation avait eu lieu juste quelques minutes plus tôt, en effet, Élie eût été sauvé. Les policiers auraient trouvé sur Yacef, en le fouillant, l'épaisse enveloppe blanche, scotchée de marron, qu'il s'apprêtait à déposer au pressing. Ils l'auraient sans hésitation ouverte, imaginant y trouver de la drogue. Le contenu en était bien plus effrayant…

... Yacef bénit Allah le Bienveillant, le Compatissant, qui vient de le tirer des griffes des lépous. Il saute dans le métro Ternes et descend tout au bout de la ligne 2, à Nation, parcourant ainsi le tracé de l'antique mur des Fermiers généraux ceignant jadis le Paris de la Révolution. D'une cabine téléphonique du coin (il ne tenait pas à appeler du quartier des Ternes où on avait relevé son identité), il se hâte de composer le numéro de portable de Moïse B., cousin d'Élie. Il l'a au bout du fil :

— Tu me connais pas, lance-t-il. Tu sais pas qui on est. Je sais qui t'es : Moïse. Rends-toi au pressing de la rue Guersant, il y a une enveloppe pour toi !

— C'est une blague ? demande son interlocuteur.

Yacef raccroche.

« Ce coup de fil, je l'ai reçu comme je me trouvais, avec mon ami Jeff, à la FNAC des Ternes, racontera plus tard Moïse B., 27 ans, employé dans l'immobilier. J'habite le quartier. La rue Guersant est tout à côté. On s'y est rendus aussitôt à pied. Il y avait deux pressings dans cette rue, on est entrés dans le premier. Avisant le gérant, je lui ai demandé :

— Vous a-t-on remis une enveloppe ?

— Quel est votre nom ?

— Moïse B.

— En effet... »

Le gérant sort de son tiroir-caisse l'enveloppe blanche, scotchée de marron, et la tend à son interlocuteur.

— Qui vous l'a remise ? demande Moïse.

— Un jeune Noir, autour de 20-24 ans.

Moïse sort de la boutique accompagné de son ami Jeff. Sur-le-champ, il déchire l'enveloppe. À l'intérieur, il trouve une cassette audio Sony et une photo Polaroid représentant un homme aux jambes nues, serrées, en premier plan, dont on aperçoit une partie du sexe, sous le peignoir blanc occultant son torse. Il a le visage complètement recouvert, sauf la bouche, avec du ruban adhésif argenté, ce qui empêche qu'on l'identifie, du moins à première vue. Sur sa poitrine est posé un exemplaire du quotidien *L'Équipe* daté du jour, 31 janvier 2006, et titrant : « Les Bleus annoncent l'été. » Une série de photos de joueurs de l'équipe de France l'illustre.

Angoissé, Moïse court avec son ami jusqu'à chez lui, rue Galvani, à une centaine de mètres. Il n'a pas d'appareil permettant d'écouter le type de cassette audio, déjà désuet, contenu dans l'enveloppe. Mais il sait que sa concierge en a un. C'est le fils de la concierge qui le reçoit, sa mère étant absente. Il glisse la cassette dans le magnéto. La bande grésille, elle est presque inaudible. Cependant il croit pouvoir distinguer les premiers mots enregistrés :

« *Moïse... C'est Élie, ton cousin... s'il te plaît, n'appelle pas la police.* »

Là, il panique : Élie, c'est bien la voix d'Élie. Et ce garçon, sur la photo, avec ce visage entouré de bandes de scotch, comme celui d'une momie, il en est presque sûr désormais, c'est Élie. Il ne veut pas en écouter plus. Avec son portable, il appelle son beau-frère, Charles, qui habite non loin, avenue des Ternes. Et se rend immédiatement chez lui. Cette fois, ils écoutent ensemble la cassette tout entière. Le contenu en est bouleversant :

« *Moïse… C'est Élie, ton cousin… s'il te plaît… n'appelle pas la police. Je te laisse ce message parce qu'on me retient depuis onze jours. Alors aide-moi, s'il te plaît. Donne-leur l'argent. Débrouille-toi. Mais surtout n'appelle pas la police… et… il faut que tu fasses vite… si tu préviens la police, il va… ils vont me tuer. J'ai peur. S'il te plaît, Moïse, ne me laisse pas…* »

Après une pause, la voix d'Élie, sanglotante, poursuit :

« *Maman, c'est Élie… Maman, s'il te plaît, y'a personne ici, ça fait dix jours que vous devez payer… Maman, je t'en supplie… ne dis rien à la police, s'il te plaît, maman…* »

Après une nouvelle pause, et une séquence inaudible, la voix d'Élie reprend :

« *Moïse… il faut que t'ailles voir ma mère discrètement. J't'en supplie, faut que t'ailles voir ma mère discrètement sans rien dire à personne, pas à la police… Je n'en peux plus, je n'en peux plus… Ils vont me tuer… C'est ma vie qui est en jeu…* »

En arrière-plan, on entend alors une voix, celle d'un des ravisseurs, qui souffle à Élie ce qu'il doit dire :

« *J't'en supplie, ne fais confiance à personne… N'appelle pas la police, va voir ma mère… discrètement, sans rien dire… et va voir sur l'adresse e-mail liberté966@... Le code c'est 147852... Surtout ne dis rien... personne... pas à la police. »*

Cet enregistrement dure 3 minutes et 10 secondes.

Moïse appelle ses grands-parents, qui connaissent bien Judith, mère d'Élie. Ils lui donnent son téléphone. Mais c'est en vain qu'il essaie de la joindre. Les policiers ont passé consigne en effet à Judith et à ses proches de ne plus décrocher. Seul Daniel, le père, qu'ils coachent en permanence, doit s'entretenir avec les ravisseurs.

« Ma démarche auprès du cousin d'Élie avait la même signification que celle que j'ai faite auprès du rabbin Zherbih, expliquera Yacef à la police, une fois sous les verrous. Je pensais qu'il pousserait le père d'Élie à payer la rançon. »

Par le rabbin Zherbih donc, Yacef espérait déclencher le mouvement unanime d'une communauté juive qu'il imagine unie comme les dix doigts de la main ; et par le cousin Moïse, une pression de la famille élargie d'Élie sur le père de celui-ci, Daniel. Cela en passant PAR-DESSUS LA TÊTE DE LA POLICE.

Mais la police, depuis longtemps, tient tous les fils de cette affaire. Par ailleurs, elle a obtenu, de la part des serveurs Internet, une détection plus rapide de la source géographique des messages envoyés par les ravisseurs. En dix minutes, désormais, elle est informée. Et elle compte bien coincer, très rapidement, cet Africain, « portant un bonnet noir », tel que l'a décrit aux enquêteurs le gérant du pressing de la rue

Guersant. La police, par exemple, une fois avertie par Moïse B., a su très vite que la nouvelle adresse, liberté966@... citée par Élie dans son message oral, avait été créée le matin même, à 12 h 01, dans un cyber situé 31 bis rue d'Alésia. Et que le message figurant sur cette adresse avait été envoyé d'une adresse prison966@... créée dans le même cyber. Ce message se résume à ceci : il faut que l'argent soit réuni pour le jeudi 2 février. Ce sera le jour de la remise de rançon. Nous attendons une réponse oui de votre part, à l'adresse prison966, aujourd'hui, mardi 31 janvier, avant 19 h 30...

Sans réponse[1], Yacef, le lendemain matin, court d'une cabine téléphonique publique à l'autre, tout au long de la rue du Faubourg-Saint-Antoine, XIIe arrondissement. Il essaie de relancer Moïse, qui, sur ordre de la Crim', sans doute, a débranché son portable.

À 10 h 01, Yacef lui laisse ce message :

« Ouais, allô, c'est mieux que tu coopères pour ton cousin... Arrête de jouer au con un peu et décroche... Manifeste-toi, sinon il risque de mourir. »

_____

1. Un mail de Daniel, envoyé deux jours plus tard, le 2 février à 10 h 18, de liberté966@ à prison966@, ne sera pas consulté par Yacef : « Je n'ai pas de réponse de votre part, peut-être mon mail ne vous sera pas arrivé. Vous vous êtes sans doute trompé de victime, car nous n'avons pas beaucoup d'argent. Nous nous sommes endettés pour réunir cette somme qui est très grosse pour nous. Je suis toujours d'accord pour un échange. Je vous donne l'argent selon vos instructions. **Donnez-moi garantie que je vais le retrouver vivant.** Répondez-moi. »

À 10 h 19 :

« Allô, Moïse, écoute, calme-toi ! Si tu coopères, ça va bien se passer… c'est tout… tu sais… si tu coopères. Tu nous écoutes : ça va bien se passer, alors allume ton… ton téléphone et réponds-moi sur l'adresse e-mail liberté966@… Le code, c'est 147852. »

Le téléphone, ça n'intéresse pas vraiment la police. Un coup de fil se donne trop rapidement, et il est difficile aussi de coincer celui qui appelle, même si on localise (toujours trop tard !) la cabine d'où il le fait. Un mail, ça prend plus de temps à écrire. Par ailleurs, une vingtaine de cybercafés sont mis sous surveillance (dont le « bureau » de Yacef, avenue Henri-Ravera !), et on a placé des caméras dans certains d'entre eux : ceux qu'ont déjà utilisés les ravisseurs pour contacter la famille d'Élie.

On sait donc que le mail envoyé sur liberté966@… l'a été à partir de l'adresse prison966@… Toute consultation de ces deux adresses, sur le Net, sera immédiatement détectée, et le cyber où elles ont été consultées, localisé. Or, le lendemain, mercredi 1er février, à 18 h 45, un inconnu consulte l'adresse prison966@… En moins de quinze minutes, le cyber concerné est identifié : un établissement du Xe arrondissement, 10 rue de la Fidélité. Aussitôt une brigade volante, patrouillant dans le quartier, est mise en chasse. Elle déboule dans le cyber : cinq minutes trop tard.

C'est « un grand Noir athlétique », portant « un bonnet de laine et une écharpe cachant le bas de son visage », qui s'est servi de l'ordinateur incriminé, explique le patron du cyber. « Il n'est pas resté plus de cinq minutes. Il portait des gants. »

Inutile donc de chercher ses empreintes digitales.

Dès lors, une traque impitoyable commence. Ça ressemble à un *video game*. Les policiers, informés par les firmes Internet et télécom, suivent, quasi instantanément, la course de « l'Africain au bonnet noir » sur la carte de Paris, selon le taxiphone, le publiphone ou le cybercafé dont il vient de faire usage. La police arrive toujours quelques minutes trop tard. Toute à ce jeu, sans doute ne songe-t-elle pas trop à l'otage, et moins encore à la rage qui s'accumule dans l'étrange cœur, sombre, tortueux, du ravisseur.

Première grave erreur de celui-ci : le jeudi 2 février 2006, un froid jeudi d'hiver (0° : autant pour Élie nu dans sa cave), Yacef utilise un cybercafé dont il s'était déjà servi, rue Poirier-de-Narçay, XIVe. C'est de là, en effet, qu'il avait envoyé à la famille la première photo de l'otage, deux semaines auparavant. Indice d'importance pour la police : une caméra, cachée par ses soins dans cet établissement, a filmé le ravisseur. On le voit pousser la porte vitrée de la boutique, à 12 heures, 24 minutes, 48 secondes précisément. Il est vêtu d'un sweat clair (orné d'une lettre « A » sur la poitrine), avec capuche rabattue sur la tête, et d'une écharpe sombre occultant le bas de son visage. Ce visage, on ne le distingue donc que très peu, d'autant que la capuche le couvre d'ombre. C'est tout juste si, sur sa peau noire, le blanc des yeux se découpe, deux gros yeux bien ronds. L'inconnu, semble-t-il, cause avec le patron de la boutique, qui est hors champ. Il lève un doigt en se tournant de trois quarts. Sans doute désigne-t-il le box, muni d'un ordinateur, où il demande à s'installer.

Pendant neuf minutes, l'homme disparaît de l'écran. Le temps pour lui d'envoyer un message. Il est donc très rapide. On le voit réapparaître, de face, au moment où il paie (12 heures, 38 minutes, 58 secondes). Puis il se retourne. Sa silhouette, de dos, avec une capuche pointue, se dirige vers la porte vitrée. Il l'ouvre, sort. La porte se referme. À travers la vitre, quelques instants encore, on l'aperçoit qui passe et s'éclipse. Il est 12 heures, 44 minutes, 24 secondes.

L'inconnu, qui vient de créer une nouvelle adresse, niaks05@..., a envoyé, à partir de celle-ci, vers l'adresse liberté966@..., précédemment donnée à la famille, le message suivant :

« *Pas de flic au rdv sinon on lui coupe un doigt. Rdv 13 h 30 devant le KFC Chatelet. Je serai avec un blouson de cuir noir. Ramener tous les sous. Lui il est dans une voiture à proximité. On ira ensemble le voir. Vous me donnerez le sac.* »

Yacef tombe-t-il dans le piège dressé par la police ? Compte-t-il vraiment se rendre au rendez-vous du KFC ? Ou fait-il un test ? On sait en tout cas, au vu du film tourné par la caméra cachée, qu'il ment sur un point : il ne porte pas de blouson noir. Peut-on croire, par ailleurs, qu'il prendrait le risque de déplacer l'otage, en voiture, de Bagneux jusqu'aux Halles de Paris ?

Que devient Élie dans cette affaire ? Une chose. Un objet de négoce. Entre l'État et un petit voyou. Une sorte de fétiche aussi, sur lequel Yacef, pour passer sa rage, frappe et s'acharne. Une poupée de magie noire qu'on crible d'épingles. Un trésor encore, enterré au fond d'une cave. Un capital dont le récent « propriétaire » enrage de ne pouvoir tirer profit. Cette « marchandise », en effet, ne trouve pas à se « vendre ». Sa cote baisse donc. Mais, avec cette cote, c'est la cote même de Yacef qui s'écroule : à ses yeux à lui, comme à ceux des types de sa bande. Lui, le caïd, ne serait-il qu'un charlot ? Ceux de Bobigny, déjà, le laissent choir. Sniper a des doutes et crève de trouille. Il n'y a plus que les « petits » qui soient fidèles. Encore que l'un d'entre eux ait déserté, Tête de Craie, qu'il faudra remplacer… Yacef est un général sans armée, ou presque. Il avait suscité toutes sortes de rêves. Ces rêves s'écroulent, comme ceux de la Perrette du pot au lait : le pot au lait en l'occurrence est un jeune homme de 23 ans, crevant de froid, pieds et poings liés, nu, au fond d'une cave obscure.

La police craignait qu'en payant une part, ne serait-ce que minime, de la rançon, elle dévaluerait l'otage et augmenterait le risque qu'on le supprime comme témoin gênant susceptible d'identifier ses ravisseurs. Ainsi prêtait-elle à ceux-ci une rationalité : économique du moins. Mais si le ravisseur n'était qu'un fou dont toute résistance rencontrée accroît la rage ?

À cheval sur le scooter T. MAX qu'il conduit ce jour-là (scooter sans doute emprunté à un pote), Yacef s'est-il rendu incognito, à 13 h 30, aux abords du KFC des Halles, boulevard Sébastopol, au centre de Paris, où il devait supposément toucher la rançon et « montrer l'otage » ? Y aura-t-il plus certainement envoyé des comparses ? Son but, dans l'un et l'autre cas, étant non de rencontrer qui que ce soit, mais de tâter le terrain, et de vérifier si la famille d'Élie (ce dont il est quasi sûr) a informé les « keufs » de son dernier mail ? Le dispositif mis en place par la police, ce jour-là, autour du KFC aura-t-il été trop voyant ? Ou plus certainement Yacef n'aura-t-il inventé ce pseudo-rendez-vous que pour déstabiliser davantage ses « adversaires » et les obliger à venir sur son « terrain » : à entrer donc dans son « plan » ? Le fait est que la rencontre de 13 h 30 n'a pas lieu… et qu'une heure plus tard, à 14 h 49, Yacef, qui a fait un bond au nord de Paris, rue d'Aubervilliers (XIXᵉ), crée, dans un cyber, une nouvelle adresse, niaks01@... D'où il envoie, à l'adresse liberté966@..., déjà connue de Daniel, le message suivant :

« *Au rdv il y avait des flics, tu t'es foutu de ma gueule. Maintenant tu vas paye* **comment et ou je veux** *sinon je lui coupe un doigts ce soir et je l'envoie par la poste. J'attends ta réponse à 16 h 30. Réponds à* NIAKS01@... »

Yacef fait ensuite un détour rue de Tanger (XIXᵉ), dans un autre cyber, pour consulter (16 h 55) cette adresse : pas de réponse. À 17 h 23, il se retrouve dans le Xe, 105 rue du Faubourg-du-Temple, à Belleville. C'est un passage couvert qui abrite des marchands de fringues, des couscous, des salons de thé, et une antique boîte de nuit, la Java. Là, dans un nouveau cyber, il crée une énième adresse d'où il envoie un énième message : la famille d'Élie doit se préparer à payer le lendemain matin, « comme je veux ». Il exige une réponse avant 18 heures.

À 18 h 20, il s'est déplacé un peu plus à l'est, dans le quartier de Belleville toujours, rue Jean-Pierre-Timbaud, où s'érige une mosquée, fief islamiste, dit-on[1]. Dans un cyber de cette rue, le cinquième cyber où il entre ce jour-là, il consulte un ordinateur et y trouve ce message, du père d'Élie, visant encore à gagner du temps :

« Je suis d'accord pour payer, ne faites rien à Élie, envoyez vos instructions. »

Entre-temps, son signalement – Africain athlétique, environ 1 m 75, sweat-shirt à capuche, pantalon noir, écharpe noire – a été diffusé dans tous les commissariats de police de Paris, sans que soit évoquée, toutefois, l'affaire de kidnapping où il est impliqué. Une patrouille le repère au moment où il sort du cyber de la rue Jean-Pierre-Timbaud. Il détale vers le boulevard de Belleville, abandonnant son scooter garé on ne sait trop où. Des policiers aux

---

1. La mosquée Omar aurait été un rendez-vous des salafistes. Elle a été le lieu, par ailleurs, d'un fait divers tragique : en 2005, un jeune homme, sous prétexte d'exorcisme, y a été battu à mort.

trousses, il cavale vers la place Belleville, sur le trottoir droit du boulevard.

La Goulette, Belle-Vie, Hunza, El Benzarbi, restaurants casher et hallal se succèdent tout au long de sa course. Des boutiques africaines et chinoises aussi. C'est un quartier où les mondes maghrébin, séfarade, subsaharien et asiatique s'imbriquent intimement. Il dépasse une synagogue et, se confrontant à la boucherie casher Henrino (volaille, triperie, charcuterie), tourne sur la droite, dans la rue Lemon, puis la rue Desnoyer. Ce sont des rues étroites, pavées à l'ancienne, pleines de magasins orientaux... Yacef, « flics » aux talons toujours, emprunte, sur la gauche, la rue Ramponeau, qui escalade les flancs de la colline de Belleville. Ici, il est chez lui, c'est son antre, son refuge. Nombre de foyers d'ouvriers africains sont lotis là. Femmes en boubou, hommes en djellaba animent le quartier. Il y connaît plein de potes : plus haut, la rue Piat, où se dresse une cité peuplée de Blacks, est un carrefour du trafic des stupéfiants. Slalomant à travers les ruelles, les parkings, les terrains vagues, il a tôt fait de semer ses poursuivants.

Il respire.

Accoudé à une des balustrades du parc de Belleville, qui domine tout Paris, et contemplant à ses pieds cette ville immense où il est né, se sera-t-il dit, exalté d'avoir une nouvelle fois roulé les keufs, cette phrase qu'il avait lancée déjà à une locataire de la rue Maïakovski :

— Bientôt, c'est nous qu'on sera les maîtres !

Rastignac d'une Europe postindustrielle naufrageante : Paris, à nous deux !

Sur les hauteurs de Belleville, rue des Envierges, juste en face d'une cité multiethnique, se trouve un troquet, Au vieux Belleville. Le week-end, on y joue des airs d'accordéon, on y danse, on y chante. Aux murs, des photos de Piaf, Maurice Chevalier, Trenet. La clientèle, en majorité gauloise, a les cheveux gris. Quelques bobos s'y mêlent. On croirait voir les acteurs d'un film de Carné, en noir et blanc, qui continuent, outre temps, de jouer leur rôle dans un univers de signes décalés. En porte-à-faux.

« *Sous les ponts de Paris, lorsque descend la nuit*
Tout' sort' de gueux se faufilent en cachette... »

Une heure plus tard, sur son scooter T. MAX (comment l'a-t-il récupéré entre-temps ?), Yacef se retrouve à Bagneux. Rue Jean-Marin-Naudin, il croise la blonde Maëlle, alias Mam', qui s'avance vers lui, à pied, sur le trottoir, vêtue d'un survêt asexué. Il stoppe à sa hauteur, gardant son moteur allumé. Casqué, une écharpe sombre nouée autour de la bouche, il est peu reconnaissable.

— Sa... sa... salut, Mam' ! lance-t-il d'une voix que l'émotion fait bégayer.

Il ne s'est pas encore remis de sa partie de cache-cache avec la police.

— J'me suis fait courser par les schmitt ! poursuit-il.

Mam' a la tête ailleurs. Elle se sent amoureuse. Elle vient de renouer en effet avec Ziz, son petit copain franco-comorien. Ils avaient rompu trois semaines avant. Il l'avait rudoyée...

— Où c'est qu'tu t'es fait courser ?

— En sortant d'un cyber, à Paris. J'crois qu'on m'a balancé ! Et Zelda ?...

— Elle file le grand amour avec Cappuccino. Et... Et l'*autre* ?

— L'*autre* ? J'vais lui couper un doigt et l'envoyer par la poste à sa famille. Le père veut pas payer...

— Vaut mieux le garder en bonne santé, rétorque sagacement Mam'. Ça sera une bonne carte pour toi par la suite...

On n'abîme pas son capital.

Yacef démarre. Sans prendre le temps de répondre...

Deux minutes plus tard, il passe devant son « bureau », avenue Henri-Ravera. Du cyber Inter-comm, il voit sortir une armoire à glace, Marcel, alias BigMac, 19 ans, 1 m 87, 80 kilos bien découplés, sweat, pantalon de jogging, baskets. Au-dessus d'une bouche pulpeuse, le jeune homme porte une mous-tache clairsemée. C'est un Martiniquais, catholique pratiquant. Il est arrivé en France il y a deux ans. Il a le Bac, prépare un BTS commercial. Il vit chez sa tante, rue Verdi, Bagneux. Il n'a pas le sou.

BigMac est complètement étranger à la bande. Il ne connaît Yacef que vaguement. Mais il a déjà été approché par Kabs en vue d'un « job » que voudrait lui proposer Yacef. BigMac pense à une affaire de drogue.

— Eh, cousin ! Tu veux un petit taf ? lui lance Yacef, en garant son scooter devant Intercomm.

— Pourquoi pas !

322

Côte à côte, à pied, ils se rendent dans le parking, derrière la sandwicherie Miam-Miam, qui ouvre sur le cimetière de Bagneux. Ils partagent un joint en regardant les tombes, à l'infini. Il fait froid. C'est bon d'aspirer la fumée âcre de la beu.

— T'as du temps libre en ce moment ? demande Yacef pour tâter le terrain.

— Pas mal, oui.

— Tu veux gagner du fric ?

— Comment ?

— Tu verras… C'est une mission, c'est du sûr, c'est bien payé et ça dure trois jours. Il s'agit de remplacer quelqu'un… faire un roulement… T'as un téléphone où on peut t'appeler ?

— Non, mon portable est bloqué. Plus d'abonnement…

— J't'en donnerai un plus tard. Faut que tu m'accompagnes maintenant.

Il est 20 heures. BigMac est un géant, mais sa tante le fait filer doux. Il doit être à table à l'heure, pour dîner. Et doit rentrer le soir avant 22 h 30. Comment ne pas obéir, c'est elle qui l'entretient…

— Tout de suite, c'est impossible… Mais on peut se voir dans une heure, après le repas, dit BigMac, je serai cité du Cerisier…

BigMac remarque que Yacef est mal à l'aise. Qu'il y a du « stress dans sa voix ».

Une heure plus tard, Yacef va le chercher. BigMac cause avec des potes, « tenant le mur » dans un hall du Cerisier.

— Suis-moi, lui dit-il, prenant un air mystérieux.

La nuit est obscure.

Ils marchent jusqu'à la rue Maïakovski. Entrent dans le hall n° 4. Yacef, qui précède BigMac, descend, sur la gauche, les escaliers menant aux soussols. Ils s'avancent dans un corridor mal éclairé, tournent une fois, puis une autre fois sur la droite. Arrivent devant la porte en acier orange. Yacef y frappe deux coups précipités, suivis par un coup isolé. La porte s'ouvre de l'intérieur : sur une pièce plongée dans l'obscurité.

— C'est bon, vous pouvez allumer ! dit Yacef.

Deux mecs, bonnet sur la tête jusqu'aux yeux, la bouche cachée par une écharpe, se dressent alors en face de BigMac. Ils ont consigne d'éteindre la lumière dès qu'ils entendent du bruit au-dehors. Yacef murmure à l'oreille de l'un d'eux quelques mots.

Les mecs s'en vont.

Il ferme la porte de l'intérieur.

« J'ai vu qu'il y avait dans la pièce une grosse machine, bruyante, genre chaudière, racontera BigMac plus tard. En fait, on n'était pas dans une cave mais dans un local technique. Au fond, à l'opposé de la chaudière, se trouvait une sorte de puits carré, de 30 cm de côté, d'où sortait une barre métallique reliée à la chaudière. Près de ce puits, j'ai aperçu comme un tas de linge : une couette blanche enroulée. Cette couette, soudain, a bougé. J'ai compris qu'il y avait quelqu'un dedans. Un bout de tête en sortait. Cette tête était complètement scotchée avec de l'adhésif argenté. La couette elle-même, pour qu'elle ne se déroule pas sans doute, était entourée avec de l'adhésif. Sur le coup, ça m'a paniqué… J'arrivais pas à y croire. On voit ça qu'à la télé ! »

— Maintenant, TU SAIS ! lui lance alors Yacef sur un ton menaçant. Si tu parles, c'est fini pour toi ! Ce mec, faudra que tu le gardes, en roulement avec les autres…

BigMac a donc été « élu » pour remplacer, comme geôlier, le déserteur Gérard.

Yacef s'assied sur le sol crasseux et humide de la cave. BigMac comprend qu'il doit s'installer à ses côtés, pour lui tenir compagnie…

— Le soir, dit-il, cherchant à se défiler, je dois être chez moi sans faute à 22 h 30.

— Eh bien, tu le garderas dans la journée. Si t'as peur de faire des petits trucs comme ça, c'est que t'es un jeune con qui sert à rien !

À ce moment-là, l'otage s'agite sous sa couette.

— Quand il bouge ainsi, explique Yacef, c'est qu'il a besoin de quelque chose.

S'adressant alors à Élie, il ajoute :

— Qu'est-ce que tu veux, fumer, boire, manger, pisser ?

« Élie voulait pisser, confiera BigMac, longtemps plus tard, à la police. Yacef s'est levé et m'a montré comment faire, dans ce type de situation. Il a tendu à l'otage une grande bouteille vide d'Oasis. Malgré ses menottes, l'otage l'a prise avec ses mains. Puis, s'allongeant sur le côté, il a uriné. »

Au fond de la cave, plusieurs bouteilles, vides les unes, pleines d'urine les autres, sont entreposées.

— Dans la journée, j'ai un stage ! dit BigMac, reprenant leur conversation interrompue, et cherchant toujours un moyen de s'esquiver.

— Arrange-toi avec les autres selon tes horaires.
Ne crains rien, ça va bien se passer… Et comme y'a
des risques, t'auras une récompense. Évidemment, si
tu te défiles, et qu'il y a des problèmes ensuite, je
saurai d'où ça vient…

« Il ne m'a pas dit ce qu'il me ferait alors, raconte
BigMac, mais j'ai compris que je ne pouvais pas
RECULER. J'étais bloqué, pris au piège… Je craignais que lui, ou des gens de sa bande, s'en prennent
à ma famille. Il savait où j'habitais. Il affirmait que
derrière lui il y avait une grosse équipe. Je ne me
méfiais pas vraiment de lui, mais d'autres gens, que
je ne connaissais pas. Yacef paraissait très décidé. »

— J'ai pris de gros engagements, dit-il à BigMac.
Je n'accepterai aucune erreur. Des mecs me réclament du fric… Ces mecs me mettent la pression…

Dans la nuit, vers 3 heures du matin, Yacef passe
chez ses parents, où il ne dort plus, car c'est trop
dangereux. Il y récupère quelques papiers. Se glisse
dans la chambre de sa petite sœur Rita, 14 ans, pour
regarder discrètement par la fenêtre qui donne sur le
parking, en contrebas : personne, semble-t-il.

Rita se réveille :

— Ne parle pas ! dit Yacef.

Il aime beaucoup sa petite sœur. C'est la seule à
qui il se confie un peu. Ainsi lui a-t-il montré la photo
de sa copine ivoirienne, Mayaki, lui disant : « C'est
mon amie, je l'aime. » Il veille aussi aux fréquentations de Rita. Il l'a engueulée quelques fois, parce
que, disait-il, elle « voyait des gens pas bien ». Il lui
reproche de sortir avec des lycéennes qui ont des

petits amis. Yacef est « moral », il tient à la pureté de sa frangine…

— Recouche-toi, lui dit-il.

Il s'en va.

Le matin, Yacef était allé chercher son passeport, avec un nouveau visa, à l'ambassade de Côte d'Ivoire, à Paris. Il avait acheté aussi un vol Air France, à tarif réduit, départ deux jours plus tard, le 4 février, et retour le 11 février. C'est le délai qu'il s'est donné pour faire payer la famille d'Élie, malgré les flics, *comme il veut et où il veut.*

BigMac, en roulement avec Zou et Kid, garde l'otage. Entre-temps, Kabs, dégoûté, donne sa démission. Il est aussitôt remplacé par un certain Bernard, alias Bibi, Martiniquais de 18 ans, déscolarisé, dont la mère, femme de ménage dans un collège, entretient, seule, trois enfants.

Cependant, Kabs revient souvent à la cave, par désœuvrement sans doute, dans l'espoir aussi de toucher malgré tout une part de son fric.

« Et parce que j'avais peur qu'IL meure ! expliquera-t-il plus tard au juge d'instruction. Il avait froid. Il pouvait tomber malade. »

Ou devenir fou ?

« Il perdait la notion du temps », affirme Kabs…

BigMac ignore qui est l'otage. Il ne se doute donc pas, du moins au début, que c'est un Juif. De même Bibi.

À la différence des autres geôliers, BigMac cause avec Élie :

328

« J'essayais de le rassurer, explique-t-il, je lui disais qu'il allait partir, mais en même temps je n'osais pas trop lui faire de promesses. Je lui ai offert des cigarettes… »

Seul avec Élie, BigMac lui délie les pieds et l'autorise à faire des mouvements de gymnastique.

« Il se plaignait que les menottes le serraient trop. J'essayais aussi de le soulager en les faisant glisser légèrement autour de ses poignets. »

Il tente par ailleurs de le nourrir correctement, rapportant de chez lui des vivres (« Je lui ai préparé des sandwichs baguette avec du blanc de dinde dedans »).

La défaillante logistique de Yacef pèche donc aussi côté ravitaillement. Le peu d'argent qu'il a donné aux geôliers pour les « repas » d'Élie ne suffit pas.

« J'lui achetais des croissants et des petits Yop, dira Zou aux policiers, je payais avec mes sous. »

« Un soir, raconte de son côté BigMac, Élie m'a dit qu'il n'avait rien mangé depuis deux jours. Je lui ai donné un sandwich. J'en avais deux. J'avais à peine entamé le mien, qu'il avait déjà fini. Je lui ai alors offert une moitié de mon propre sandwich… Plus tard, j'ai parlé de ça aux autres geôliers, ils m'ont répondu :

— Il ment, on lui a donné à bouffer. S'il a dit ça, c'est qu'il en voulait davantage. »

Élie, en quelque sorte, c'est un goinfre : il exigeait du « rab ».

Plus grave, BigMac remarque, sur le corps de l'otage, de petites taches rouges, rondes, à hauteur des côtes (brûlures de cigarette), des griffures sur les bras, les cuisses et le dos, des bleus.

BigMac ne s'en révolte pas pour autant. Les psychiatres le décrivent comme un être « mou, lent, passif, sans volonté ». Un soir qu'il vient remplacer deux geôliers, Kid et Bibi, ceux-ci lui lancent en s'en allant :

— T'inquiète, il te dérangera pas ! Il chipotait trop. On lui a fait comprendre qu'il devait rester tranquille...

« Après leur départ, explique BigMac, j'ai parlé avec Élie. Il m'a dit : "Tes amis, ils n'ont pas été gentils avec moi !" J'ai tout de suite compris qu'ils l'avaient battu. En effet, quand j'ai fait un pas dans sa direction, il s'est recroquevillé sur lui-même, comme pour se protéger. »

« Kid ne lui a donné qu'une gifle, assure Bibi. Et je lui ai dit tout de suite d'arrêter. »

1 m 77, 76 kilos, teint sombre, visage enfantin, cheveux ras, Bibi n'a obtenu ni son BEPC ni son BEP d'électricité : « Les études, vas-y, ça me saoule, j'ai arrêté ! Je suis pas un intellectuel... »

Il aime la boxe thaïe et le basket.

« Sans père, disent de lui les psychiatres, son "surmoi" s'est mal mis en place. » L'ensemble des membres de la bande paraît avoir quelque dysfonctionnement du côté du « surmoi » en effet...

Au premier procès (2009), la présidente de la cour d'assises demandera à Bibi :

— Pourquoi avez-vous accepté d'être geôlier ?

— Pour l'argent.

— Et si on vous avait proposé de participer à un meurtre, vous auriez accepté aussi ?

— Oui !

Se tournant effarée vers son client, l'avocate de Bibi lance à celui-ci :

— Vous vous rendez compte de ce que vous venez de dire ?

Bibi de rétorquer :

— Je suis pitoyable !

Le 4 février donc, Yacef, que Cappuccino, au volant de sa Twingo, accompagne jusqu'à Roissy, prend le vol Air France n° 702 à destination d'Abidjan. Il décolle à 13 h 55. Arrivée 18 h 05 heure locale. Il s'installe à l'hôtel Ken'ti, dans le quartier de Marcory (hôtel où les soldats français de la force Licorne et les prostituées du pays ont leurs habitudes)... Mayaki, une fille du coin, sa petite amie, l'y rejoint. À partir de taxiphones anonymes, mal géolocalisables par la police française, il appelle alors, dès le lendemain, le père d'Élie.

Yacef exige une fois encore, pour le 6 février, à 9 heures du matin, que Daniel se présente devant le KFC des Halles muni de 100 000 euros, d'un ordinateur portable, d'un téléphone, et accompagné par dix personnes en possession de leur carte d'identité.

Mais à 9 heures du matin, le 6 février, Daniel ne se trouve pas devant le KFC...

— Je n'ai pas d'amis qui veuillent m'y accompagner, explique-t-il à Yacef au téléphone.

Yacef perd les pédales. Comme l'a dit Krack, son plan ne marche pas. Il menace : « J'vais… J'vais lui couper un doigt à ton fils… et puis ce sera un autre doigt, et puis un autre encore ! » ; parfois il semble désespéré : « Tu… tu… tu m'prends pas au sérieux, tu… tu m'traites comme ton petit chien ! »

Sa tête bouillonne. En plein désarroi, il invente un nouveau plan, de dernière minute : vers les 10 heures du matin, ce même jour, il se rend dans l'officine louche d'un commerçant du quartier d'Abobo, à Abidjan : un certain Sidi B., qui a organisé un ingénieux système de compensation financière entre l'Afrique et l'Europe. Sans lui révéler l'origine criminelle des fonds, il lui explique qu'il veut se faire envoyer 100 000 euros de France. Sidi B. tique un peu sur l'importance de la somme. Mais lui donne cependant le numéro de portable d'un Guinéen, vivant à Paris, Amadou D. Celui-ci pourrait y encaisser l'argent…

Les choses, selon ce nouveau plan de Yacef, devaient marcher de la façon suivante : Amadou reçoit les 100 000 euros de la main de Daniel (à qui précédemment il devra téléphoner pour fixer un rendez-vous). En échange de l'argent, Amadou donne à Daniel un numéro de code. Ce code, Daniel le communiquera à Yacef, au téléphone. Muni du code, Yacef pourra toucher un équivalent de la somme à l'officine de Sidi B. (ultérieurement, lors d'un voyage d'affaires en Europe, celui-ci récupérera son dû auprès d'Amadou, auquel il versera une commission).

C'est un système très usité en Afrique, qui permet d'éviter les frais, importants, perçus par Money Gram ou Western Union. Mais la combine de Sidi

B. et d'Amadou ne fonctionne que pour de petites sommes : 100, 500 euros. 2 000 au maximum. Parfois 20 euros seulement. Elle est destinée aux travailleurs immigrés qui envoient des sous à leur famille restée en Afrique. 100 000 euros, c'est impressionnant !

Lorsque Yacef, en pleine divagation, appelle d'Abidjan le portable d'Amadou (qu'il ne connaît ni d'Ève ni d'Adam), celui-ci, d'accord au début pour procéder à une « compensation », tombe des nues quand il apprend la somme concernée. 31 ans, titulaire d'une maîtrise de droit et de trois différentes identités lui permettant d'avoir autant de comptes en banque, Amadou, alias monsieur Durseau, alias monsieur Dubout, vit très bien de son trafic. Il n'est donc pas tombé de la dernière pluie. Loin d'imaginer, cependant, qu'on essaie de transférer ainsi, *via* sa personne, une rançon, il pense plus simplement qu'il s'agit de faux billets. Yacef fixe entre lui et Daniel un rendez-vous, place Clichy, à partir de midi, devant le Bistrot romain. Daniel y fera en vain le pied de grue, avec en main une mallette contenant 100 000 euros (et munie d'un système électronique permettant de la géolocaliser). À bout de nerfs, désespéré, il aura tout le temps d'étudier, sur la place, la grosse Gauloise en bronze, debout sur un piédestal de huit mètres de haut, figurant les héros de la garde nationale résistant à l'envahisseur russe, en 1814 (chef-d'œuvre d'Amédée Doublemard, 1826-1900).

Des policiers, en planque sur la place, le surveillent, de loin. Il n'est bien entendu pas question que la rançon soit remise. Ils sont là pour arrêter le ou les ravisseurs.

Amadou cependant, qui n'a nulle envie de se rendre à ce rendez-vous, est harcelé, comme Daniel d'ailleurs, par les coups de fil de Yacef :

— Alors, où ça en est ?

Pour sortir, diplomatiquement, de cette situation, Amadou prétendra qu'il ne peut accepter cette somme sans que soit vérifiée l'authenticité des billets. Qu'il ne dispose pas à Paris de machine permettant cette vérification, mais qu'il est possible de le faire à Bruxelles. À la demande de Yacef, il prend la peine de téléphoner – à 17 h 25 – au malheureux père d'Élie, qui tourne en rond depuis des heures sur la place Clichy avec l'argent…

— Il faut aller à Bruxelles pour vérifier les billets, lui dit-il.

Sur recommandation de la police, avec laquelle il est en liaison continue, Daniel refuse…

— Je n'irai pas à Bruxelles.

— J'peux pas apporter ici l'appareil qui permet de vérifier les billets, rétorque Amadou.

— Eh ben, je m'en vais.

— OK !

Yacef est aux abois :

— Faut *faire un geste*, n'importe quoi, lance-t-il au père d'Élie qu'il rappelle. J'vais LEUR dire quoi ?

Par ce LEUR, il fait référence aux gens de sa « bande », qui, à ses dires, sont prêts à « mettre en sang » Élie, et même à lui faire sa fête à lui, Yacef. Celui-ci demande à Daniel de lui transférer un acompte (« histoire de LES calmer ») : 5 000 euros, par Western Union. Il lui donne le nom de la fille, une certaine Fatou X, vivant à Abidjan, quartier de Cocody, Côte d'Ivoire, à qui le virement doit être adressé. Les policiers ont bien sûr, depuis longtemps, déterminé le pays d'origine de ses coups de fil, mais c'est la première fois que Yacef le révèle. Il perd donc complètement les pédales. C'est qu'il est à sec…

— Je ne ferai pas de virement ! dit le père, sous la dictée des policiers. Je veux voir mon fils d'abord…

— C'est quoi, ça ? s'exclame Yacef. Je te demande gentiment de m'envoyer 5 000 euros, et tu ne le fais même pas ?…

Les menaces de représailles, à l'égard d'Élie, deviennent de plus en plus effrayantes. Yacef passe commande aux « autres » d'une nouvelle photo de l'otage, « avec la gueule défoncée ». Ça fera réfléchir les parents et les flics !

Le 7 février, après une série de coups de fil délirants, Daniel reçoit ce courriel (19 h 52) : « *Vivement demain que tu voyes ton fils en sang, ça va t'aider à réfléchir car nous sommes sur l'escale* [l'escalade] *de la violence, bonne nuit, bisous.* »

À 20 h 05 lui parvient un autre courriel : « *À l'attention du RAID ou du GIGN vous mettez la vie du jeune en peril votre mission est de protéger les innocents ben bravo ou sinon vous etes prêt de mettre sa vie en peril juste pour m'arreter alors continuer vous etes sur la bonne route.* »

« Pourquoi, déclarera l'avocate d'un des geôliers, à chaque exigence, par le ravisseur, d'un virement, a-t-il été répondu, systématiquement, par une fin de non-recevoir, quand monsieur Daniel… ne raccrochait pas. Ce virement n'aurait-il pas facilité la recherche de la trace des ravisseurs ; pourquoi a-t-on dit à monsieur Daniel… de refuser de se rendre au Châtelet avec les dix personnes réclamées ?… Pourquoi a-t-il été refusé de faire un virement à la Western Union de 5 000 euros… ce qui aurait permis aux policiers, qui, il faut le rappeler, ne disposaient d'aucun élément et reconnaissaient ignorer tout des ravisseurs, de s'en rapprocher ? »

C'est que les policiers ont noté une chose : lorsque Daniel raccroche au nez de Yacef, celui-ci a tendance à envoyer un mail juste après, ce qui peut permettre de le géolocaliser et de le coincer donc dans un cybercafé. Par ailleurs, l'enquête a accompli un grand bond en avant. On vient de faire le lien, en effet, entre l'enlèvement d'Élie et la tentative de kidnapping à l'encontre de Moshe, ce commerçant de confession juive qui, dragué par une jeune fille (se faisant appeler Malena), avait été furieusement battu dans un hall d'immeuble d'Arcueil où elle l'avait conduit. De plus, l'étude des numéros appelés par le portable de cette Malena (en fait Natacha) a permis d'identifier un autre individu, de confession juive encore, qu'elle avait essayé de séduire, Zacharie : Zacharie dont le copain Benny, qui s'était fait passer pour son frère, faillit lui-même être enlevé. Personnage interlope, Zacharie n'avait pas porté plainte.

Le 7 février, quand la police l'interroge, il prétend ne se connaître aucun ennemi. Omettant donc d'évoquer ce Khaled, vivant à Bagneux, auquel depuis plusieurs années il devait 3 000 euros. Khaled, on s'en souvient, avait été le commanditaire de Yacef dans l'opération contre Zacharie...

Khaled, s'il avait été dénoncé par Zacharie à la police, aurait permis à celle-ci de remonter directement jusqu'à Yacef : donc de sauver Élie.

Munis d'une photo de l'« Africain en sweat et à bonnet noir » filmé par une caméra cachée dans un cyber du XIVe, deux inspecteurs se rendent à Bagneux, le 9 février, en compagnie de Moshe. Il va leur montrer l'endroit où, un soir, il a raccompagné en voiture la prétendue Malena. L'auto banalisée des inspecteurs s'arrête, avenue Henri-Ravera, juste devant le Karcher, quartier général du chef du « gang des Barbares ». Une brève enquête de voisinage est faite. Les gérants de la sandwicherie Miam-Miam et du cyber Intercomm sont interrogés, mais comme pour une enquête de routine. Aux policiers du commissariat de Bagneux, on montre la photo. Ça n'aboutit à rien. Pourtant, dans leurs fichiers, ils possédaient des photos anthropométriques de Yacef : vêtu d'un sweat-shirt crème Adedi, celui-là même qu'il portait lorsque l'avait filmé la caméra cachée du cyber.

Élie, à quelques centaines de mètres de là, gît, nu, tremblant de froid, au fond de sa cave, rue Maïakovski.

> *Chacun doit se rendre souple et maniable aux intérêts d'autrui, qui ne renversent pas les siens propres et nécessaires. Celui qui enfreint cette loi est barbare, ou, pour m'expliquer plus doucement, fâcheux et incommode à la société civile.*
>
> Thomas HOBBES,
> *Éléments du citoyen.*

À l'Ourson est une minuscule boutique sise avenue de la République, à Montrouge, près du périphérique et de la porte d'Orléans. Elle existe depuis 1958 : à l'époque, il n'y avait pas de périphérique et, tout autour, s'étendaient des terrains vagues, des jardins d'ouvriers avec leurs petites cabanes. Au début, on y vendait des jouets, mais, avec la concurrence des grandes surfaces, on s'est reconverti dans les déguisements en location et les farces et attrapes. Dans la vitrine, des ours électroniques en peluche, vêtus d'une salopette, se balancent éternellement. On peut y acheter des boîtes de bonbons qui sautent, des coussins péteurs actionnés à distance par une télécommande, des asticots en plastique pour mettre dans la salade...

— Vous n'auriez pas du *faux sang* ? demande, ce

7 février, vers les 16 heures, un grand gosse en jogging, aux cheveux crépus coupés ras : Bibi.

— Non, on n'a pas de *faux sang*, dit la vendeuse.

(« Il s'agit de gélules contenant une teinture rouge
pour les gens qui veulent jouer les vampires à Hal-
loween », m'expliquera la patronne de la boutique.)

— Et des fausses cicatrices ?

— Non plus…

À l'Ourson est une caverne d'Ali Baba. On y
trouve tout. Mais pas ce genre d'articles. La tête dans
les épaules, Bibi s'en va reprendre, non loin, le bus
128, pour retourner à Bagneux. Il y rejoint Sniper et
BigMac qui l'attendent, rue Stravinsky. Ce sont eux
qui lui ont confié cette bizarre « mission ».

Une heure auparavant en effet, BigMac, devenu le
nouvel intermédiaire de Yacef (qui lui a offert un
vieux Nokia muni d'une puce), avait reçu ce coup de
fil d'Abidjan où le « Boss » avait demandé qu'on
« défonce la gueule de l'otage, qu'on le mette en
sang, pour prendre ensuite une photo qui fera réfléchir la famille et les flics ! ».

Sans doute aura-t-il fallu à Sniper et à BigMac de
terribles efforts d'imagination avant d'accoucher
de cette idée : pourquoi ne pas maquiller tout bonnement le visage d'Élie avec du *faux sang* au lieu de
le battre réellement[1] ?

Bibi n'ayant pas trouvé de *faux sang*, devaient-ils

---

1. Tête de Craie aurait déjà proposé, quand il était geôlier,
d'utiliser du « faux sang ». C'est le frère de la petite amie de
Sniper qui serait alors allé en chercher, en vain, au supermarché
Cora. Il ignorait l'usage qu'on en ferait.

s'aligner sur le diktat de Yacef ? Après dix-huit jours de séquestration, Élie, épuisé, ne supporterait pas un passage à tabac. Il en mourrait...

— Et si on lui coupait la joue avec un cutter ! propose Bibi. Une toute petite entaille. Ça saignerait beaucoup, sans faire trop de mal...

C'est la solution qu'ils choisissent.

Plus tard, quand la police leur demandera pourquoi ils n'ont pas utilisé de la peinture rouge, du vernis à ongles ou de la sauce tomate, qui auraient pu tout aussi bien jouer le rôle de *faux sang*, ils ne surent que répondre...

— Moi, j'suis allé dans la boutique où on m'a dit d'aller, pas ailleurs ! a expliqué Bibi.

L'Ourson ne vend pas de sauce tomate en effet.

D'ailleurs, n'était-ce pas du *vrai* « faux sang » qu'il leur fallait ?

...

— T'as pas un cutter, j'vais le faire ! propose Bibi.

« Je ne savais pas si Bibi, BigMac et moi avions la même définition de ce que c'est : la photo d'un type "en sang", expliquera plus tard Sniper à la police. Confier ce boulot à des "petits", c'était risquer que ça tourne mal. J'ai aussi préféré faire ça moi-même... Pour moi, tout était fichu. Je ne croyais plus vraiment que Yacef toucherait la rançon. Mais cette photo, malgré tout, ne pourrait-elle pas, comme il le pensait, activer les choses ? Avec ce coup de cutter, j'abrégeais aussi le calvaire de l'otage en rapprochant sa possible libération... »

340

— Je passerai à la cave vers 23 heures, dit Sniper à ses deux compagnons. J'aurai ce qu'il faut…

Il possède en effet un cutter. Il l'a acheté pour découper le papier peint dont il a recouvert les murs de la chambre de ses enfants. La lame, comportant initialement dix segments sécables, n'en a plus que six. C'est avec ce sixième segment qu'il se propose de blesser Élie.

Quand, à 23 heures, il descend dans les sous-sols du 4 rue Maïakovski, Sniper trouve Bibi et BigMac assis dans le couloir donnant sur le local technique. La porte d'acier orange en est ouverte. Ils sont en train de dévorer d'énormes sandwichs grecs.

— Comment il va ? murmure Sniper à voix basse.

— Ça va.

— Il a mangé ?

— Non.

— Faudrait peut-être lui donner à manger AVANT…

Sniper a son cutter dans une poche de son blouson Athomiks. Il a aussi l'appareil photo numérique Samsung, déjà utilisé pour une précédente photo, et *Le Parisien* daté du jour : 7 février.

« On l'a fait manger, racontera-t-il plus tard. Pour qu'il ait des forces. Ça nous faisait pitié, vraiment, de le voir ainsi, assis par terre, mastiquant en silence, les yeux bandés. Il avait l'air misérable… Après avoir mangé, il a bu, de l'eau, je crois. »

L'un des geôliers force alors l'otage à se recoucher, sur le côté, la tête posée sur la première page du *Parisien*, étalé par terre. Sniper, tel un chirurgien avant l'opération, enfile de gros gants de laine sales et sort son cutter :

« Je lui ai donné un petit coup bref, sur la joue, juste en dessous de l'adhésif cachant ses yeux. Il a eu un sursaut, mais il n'a pas crié. »

— Tu y es allé trop fort, putain ! s'exclame Big-Mac.

— J'y peux rien, maintenant c'est fait…

(« Ça m'a choqué, expliquera Bibi, trois ans plus tard, devant la cour d'assises, mon cœur a fait un truc bizarre, comme si ça montait, ça descendait. »)

Étrangement, ça ne saigne pas. Il faut que Sniper soulève un peu l'adhésif, collant à la peau de la joue, pour que le sang commence à sortir. Et se mette à sinuer entre les poils de la barbe de la victime, assez fournie désormais.

La blessure, comme le démontrera l'autopsie ultérieure, mesure six centimètres…

— Ça chauffe, murmure Élie, à travers le scotch obturant mal sa bouche.

Sniper enlève ses gants et sort son Samsung. Comme les autres maintiennent toujours le visage d'Élie pressé au sol, contre *Le Parisien*, il braque l'objectif et appuie sur le bouton. Le flash se déclenche.

Mais aucune photo n'apparaît sur le mini-écran numérique. Celui-ci s'allume, s'éteint, s'allume, comme deux semaines auparavant, lors de la précédente photo.

— Merde, j'ai pourtant remplacé les piles, dit Sniper. Ça doit être un faux contact…

— Non, je pense que c'est les piles qui sont nazes, dit Bibi. On va en acheter demain et réessayer…

— Faudra acheter aussi un désinfectant pour la blessure, dit Sniper. Moi j'ai plus de fric, allez en demander à Cappuccino.

— Cappuccino ? demande BigMac. C'est qui ?

— Le grand Martiniquais de la cité des Poiriers.

Bibi est de garde pour la nuit. Dès l'aube du 8 février, Kid, contacté par Sniper, arrive avec le Samsung en état de marche. Ils refont la photo, le visage d'Élie pressé au sol contre *Le Parisien*. Le sang a séché. Mais on voit bien, cependant, la cicatrice. Il s'agit maintenant d'envoyer ce cliché au plus vite à Yacef qui le réclame à cor et à cri. Sa crédibilité vis-à-vis de la famille d'Élie et des « flics » en dépend : il a proféré des menaces, elles doivent se concrétiser. On le prendra sinon pour un bouffon !

Ce sont Kid et Bibi qui se chargent du boulot. Sniper ne voulant plus se mouiller là-dedans, il panique…

Tous sont persuadés en effet que les « keufs » sont sur leurs traces. Qu'on a mis sous surveillance les cybers et les taxiphones du coin. N'a-t-on pas interrogé les patrons d'Intercomm et de Miam-Miam ? Mais pourquoi les médias se taisent-ils ? Pour permettre à la police de tramer sa toile en secret !

Munis d'un câble USB et du Samsung, Kid et Bibi se rendent d'abord, en bus et en métro, à Bobigny. Là, il y a moins de risques d'être repéré ! Ils entrent dans un cyber. Bibi fait le guet pendant que Kid essaie de transférer la photo. Ça ne marche pas (16 h 20). Ils prennent le tram jusqu'à Bondy. Nouvel échec (17 h 20). Retour en arrière jusqu'à Bobigny. Puis re-métro jusqu'à Pantin (18 h 30)… Cette fois, ils pensent avoir réussi le transfert de la photo.

Ni Yacef ni les parents d'Élie ne la recevront jamais.

— Allô Stef ? C'est Zelda…

— Zelda ?

Au début des vacances de février, vers le 6 ou le 7 de ce mois, Zelda se trouve dans sa chambre, chez sa mère, madame Yasmine, à Aulnay-sous-Bois. Émue, elle téléphone à son ex-copain, Stef, le garçon-de-café-mannequin-free-lance-hyper-sexy avec lequel elle avait passé la nuit du 20 janvier, nuit du kidnapping d'Élie, dans un hôtel de Montparnasse. Depuis, elle n'a plus eu de ses nouvelles…

— Qu'est-ce que tu veux ? demande Stef sur un ton rogue.

— Ben… voilà… J'suis enceinte !

— Félicitations ! s'exclame Stef.

— C'est de toi que j'le suis ! Enfin… j'crois…

— Qu'est-ce que tu racontes ?

— Ça peut être que toi, les médecins disent que ça remonte à la nuit du 20 ou du 21 janvier… Je prenais pas la pilule… Qu'est-ce qu'on a fait exactement, cette nuit-là ? Je m'souviens plus…

— Comment ça, qu'est-ce qu'on a fait ? Tu vas pas me dire que ce qui s'est passé entre nous ne t'a pas *marquée* !

— Alors il s'est passé quelque chose ? Vraiment ?...
On a eu un... un rapport ?

— Ouais.

— Et t'as mis un préservatif ?

— Non.

— Donc c'est bien toi...

— Tu as pris une décision ?

— Non.

— Faut te faire avorter !

C'est leur ultime dialogue amoureux.

Madame Yasmine s'est rendu compte que sa fille
était enceinte. Depuis plusieurs semaines déjà, elle
sentait que Zelda ne tournait pas rond. Des édu-
cateurs, de l'institut Grignon, s'en étaient aussi
inquiétés. Elle était loin de se douter, cependant,
que l'état de « dépression » de sa fille était dû à des
choses beaucoup plus graves encore que sa gros-
sesse.

Lorsque Zelda s'inquiète auprès de Cappuccino de
ce qu'est devenu Élie, il répond :

— Ne t'en fais pas, il a été libéré.

« Elle était enceinte, expliquera-t-il plus tard à la
police. Je préférais qu'elle ne s'angoisse pas davantage à ce sujet. »

Ne voulant pas se couper les cheveux, ni changer
leur couleur, Zelda, pour ne pas être reconnue, se
balade désormais avec un grand chapeau, où elle les
dissimule.

Au début des vacances de février toujours, Mam'
raccompagne chez lui Ziz, avec qui elle s'est rabibo-

chée. Dans son hall, cité du Cerisier, ils croisent Kabs, qui, à ce moment-là, était encore geôlier.

— Je reviens tout juste de la cave, dit-il à Ziz. J'ai gardé l'*autre*. J'en ai marre. J'vais arrêter, comme Tête de Craie...

« C'est comme ça que j'ai appris que Tête de Craie était aussi dans cette affaire », confiera Mam' plus tard.

Elle ne se doute pas, cependant, que Ziz, lui aussi, a fait le gardien, pendant quelques heures, dans la cave. Celui-ci, en effet, joue les innocents devant elle. Il lance à Kabs :

— Vous êtes fous d'avoir accepté d'entrer dans un truc comme ça !

Tête de Craie, quant à lui, malgré l'interdiction que lui en a faite son père, est retourné à Bagneux. Mais c'est pour la bonne cause : y revoir sa mère, qui habite cité du Cerisier. Pour éviter de croiser les mecs de sa bande, il a pénétré dans la cité par l'arrière, empruntant des chemins détournés. Il n'en est pas moins tombé nez à nez avec Kabs.

— Où ça en est ? lui demande Tête de Craie.

Avec cette expression triste, qui ne quitte jamais son visage, Kabs répond :

— L'*autre*, il est toujours prisonnier. Mais on l'a changé d'endroit. Il est dans une cave.

— Il va bien ?

— Ouais... On a trouvé de nouveaux types pour le garder. Moi aussi, comme toi, je sens que je vais laisser tomber...

Tête de Craie rapporte tout ça à Saïda, sans donner de détails. Ils choisiront de se taire. Ils veulent reprendre leur vie, leurs amours, « à zéro », oublier le passé…

Abidjan est à la fête. Dans les cafés d'Abobo, les bars malfamés de Treichville, on boit de la bière à la régalade. On s'« échauffe » à l'avance pour la finale de la Coupe d'Afrique des Nations qui va avoir lieu dans deux jours : les *Éléphants* vont affronter les *Pharaons* (l'équipe de foot de Côte d'Ivoire rencontre celle d'Égypte) le 10 février. Dans les rues, des groupes empochtronnés hurlent et rigolent : les Égyptiens, on va les écraser !

Yacef, lui, n'est pas à la fête. Il harcèle la famille d'Élie de coups de fil, mais se heurte, plus que jamais, à un mur : on ne décroche pas le téléphone, on ne répond ni à ses SMS ni à ses mails. Désormais, il menace Élie de mort. Le mot « tuer » revient en incessant leitmotiv, en maladif leitmotiv, dans sa bouche.

Le 8 février, à 15 h 29, il enregistre ce message, sur le portable de Vichara, petite amie d'Élie : « *Allô, bon, vu que vous voulez pas décrocher et vu qu'on n'aura pas l'argent… je pense que… il faut qu'on menace de le tuer… Élie… OK ?* » À 16 heures, ce même 8 février, c'est sur le portable de Daniel, cette fois, qu'il enregistre cet autre message : « *Allô ? Vu que… je commence à comprendre qu'on n'aura jamais l'argent… maintenant je suis obligé de menacer de le tuer, votre fils… si tu penses… que la situation… on est, on est bloqués, votre fils on va… on va l'abattre… alors… euh.* » Le 9 février, 19 h 28, nouveau message à Daniel : « *…Tu vas le récupérer comment ? Tu vas*

347

le récupérer six pieds sous terre. Et je te préviens tout de suite, tu sais ce que tu fais ? Tu prends ton sperme et tu le mets sur l'argent, ça te fera un nouvel enfant, espèce de chien, va ! »

C'est que la famille d'Élie, Daniel compris, a reçu consigne, de la police, de couper toute communication avec le ravisseur. Daniel en effet, sur qui reposait l'effrayant fardeau de la négociation, devenait, selon un rapport de police, de « *moins en moins MAÎTRISABLE par l'équipe de négociateurs de la BRI et par la psychologue chargée de l'assister* ». « *Les enquêteurs avaient observé, poursuit par ailleurs ce rapport, que chaque fois que le père avait interrompu les communications téléphoniques avec le mis en cause, ce dernier reprenait contact via Internet pour relancer le processus. Cette éventualité rendait ce choix d'autant plus opportun qu'elle laissait entrevoir des perspectives de localisation de l'intéressé.* »

« "Ne répondez plus au téléphone ! Ne répondez plus aux messages mail !", c'était la consigne que nous avait donnée la police, confiera Judith, mère d'Élie, à un reporter du journal israélien *Haaretz*. On a noté des dizaines d'appels et on les a ignorés. Quelques jours plus tard, on a trouvé Élie mort. Nous n'aurions pas dû écouter la police. Si nous avions répondu au téléphone, peut-être serait-il encore vivant… »

Judith reproche aussi aux policiers de n'avoir pas voulu prendre en compte les motivations antisémites des ravisseurs par crainte d'aviver « une confrontation avec les musulmans ».

« L'intention de tuer m'est venue à partir du moment où les policiers ont coupé toute relation avec moi », dira Yacef, en 2009, lors du premier procès d'assises.

Auparavant, il avait déclaré : « Quand le père coupe le téléphone, qu'est-ce qui va se passer ? Je ne sais pas quel est le cerveau qui a donné cet ordre, mais bravo ! Vous vous attendiez à quoi ? Allez poser la question à un psychologue : 1+1 = 2 ! »

Dans la logique délirante qui était la sienne, était-il envisageable qu'il ne tue pas ?

« C'est faux de déclarer que nous avons ordonné de couper toute communication avec les ravisseurs, me confie un responsable de la Crim'. On a pris la responsabilité de dire au père d'Élie de ne pas répondre, mais son téléphone restait branché. Il pouvait recevoir des messages. Il s'agissait de faire une pause afin de laisser le temps aux ravisseurs de changer de scénario pour la remise de rançon. Et de les attirer ainsi dans un piège. »

Le vendredi 10 février, la police retrouve, dans le parking de la rue Houdan, à Sceaux, la Twingo d'Élie. Les ravisseurs ne l'ont pas brûlée, comme prévu, mais ils l'ont astiquée à fond. On n'y découvrira pas l'ombre d'une empreinte digitale, mais un sachet contenant un gramme de cocaïne, caché sous la moquette, à l'arrière.

Le même jour, Bibi, BigMac, Kid et Zou se font porter pâles, auprès du « second Boss », Sniper. C'est le soir du match final, Côte d'Ivoire-Égypte, de la

Coupe d'Afrique. Un truc à ne pas rater. Avec ses copains, Hussein et Hassan, Zou est allé chez son pote Max, qui a une télé grand écran. C'est l'Égypte qui a gagné, après prolongations et séance de tirs au but, par 4 à 2 ! Zou est content. Sniper, beaucoup moins. Dans la cave, seul, avec l'otage, il se ronge les sangs. Et s'enfonce dans la plus noire paranoïa. Il y a là un spray, acheté par Kid. Et des compresses. Pour désinfecter la plaie qu'il a faite avec le cutter. Élie se plaint : cette plaie le fait souffrir. Sniper le soigne. Il lui aurait proposé aussi à manger :

— Y'a des Vache-qui-rit ? T'en veux ?
— J'aime pas la Vache-qui-rit.

Élie accepte cependant de partager un joint. Sniper évite de trop lui parler. Il craint que l'otage, plus tard, après son hypothétique libération, puisse le reconnaître à la voix.

« Il était fatigué. Il était silencieux, dira Sniper. À mon avis, il était choqué et excédé. À un moment, il m'a demandé de faire pipi, je lui ai donné une bouteille vide. »

> *D'où suit premièrement que toute*
> *société doit, s'il est possible, instituer un*
> *pouvoir appartenant à la collectivité de*
> *façon que tous soient tenus d'obéir à*
> *eux-mêmes et non à leurs semblables ; si*
> *le pouvoir appartient à quelques-uns seu-*
> *lement ou à un seul, ce dernier doit avoir*
> *quelque chose de supérieur à la nature*
> *humaine ou du moins s'efforcer de son*
> *mieux de le faire croire au vulgaire.*

SPINOZA, *Traité théologico-politique.*

À 6 h 10 du matin, le dimanche 12 février, Yacef est de retour. Son avion a atterri à Roissy. Dans les kiosques de l'aéroport, les journaux évoquent la grande manif musulmane de la veille, à Paris : il s'agissait de protester contre les « caricatures de Mahomet » publiées d'abord dans un journal danois, puis rééditées par plusieurs quotidiens français. Sept mille personnes, clamant « Allah akbar » ou « Dieu est dieu, Mahomet est son prophète », ont défilé de la taspé de bronze (non voilée), brandissant son rameau d'olivier, sur la place de la République, jusqu'à la pétasse de bronze (pas plus voilée) tenant en laisse plusieurs lions, sur la place de la Nation. « Respect des religions, liberté d'expression, pas de contradiction », assurait un autre slogan. Un climat de guerre des religions semblait vouloir s'imposer non seulement en France, mais sur la planète entière. Le procès de Saddam Hussein, en cours, comme les récentes déclarations incendiaires de Ben Laden n'arrangeaient pas les choses. Non plus que la victoire électorale du Hamas en Palestine. Tout ça se mêlant à des remous sociaux déterminés par la machine à broyer de la mondialisation : protestations contre la précarité et le CPE (contrat première embauche) ou la directive Bolkestein.

Yacef saute dans le RER ligne B. Dès qu'il arrive à Bagneux, il se précipite vers la cave.

Il y trouve Zou, qui a passé la nuit avec l'otage, et Kid, venu pour la relève de la garde, vers les 10 heures…

— Vous êtes prêts encore à le *gérer* quelques jours ? demande Yacef aux geôliers, en désignant Élie, roulé en boule, au sol, dans sa couette.

— Non, on en a assez, ça a trop duré, lancent en chœur Kid et Zou.

— Mon père m'a engueulé, renchérit ce dernier. Il me dit que je ne fais rien pour la maison. Je lui avais raconté, pour justifier mes absences, la nuit, que je travaillais comme livreur pour un journal… mais ça ne marche plus…

Zou s'en va. Il faut qu'il enfourche son vélomoteur afin de reprendre son boulot, réel celui-là, de livreur de pizzas.

— Toi, dit Yacef à Kid, pars faire le guet dans le hall. Je vais m'occuper de l'*autre*. Son père veut pas payer. Faut qu'il me donne les numéros de téléphone de gens de sa famille qui ne sont pas encore sous surveillance de la police. Ses grands-parents peut-être, sa sœur...

Kid monte « faire le guet » dans le hall.

« De là-haut, j'entendais Élie gémir, raconte Kid. Yacef le frappait. »

Sur les 14 heures, Kid, remplacé par Bibi, s'en va. Yacef quitte lui aussi les lieux, trois minutes plus tard, insatisfait : Élie prétend que ses grands-parents sont morts. Il n'y croit pas...

« Quand je suis arrivé, dira Bibi, l'otage était EN MODE » (en « mode veilleuse », voulait-il dire sans doute, à cause des coups reçus).

Remontant les escaliers de la cave, Yacef tombe nez à nez avec Sniper (que Zou a prévenu du retour du « Boss »).

— Tout le monde en a marre ! explose Sniper.

— C'est bon, j'ai compris, répond Yacef, IL va partir cette nuit.

Cependant, par la vitre transparente de sa loge, qui ouvre sur le hall, Filou, le concierge, les épie.

Yacef s'en va. Aux geôliers, il avait dit, avant de les quitter, qu'ils devraient être tous présents, le soir même, sur les 21 heures, pour une « réunion de crise ».

Sniper, aussitôt, va retrouver Filou dans la loge.

— C'est bon, lui dit-il. IL part ce soir...

Les grands yeux clairs de Filou s'écarquillent de gaieté. Soulagé, il invite Sniper à dîner, le soir même, chez lui, en famille :

— Histoire de souffler un peu...

Sniper, vers minuit, rentre chez sa copine Sheila :

— Y'a des heures pour rentrer à la maison !
l'engueule-t-elle.

« Ce dimanche 12 février, dans l'après-midi, j'étais
allé à mon stage de formation commerciale, raconte
BigMac. Je suis passé à la cave, vers les 21 heures. »
On l'a prévenu en effet qu'une importante « réu-
nion » devait s'y tenir. C'est Bibi qui lui ouvre :
— J'l'ai gardé tout l'après-midi tout seul, lance
Bibi sur un ton aigri. J'en ai marre. Tu m'remplaces.
Moi, je pars…
— Impossible. Y'a une réunion, faut attendre le
Boss. Après, je dois rentrer chez moi…

On frappe justement à la porte, deux coups puis
un coup. C'est Yacef…
Ils s'installent tous trois par terre, en rond, sous la
faible loupiote plafonnière…
— J'vais avoir besoin de vous tous, cette nuit !
lance Yacef…

BigMac dit qu'il pourra sans doute passer la nuit
dans la cave, mais qu'auparavant il doit se rendre
chez lui. C'est-à-dire chez sa tante.
— Juste cinq minutes.
Il sort de la cave, va rue Verdi. Et tape à la vitre
de la chambre de son cousin, Alain, qui donne sur un
couloir de l'immeuble. Il veut demander à Alain de
fermer de l'intérieur le verrou de l'appartement, afin
que la tante soit persuadée que lui, BigMac, est bien
rentré. Mais Alain ne répond pas. Déçu, BigMac
revient à la cave. C'est Bibi qui ouvre. Yacef est vau-

tré au sol, dans une couette. Épuisé, il dort. L'arrivée de BigMac le réveille en sursaut...

Se mettant sur son séant, il lance :

— Bon, alors, qu'est-ce qu'on fait ? On continue ? On envoie d'autres photos aux parents ! Ils finiront bien par payer, non ?...

— Tout le monde en a assez ! soupire BigMac.

À ce moment-là, deux coups, puis un coup, sont frappés à la porte. Entrent Zou et Kid. Ils s'asseyent auprès des trois autres, par terre, en cercle.

— Il faut que je leur fasse cracher le fric ! poursuit Yacef. C'est des Juifs, ils ont du fric...

— On en a tous marre ! dit Bibi. Et moi je veux mon argent...

— Si tu le veux, faut que j'obtienne la rançon ! rétorque Yacef...

— Le tiéquart, c'est plein de keufs, souffle Bibi. Ils sont très chauds, les keufs, en ce moment, sûr qu'ils sont sur nos traces...

Les policiers sont d'autant plus « chauds » que, cette nuit même (ce qu'ignorent bien sûr Yacef et ses « amis »), ils ont arrêté deux lascars, d'une autre bande, qui avaient séquestré le frère et la mère d'un rappeur célèbre. Les ravisseurs exigeaient une rançon de 500 000 euros. Ils s'étaient fait épingler au moment même, stratégique, de la remise de rançon, sur le parking de l'hôtel Ibis, à Meudon, pas loin de Bagneux.

« Notre conversation avait lieu en présence de l'otage, racontera plus tard Bibi. Moi, j'ai vite compris que Yacef ne me paierait pas ce soir-là, qu'il voulait continuer, alors je suis parti, j'en avais assez de cette cave, j'y avais passé toute la journée… »

— Toi, BigMac, dit Yacef, va dans l'escalier faire le guet. J'vais encore essayer de le cuisiner !

Du doigt, il désigne l'otage, au fond de la pièce, enroulé dans sa couette.

BigMac, obéissant, se rend dans l'escalier de la cave donnant sur le hall…

« Je suis resté là bien quinze minutes, dira BigMac. J'entendais des coups sourds, venant du sous-sol, mais pas de cris… Yacef était énervé. Il passait ses nerfs sur Élie en le frappant… Je suis redescendu à la fin. Je lui ai dit :

— Dans les escaliers, on entend du bruit ! »

Cela ne fait pas tellement de bruit, en vérité, mais il invente ce prétexte pour que Yacef arrête.

« Si je lui avais simplement dit de cesser de maltraiter Élie, il ne m'aurait pas écouté… Kid et Zou étaient dans la pièce. Ils ne disaient rien. »

Zou et Kid nieront avoir assisté ou participé à cette séance de tabassage. Ils affirmeront que, comme Big-Mac, ils faisaient le guet, à l'extérieur.

— IL refuse de dire la vérité ! lance Yacef, montrant Élie d'un index furieux. IL n'arrête pas de prétendre que ses grands-parents sont morts ! Il veut pas donner leur téléphone…

« Je me suis approché de l'otage, raconte Big-Mac. Il était tapi le dos contre un mur, les jambes repliées craintivement sur le torse. Son peignoir était retombé au sol. On lui avait mis une veste de pyjama, aux bras noués devant, à cause des menottes, mais elle s'était défaite. J'ai vu des traces d'éra-flures ou de griffures sur sa poitrine. Ça ne saignait pas. »

Repoussant BigMac, Yacef s'approche à son tour de l'otage et lui lance :

— Mets-toi sur le dos.

Élie fait un mouvement de refus.

— Mets-toi sur le dos.

Élie finit par obéir.

Yacef donne alors un violent coup de pied, du haut vers le bas, sur le ventre de sa victime...

BigMac frémit...

— T'inquiète, lui dit Yacef. Il va pas crier. Il me connaît. Il sait qu'il faut pas faire de bruit. Il a l'habi-tude...

Yacef balance alors plusieurs gifles à Élie, de ses mains gantées, puis il se calme...

— Ça ne sert plus à rien ! dit un geôlier...

— C'est bon ! souffle alors Yacef, résigné. C'est bon. IL PART CETTE NUIT ! Mais avant, faut le « préparer »...

Sur instruction de Yacef, BigMac, Kid et Zou « lavent » Élie, dans le but, apparemment, d'enlever de son corps toute trace, ADN et autre, pouvant per-mettre aux policiers d'identifier son lieu de détention et les gens qui l'ont détenu. Toute la science de Yacef et de ses compagnons, à cet égard, vient des séries télé américaines type *Les Experts*.

« Il y avait du sang sur sa couette, sur son pyjama... racontera Zou. On l'a déshabillé. À hau-teur des genoux du pantalon de pyjama, on voyait des trous. J'ai remarqué des plaques rouges sur son ventre. Ça ressemblait à des brûlures. On l'a lavé. Avec du gel douche. L'eau, on l'apportait dans des bouteilles vides d'Oasis qu'on allait remplir au robinet du local poubelles ouvrant sur le hall de l'immeuble. Comme gants de toilette, on se servait de sacs en plastique. On utilisait les moyens du bord... L'*autre* tremblait. Mais, en même temps, je pense qu'il était content, car il avait compris qu'on allait le libérer... »

La nuit du dimanche 12 février, la température est descendue à 0,8°.

Sur instruction de Yacef toujours, qui, les bras croisés, supervise ces ablutions, BigMac, relayé bientôt par Kid, coupe les cheveux d'Élie avec de mauvais ciseaux d'écolier. Les mèches qui tombent au sol, Zou, muni d'un balai, les ramasse et les met dans un grand sac-poubelle noir.

— C'est pas assez court ! dit Yacef.

Kid et BigMac, munis chacun d'un rasoir jetable à deux lames, acheté à côté, au Simply Market, s'essaient alors à tondre complètement le crâne de l'*autre*. Celui-ci, yeux bandés toujours, assis sur son séant, muet, subit (lors de l'autopsie, les légistes noteront que des touffes de cheveux ont été arrachées). On lui coupera aussi, toujours avec les ciseaux d'écolier, les ongles des pieds et des mains...

« Il fallait qu'il soit bien propre », confiera le petit Zou.

Au cours de ces opérations (il devait être vers 1 heure du matin), Yacef dit à BigMac :

— Toi, viens avec moi. On va aller « emprunter » une voiture pas loin. T'es costaud. J'aurai peut-être besoin de tes services pour casser son Neiman (dispositif antivol des voitures situé dans leur colonne de direction)…

Docile, le colosse BigMac (1 m 87) suit bientôt Yacef, qui, avec son 1 m 80, semble tout petit à ses côtés. Ils descendent l'avenue Henri-Ravera jusqu'à la cité du Cerisier. Là, Yacef fait un saut chez ses parents, endormis sans doute à cette heure, pour aller chercher un gros tournevis. Quelques minutes plus tard, les deux garçons poursuivent leur chemin : redescendant l'avenue Henri-Ravera sur plusieurs centaines de mètres jusqu'à l'hôtel de ville. Ils empruntent alors, sur la gauche, la rue Adèle, petite artère couverte d'antiques pavés, énormes, mal équarris, multiséculaires sans doute, et bordée de vieux murs protégeant de jolies maisons bourgeoises. Avenue Gabriel-Péri, ils descendent sous un immeuble par une rampe en ciment jusqu'à la porte d'un parking. Yacef l'ouvre avec un bip. C'est ce même parking où les types de Bobigny avaient garé leur Audi break le soir de l'enlèvement d'Élie…

« Yacef avait dû repérer à l'avance la voiture qu'il comptait voler, raconte BigMac. Une Ford Fiesta blanche. Elle était garée au premier sous-sol. Il s'est dirigé tout de suite vers elle. Il n'a pas eu besoin de mes services en fait… La porte de la bagnole, il l'a ouverte facilement, avec son tournevis. Il a débloqué le Neiman et a fait démarrer le moteur, avec ce même tournevis et je ne sais quelle clef. On est alors revenus vers la rue Maïakovski avec la voiture. En route, regardant la jauge, il m'a dit...

— Putain, y'a presque plus d'essence ! On est sur la réserve ! »

« Il a garé la Ford devant le 4 rue Maïakovski, parallèlement au trottoir, poursuit BigMac. Il m'a alors demandé que je lui rende le portable Nokia qu'il m'avait prêté.

« — Ça te servira plus à rien, dit Yacef. La puce, tu la casses et tu la jettes dans un endroit où on pourra pas la retrouver...

« Il est descendu avec moi à la cave. Kid et Zou étaient tous les deux endormis, comme l'*autre*. On les a réveillés...

« Yacef nous a dit :

« — Moi, faut que j'parte chercher de l'essence, porte d'Orléans. Y'en a plus dans la caisse. Vous, pendant ce temps, vous nettoyez les lieux, vous lavez, vous balayez, j'veux pas qu'il reste une trace. J'suis de retour dans une heure. J'emmènerai alors l'*autre* en voiture. J'irai le jeter dans un bois...

« Yacef est parti à pied », affirmera BigMac...

Logistique défectueuse encore une fois ? Il est 2 heures du matin. Le présumé « cerveau » du présumé « gang des Barbares » aura-t-il réveillé un de ses potes : Cappuccino ? Suze ? Krack[1] ? pour qu'ils l'accompagnent en voiture chercher de l'essence ?

---

1. On sait qu'à 23 h 30, du moins, Krack se trouvait à Bagneux, l'enquête ultérieure y ayant géolocalisé son portable.

Ou se sera-t-il rendu pedibus à la porte d'Orléans, avec un jerrycan ? Le fait est qu'il ne reviendra rue Maïakovski qu'à 4 heures du matin...

— C'est bon. Je l'embarque !

Il arrache de la bouche de l'*autre* l'adhésif qui la recouvre. Glisse dedans un morceau de tissu blanc roulé en boule. Puis il referme la bouche avec l'adhésif. Le corps nu de l'*autre* est alors enroulé dans un grand drap violet. Comme on drape d'un linceul un cadavre. Zou et Kid aident BigMac à hisser le corps sur son dos. BigMac tient Élie par les poignets, Kid et Zou lui saisissent chacun une jambe. Ils grimpent ainsi, bon an mal an, jusqu'au hall...

« C'était difficile de le transporter à cause du drap où il était enroulé », explique BigMac.

Yacef les attend à l'extérieur. Il a ouvert la porte arrière droite de la Ford Fiesta et rabattu vers l'avant ses sièges arrière...

« La porte du coffre de la voiture était bloquée, racontera Kid. On a aussi glissé le corps de l'*autre* jusqu'au coffre, par-dessus le dossier des sièges arrière rabattus... Yacef a remis alors les sièges arrière en place et s'est posté derrière le volant. Il était seul dans la voiture avec l'*autre*... »

« Yacef a démarré. Il était 4 h 50 du matin. On a vu partir la voiture. Je crois qu'elle était immatriculée dans le 92, raconte Zou. Ses clignotants arrière étaient jaunes. C'est la dernière fois que j'ai vu l'*autre*... »

> *On voit déjà comment ce besoin de protection ressuscite d'anciens modes de liens et d'appartenances, claniques, raciales, religieuses : les fantômes de toutes les aliénations du passé reviennent hanter la société mondiale…*

> Jaime SEMPRUN,
> *L'abîme se repeuple*, 1997.

… Cinq heures plus tard, le même jour, Yacef, de retour de sa « mission », passe à pied devant le cyber Intercomm, avenue Henri-Ravera.

La Ford Fiesta volée ? Il l'a abandonnée dans un coin paumé, à Arcueil, rue Paul-Bert, sous l'aqueduc…

Il aperçoit Mam' qui sort du cyber.

Le voyant, elle lui lance :

— J'essayais de téléphoner à Ziz. On a rendez-vous. Il est en retard. Et j'ai plus d'unités sur mon portable…

— Viens avec moi, qu'on cause.

Ils se rendent, derrière le Karcher, dans le parking donnant sur le cimetière de Bagneux. L'endroit est tranquille, propice aux confidences…

— Et l'autre ? demande Mam'…

— Je l'ai lâché. Je l'ai lâché cette nuit…

362

— Où ?

— J'l'ai jeté dans un bois ! Dans les Yvelines !

Yacef éclate de rire, un rire mécanique.

« Il n'était pas comme d'habitude, racontera Mam'
à la police. Il était bizarre. Nerveux et euphorique. Il
rigolait tout le temps, mais d'un rire nerveux. Ça me
mettait mal à l'aise… »

— Le père voulait pas payer, ça menait à rien,
poursuit Yacef.

— Et maintenant, tu vas faire quoi ?…

Un éclair halluciné glisse dans les gros yeux ronds
de Yacef…

— J'attends de voir… comment ça va se passer.

« Ses paroles étaient énigmatiques. J'ai cru comprendre alors que Yacef se demandait si l'otage,
désormais relâché, allait porter plainte, et s'il identi-
fierait ses ravisseurs… Auquel cas Yacef devrait
s'enfuir : en Côte d'Ivoire certainement… »

Yacef éclate à nouveau de rire.

— Les enlèvements, ça marche pas, dit-il. Mais j'ai
un truc beaucoup mieux. Y'a des possibilités de voler
des armes à l'armée pour les revendre. C'est pas du
chiqué. J'ai des infos…

À ces mots, il montre à Mam' une clef USB, qu'il
sort de sa poche, clef supposée contenir des infos sur
les armes en question.

C'est Mam' qui rapportera au juge, plus tard, ces
confidences. Yacef ne les reconnaîtra pas.

— Bon, j'y vais, dit Mam' de plus en plus mal à
l'aise. J'vais essayer de téléphoner une fois encore
à Ziz…

Yacef, quant à lui, se rend dans une de ses cabines de téléphone favorites, avenue Henri-Ravera. Il joint le portable de Sniper. Mais ça ne décroche pas. Cet enfoiré de Sniper, qui crève de trouille, refuse-t-il de lui répondre ? Il marche jusqu'à la rue Stravinsky, où Sniper habite, chez sa copine Sheila. Il appuie sur l'interphone de l'immeuble : personne. Il avise alors un vieux type, tremblant sur ses jambes, qu'il connaît un peu. C'est Marcel, alias « Gabin », un Gaulois, père de Sheila. Voyant Yacef s'approcher de lui, ce vieux bonhomme a un mouvement de panique : quatre ans auparavant, Yacef a failli lui crever un œil. Froidement. Il l'avait pris dans un coin et lui avait enfoncé son doigt dans l'orbite. Le vieux bonhomme avait été emporté aux urgences. C'est qu'il avait osé balancer Yacef ! Pas aux flics, non. Une peccadille : Yacef, muni de son inséparable « extincteur », avait gazé un chien qui lui avait « grogné » après… Le chien s'était sauvé en glapissant. Gabin avait raconté tout ça au propriétaire du chien. D'où les représailles qui s'ensuivirent… On ne nique pas Yacef.

— J'cherche Sniper, tu sais où il est ? demande Yacef à Gabin.

— J'sais pas, moi.

— Tu peux pas l'appeler avec ton portable… Sans lui raconter que c'est de ma part. Dis-lui seulement que quelqu'un l'attend, en bas de chez lui.

Gabin est une sorte de SDF (un « casoce »). Il a un penchant pour l'alcool… Il exécute aussi, sans trop résister, les ordres de Yacef.

Sniper répond qu'il arrive tout de suite. Yacef attend. Mais Sniper, qui est chez des amis, non loin, ne se presse pas. Gabin le rappelle alors, sur ordre de Yacef, et le passe à Yacef dès qu'il l'a au bout du fil...

— Faut que j'te rencontre de suite. J'suis rue Stravinsky, t'es où ? demande Yacef.

— À côté, rue Jean-Longuet, j'arrive...

Yacef voit bientôt se profiler, du fond de la rue Stravinsky, la haute silhouette maigre de Sniper. Avec son teint cireux, ses cheveux longs et sa barbe en bataille, celui-ci a l'air effaré.

Ils se retrouvent face à face. Leurs regards se croisent longuement...

— Bon, eh bien moi, je m'en vais boire un petit coup ! lance Gabin en s'esquivant.

— Et alors ? demande Sniper.

— C'est bon. Il est *parti* ! répond Yacef.

« J'ai tout de suite compris qu'il s'agissait de l'otage, dira plus tard Sniper aux policiers. J'ai soufflé, j'ai décompressé... »

— J'l'ai libéré, poursuit Yacef. MAIS...

« Quand il a dit ce MAIS, je l'ai fixé dans les yeux, raconte Sniper. Dans ses yeux, c'était flou. Pourtant son regard demeurait insistant. J'ai senti qu'il y avait un problème... »

— Mais ? Mais... quoi ? demande Sniper.

— Mais...

— T'es sérieux ?

— Oui...

Yacef, en trois mots, explique qu'il a tué Élie.

Pour Sniper, c'est l'électrochoc. Rançon ou pas, il était persuadé, comme les autres geôliers, que l'otage devait être libéré ! C'est ce qu'il affirmera du moins à la police. Paralysé, il n'arrive à ouvrir la bouche que pour dire :

— J'ai besoin de fumer. On va acheter des cigarettes.

Sans dire mot, ils marchent, côte à côte, empruntent la rue Rossini, puis la rue Anatole-France, se rendant au café-tabac-PMU de l'avenue Henri-Ravera. Sniper y entre, suivi de Yacef. Il y a foule, là-dedans, Beurs, Blacks, jambon-beurre mêlés, des parieurs qui suivent les courses hippiques sur un grand écran télé fixé à un mur…

Ils sortent du café et, toujours silencieux, se dirigent vers la cité du Cerisier, où ils s'isolent dans un hall d'immeuble, face au terrain de basket. Des petits, en jogging, s'y disputent un ballon…

Yacef rompt le silence :

— On l'a sorti de la cave. J'l'ai mis dans une voiture… Et j'l'ai déposé dans un bois, dans les Yvelines… J'l'ai laissé là, repartant en voiture… Mais… j'suis revenu.

Yacef n'explique pas pourquoi il est *revenu*. Muet, pétrifié, Sniper écoute…

— Quand j'suis revenu, le mec, il avait remonté le scotch qui lui bandait les yeux. Il m'a regardé… Alors je me suis jeté sur lui. J'ai sorti mon couteau. J'lui ai donné deux coups, là et là…

En disant ces mots, « là » et « là », Yacef, se servant de Sniper comme d'un mannequin d'entraînement au karaté, frappe deux coups, avec son index, de part et d'autre de la gorge de celui-ci. Puis, donnant un troisième coup, avec son index, au flanc gauche de Sniper, il ajoute :

— Après, avec mon couteau, je l'ai frappé encore une fois : à la hanche. C'est ça qui lui a fait le plus de mal !... Il s'est affalé au sol. Alors, j'ai essayé de lui découper le cou...

Avec le tranchant de sa main, Yacef fait, sur la nuque de Sniper, le geste de quelqu'un qui découpe quelque chose avec une scie...

« Il m'a parlé ensuite d'une bouteille d'essence, racontera Sniper. Il en a aspergé le mec, puis, avec un briquet, y a mis le feu. Il m'a dit :

« — Ça a fait une grosse flamme !

« Et, en disant ça, il a reculé, comme pour mimer le geste qu'il avait eu afin de ne pas être brûlé par cette flamme ! »

— Pourquoi t'as fait ça ?

— Y'avait trop de preuves...

« Soudain, Yacef m'a quitté. Il est sorti du hall d'immeuble. J'ai esquissé quelques pas pour le suivre. Il s'est mis à courir. Sans se retourner, il m'a crié :

« — Tu crois qu'il est mort ? »

Les détails de ce récit, relaté par Sniper, correspondent, point pour point, aux résultats de l'autopsie qui eut lieu le même jour, lundi 13 février vers 15 heures, à l'unité de consultation médico-judiciaire de l'hôpital d'Évry (91)… Les blessures trouvées sur le corps de la victime font en effet écho aux coups de couteau que Yacef a dit lui avoir portés. Élie a bien été brûlé par ailleurs (soixante pour cent de son corps comporte des brûlures au deuxième degré). Le liquide employé, cependant, était non de l'essence, mais quelque chose s'approchant de l'alcool à brûler.

Au demeurant, il n'est pas mort sur le coup des suites de ces violences.

Quelques heures auparavant en effet, à 8 h 30 du matin, ce même 13 février, une automobiliste, Patricia X, roulant sur la route du Longpont, entre Sainte-Geneviève-des-Bois et Villemoisson, aperçoit un spectacle étrange : un homme complètement nu, à la peau rougeâtre, se trouve en contrebas de la voie ferrée du RER C longeant la route. Cet homme bouge. Penché en avant, il semble avoir les mains liées. Il a l'épaule et la cuisse gauches appuyées sur le haut grillage qui, suivant à l'infini la voie ferrée, la sépare de la route et empêche l'accès aux voies. L'homme a le dos tourné vers Sainte-Geneviève-des-Bois, et la face vers Villemoisson.

Contactée aussitôt par l'automobiliste, la police envoie sur les lieux deux gardiens de la paix, patrouillant dans le coin à bord de leur voiture, Thierry X, 34 ans, et Gwenaëlle Y, 24 ans, une stagiaire. Ils découvrent l'inconnu à 8 h 55. Garant leur voiture sur le trottoir, en bas de la voie ferrée, ils ne peuvent lui porter secours, en raison du grillage. Ils doivent marcher pendant une centaine de mètres, en direction de Sainte-Geneviève-des-Bois, pour trouver un accès plus facile, qui leur permet de passer du côté des voies… L'inconnu porte sur le front, enroulé autour de la tête, un ruban adhésif argenté qui, apparemment, a dû servir à bander ses yeux. Pendant à son cou, un semblable adhésif aura sans douté été utilisé comme bâillon. L'homme a les poignets menottés. C'est à peine s'il réagit, à l'arrivée des policiers.

« Il a un peu bougé la tête en gémissant, écrira dans son rapport la jeune stagiaire Gwenaëlle Y. Mais il n'a pas réussi à nous parler. Ce qui sortait de sa bouche était complètement incompréhensible. À aucun moment il n'a pu nous fournir d'éléments sur son identité. Il était en complet état de choc. Il avait été brûlé. Sa peau pelait sur tout le dos… »

Il pleut, une bruine glaciale.

L'ambulance des pompiers arrive à 9 h 10. Les pompiers cisaillent le grillage à hauteur de l'inconnu. À l'aide d'une planche, on le fait glisser à travers le trou ménagé dans le grillage jusqu'à un brancard, en contrebas, sur le trottoir. On le porte alors immédiatement dans l'ambulance. Transporté d'urgence à l'hôpital Cochin, à Paris, l'inconnu meurt autour de midi.

C'est autour de midi que Yacef a abandonné Sniper, dans la cité du Cerisier, en criant :

— Est-ce que tu crois qu'il est mort ?

Sniper sent le ciel lui crouler sur le crâne. Il songe à ses deux enfants. À sa jeune maîtresse enceinte et sans le sou. À la prison où il est sûr de retourner. Lors d'une précédente arrestation, pris de délire, il s'était jeté à travers la cloison vitrée d'un commissariat. On avait dû l'hospitaliser. Trop de marijuana, quinze cigarettes par jour. Il est *border line* en permanence.

Sniper marche, tel un somnambule, dans l'avenue Henri-Ravera. Il croise un pote, black, « Casbah », un rappeur avec qui il a fait de la musique. Mais, contrairement à Sniper, Casbah[1] a réussi dans son métier. Il a enregistré des CD et s'est fait une réputation. Deux semaines auparavant, Sniper avait dit à Casbah : « Je suis sur un coup. » Mais il n'avait pas voulu lui préciser de quel coup il s'agissait.

« Il avait l'air sûr de lui, quand il m'a dit ça. Il est toujours sûr de lui, raconte Casbah. Il veut sans cesse en faire plus que les autres ! »

Mais cette fois, ce 13 février, Sniper n'a plus du tout l'air sûr de lui. Ses yeux sont hagards. Il balbutie :

— Ça va mal, je me sens pas bien ! confie-t-il.

— Qu'est-ce qui se passe ? demande Casbah.

— J'ai fait un truc, ça devient gore…

Sans s'expliquer davantage, il retourne chez lui, rue Stravinsky, effaré. C'est là qu'il rencontre Big-Mac, venu lui rendre la clef de la cave :

— On l'a bien nettoyée ! dit BigMac. C'est impeccable.

Les policiers, trois jours plus tard, y retrouveront cependant plusieurs mégots révélant l'ADN de Kid et de Zou. Il ne semble pas que Sniper ait confié à BigMac ce que lui a dit Yacef.

Par contre, il se précipite dans la loge de Filou, au 4 rue Maïakovski, pour lui remettre la clef et tout raconter :

---

1. Ce nom est fictif.

— Ça y est ! IL est parti. Ils l'ont sorti de la cave ! dit Sniper.

Puis, après un silence, comme l'avait fait Yacef, il ajoute :

— MAIS... mais... Ce ouf de Yacef a pété un câble, il l'a poignardé, il l'a brûlé avec de l'essence. Faut que tu te la fermes là-dessus. Pas un mot. Si l'un de nous parle, on est morts ! Toi aussi, t'es dans le coup. C'est toi qui nous as filé l'appart et la cave...

« Filou était choqué, raconte Sniper. Il me regardait avec ses grands yeux bleus hébétés. Il n'y croyait pas... »

Sur ordre de Yacef, revenu le voir en début d'après-midi, Sniper se rend, vers les 16 heures, à Boboche. Il a mission de causer avec Krack, le grand Black, à qui il a téléphoné pour annoncer sa venue.

« Yacef ne voulait pas s'expliquer directement avec les types de Bobigny, raconte Sniper. Il avait peur. Il leur devait de l'argent. C'est pourquoi il m'a missionné. »

Arrivé sur la « dalle », cité Paul-Verlaine, une grande esplanade cernée d'immenses buildings gris, sinistres, peuplés surtout par des Blacks, Sniper rappelle Krack, avec son portable, pour qu'ils se fixent un lieu précis de rendez-vous. Il ignore en effet (cloisonnement oblige !) l'adresse de Krack...

— On s'voit devant le RNB, dit celui-ci, j'arrive !

Le RNB, c'est une salle de billard où ils ont leurs habitudes. Sniper s'y rend sur-le-champ. Bientôt, il voit s'avancer vers lui, de l'autre bout de la « dalle », la masse de muscles du grand Black, jean, blouson, bonnet sur la tête. Échange de regards. Puis ils tournent en rond, côte à côte, sur la dalle, sans rien dire. Il fait froid.

Soudain, levant les yeux au ciel, vers la cime des HLM, Sniper murmure avec une voix comme sortie des catacombes :

— Il est là-haut !

— De quoi tu causes ?

— Il est là-haut, c'est fini.

— Qui ?

— Le mec. L'otage. Il est mort ! Yacef l'a emporté dans un bois, il l'a poignardé. Et lui a mis le feu avec de l'essence.

— Pourquoi il a fait ça ?

— *Y'avait trop de preuves*, c'est ce qu'il m'a dit. Il m'a dit aussi qu'il ne pourrait pas te payer les 30 000 euros promis…

« Moi, dira Krack à la police, je me sentais coupable de la mort de ce garçon, car j'avais participé à l'enlèvement. Mais il n'était pas question de tuer… J'étais décidé à ne plus frayer avec les types de Bagneux. »

Krack répondra aussi par la négative à la proposition que, *via* Sniper, lui fait Yacef :

— Le Boss, pour te rembourser, propose que tu participes avec lui à un autre « plan ». Cette fois, il veut soulever un dealer, pas un commerçant. T'en penses quoi ?

372

Selon la police, Élie n'aurait pas été abandonné près des voies de chemin de fer du RER C, où on l'a trouvé, au bord de la route de Longpont ; mais de l'autre côté de ces voies, dans un bois qui les jouxte, le bois du Genou-Blanc. Dans ce bois en effet, à la suite d'un ratissage réalisé par une centaine de policiers, le 14 février, au lendemain de la mort d'Élie, on a découvert une multitude d'indices prouvant que c'est là que l'otage a été poignardé et brûlé vif...

Dans une sente bifurquant sur la droite, à partir de l'allée du Genou-Blanc, qui traverse le bois, on a noté que les feuilles mortes couvrant le sol avaient été déplacées, comme si on y avait traîné quelque chose ou quelqu'un. Un peu plus loin, le sol était brûlé, sur une surface d'un mètre sur quatre-vingts centimètres, une forte odeur d'hydrocarbure se dégageant de cet endroit. À côté : des morceaux de ruban adhésif argenté, tachés de sang, où étaient collés des poils ; une bague en cuivre tombée du manche d'un poignard ; des feuilles mortes souillées de sang ; l'emballage d'un bonbon au sigle Campanile. À une trentaine de mètres en direction de la voie ferrée, les traces d'un foyer où, bizarrement, on a fait brûler des bouteilles d'aérosol. Sur l'une d'elles se reconnaît la marque Axe : un déodorant[1].

Élie, selon la police, aurait été laissé pour mort dans le bois et se serait traîné, sur plus de 150 mètres,

---

1. Inflammable, ce déodorant aura-t-il servi de « lance-flammes » pour torturer la victime ?

jusqu'aux voies ferrées, qu'il aurait traversées, pour rouler en bas du talus, de l'autre côté de ces voies, contre le grillage métallique. À moins qu'on l'ait traîné du bois jusqu'aux voies, où on l'aurait abandonné pour qu'un train l'écrase[1] ?

Entrer dans ce bois, c'est entrer un peu dans l'âme de Yacef, c'est-à-dire dans l'âme sauvage de nos sociétés. Le mur, longeant l'allée du Genou-Blanc, vieux mur de pierres, est couvert de tags multicolores, mystérieux idéogrammes dépourvus de sens. Cette allée mène à un très grand bâtiment, un stand d'entraînement de tir à la carabine, dont les murs eux aussi sont entièrement couverts de tags. Fresques d'une beauté étrange, tout en couleurs vives, pures : rouge, bleu, noir, vert, jaune. Dans ce chaos linguistique multichrome, parfois surgissent des mots, des phrases écrits dans une langue lisible : MORT AUX CONS ; MON PUTAIN D'FLOW COULE ENCORE PLUS QU'UNE PUTAIN DE CHATTE ou encore UNITED SOUTH VANDALS. Même les troncs d'arbres sont bariolés de tags. Dans un profond fossé, courant tout au long de la voie ferrée,

---

1. D'autant qu'en 2009, quand je me suis rendu sur les lieux, un autre grillage de deux mètres de haut, courant tout le long des voies, séparait le bois de ces voies. Élie, SEUL, dans l'état où il était (menotté qui plus est) n'aurait pu le franchir. Ce grillage existait-il en 2006 ? Non, selon un policier. Oui, selon un membre du Réseau ferré français qui s'est renseigné auprès de la SNCF, mais qui ne m'a pas fourni de document écrit à ce sujet. Quant aux gens du voisinage, leurs témoignages sont contradictoires... « Je mourrai avec mes secrets », déclarera Yacef, lors du second procès en appel.

fossé à l'intérieur duquel se dresse justement ce grillage protecteur des voies, s'entassent des sacs de femme, volés sans doute, puis abandonnés là ; des carcasses de motos désossées après vol certainement. Il semble que ce bois – lieu de pique-nique à la belle saison – soit un repaire de voyous, de rappeurs, se rassemblant là, de nuit, pour faire de la musique et divers trafics. Une voiture volée y fut abandonnée et brûlée, deux ans auparavant. Elle avait servi à un braquage... Élie aura-t-il été jeté là comme un « objet volé » désormais obsolète ? Inutile...

« La veille de la mort d'Élie, je suis allée au Quai des Orfèvres, confiera sa mère Judith, au magazine *Elle*, en 2009. J'ai dit aux policiers :

— Les ravisseurs ont proféré des menaces réelles. Ils vont le tuer. Pourquoi avoir rompu le contact ? »

Les policiers ont promis de le rétablir.

*Les barbares ne viennent donc pas
d'une lointaine et archaïque périphérie
de l'abondance marchande, mais de son
centre même.*

Jaime SEMPRUN,
L'abîme se repeuple, 1997.

Le 14 février, c'est la Saint-Valentin. Zelda est
amoureuse : de Cappuccino. Mais dévorée par la
peur. Le soir, au journal télé de 20 heures, on
annonce la découverte d'un jeune homme, dans un
bois de l'Essonne (point des Yvelines donc, comme
Yacef l'avait dit à Sniper !). Ce jeune homme a été
séquestré et torturé trois semaines, affirme le pré-
sentateur. Le portrait-robot de l'appât, qui l'aurait
attiré dans le piège, est montré à l'écran : une fille
blonde, jolie. Zelda est brune, ça n'est donc pas elle :
« ouf ! » Mais la photo d'un des ravisseurs est elle
aussi divulguée, un Black portant un sweat clair
frappé à hauteur du cœur d'une marque très connue
à Bagneux, le « A » d'Adedi. Photo prise par une
caméra cachée dans un cyber du XIVᵉ :

— C'est Yacef !…

Transmuée par la télé, cette histoire cauchemar-
desque en devient soudain, paradoxalement, plus

« réelle ». Juste après le journal, Zelda reçoit un coup de fil de sa copine Babette, une élève de l'institut Grignon, métisse italo-ghanéenne, à qui elle avait fait des confidences sur son implication dans un kidnapping.

— T'as vu la télé, c'est comme l'affaire que tu m'as racontée… sauf que la fille, c'est pas toi, elle est blonde…

— Si elle est blonde, ça peut pas être mon affaire, rétorque Zelda.

Yacef lui aussi regarde le journal télé de 20 heures : et voit donc sa photo, filmée par la caméra cachée. Or le putain de sweat crème qu'il porte sur la photo, avec ce con de « A » bien en évidence sur la poitrine (la marque Adedi), il l'a encore sur lui aujourd'hui : au moment où il regarde cet enculé de journal de 20 heures.

Où se trouve-t-il alors ?

Sans doute planqué chez un pote de Paris, à Belleville. Car il se sent traqué. Il ne dort plus chez ses parents.

Il ôte le sweat incriminé, en enfile un autre, bleu foncé, avec la marque Billal Wissen inscrite sur le dos, en lettres blanches. Le sweat crème, roulé en boule sous le bras, il descend dans la rue, en contrebas : rue Piat. À la main, il a aussi une bouteille d'alcool à brûler. Il jette le sweat dans un coin de la rue, mal éclairée, près d'une benne à ordures, l'arrose d'alcool, y met le feu.

Il se rend ensuite, sur-le-champ, à Arcueil (rue Paul-Bert, sous l'aqueduc), peut-être avec un scooter prêté. C'est là qu'il a garé la Ford Fiesta volée qui lui a servi à transporter Élie jusqu'à Sainte-Geneviève-des-Bois. Il est 22 h 30 quand il atteint son but. Il planque son scooter à distance. Puis se dirige vers la Ford. À la main, il tient une autre bouteille d'alcool à brûler. Il ouvre une porte de la Ford, asperge d'alcool les sièges arrière (où fut hissé Élie avant qu'on le roule dans le coffre) et y met le feu à l'aide d'un briquet. La voiture s'embrase. Il fuit !

Il ne faut pas *laisser de traces* : c'est l'obsession de Yacef. Si les keufs trouvent dans la voiture des indices démontrant qu'Élie y a été transporté, ça sera facile pour eux de remonter jusqu'à Bagneux, où elle a été volée. Mais n'a-t-il pas laissé derrière lui, déjà, trop de traces, trop de témoins, beaucoup trop ? Celle qui l'inquiète le plus, c'est Zelda : elle parle à tort et à travers. Sans doute a-t-il téléphoné à Mam' et à Cappuccino pour qu'ils la surveillent (Mam' en effet a appelé Zelda, lui disant : « Boucle-la, les garçons, ils veulent nous tuer. Ils disent que les filles savent pas se la fermer ! »). Il téléphone aussi à la plupart des membres de la bande, pour les menacer : le premier qui ouvre la bouche, il est mort. Il a appris que Sniper a dit à des mecs, en confidence, que le type en photo, présenté au journal télé, c'est lui, Yacef. Il fonce à Bagneux, rue Stravinsky, interphone Sniper qui descend le voir dans la rue.

Capuche rabattue sur le crâne, Yacef jette partout des yeux apeurés. Dès que Sniper se présente à lui, il l'agresse :

— Qu'est-ce… Qu'est-ce… Qu'est-ce que tu dis qu'c'est moi, le mec de la photo ?

— C'est pas moi, c'est un « grand » qu'a dit ça.

— Ferme ta gueule ou t'es mort !

Il se rend chez nombre de ses potes, membres ou pas de la bande, pour leur taper du fric. Même des copains d'école du XIIe arrondissement qu'il n'a plus revus depuis des années (« J'ai fait des bêtises, leur dit-il, aidez-moi ! »). Il compte en effet tracer au plus tôt. S'envoler vers Abidjan. Il essaie de taper aussi sa famille. Il rend ainsi visite (on ignore quand, très certainement le 15 février, au matin) à sa sœur, Aïssatou, 30 ans, qui vit à Massy, banlieue sud toujours. Aïssatou ne sait rien de l'affaire, et elle n'aurait pas regardé le journal de 20 heures, la veille.

« Quand il a sonné chez moi, racontera-t-elle à la police, j'étais encore endormie. On a pris un thé ensemble dans la salle de séjour. On a échangé des banalités. »

Yacef s'inquiète qu'elle ne garde pas avec elle son fils, mis en pension chez leurs parents, à Bagneux…

— Je ne peux m'en occuper, dit-elle. Je travaille au noir, aux puces de Saint-Ouen. Il faut que je sois disponible…

« À un moment, je suis allée dans ma chambre. En revenant dans la salle de séjour, j'ai vu qu'il avait sorti de la banane qu'il portait à la taille une liasse de papiers froissés. Il les a étalés sur la table… »

— Jette ça à la poubelle, dit Aïssatou.

— Non. J'te les laisse…

« C'étaient des papiers avec des numéros de portables griffonnés dessus. Ce jour-là, j'ai trouvé Yacef bizarre. D'habitude, il parle beaucoup. Là, il était quasi muet. Il semblait absent, perturbé ou concentré dans ses pensées. J'avais l'impression qu'il ne m'écoutait pas. Quand je lui en ai fait la remarque, il m'a répondu :

— Tu m'saoules ! »

Yacef lui demande de l'argent. Elle refuse : il l'a trop souvent tapée. Avec le petit pécule qu'il a ramassé à droite ou à gauche, chez ses potes, il fonce en RER (changement à Antony pour prendre la navette) en direction d'Orly. Sortant de la navette quelques dizaines de minutes plus tard, il rejoint, au pas de course, la porte D de l'aéroport. À 10 heures, 51 minutes, 30 secondes, une caméra cachée, à hauteur de cette porte, filme un individu vêtu d'une casquette, de baskets, d'un pantalon-jogging gris à bandes bleues, d'un sweat à capuche bleu foncé (avec, sur le dos, l'inscription en lettres blanches Billal Wissen) et portant un sac à rayures bariolées. À sa ceinture, une banane grise est attachée. À 10 heures, 52 minutes, 30 secondes, une autre caméra, située dans l'aéroport, filme le même individu marchant à grands pas vers le comptoir de la compagnie Air France…

À 10 heures, 57 minutes, 4 secondes (moins de cinq minutes plus tard, donc), l'individu est filmé, revenant sur ses pas, vers la porte D, par une troisième caméra. Il regarde sa montre, fait demi-tour, court vers la porte E où une quatrième caméra le filme à 10 heures, 57 minutes, 40 secondes… Il passe devant les portes E, F, G. À 10 heures, 58 minutes, 37 secondes, il sort par la porte H…

C'est qu'il a dû apprendre, au comptoir Air France, que le prochain vol pour Abidjan ne partait pas d'Orly, mais de Roissy-Charles-de-Gaulle, de l'autre côté de Paris, au nord. Il est stressé, affolé, il se sera mal renseigné. Il fait une réservation… Ce vol est à 13 h 35. Il a donc encore pas mal de temps devant lui. Il dédaigne la navette et saute dans l'Orly-bus, menant jusqu'à Denfert-Rochereau, où il emprunte la ligne B du RER, direct vers Roissy : à 12 heures, 16 minutes, 22 secondes, une caméra de l'aéroport de Roissy le filme arrivant de la gare RER au pas de course et se dirigeant vers le terminal 2E, où il entre à toute allure… Il prend bientôt une place dans la file des voyageurs qui attendent d'accéder à la zone réservée : il est 12 heures, 32 minutes, 6 secondes. Il passe au « point d'inspection et filtrage » à 12 heures, 41 minutes. C'est ensuite dans l'escalier mécanique menant à la salle d'embarquement qu'il est filmé. À 13 heures, 18 minutes, 12 secondes, une ultime caméra saisit son image quand il monte dans la navette d'embarquement menant les voyageurs à leur avion.

Il est sauvé. Il est déjà « chez lui », en Côte d'Ivoire… ou presque. Là-bas, chez ses « frères africains », il est sûr qu'il sera en sécurité. La police française, les « Blancs », les « Céfrans », ne pourront plus lui nuire !

On n'étudiera les films, tournés par les caméras d'Orly et de Roissy, que longtemps plus tard, en fin d'enquête : trop tard.

« Oui, Yacef a pu faire des allers-retours entre Paris et Abidjan, avouera un responsable de la police. Mais on ne pouvait le coincer. À l'époque, on ne connaissait pas son identité. Le seul élément qu'on avait, c'était une photo de piètre qualité (film pris dans le cybercafé) montrant un Black encapuchonné cachant son visage avec une écharpe. Il y a des dizaines de milliers de passagers qui défilent… »

Marcelle n'a pas regardé le journal télé. Mais, le matin du mercredi 15 février, se rendant à son boulot, dans un grand magasin, place d'Italie, elle a un coup au cœur quand elle ouvre le journal gratuit *20 Minutes* ramassé dans le métro : « Dragué par une fille, tué par un gang », titre-t-on en page intérieure. À côté, la photo d'un Black, portant un sweat beige, capuche rabattue sur la tête. Plus bas, un autre titre : « Des cibles choisies sans raison apparente ». En dessous, deux portraits-robots d'une même jolie blonde, l'appât… qui ressemble étrangement à sa copine Agnès. Tout, tout à coup, lui revient en tête, comme un film projeté à rebours : les confidences qu'Agnès lui a faites une dizaine de jours auparavant sur ce kidnapping où on voulait l'impliquer. Marcelle n'y avait pas cru. Elle n'avait pas voulu y croire !

L'article donne le nom de la victime : Élie, 23 ans.

« J'ai tourné en rond, me demandant ce que je devais faire, raconte Marcelle. J'ai envoyé un SMS à Agnès : "*Je passe ce soir, c'est urgent.*" Vers 17 heures, j'ai reçu d'elle un message. Elle demandait que je la rappelle. Ce que j'ai fait à 18 heures : elle avait lu aussi les journaux [*Le Parisien* titrait : "Torturé à mort par ses ravisseurs"]. Au téléphone Agnès pleurait :

— Mon portrait est partout dans la presse ! »

— Bouge pas de chez toi, répond Marcelle.
J'arrive ce soir, après mon travail. On va discuter,
parler à tes parents. Ensuite, on ira ensemble au
commissariat.

« À 20 h 40, j'ai débarqué chez elle. On s'est enfermées dans sa chambre. »

— C'est la merde ! dit Agnès, en larmes.

— Je comprends pas, je croyais que tu avais tout
arrêté ? Est-ce toi qui as emmené ce garçon (Élie)
dans un guet-apens ?

— Non, je ne connais pas d'Élie.

— Mais un homme est mort dans cette affaire.

— J'y suis pour rien.

— Il faut que tu racontes tout à tes parents avant
d'aller à la police…

— Je veux rien dire à papa et maman !

Elles s'engueulent.

Toutes deux quittent l'appartement vers 21 h 15.
À son père, Agnès dit en s'en allant :

— Ce soir, je dors chez Marcelle.

Elles attendent à l'arrêt du bus 128. C'est au commissariat de Montrouge, une grande bâtisse de briques
rouges, avenue de la République (juste à côté de À
l'Ourson, le magasin de farces et attrapes), que Marcelle va accompagner son amie. Agnès veut bien se
rendre en effet à la police, mais pas à Bagneux :

— Si des mecs de Bagneux me voient entrer chez les flics, explique-t-elle, ils vont dire que je suis une balance. Il y aura des représailles.

(Les parents d'Agnès seront en effet menacés de mort quelques jours plus tard et devront déménager.)

— Faut que tu dises tout à la police, que tu parles de Gérard [Tête de Craie], conseille Marcelle.

Adoptant le vocabulaire des cailleras, ce qu'elle n'est pas, Agnès rétorque :

— Non, je *balancerai* pas Gérard.

« J'ai bien vérifié qu'elle était entrée dans le commissariat, avant de repartir chez moi, dira Marcelle, car je craignais qu'elle se dégonfle au dernier moment. Ensuite j'ai appelé ma sœur, je lui ai annoncé que le lendemain j'avais de fortes chances d'être moi aussi arrêtée. Ce qui fut le cas. »

« J'aurais pu sauver Élie si j'avais averti la police à temps, dès les premières confidences d'Agnès, regrette Marcelle. Je fais des cauchemars à ce sujet, j'imagine ce qu'il a enduré. Je n'ai pas été assez méfiante. J'étais trop attachée à Agnès. Je ne *réalisais* pas… J'ai du mal à assumer, vraiment, que je trempe dans un truc comme ça. »

Vers 22 heures, Marcelle appelle les parents d'Agnès :

— Voilà, votre fille est au commissariat de Montrouge, je l'ai accompagnée là-bas.

— Mais pourquoi ? demande la mère.

— C'est Agnès que représentent les portraits-robots publiés dans la presse, c'est elle qui a servi d'appât. Elle m'a tout dit avant que je l'emmène au commissariat.

— Je n'ai pas lu la presse, dit la mère, je ne sais pas de quoi il s'agit !

La mère d'Agnès met son mari au courant des faits. Il appelle immédiatement le portable d'Agnès.

— Je suis au commissariat, explique celle-ci, je dois voir le procureur tout à l'heure. Ne t'inquiète pas, je te rappelle demain matin.

23 h 20, la Crim', avertie entre-temps, se présente au commissariat de Montrouge et transporte Agnès au 36 quai des Orfèvres.

Ordre est donné aux policiers de Montrouge de ne communiquer aucune info aux médias sur cette affaire.

Cependant, la rumeur commence à courir. Big-Mac, dans la rue, croise Zou, un Zou au teint blême :

— T'as lu *Le Parisien* ? lui lance ce dernier.

— Non.

— Lis-le.

Un copain de Gérard, Hamidou, rencontre un groupe de potes devant le cyber Intercomm de l'avenue Henri-Ravera. Parmi eux, Ziz et Kabs. Ils sont en train de lire, justement, *Le Parisien*.

Un de ses potes montre à Hamidou la double page du *Parisien* où on voit la photo d'un Black en sweat beige, portant le sigle « A » d'Adedi sur la poitrine, photo prise par la caméra cachée d'un cyber du XIVe.

— Devine qui c'est, le Black sur la photo ?

— Je vois pas, dit Hamidou.

— Ça te dit rien, ce sweat Adedi ? Le mec, il vit au Cerisier.

— Yacef ?

— C'est ça.

Hamidou remarque que Kabs et Ziz font une mine atterrée.

Soudain, deux voitures de police, l'une à la suite de l'autre, remontent l'avenue Henri-Ravera.

Kabs et Ziz s'esbignent.

Le même 16 février, Yacef, qui, d'Abidjan, imagine, tel un nouveau Ben Laden, pouvoir lancer une campagne de terreur en France, envoie un message SMS à Daniel, père d'Élie. Il le menace de mort :

« Tu as gagné, tu es le prochain, enculé. »

Un autre message, le même jour, écrit au feutre bleu, est découvert sur un mur de la gare de Sainte-Geneviève-des-Bois, non loin de l'endroit où Élie fut trouvé, moribond.

Est-ce sur ordre téléphoné de leur Boss que les petits soldats de Yacef l'auront rédigé ?

« nous demandon 1 rencon de 450 000 euro SINOM nous turon 1 autre personne merci. »

Interrogée toute la nuit, au Quai des Orfèvres, Agnès explique comment elle a joué les appâts, puis y a renoncé. Elle raconte que l'organisateur du coup est un Black qu'elle connaît sous le nom de Mohamed (l'alias de Yacef). Mais elle refuse de dire comment s'appelle la personne, son petit ami, qui l'a mise en relation avec ce Mohamed. Ce n'est qu'à 6 h 20 du matin que, prenant la mesure de la gravité de la situation, elle craque :

— C'est bon, je dis tout, il s'appelle Gérard, son surnom est Tête de Craie, il habite cité du Cerisier.

La police possède une photo anthropométrique de Gérard, qui est fiché pour de menues infractions. Agnès l'identifie sur photo.

Immédiatement, à 10 heures du matin, des policiers en civil se mettent en planque en bas de l'immeuble où vit la mère de Gérard. Plusieurs voitures banalisées de la police, par ailleurs, circulent dans Bagneux...

À 19 h 30, deux femmes, l'une jeune, brune, jolie, l'autre plus âgée, blonde, sortent de cet immeuble en compagnie d'un garçon athlétique en jean baggy, portant casquette. Tous les trois s'installent dans une Renault Espace de couleur verte. Cette voiture tourne à gauche, dans l'avenue Henri-Ravera. Les policiers en planque la signalent aussitôt, par portable, aux voitures banalisées. La Renault Espace est appréhendée, trois minutes plus tard, au croisement de l'avenue Henri-Ravera et de la rue Jean-Marin-Naudin. Une dizaine de badauds assistent à la scène. On relève l'identité des personnes qui se trouvent à l'intérieur du véhicule. Il s'agit de Gérard, de sa mère Lydie et de sa fiancée Saïda.

« La maman de Gérard savait que son fils avait participé à une séquestration, dira Saïda plus tard. Mais j'ignore depuis quand elle le savait... J'ai pris conscience de ça lorsque des articles ont paru dans la presse. Elle m'a demandé :

« — Tu es au courant ?

« Elle avait peur pour Gérard. »

Gérard, Saïda et Lydie, après une brève escale au commissariat de Bagneux, sont envoyés au Quai des

Orfèvres. Gérard en a gros sur le cœur. Les larmes aux yeux, il déballe tout, en vrac, à 23 h 45.

Il donne l'identité des gens de la « bande », de ceux, du moins, qu'il connaît, et les identifie sur photographie : Yacef d'abord, demeurant chez ses parents, X allée du Cerisier ; Kid, X rue Pablo-Neruda ; Sniper, X rue Stravinsky ; Kabs, X allée du Cerisier ; Zou, X rue Tolstoï ; Ziz, X allée du Cerisier ; Cappuccino, X allée des Poiriers. Il ne connaît ni le nom véritable ni l'adresse du grand Black. Confronté à une multitude de photos d'Africains athlétiques, il croit en reconnaître un, à tort, un certain Diallo, demeurant rue des Vinaigriers, à Paris, dans le Xe.

Il donne aussi l'adresse de l'appartement où eut lieu la séquestration, 1 rue Maïakovski, troisième étage. Pour ce qui est de la cave où Élie fut séquestré en dernier lieu, il ignore où elle se trouve.

Vers 3 heures du matin, une centaine d'hommes de la BRB (Brigade de répression du banditisme), de la BRI (Brigade de recherche et d'intervention) et de la Crim' font route de Paris vers Bagneux, à bord de véhicules banalisés. Un grand coup de filet se prépare. On les a informés de la « haute dangerosité » des délinquants qu'ils doivent appréhender. Ils seraient en possession d'un pistolet automatique (sans doute le faux Beretta, tirant des cartouches à blanc, qui figure sur la première photo d'Élie envoyée aux parents[1]).

_____

1. « On avait fait le lien entre l'affaire Élie et celle du racket des médecins, où il y avait eu jet de grenade, m'a confié un responsable de la Crim'. L'opération était donc dangereuse. »

Huit équipes de policiers, vers 4 h 30 du matin, se trouvent chacune devant la porte des huit domiciles désignés par Gérard. Ils sont cagoulés et en armes. Chaque équipe possède un technicien qui, muni d'un vérin hydraulique, est chargé de faire sauter la porte pour qu'aussitôt tous s'engouffrent dans l'appartement et se saisissent du mis en cause.

Cette nuit-là, comme depuis bien des nuits, Sniper ne dort pas. Allongé sur un canapé, dans son salon, il guette, scrute, chaque bruit, chaque lointain crissement de pneus, chaque écho étouffé de voix. Il s'est rendu compte que quelque chose se passait en bas de son immeuble. Par la fenêtre, il croit apercevoir des ombres qui se faufilent. Dans l'escalier, il entend des pas, oui, ce sont bien des pas, ça n'est pas un rêve. Il se lève, se dirige vers la porte d'entrée de l'appart, y pose l'oreille.

Et vlan, brusquement, il la prend en pleine figure. La porte a quasiment explosé sous la poussée du vérin. Il tombe à la renverse : deux hommes masqués l'attrapent, le plaquent sur le ventre, lui mettent les mains dans le dos et les verrouillent aux poignets avec des menottes. Son amie Sheila et ses deux enfants, alertés par le bruit, assistent au spectacle...

À la même heure, c'est la porte de l'appart de Kid qui « explose ». Ses parents dorment par terre, dans le salon (car ils ne peuvent séjourner dans leur chambre, qu'ils ont repeinte de frais). Ils sont les premiers surpris. Ils hurlent. Dans une pièce au fond, Kid s'est réveillé. Il accueille les policiers à coups de pieds et de poings, criant : « C'est pas moi, j'ai rien fait. » Zou, de son côté, est arrêté chez lui sans résistance. Kabs aura droit à quelques horions.

Le faux grand Black est aussi appréhendé et bientôt relâché. Chez Yacef, on n'arrêtera bien sûr personne. L'oiseau s'est envolé sous les tropiques. Les parents, terrifiés, affirment qu'ils ne savent pas où il est… Quant à Cappuccino, on ne trouve à son domicile que sa mère. Il a dormi à Paris. On l'arrêtera, sur les 11 heures, à Issy-les-Moulineaux, au siège de Canal Plus où il s'occupait de la maintenance d'appareils photocopieurs. Le rôle exact de Cappuccino, dans cette affaire, n'est pas connu de Gérard, donc des policiers. Il sera libéré après une brève garde à vue, sans livrer le nom de sa petite amie, Zelda, l'appât qui a piégé Élie. Il ne sera arrêté à nouveau que sept jours plus tard.

Kid nie tout au départ, jouant les durs du haut de ses 17 ans. C'est sans doute Zou, ou Sniper, qui livrera les noms de Bibi et BigMac, interpellés dans les jours qui suivent. Krack, le grand Black, ne sera identifié qu'une semaine plus tard. Mais la police mettra du temps avant de se saisir de lui. Filou, le gardien d'immeuble, n'est qu'interrogé. On l'interpelle pour de bon le 21 février, quand on est mieux au fait de ses responsabilités… Dans l'appartement du 1 rue Maïakovski, où avait commencé la séquestration d'Élie, les policiers ne trouvent rien. Tout a été refait à neuf par les peintres. Seul vestige du précédent locataire : une affichette, collée sur la porte des W-C, où figure une prière : « Ô Dieu éternel dont la miséricorde est sans mesure, nous Vous rendons grâce pour les dons que Vous nous avez accordés par les mérites de sainte Rita. »

Les uns dénonçant les autres, et les autres les uns, les « Marseillaises » Natacha, alias Nats, et Dounia seront arrêtées, chez elles, à Marseille, tout comme Maurice.

Micmac et Suze, cela viendra plus tard.

À Bagneux, mails, SMS, coups de fil se multiplient, pendant ces actions policières, entre les membres de la bande et leurs proches :

« Wesh Mam' ivon tous afleury juska leur jugemen dsolé[1] », écrit-on à Mam'.

Interrogé au Quai des Orfèvres, l'après-midi même de l'intervention de la police, le père de Yacef dira :

— Mon fils a quitté la maison il y a deux ou trois semaines, mais je ne l'ai pas vu partir. Avant son départ, il vivait tout le temps chez nous. Il lui arrivait de dormir ailleurs, mais c'était rare. Je lui avais interdit de rentrer après minuit, car je trouvais qu'il ne nous respectait pas, nous, les parents. Il ne participait pas aux frais de la maison. Il venait, il mangeait, je ne pouvais pas le lui interdire. À la maison, il faisait attention, mais j'ignore ce qu'il faisait au-dehors. Il était croyant. Il allait tous les jours à la mosquée de Bagneux. À l'heure de la prière, il arrêtait tout. Il tapait ses petits neveux s'ils l'empêchaient, par jeu, de prier. Mais je ne pense pas qu'il

---

1. Texto du 21/2 : « Salut Mam' ils vont tous à Fleury jusqu'à leur jugement, désolé. »

soit intégriste. Pour ma part, je n'ai rien remarqué d'inquiétant de ce côté…

« *Je crois en Dieu, pas en l'Homme : mais je crois en ses intérêts* », m'écrira Yacef, trois ans plus tard, de sa prison. Telle est sa vraie religion.

À Abidjan, depuis deux jours, Yacef n'a plus d'argent. Il téléphone à nombre de ses potes, en France, pour qu'ils lui en envoient *via* Western Union, menaçant ceux qui refusent :

— Seules les montagnes ne se rencontrent pas !

Parfois il laisse des messages vocaux désespérés, comme à sa copine d'enfance Louisa :

« Vas-y, allô, ouais, c'est pour passer un petit bonjour, je sais que c'est la merde, mais quand même, t'as vu, on se connaît, merde. »

Malgré la mort d'Élie, il croit pouvoir encore, au fond de son délire, arracher à la famille la rançon, du moins une part de celle-ci. Il appelle Vichara, petite amie de la victime, le 17 février à 8 h 02, jour des obsèques :

— Eh, raccroche pas… MON ARGENT ! hurle-t-il.

Tel l'avare de Molière, il réclame sa cassette.

— Tu sais quoi ? poursuit-il, au téléphone. Je sais où t'habites et bientôt je vais t'envoyer mes copains. Tu vas rejoindre Élie. Tu vas… Vous devez me payer. Tu vas mourir. Tu t'es foutue de ma gueule… Tu vas trouver l'argent. Est-ce que t'as compris ça ? Je vais te dire comment t'envoies MON argent !

À cet instant, un proche d'Élie (ou un policier) prend le téléphone des mains de Vichara et lance au ravisseur :

— Donne-moi ton nom !

— T'es un rat, pédé !

Élie est mis en terre à 11 heures, dans le carré juif du cimetière de Pantin. Trois ans plus tard, son corps sera transféré à Jérusalem et enseveli au cimetière Givat Shaoul.

— Il fallait l'éloigner d'une terre qui l'avait torturé, expliquera sa mère. Là-bas, au moins, il peut se reposer.

Le lendemain, samedi 18 février, Zelda, qui se trouve chez sa mère, à Aulnay, reçoit un coup de fil de Mam' qui lui dit :

— Salut miss. Faut qu'on cause, c'est grave. Viens me voir à Bagneux…

Son chapeau enfoncé jusqu'aux yeux, le col de son manteau relevé et une écharpe lui cachant la moitié du visage, Zelda prend le RER, ligne B. À hauteur de la station Châtelet, elle est à nouveau appelée :

— Surtout, lui conseille Mam', débranche ton portable et enlèves-en la pile. Ils surveillent peut-être déjà ton téléphone…

Quelques minutes plus tard, Zelda se retrouve dans la chambre de Mam', chez la mère de celle-ci, cité du Cerisier…

— Cappuccino, Ziz et pas mal d'autres ont été arrêtés, dit Mam' que la rumeur a vite mise au courant du coup de filet policier, la veille.

Elles s'apitoient toutes les deux sur le sort de leur amant respectif. Puis sur leur propre sort.

— Ils vont nous arrêter nous aussi, c'est sûr ! dit Mam'.

— Le portrait-robot qu'a paru dans la presse, il me ressemble pas, répond Zelda. C'est pas avec ça qu'ils vont me retrouver… C'est pas moi, ce portrait. C'est une autre fille. C'est une autre affaire !

— C'est peut-être une autre affaire, mais ils te pinceront un jour. Et c'est grave pour moi, car, dans ce « plan », c'est moi qu'étais la « chef », c'est moi qu'ai tout organisé : j'ai indiqué à Yacef les boutiques où trouver les mecs[1], je lui ai dit comment les draguer… Yacef, il m'a appelée hier d'Abidjan. J'lui ai demandé de calmer les garçons qui veulent tuer toutes les filles… Il a été d'accord, il m'écoute, je l'influence… Les garçons gardent le contact avec lui…

— Qu'est-ce qu'il faut faire ?

— La fermer. Et préparer un plan, au cas où on est interrogées par les keufs. T'es enceinte, c'est un bon point. T'auras qu'à leur dire que t'as été violée par des voyous qui t'ont obligée à jouer les appâts ! Moi, en attendant, j'vais essayer de profiter d'la vie. Car on risque d'être bouclées en zonzon pour perpète ! En tout cas, si on m'arrête, je parlerai pas : j'suis pas une balance…

---

1. Selon le témoignage de Zelda, infirmé par Maëlle.

C'est ainsi qu'en vertu de l'effet de miroir du spectacle, ceux qu'on « aime haïr » en tant que modernes barbares ne sont que trop enclins à aimer être haïs sous cette figure, et à s'identifier à leur image préformée. Ils « ont la haine »...

Jaime SEMPRUN,
L'abîme se repeuple, 1997.

Ses cinq premiers jours à Abidjan, Yacef les a passés à l'hôtel Ken'ti, dans le quartier de Marcory. Mayaki, 19 ans, sa petite amie locale, l'y a rejoint. C'est un hôtel interlope, où chaque chambre est pourvue d'un grand miroir reflétant le lit. Nombre de militaires français y passent, avec des filles. Or les journaux locaux, la télévision, ne cessent de parler de lui :

— Je suis devenu une star ! s'exclame-t-il un soir qu'on montre sa photo au journal TV de 20 heures.

Mayaki est amoureuse. Yacef doit lui apparaître comme une sorte de « prince charmant », effrayant certes. Drogue, misère, maladie, prostitution, crime, c'est le cauchemar où a versé ce qu'on appela jadis le « miracle ivoirien ». Elle s'accroche à lui. Mais le harcèle néanmoins de questions sur l'affaire, d'autant que plusieurs de ses copines l'ont mise en garde.

— T'inquiète ! répond-il simplement.

Craignant d'être repérés, ils quittent le Ken'ti et louent un appartement, dans une résidence, à Marcoussy, un autre quartier. Mais le gérant, qui a identifié Yacef, lui demande de quitter les lieux au bout de deux jours. Ils se rendent aussitôt dans un hôtel tout proche, le Dôme d'or…

Yacef n'a plus en poche que 100 000 francs CFA. Ça paraît énorme, mais c'est l'équivalent seulement de 150 euros (or une chambre dans un hôtel type Ken'ti vaut 30 euros). Il est au bout du rouleau…

Il décide, en dernier ressort, de se rendre chez sa grand-mère, qui vit à Abobo-Avocatier, quartier populaire au nord d'Abidjan. C'est une vaste demeure où habitent par ailleurs plusieurs de ses cousins, dont un certain Kouassi, sur l'aide duquel il compte… Cela fait des années qu'il ne leur a pas rendu visite, bien qu'il soit revenu à de multiples reprises à Abidjan. Il n'annonce pas son arrivée par coup de fil…

Sur les lieux, il ne trouve qu'un de ses demi-frères, Akadjé, 36 ans, chauffeur. En apercevant Yacef, qui s'encadre dans la porte d'entrée, Akadjé a du mal à dominer sa terreur. La presse locale n'a rien caché en effet de l'horreur du crime attribué à Yacef, et des tortures qui l'ont précédé.

— Kouassi n'est pas là, il est à son garage ! explique Akadjé.

Kouassi est mécanicien.

Yacef, se servant du portable de Mayaki, appelle celui-ci…

— Voilà, ben… je suis chez toi.

— Comment se fait-il ? répond Kouassi. Ça fait des années qu'on n'a plus de nouvelles de toi !

— Ben… J'ai fait une gaffe en France…

— J'arrive.

Il est 14 heures et quelques. Kouassi, 40 ans, est lui aussi au courant de l'affaire. Il a vu la télé et échangé des coups de fil avec des proches de Yacef, à Bagneux. Quand il arrive chez lui, Akadjé, Mayaki et Yacef regardent la télé, où il est justement question du meurtre d'Élie…

— Quel a été ton rôle là-dedans ? demande Kouassi.

— Rien, mais je connais ceux qui ont fait ça…

Kouassi ne le croit pas. D'ailleurs, comme la conversation se poursuit pendant une bonne heure, Yacef se déboutonne peu à peu :

— ON a été forcés de tuer Élie, avoue-t-il, parce qu'il avait vu la *blonde arabe.*

La *blonde arabe* en question, qui n'est ni blonde ni arabe (on ne sait trop pourquoi il la définit ainsi), c'est Zelda : une Persane brune (quoiqu'elle se soit fait décolorer des mèches, il est vrai).

— Une belle fille, précise Yacef qui se vante de l'avoir eue pour petite amie, ce qui est faux.

Un moment, interrompant la conversation, Yacef va s'isoler dans une pièce pour faire sa prière, tourné vers La Mecque. Quand il revient, il lance à Kouassi, sur un ton moralisateur :

— Tu ne fais pas assez tes prières.

(« En 2002, raconte Kouassi, Yacef avait passé une semaine chez moi. Il priait huit ou neuf fois par jour. Il faisait les prières surérogatoires[1] ! »)

— On dit qu'Élie a été brûlé avec des cigarettes ? demande Kouassi.

— Ouais, avoue Yacef sur un ton de vantardise, j'lui ai écrasé des mégots sur les fesses et la pine !

À un moment, Yacef se lève :

— Faut que j'aille téléphoner d'un cyber, dit-il. Viens avec moi, Mayaki.

— Y'a un cyber juste à côté, en face de la mosquée blanche, leur dit Kouassi. Je vous accompagne, je dois acheter des yoghourts…

Comme le couple est déjà sorti, Kouassi prend à part Akadjé et lui murmure :

— Téléphone à mon copain Rocco, il a un cousin dans la police qui s'appelle Ayo. Explique-lui la situation et dis-lui de mettre Ayo au courant. Il faut qu'on organise un guet-apens pour faire arrêter ce cinglé de Yacef… Demande à Rocco de nous rejoindre à la maison.

Rocco vit à côté.

Kouassi rejoint ensuite Yacef et Mayaki.

— J'vais appeler un Libanais, dit Yacef, il doit m'envoyer quatre millions de francs CFA (6 000 euros). Avec cet argent, moi et Mayaki, on va se réfugier en Indonésie.

---

1. Prières que l'on fait en plus des cinq prières quotidiennes obligatoires.

Kouassi les voit s'enfermer dans une cabine du cyber. Avec des téléphones reliés à Internet, on y appelle la France pour pas cher, autour de 15 centimes d'euro la minute…

Très rapidement, Yacef et Mayaki ressortent de la cabine. Yacef explique que le « Libanais » auquel il a téléphoné va bientôt rappeler le portable de Mayaki.

Ils reviennent tous les trois chez Kouassi. Et comme prévu, le portable de Mayaki sonne. Mayaki déclenche le haut-parleur de son appareil, de sorte que Yacef, et donc Kouassi, qui est présent, puissent tout entendre. Yacef souffle à l'oreille de Mayaki ce qu'elle doit raconter.

« Le Libanais était d'accord pour payer, racontera Kouassi plus tard à la police. Mayaki, à la demande de Yacef, lui a dit qu'il fallait remettre très vite l'argent. Elle a expliqué comment faire. Il s'agissait de procéder à une transaction parallèle : le Libanais devait donner l'argent à un Ivoirien en France, tandis qu'un autre Ivoirien à Abidjan remettrait l'équivalent de la somme à Yacef. En fait, c'était Mayaki et moi qui devions récupérer l'argent le lendemain à Abidjan. »

Yacef comptait-il, en terrorisant de loin Vichara, l'obliger à payer 6 000 euros à un intermédiaire, à Paris ?

Il avait d'autres cordes à son arc, mais des cordes singulièrement élimées. Le même jour, du même cyber sans doute, c'est Khaled qu'il appelle, à Bagneux (le Khaled qui avait commandité le coup contre Zacharie). Il lui demande de se rendre chez son ami Mario, un métis, musulman, avec qui Yacef allait prier et discuter religion (« Ils avaient des rapports *spiritueux* », dira un témoin). Khaled doit demander audit Mario de se rendre le même soir dans une cabine téléphonique publique de Montrouge où Yacef l'appellera, à 22 heures précises. Yacef compte que, par amitié, Mario lui portera secours. Et fera pour lui une collecte auprès des « amis ». Peut-être est-ce d'ailleurs l'argent de Mario qu'il veut faire verser le lendemain à l'intermédiaire « libanais » de Paris...

... Ces illusions vont bientôt définitivement s'évanouir. Rocco, à qui Akadjé a téléphoné, vient d'arriver chez Kouassi. 27 ans, entrepreneur, Rocco a rendu visite, entre-temps, à son cousin Ayo, policier au commissariat du XVe arrondissement d'Abidjan. Il prend à part Kouassi et lui explique quel guet-apens a été mis au point : à 22 heures, un barrage sera organisé à hauteur du rond-point de la gendarmerie, dans le quartier d'Abobo. Kouassi, au volant de sa voiture, devra, tout « innocemment », se présenter devant ce barrage à l'heure dite, transportant avec lui Yacef, Mayaki et, comme gardes du corps, au cas où ça tournerait mal, Akadjé et Rocco. Il est 20 heures. On en profite pour dîner.

C'est la dernière Cène.

Yacef, général sans armée, est « trahi » de toutes parts. Khaled, qu'il harcèle de coups de fil, avec le portable de Mayaki, pour savoir s'il a contacté Mario, ne répond pas. Il a manifestement débranché son appareil. Il ne veut plus se mouiller dans cette histoire. La cote de Yacef s'est écroulée. Yacef n'est plus rien...

400

À la fin du dîner, Kouassi dit à celui-ci :

— Cette nuit, tu peux pas dormir chez moi. Tu es identifié. Je suis de ta famille. La police risque de débarquer ici. Il vaut mieux que je te conduise chez mon ami Rocco.

Bientôt, ils montent tous dans la BMW grise de Kouassi (dont le numéro minéralogique et la description ont été donnés à la police). Ils se dirigent vers le carrefour de la gendarmerie. La nuit est sombre. Discrètement, Kouassi lance des appels de phares…

À hauteur des feux rouges du carrefour, plusieurs policiers en armes surgissent soudain, soufflant dans un sifflet et faisant un geste de la main à la voiture pour qu'elle s'arrête…

— Contrôle d'identité ! dit un gardien de la paix, se penchant vers le chauffeur…

— J'ai pas mes papiers ! ment Yacef.

— C'est faux ! On vous connaît ! rétorque un policier.

Les quatre hommes et Mayaki, sous la menace de mitraillettes, sont priés de sortir de la voiture. On les emmène au commissariat du XVe arrondissement. C'est une comédie montée à l'avance, bien sûr. Une seule personne est visée : Yacef.

— Enlève la puce de ton téléphone et jette-la en douce, a-t-il le temps de murmurer à l'oreille de Mayaki.

Au commissariat, Yacef, pris à part, est fouillé. Dans son blouson, on trouve un passeport français à son nom, un passeport français vierge (acheté 1 500 euros à Barbès en prévision de sa fuite). Dans son sac à rayures, des slips, des chaussettes, un talisman, un Coran.

Au début, il ne comprend pas très bien ce qui lui arrive. Il espère qu'il ne s'agit que d'un simple contrôle d'identité. Mais il déchante vite en voyant débouler bientôt dans le bureau où il est interrogé deux policiers français de la Crim', arrivés la veille à Abidjan, dans le cadre d'une commission rogatoire internationale. Les accompagne, en uniforme, un colonel de l'armée française…

— Qu'est-ce que vous me voulez, bande de chiens ? leur lance-t-il.

— On est là pour te ramener en France où tu es recherché pour meurtre.

— J'vous emmerde, j'suis un moudjahid. Allah akbar !

Ce même soir, à Paris, les affiches de cinéma annoncent la sortie de *Get Rich or Die Tryin'*, avec le rappeur Fifty Cents. Le lendemain, les médias français titrent sur Yacef : « Le cerveau du gang des Barbares sous les verrous ».

C'est alors, semble-t-il, qu'est apparu le terme « barbares » pour désigner les membres de la bande. Invention de la police ou des médias, sans doute. Voulait-on signifier, ainsi, qu'ils étaient *étrangers* à notre monde, au fonctionnement donc de nos sociétés : *barbares* ?

Les presses américaine, européenne et israélienne prennent le relais…

(« On parle de moi même à Hollywood ! » s'étonne Yacef.)

402

À Paris, des manifestations « à la mémoire d'Élie et contre la montée de l'antisémitisme en France » sont organisées : le 19, puis le 26 février. Elles empruntent le même chemin que le cortège musulman qui, une dizaine de jours auparavant, hérissé de drapeaux verts, protesta, aux cris d'Allah akbar, contre la parution des caricatures de Mahomet : de la place de la République jusqu'à la place de la Nation.

Le 26 février, ce sont des drapeaux israéliens bleu et blanc qu'on brandit. « Marianne, réveille-toi, les barbares sont toujours là ! » clame la foule. Ou : « Non à une France raciste ». Quelques extrémistes crient : « Peine de mort pour Yacef », « Yacef salaud, le peuple aura ta peau ». En tête de cortège, un carré de VIP du show-business et du monde politique, encadrés par la police : Philippe Douste-Blazy, ministre des Affaires étrangères, Jean-Louis Debré, président de l'Assemblée nationale, Bertrand Delanoë, maire socialiste de Paris, Simone Weil, Jean-Marie Lustiger, Jean-François Copé, Benjamin Atban (président de l'Union des étudiants juifs de France), Dominique Strauss-Kahn, Arnaud Montebourg, Arno Klarsfeld, Jack Lang, Bernard Kouchner, Brice Hortefeux, Roger Cukierman (président du CRIF), Dominique Sopo (président de SOS racisme), Patrick Gaubert (président de la Licra), François Bayrou, Françoise de Panafieu, Patrick Devedjian, Gad Elmaleh, Arthur (animateur sur TF1), Marek Halter, Doc Gynéco, Jane Birkin, Tiken Jah Fakoly (chanteur de reggae ivoirien engagé dans le combat pour l'Afrique), André

Glucksmann, ex-mao. Le plus en vue étant Nicolas Sarkozy[1], ministre de l'Intérieur…

— Sarkozy démission ! crient les uns.

— Sarkozy président ! répondent les autres.

Les représentants du FN et Philippe de Villiers sont expulsés du cortège.

Commence, *urbi et orbi*, une partie de cartes politique : nationale et internationale…

L'interrogatoire des différents protagonistes permet de mieux cerner l'importance du rôle de Cappuccino dans cette affaire. « C'est lui, dit Yacef, qui a financé le coup. » « Financer » est un grand mot. Il ne s'agit que de quelques billets de 50 euros. Cappuccino est interpellé à nouveau : chez lui, à 6 h 10 du matin, le 24 février. On le surprend au lit, en sous-vêtements. Interrogé presque aussitôt, il commence par mentir. Mais, à 12 h 30, il passe à table : livrant le nom et l'adresse de sa petite amie Zelda, pièce essentielle du puzzle, puisqu'elle est l'appât sans lequel Élie n'eût jamais été kidnappé.

À 16 h 05, la police investit la maison de madame Yasmine, à Aulnay-sous-Bois. La mère et la sœur de Zelda sont là, mais pas Zelda. Elle est en consultation à l'hôpital Ballanger, non loin. C'est à son retour

---

1. Avant cette manifestation, le 23 février, le président de la République Jacques Chirac et le Premier ministre Dominique de Villepin, rival de Nicolas Sarkozy, s'étaient rendus à la synagogue de la Victoire à une cérémonie funèbre en mémoire d'Élie. Où ne vint pas Nicolas Sarkozy. La présidentielle de 2007 se préparait.

d'hôpital que, chapeau enfoncé jusqu'au nez, col de manteau relevé, elle est appréhendée par deux inspecteurs de la Crim' : à 16 h 40, au moment même où elle pousse le portail du pavillon qu'avait acheté sa mère, s'endettant jusqu'au cou pour la préserver de l'influence des cailleras.

Emmenée au Quai des Orfèvres, elle est fouillée à corps, devant se déshabiller entièrement, par un policier de sexe féminin. On l'interroge ensuite sur son identité :

— Je suis née en Iran, en 1988, j'ai acquis la nationalité française il y a deux ou trois mois.

On la met alors à mijoter, une heure et quelques, dans la « cage », petite cellule aux murs jaunes, étroite, meublée d'une seule banquette, qui jouxte les bureaux des inspecteurs de la Crim'.

À 19 h 10, c'est sur les « faits » qu'elle doit s'expliquer. Elle ne cherche pas à se dérober. Elle dit tout ce qu'elle sait : la première tentative de kidnapping, contre un certain Raymond de Bagneux, en avril 2005 ; puis celle contre Élie. Le rôle-clef de Mam', qui, dans les deux cas, l'a recrutée comme « appât », est ainsi révélé à la police.

Mam' est arrêtée. Comme on montre à celle-ci les photos d'Élie moribond, crâne rasé, brûlé, blessé, prises à Sainte-Geneviève-des-Bois, elle semble indifférente. C'est du moins l'impression qu'ont éprouvée alors les inspecteurs.

Cependant, à Abidjan, où il continue d'être interrogé par deux Français de la Crim', sous les yeux de policiers ivoiriens, Yacef passe de l'exaltation (« Je suis un guerrier du djihad ! ») à la déprime, faisant alors son mea culpa et narrant assez précisément les faits (« Je pensais que les parents d'Élie paieraient tout de suite. Je ne m'attendais pas à devoir gérer un otage pendant trois semaines. Les geôliers, je les terrorisais. Je regrette l'issue tragique de cette histoire »). Parfois il se rebelle, saute sur un policier français qu'il frappe avec ses menottes, le blessant à la lèvre, puis il est maîtrisé et l'interrogatoire se poursuit.

— Ce kidnapping a été commis à des fins financières, assure-t-il, niant le présupposé antisémite, tout en tenant des propos… antisémites.

— Si on s'en est pris aux Juifs, c'est qu'ils sont riches. On était certains de se faire un bon magot, un point c'est tout !

Les policiers autorisent Mayaki à lui rendre visite dans sa cellule, pour qu'il se « détende ». Il y est interviewé par des journalistes et la chaîne i-Télé. Vêtu d'un sweat noir Adedi, il sourit, plaisante. Avec deux doigts, ironiquement, il fait le V de la victoire, se lançant dans une diatribe politique confuse :

— Je suis un Ivoirien dans le sang et mon cœur, j'aime tous mes frères… L'enlèvement, l'enlèvement, il a été fait à des fins financières pour pouvoir évoluer dans une situation et faire évoluer aussi des gens en Afrique, en Côte d'Ivoire. En ce moment en Côte d'Ivoire, c'est un peu difficile pour les gens par rapport à la guerre qu'il y a. Il y a toutes les personnes qui souffrent. Il y a une situation qui révolte les cœurs, quoi, qui donne envie de se lever et de marcher parce que les Africains, c'est pas des chiens, c'est pas des cons. Et ils voient tout ce qui se passe…

— Qu'est-ce que vous avez à dire à la famille d'Élie ? demande un reporter télé.

— C'est que malheureusement leur enfant, ils ne le reverront plus. Et leur enfant, je l'ai pas tué, même si tout le monde dit je sais pas quoi. Et aussi j'ai envie de dire une chose : qu'en Afrique il y a beaucoup de gens qui meurent et ils passent pas à la télé...

Sur i-Télé donc, Yacef nie avoir commis le crime. De même que lors de ses interrogatoires à Abidjan, les 23 et 24 février. En revanche, il charge à fond un certain Krack (un type de Bobigny qui lui aurait été présenté par Sniper) :

— Ce Krack est un Noir très balaise, impressionnant. On l'appelle aussi Crim. Je ne connais pas son vrai nom...

Il charge encore deux acolytes maghrébins de ce Krack, qui auraient participé au kidnapping, mais dont il affirme ignorer l'identité : Krack servait d'intermédiaire entre eux et Yacef.

La nuit du 12 au 13 février, ultime nuit de séquestration d'Élie, Yacef (à ce qu'il prétend) aurait bien placé l'otage dans le coffre de la Ford Fiesta blanche volée. Il serait bien parti seul, à 4 heures du matin, au volant de cette voiture. Mais c'était pour remettre l'otage à Krack, qui, en compagnie d'un de ses comparses rebeus, l'attendait dans le parking du supermarché Cora, à Bagneux.

— Krack et un des Arabes étaient à bord d'une Peugeot 406 V6 verte, raconte Yacef aux policiers. Ils m'ont dit que cette caisse avait été volée. Krack m'a aidé à sortir Élie de ma voiture, la Ford Fiesta.

Et on l'a mis dans le coffre de la Peugeot. Krack et le Rebeu sont alors partis avec la Peugeot sur la nationale 20. Ils ont roulé en direction de la Vache-Noire.

Un centre commercial.

Quelques heures après, Yacef serait allé voir Krack, dans une cité, à Bobigny (la cité de l'Étoile, prétend-il). Par téléphone, ils étaient convenus d'un rendez-vous au bas d'une tour. Krack lui aurait dit :

— Cette nuit, on a emporté l'otage à Sainte-Geneviève-des-Bois. On l'a « déposé » dans un terrain vague, pieds et poings liés. On l'a aspergé avec de l'acide et on y a mis le feu. Ça a fait une boule de flammes ! Ensuite, on s'est défilés... sans se faire remarquer.

L'affaire prend des proportions internationales. Tzipi Livni, ministre des Affaires étrangères israélien, rend visite à la famille d'Élie, à Paris. Par ailleurs, la juge d'instruction en charge ajoute à la qualification du meurtre celle d'antisémitisme[1]. Une quarantaine de jours plus tard, le 10 avril 2006, un colosse de type africain, glabre, portant un blouson, un jean, un tee-shirt Armani Sport Wear et, sur la tête, une casquette Nike noire frappée des initiales NY, pousse la porte de l'hôtel de police de Bobigny, 45 rue de Carency...

---

1. Seuls Yacef et Kid se verront infliger les circonstances aggravantes d'antisémitisme.

— Je suis recherché, dit-il au préposé à la réception, c'est pour l'affaire du kidnapping d'Élie. Je m'appelle Charles X, mon surnom est Krack. Je me rends parce que je n'ai pas envie de passer toute ma vie à me sauver...

On le transfère immédiatement au Quai des Orfèvres. Sur ses genoux, dans la voiture cellulaire, il a posé son « baise-en-ville », un sac Lafuma, qui contient divers objets utilitaires et des habits, car il sait qu'il est « parti » pour un long séjour en prison : du savon liquide, du gel douche, du shampooing, du dentifrice, deux brosses à dents, un flacon de parfum Cerutti ; des baskets Nike air-max-plus, pointure 45 ; des chaussures noires Armani ; trois pantalons Hugo Boss ; un pantalon G Star ; une veste noire Adidas ; six caleçons, un pull-over, une écharpe.
Taulard pour taulard, il sera un taulard de « marques ».

Pendant la quarantaine de jours qui avaient précédé, c'est-à-dire depuis l'arrestation des premiers membres de la bande, le 17 février, Krack avait fait le gros dos. Il s'était d'abord planqué chez ses parents : Roger X, 50 ans, le père, commerçant, et Aline X, 47 ans, la mère, comptable, tous deux catholiques et de nationalité sénégalaise. Ils ignoraient bien sûr que leur fils était impliqué dans cette affaire. À leur domicile, il se sentait en sécurité : aucun des membres de la bande en effet, même pas Yacef, ne connaissait son adresse ni son identité réelle. Quand on voulait le contacter, on l'appelait sur son portable pour lui fixer rendez-vous dans un lieu anonyme. Seuls Yacef et Sniper avaient son numéro.

Mais le 23 février, lorsque fut annoncée l'arrestation de Yacef, à Abidjan, Krack avait préféré fuir de chez ses parents, craignant que le « Boss » ne livre des éléments qui permettraient de remonter jusqu'à lui. Par ailleurs, le battage médiatique autour de l'affaire ne cessait de croître. Tout ça le dépassait. Il paniquait.

Parti du logis familial, il avait dormi chez un pote, chez un autre, à « Boboche », changeant sans cesse de domicile. Ça durera six semaines donc, jusqu'à ce qu'il se rende – six semaines de traque : les policiers, en effet, ont fini par l'identifier. Interrogé par la Crim', le 17 février, sur ses liens avec Bobigny, Sniper avait répondu, mentant avec assurance :

— À Boboche, je connais personne, sauf deux potes que j'ai rencontrés dans un concert, Rapetou et Krack. J'ignore leur réelle identité, mais j'ai leur numéro de portable, 06 21... et 06 27... Ces types n'ont absolument rien à voir avec le kidnapping.

Sniper redoutait que la police, en étudiant la facture détaillée de ses communications téléphoniques, n'y trouve trace de ce Krack et de ce Rapetou. Il avait donc préféré révéler leurs numéros. Pour autant, il ne les « balançait » pas, puisqu'il assurait qu'ils n'avaient pas trempé dans l'enlèvement. La police n'y croit pas : ce Krack dont parle Sniper doit être la même personne que le Krack évoqué par Yacef. D'ailleurs, lors d'une perquisition, on a trouvé chez

Aïssatou, sœur de Yacef, un morceau de papier, griffonné par celui-ci, où, en face du nom Krack, figurait le même numéro que celui donné par Sniper : 06 27... On analyse illico les appels reçus et passés *via* ce numéro sur la période des deux précédents mois. Ça permet de cerner plusieurs interlocuteurs privilégiés de Krack. Parmi eux : des jeunes femmes, Nathalie, Fatima, Aïcha ; et un certain Roger X, vivant, comme elles, dans la cité Paul-Verlaine, à Bobigny. On étudie la liste des personnes fichées sur ce secteur. On découvre ainsi que ce Roger X est père de deux jeunes gens, Christopher, 25 ans, et Charles, 19 ans, « connus des services de police ». On a la photo anthropométrique des intéressés. Celle du second, Charles, correspond aux descriptions physiques données par Yacef. Elle correspond aussi aux descriptions qu'a faites Tête de Craie du « Grand Black » venu le sermonner un soir, quand il avait voulu cesser d'être geôlier. Tête de Craie, en prison, l'identifie sur la photo anthropométrique qu'on lui montre. Sniper, d'un autre côté, y reconnaît « son » Krack. La boucle est bouclée : Krack, c'est Charles. Il est un des kidnappeurs. Peut-être est-ce l'assassin d'Élie.

Le 25 février, à 6 heures du matin, quarante-cinq jours donc avant la reddition de Krack au commissariat de Bobigny, la porte de l'appartement de Roger X vole en éclats : la police ne trouve que les parents du fugitif, Roger, Aline, et ses deux sœurs, Jeanne, 28 ans, qui a fait de brillantes études de psychologie, et Marie, 10 ans.

— Je ne sais pas où Charles peut bien être, confie Aline à la police. Ça fait plusieurs jours qu'il ne dort plus à la maison. Quand on veut le rencontrer, le mieux, c'est d'aller sur la « dalle » ou au centre commercial Bobigny-2. Il a l'habitude d'y traîner...

Au même moment, la porte de Nathalie (autre correspondante téléphonique de Krack) explose : terrifiée, elle « reçoit » les types cagoulés de la BRI en chemise de nuit. C'est une Gauloise de 35 ans, employée à la SNCF. Personnage pour le moins surprenant, même aux yeux des policiers qui en ont vu de toutes les couleurs. Sur la photo anthropométrique qu'ils lui mettent sous le nez, elle reconnaît la personne recherchée :

— Çui-là... ouais... il a dû passer chez moi y'a une semaine. Seul ou avec un copain. Il ne vient que pour faire l'amour. Je sais pas trop comment il s'appelle... Faut dire, précise-t-elle avec forfanterie, que, chez moi, ça défile. J'suis nymphomane. J'ai au moins une quinzaine de nouvelles liaisons par mois. Mais j'me fais pas payer.

Après celle de Nathalie, c'est la porte de Fatima qu'on défonce : 37 ans. Elle reconnaît l'homme dont les policiers lui montrent la photo...

— À moi, il m'a dit qu'il s'appelait Omar, raconte-t-elle.

Omar est en effet le prénom que Krack a acquis quand deux ans auparavant il s'est converti à l'islam. Il utilise ce blase pour draguer les filles. Krack, c'est pour les potes et le bizness. Charles, pour la famille et l'administration.

— Il venait me voir de temps en temps, rien que pour le sexe, poursuit Fatima... Un soir, il a débarqué avec un copain, j'ai refusé, mais j'ai accepté de voir ce copain seul... Il y a quatre jours, Omar est passé me dire « c'est fini ». J'étais fatiguée. Je lui ai demandé de prendre ses affaires et de foutre le camp. Ça l'a vexé. Il est parti. Mais quelques instants plus tard j'ai reçu ce SMS : « *Tu me dis sa* (lit-on sur l'écran du portable qu'elle montre aux policiers) *ta pa honte, oubli moi salope.* »

Chez Aïcha (autre correspondante téléphonique de Krack), les policiers trouvent un appartement vide. Pour la bonne raison qu'elle a passé la nuit précédente (celle du 24 février donc) à l'hôtel, à Paris : en compagnie justement d'un « grand Black » qu'elle ne connaît elle aussi que sous le nom d'Omar...

Trois heures plus tard, vers 9 heures du matin, Aïcha, qui ignore l'intervention de la police à son domicile, prend tranquillement son petit déjeuner avec Omar. Ils se regardent, assis face à face, dans la cafétéria de leur hôtel.

— J'te kiffe, Doudou ! lui dit-elle, s'amusant à employer le langage des cailleras.

Elle est bibliothécaire dans un lycée de Seine-Saint-Denis. Elle ne le connaît que depuis deux semaines (« Il avait un physique impressionnant : une force de la nature », explique-t-elle). Il l'a draguée dans la cité où ils vivent tous les deux. Ça l'a un peu surprise, au départ, car elle a dix ans de plus que lui.

Brune, frisée, plutôt petite, elle ne se savait pas si « sexy ».

Le portable d'Aïcha sonne soudain. Elle décroche. C'est Khalid, le gardien de son immeuble, cité Paul-Verlaine, qui l'appelle :

— Aïcha, j'te téléphone parce que les flics, ils sont venus chez toi ce matin, à 6 heures. Ils ont défoncé ta porte. C'était pas de la rigolade ! Ils étaient en armes et cagoulés. Des types de la BRI. J'ai dit que j'savais pas où t'étais…

— Je viens ! répond-elle.

Des policiers qui cassent la porte d'une petite bibliothécaire jamais sortie du droit chemin ? Qu'y comprendre ? Elle a le sentiment que tout ça est une conséquence de sa liaison avec Krack. Après tout, qui est ce type ? Elle ne le connaît qu'à peine…

Elle l'observe. Placidement, il achève un croissant.

— La police a perquisitionné chez moi ce matin, dit-elle. Ils ont défoncé ma porte. Ça, c'est à cause de toi, j'en suis sûre. T'as dû faire un sale coup. Ils te pistaient. Ils ont su que je te fréquentais. Qu'est-ce que t'as fait ?…

Omar-Krack sourit, ne perdant pas un instant son calme.

— T'inquiète, bébé, moi j'ai rien fait. Ça doit être une erreur. Les flics, c'est n'importe quoi en ce moment.

— L'autre jour, au téléphone, tu m'as dit que le week-end dernier t'avais fait des trucs de narvalo [fou]. C'était quoi ? T'as rien voulu m'expliquer.

— J'ai rien fait, j'ai rien fait.

(Le « week-end dernier », c'était tout juste après le coup de filet de la police, à Bagneux, 17 février, où plusieurs membres de la bande furent arrêtés. Krack avait donc de bonnes raisons d'être « narvalo ».)

Ils se regardent, les yeux dans les yeux.

« Ce type s'est foutu de moi, songe-t-elle. Il m'a utilisée. Il est en cavale, c'est ça. C'est pourquoi il voulait qu'on parte ensemble en voyage ce week-end. Pour tracer ! Et profiter de mon argent… Il m'aime pas. J'ai rêvé ! »

Au lieu de tracer au loin, ce qu'elle avait refusé, ils étaient allés, la veille, au cinéma, dans le quartier de l'Opéra. Ils ont vu *Olé*, avec Gérard Depardieu et Gad Elmaleh… Après la séance, il a déclaré qu'il voulait faire un tour… à la tour Eiffel. « J'y suis jamais monté. » La tour Eiffel, c'est loin (socialement loin) de Bobigny ! N'était-il pas temps pour lui de la visiter avant qu'on ne le fourgue en prison pour perpète peut-être ? Aïcha comprendrait ça, après coup. Krack se savait cerné, cramé ! Il brûlait ses derniers instants de liberté.

Ensuite, ils avaient dîné au resto. Il avait fait des projets d'avenir :

— T'y penses pas, avait dit Aïcha, je suis trop âgée pour toi.

— J'te kiffe, c'est ça qui compte.

— Mais tu travailles pas, t'as pas d'argent.

— Je travaillerai. J'ai pas envie d'faire comme les clodos de la cité.

À la fin du dîner, il avait dit :

— Ce soir, tu es à moi !

Ils avaient cherché un hôtel. Mais, pendant la nuit, il ne l'avait pas touchée. Il avait ronflé, à ses côtés, sur le lit. Et puis ils avaient pris ce petit déjeuner dans la cafétéria. Et puis il y avait eu ce coup de fil du gardien d'immeuble. C'est alors que les yeux d'Aïcha s'étaient ouverts : Krack s'était servi d'elle pour se planquer à l'hôtel.

Ils sortent bientôt dans la rue. Il hèle un taxi…
— On va voir ce qui se passe à Boboche, dit-il.
Elle refuse d'entrer dans la voiture. Elle a la trouille désormais. La prenant par le bras, il la force d'y grimper.
— Fais pas de chichis !
Comme la voiture arrive à hauteur de la bâtisse en briques rouges du palais de Justice de Bobigny (pendant le trajet, ils n'ont pas desserré les dents), il demande au chauffeur d'arrêter. Il ne tient pas à aller jusqu'à la cité Verlaine, où vit Aïcha, c'est trop « chaud »… Il sort, claque violemment la portière. Et part sans adieu, ni caresses.
Elle en sera pour le prix de la course.

À 16 heures, après avoir fait le tour du quartier pour se renseigner, elle se rend, affolée, au commissariat de Bobigny, rue de Carency. Deux policiers de la Crim' l'y rejoignent bientôt et la mettent au courant de l'implication de Krack-Omar dans l'affaire du kidnapping d'Élie. Elle s'effondre. De son éphémère amant, elle dira :

— Pour moi, c'est un jeune qui ne connaît que Bobigny. Il est très attaché à son quartier et ne peut vivre sans. Dans Paris, il avait l'air perdu !

Pendant un mois et demi, sans argent, Krack couche chez l'un, chez l'autre, scrutant les journaux, la télé, à l'écoute des rumeurs qui circulent. L'affaire fait un tabac pas possible dans les médias. Chirac, président de la République, et Villepin, Premier ministre, se sont rendus à une cérémonie funèbre, en mémoire d'Élie, à la synagogue de la Victoire. Sarkozy, ministre de l'Intérieur, défile en tête d'une manif contre la montée de l'antisémitisme. Sur quatre pages de *Paris-Match*, ce « ouf de Yacef » pose en photo en train de faire des mamours à une Black (Mayaki), menottes aux poings. Il fait le V de la victoire avec ses doigts. Il rigole, content de lui. Et se lance dans de grandes déclarations islamistes, crachant sur les Feujs. Il se prend pour Ben Laden ou quoi ? En plus de ça, cet enfoiré prétend qu'il n'a pas tué. Il essaie de mettre le meurtre d'Élie sur le dos des types de Boboche !

Bobigny est désigné du doigt. Pourtant, c'est là que Krack a choisi de se planquer. Il connaît l'endroit comme sa poche, ses souterrains, ses caves, ses terrains vagues. Et ne connaît que ça ! Or Bobigny, désormais, c'est bourré de keufs : en civil et en uniforme. Sans compter les indics qui rapportent au Quai des Orfèvres les ragots locaux. D'après ces ragots, les trafiquants du quartier, marchands de came en tout genre, seraient exaspérés par l'omniprésence policière : « Ça nuit au bizness. On peut plus travailler ! » Ils feraient aussi pression sur Krack et un de ses meilleurs copains, Nizar, pour qu'ils se rendent aux autorités. Nizar, 20 ans, Kabyle, athlétique, cheveux ras et les yeux bizarrement bridés, travaille comme serveur dans une sandwicherie, sur la « dalle », cité Paul-Verlaine. Il a disparu de la circulation, lui aussi, dès qu'a été propagée la nouvelle de la descente de flics chez Aïcha et chez les parents de Krack. D'après plusieurs indics, Nizar et Krack seraient prêts à se livrer aux keufs, mais ils hésiteraient parce qu'ils auraient volé l'Audi break qui a servi à l'enlèvement, risquant donc une grosse peine ! D'autres indics assurent que ce sont eux les auteurs de cet enlèvement.

Forte de ces infos, la police augmente la pression sur le quartier : contrôles d'identité, contrôle sanitaire des sandwicheries, perquisitions dans les taxiphones (qui ne sont bien souvent que des officines du blanchiment de l'argent de la drogue). Il faut faire sortir le loup du bois.

Le 3 avril 2006, Nizar (condamné déjà pour viol et braquage à main armée) fait savoir à la Crim', par le biais d'un informateur, qu'il n'a « presque rien » à se reprocher dans cette affaire de kidnapping, qu'il refuse de dire où il se trouve en ce moment, mais que, « vu le contexte », il va « tenter » de joindre son ami Krack pour le décider à venir se livrer avec lui. Il s'agit avant tout, pour Nizar, de contrer les accusations de Yacef qui leur met la mort de l'otage sur le dos. Il faut faire vite, car Yacef, selon la presse, va être extradé de Côte d'Ivoire : le 4 avril.

Christopher, frère aîné de Krack, tient de semblables raisonnements. En cachette, il lui rend visite, sachant où il se planque.

— Cette histoire, lui dit-il, ça va trop loin. Ça prend des proportions médiatiques incroyables. C'est mieux pour toi d'aller t'expliquer auprès des flics tant qu'il est temps…

Certains médias donnent en effet à l'affaire la tournure d'une guerre de religion : islamo-fascisme versus judéo-christianisme ; choc des civilisations ; terrorisme…

Rapetou, pote de Krack, fait des promesses à la police, qui ne manque pas de moyens de pression à son égard : sa spécialité, c'est le vol sur commande de voitures, à main armée : Jaguar dernier modèle, Golf GTI, jaune, verte, bleue, selon les goûts du client. Il a aussi un lourd casier judiciaire :

— J'vais essayer de l'retrouver. J'lui dirai de se livrer, qu'c'est mieux pour sa pomme… D'ailleurs, il pourra pas aller bien loin. Il n'a pas de fric, il n'a pas de voiture et ne sait même pas conduire !

Rapetou n'est pas le seul sur le gril. Toute la voyoucratie du coin est interrogée. Des centaines d'individus, pour quelques moments, sortent de l'ombre. Blancs, Blacks, Beurs. Jeunes pour la plupart. Nouveaux apaches, va-nu-pieds en baskets Converse, hors-la-loi à casquette Nike. Moderne cour des Miracles.

Tout ça rend Rapetou nerveux. Est-il lui aussi mouillé dans le kidnapping ? En fut-il « blanchi » ? On ne le saura jamais. En tout cas, c'est sa meuf qui trinque. Il lui retourne une claque, un soir. Ça lui a valu une semaine d'arrêt de travail : elle est serveuse chez Kentucky Fried Chicken. Sa faute ? Inspectant son portable, Rapetou y a trouvé le nom d'un bouffon qu'il kiffe pas.

— Tu couches avec ce pédé ?

Dans le meilleur des mondes possibles, des conciliabules ont donc lieu : entre voyous, indics et policiers (schéma du *M le Maudit* de Fritz Lang : Krack gêne tout le monde !).

Le 10 avril à 11 h 30, Nizar, qui semble familier de l'endroit, se présente directement au Quai des Orfèvres. Krack, plus provincial, ira au commissariat de Bobigny, comme on l'a dit, casquette Nike sur la tête. Il semble qu'un pacte, conçu à l'avance (en connivence avec la police ?), les obligeait l'un et l'autre à se livrer le même jour et à la même heure (ou presque). Quel pacte ?

Interrogé à 17 h 15 au Quai des Orfèvres où il a été transféré, Krack raconte avec calme qu'il a connu Yacef quand (avec Rapetou) il avait conquis le marché de la drogue de Bagneux, en automne 2005. Ils y avaient été envoyés (grande et petite voyoucraties s'articulant ici) sur ordre d'un caïd de Bobigny. Yacef, à cette occasion, avait dû juger Krack « opérationnel ». C'est Sniper qui les avait présentés.

Krack, cuisiné par la Crim', nie catégoriquement avoir participé à la tentative de kidnapping contre Moshe (dragué par la Marseillaise Natacha), mais reconnaît sans hésitation son rôle dans l'enlèvement d'Élie. Au demeurant, il refuse de nommer ses deux compagnons, les Rebeus de Bobigny. Nizar n'est pas l'un d'eux, assure-t-il.

— Sur ces Rebeus, je peux rien dire. J'ai peur des représailles : contre moi et ma famille. C'est facile de prendre un coup de couteau, même en prison ! D'ailleurs, je suis pas une balance !…

Il ajoute :

— C'était clair, dans ma tête, que l'homme enlevé serait libéré sain et sauf.

Il réfute les accusations de Yacef qui prétend que c'est lui, Krack, et un des deux Rebeus qui, le 13 février, auraient conduit Élie à Sainte-Geneviève-des-Bois, où ils l'auraient brûlé vif :

— Yacef ment. Il veut me faire porter le chapeau. Il croit ainsi pouvoir s'en tirer. Je n'ai vu Élie qu'une fois, le jour où on l'a enlevé. J'ai participé à son kidnapping, voilà tout. Il n'était pas prévu alors qu'il meure. On ne m'a pas payé pour ce kidnapping : pourquoi aurais-je participé à autre chose ensuite ? C'est Yacef, le responsable de la mort d'Élie. Je n'ai rien d'autre à dire.

Yacef lui aurait précisé qu'Élie était juif, avant l'enlèvement. Mais ce mot, « juif », dans la bouche de Yacef n'avait, selon Krack, d'autre fonction que « descriptive » :

— Il aurait aussi bien pu me dire qu'on allait soulever un Black ou un Beur ! J'ignore si Yacef en voulait spécialement aux Juifs. Je suis pas dans sa tête.

Krack, pendant sa longue cavale, a eu, semble-t-il, le temps de forger ses arguments.

Questionné sur sa conversion à l'islam, il explique :

— Ce qui m'a attiré dans cette religion, c'est le respect des autres, le partage avec les pauvres. J'en parlais avec des copains musulmans, ça m'a intéressé. J'ai feuilleté le Coran. Je me suis vraiment converti il y a deux ans, à la mosquée de Bobigny. J'ai accepté d'être circoncis. Mes parents, qui sont chrétiens, étaient au courant. Au début, j'étais à fond dans la religion. Et puis, parti en vacances, j'ai retrouvé le vice, la tête m'a tourné. Je n'ai plus pratiqué comme au début…

« Wesh ma couille, écrit Krack de prison, dans une lettre à un "pote", en juin 2006… Je garde la peche. J'suis entraîne écouté Sefyu [un rappeur] a fond… il fait chaud ici, c'est la merde ! Alor comme sa ya de la meuf dans le secteur ha ha ! et toi tu gère ou tu te branle enfoiré putain vous lachez pas le 1.8.7 flow, dit au pute que j'suis a la retraite et que j'arrive plus a bander ha ha. Bref j'ai commencé la musculation depuis trois semaine je lève déjà 120 kl mon objectif c'est de lever 200 kl dans 2 mois je sais que je peux le faire. À part ça au quartier j'espère que tout le monde va bien passe un grand bonjour à X, Y, Z [une liste de noms], a tous mes negros et rebeus. La j'ai le more l'autre fils de pute de fou Yacef ne veux pas dire la vérité… »

Les deux Rebeus, complices de Krack dans le kidnapping, ne seront ni arrêtés ni identifiés. Nizar, qui fut soupçonné d'être l'un d'eux, est remis en liberté. Il déclare :

— Je suis étranger à cette affaire !

Tout finit donc pour le mieux dans notre meilleur des mondes mondialisés possibles.

Au premier procès, en 2009, Yacef, comprenant instinctivement le fonctionnement primitif des médias (une primitivité en rejoignant une autre), semble découvrir que, en tuant un jeune marchand de téléphones juif désargenté, il a simultanément liquidé le petit voyou qu'il était…

Noir (issu du tiers-monde, donc), musulman, enfant des cités et lumpenprolo inemployable, il enfile les habits neufs du dernier rôle que « tout » conspire à lui offrir pour un éphémère tour de piste sous projecteurs : terroriste islamiste.

Interrogé par la présidente de la cour d'assises de Paris, sur son identité et ses lieu et date de naissance, il déclare :

— Je suis né à Sainte-Geneviève-des-Bois le 13 février 2006.

Endroit et jour où Élie fut brûlé vif.

REMERCIEMENTS DE L'AUTEUR

À Deltatrade international pour son appui.

PAPIER À BASE DE
FIBRES CERTIFIÉES

Le Livre de Poche s'engage pour
l'environnement en réduisant
l'empreinte carbone de ses livres.
Celle de cet exemplaire est de :
400 g éq. CO_2
Rendez-vous sur
www.livredepoche-durable.fr

Composition réalisée par Nord Compo

Achevé d'imprimer en juin 2012 en France par
CPI - BRODARD ET TAUPIN
La Flèche (Sarthe)
N° d'impression : 69348
Dépôt légal 1re publication : août 2012
LIBRAIRIE GÉNÉRALE FRANÇAISE
31, rue de Fleurus – 75278 Paris Cedex 06

31/6454/8